Jo Beverley lebt in Ottawa (Kanada). Sie gehört zu den wichtigsten amerikanischen Autorinnen von Liebesromanen und hat sämtliche Preise gewonnen; einige ihrer Romane standen auf der Bestsellerliste der New York Times. Dies ist ihr erstes Buch in deutscher Übersetzung.

Deutsche Erstausgabe Juni 1998

First Published in the United States under the title
Something Wicked by Jo Beverley

Published by arrangement with Dutton Signet,
a division of Penguin Books USA Inc.
Umschlaggestaltung Agentur Zero, München
Umschlagabbildung Thomas Schlück, Garbsen
Satz MPM, Wasserburg
Druck und Bindung brodard & taupin, La Flèche
Printed in France
ISBN 3-426-69000-4

2 4 5 3 1

Jo Beverley

Maskenspiel der Leidenschaft

Roman

Aus dem Amerikanischen von
Julia Brennberg

Knaur

Erstes Kapitel

London, Juni 1762

»Ich werde dich vermissen.« Lady Elfled Malloren warf sich in die Arme ihres Zwillingsbruders und war entschlossen, nicht zu weinen.

»Es wird sich etwas ändern«, sagte er schroff. »Nach diesem gemeinsamen Jahr wird alles wieder ganz fremd sein.«

Hauptmann Lord Cynric Malloren erschien für eine offizielle Reise in voller militärischer Pracht, mit rotem Mantel und gepudertem Haar, das im Nacken von einer schwarzen Schleife zusammengehalten wurde.

Unter einem schicklichen Spitzenhäubchen schimmerte Elfs sandfarbenes Haar golden. Sie trug ein weißes Kleid, das von gestickten Vergißmeinnicht übersät war.

Dennoch war ihre Ähnlichkeit nicht zu übersehen.

»Ich wünschte, du würdest nicht so weit fortgehen«, klagte sie. »Nova Scotia. Es wird Jahre dauern ...«

Er legte einen Finger auf ihre Lippen. »Schsch. Ich bin auch vorher schon jahrelang fort gewesen, und du wirst bald wieder völlig mit deinem eigenen Leben beschäftigt sein.«

Sie zog einen Schmollmund und entwand sich seinen Armen. »Fang jetzt nicht an, mir die Vorzüge des Ehestands zu preisen!«

Er blickte lächelnd zu seiner Frau hinüber, die taktvoll an der Tür zur Halle wartete und mit ihrer beider Bruder, dem Marquis von Rothgar, plauderte. »Mir gefällt die Ehe, und du und ich, wir sind uns ja sehr ähnlich.«

Sind wir das? wollte Elf fragen, aber jetzt war wohl kaum der Zeitpunkt für Streitereien. »Dann werde ich die Bewerber noch einmal in Augenschein nehmen«, sagte sie leichthin und fügte mit einem neckenden Gesichtsausdruck hinzu, »natürlich wäre es hilfreich, wenn meine lieben Brüder nicht alle interessanten abgeschreckt hätten!«
Er zwinkerte ihr zu. »Man muß ein Schurke sein, um einen Schurken zu erkennen. Wir machen uns besser auf den Weg.« Aber er machte keinerlei Anstalten zu gehen, obwohl draußen eine Kutsche und sechs unruhige Pferde warteten.
»Geh! Ich hasse lange Abschiede.« Sie küßte ihn schnell und zog ihn dann in Richtung seiner Frau und dem Tor zum Abenteuer.
Sie gab ihrer Schwägerin Chastity einen Kuß auf die Wange. »Schreibt, bevor ihr aufs Schiff geht.« Sie umarmten einander und verharrten einen Augenblick so; sie waren enge Freundinnen geworden. »Paß auf ihn auf«, flüsterte Elf und kämpfte schon wieder mit den Tränen.
»Natürlich.« Chastity befreite sich aus der Umarmung, um sich die Nase zu putzen.
»Wenn es irgendeinen Sinn hätte, würde ich dich bitten, dafür auf Fort achtzugeben.« Sie sprach von ihrem Bruder, dem Earl of Walgrave.
»Ich kann mir seine Antwort auf einen solchen Vorschlag gut vorstellen.«
Sie warfen einander einen vielsagenden Blick zu, denn Chastitys Bruder haßte alle Mallorens.
Hinter ihnen öffneten zwei Lakaien die großen Doppeltüren und ließen Sommersonne und Vogelgezwitscher herein. Der Marquis und Cyn traten hinaus und warteten.
»Hab wenigstens ein Auge auf ihn«, sagte Chastity.
»Meine Liebe! An den Orten, wo er sich herumtreibt? Da wäre mein guter Ruf augenblicklich dahin!«

»Nicht mehr.« Chastity schnitt eine Grimasse. »Ich hätte nie gedacht, daß ich mich über die Läuterung eines Bruders beschweren würde, aber als sorgloser Racker war mir Fort hundertmal lieber als in der Rolle von Lord Walgrave, dem Zyniker.« Sie streifte ihre Handschuhe über. »Es macht mir wirklich Sorgen, ihn so zurückzulassen. Er ist seit Vaters Tod nie mehr der alte geworden.«

Elf begleitete sie zum Tor. »Dann werde ich den Schutzengel spielen. Wenn ich höre, daß er in der Klemme sitzt, etwa wegen seiner verdammten Arroganz enthauptet werden soll, werde ich wie die Jungfrau von Orléans zu seiner Rettung schreiten!« Und mit einem Grinsen fügte Elf hinzu: »Vor allem, um ihn zu ärgern.«

Chastity kicherte und sagte: »Er ist nicht so schlimm, Elf. Es ist nur ...«

»Es ist nur, daß er alle Mallorens geringer als Würmer achtet und mich dementsprechend behandelt.«

Chastity seufzte und wandte sich ihrem Mann und dem Marquis zu, der bis Portsmouth mit ihnen reisen würde.

Schnell war alles reisefertig. Elf sah von den Stufen aus, wie die drei in die vergoldete Kutsche stiegen. Der Kutscher rief etwas, schnalzte mit der Peitsche, und die sechs Pferde zogen die prächtige Karosse fort. Bald bog sie vom Marlborough Square ab, während Cyn und Chastity sich noch zu einem letzten Gruß herauslehnten.

Passanten waren stehengeblieben, um die Abreise zu beobachten. Jetzt gerieten sie – wie aufgezogenes Spielzeug – wieder in Bewegung, Müßiggänger setzten ihre Spaziergänge fort, Dienstboten besannen sich wieder auf ihre Aufträge, und Kinder kehrten zu ihren Spielen zurück.

Als die Kutsche in der Ferne verschwunden war, biß Elf sich auf die Lippen, und es tat ihr schon leid, sich bereits hier verabschiedet zu haben und nicht erst auf dem Schiff. Aber sie

haßte lange Abschiedsszenen, und schlußendlich hätte es ihr dann genauso weh getan wie jetzt.
Sie hatte gedacht, das Schlimmste überstanden zu haben, als Cyn mehr oder weniger davongelaufen war, um zum Militär zu gehen. Für eine Weile hatte sie ihn sogar gehaßt, weil er sie allein gelassen hatte, obwohl sie wußte, daß er sich nie in ein Leben fügen könnte, wie Rothgar es für ihn vorgesehen hatte. Juristerei? Um Himmels willen! Das war mal wieder eine der wenig weitsichtigen Ideen ihres ältesten Bruders.
Cyn brauchte Taten und Herausforderungen.
In den sieben Jahren war er viermal nach Hause gekommen, und sie hatte wirklich geglaubt, erwachsen und selbständig genug geworden zu sein, um ihn nicht mehr zu vermissen. Aber als er im letzten Jahr todkrank heimgekehrt war, hatte sie zum ersten Mal der Möglichkeit ins Gesicht sehen müssen, ihn für immer zu verlieren. Es hatte Monate gedauert, bis er sich erholte. Dann hatten seine Hochzeit und die Vorbereitungen auf seinen neuen Posten als Berater des Gouverneurs von Nova Scotia einige weitere Monate beansprucht.
Er war ihr wieder sehr ans Herz gewachsen.
Jetzt war es ihr, als verlöre sie einen Teil von sich selbst, und der Verlust war aufgrund seiner Ehe noch endgültiger. Sie liebte Chastity wirklich von ganzem Herzen und neidete keinem von beiden ihr Glück, und doch machte es sie traurig, daß es im Leben ihres Zwillingsbruders jetzt jemanden gab, der ihm vielleicht ebenso nahestand, wie sie es getan hatte.
Sie merkte, daß sie herumstand und ins Leere starrte, während die beiden Lakaien wie Statuen warteten, um das Tor zu schließen.
Mit einem Seufzer dreht sie sich um und ging zurück ins Haus.
Sie gab sich den Gedanken hin, die schon seit einiger Zeit in ihrem Kopf herumgeisterten.

Sie beneidete ihren Zwillingsbruder.

Das Leben, das er führte, machte ihr das ihre schmerzlich bewußt.

In gewisser Weise war sie sogar froh, daß Cyn nun so weit fortging.

Als die Diener das Tor hinter ihr geschlossen und Sonnenschein und Vogelgezwitscher ausgesperrt hatten, kam ihr zu Bewußtsein, daß ihr geliebter Zwillingsbruder ihr im vergangenen Jahr äußerst unbequem gewesen war.

Während sie seinen Abenteuern lauschte und sich an seinen Geschichten erfreute, war ihr Stück für Stück klargeworden, daß sie selbst in den vergangenen sieben Jahren gar nichts erlebt hatte. O ja, sie hatte eine Menge Bälle, Abendgesellschaften und Konzerte besucht – und viele davon sogar selbst arrangiert. Sie war zwischen London und Rothgar Abbey in Berkshire hin- und hergereist und – welch ein waghalsiges Abenteuer! – sogar bis nach Bath und Versailles.

Manche würden glauben, sie hätte ein erfülltes Leben, denn sie führte das Haus ihres Bruders und war von vielen guten Freunden umgeben. Aber wenn sie den Berichten von seinen Reisen in fremde Länder, von gewonnenen und verlorenen Schlachten, von Schiffbruch und Schlangenbiß zuhörte, kam sie zu dem Schluß, daß sie selbst nicht das kleinste Abenteuer erlebt hatte.

Plötzlich merkte sie, daß sie schon wieder dastand und ins Nichts starrte, diesmal in der holzgetäfelten Halle. Sie raffte ihre zarten Röcke und stieg die geschwungene Treppe hinauf, um sich in ihre Privatgemächer zurückzuziehen.

Das hielt ihre Gedanken jedoch nicht davon ab, weiter aus den dunklen Ecken ihrer Seele hervorzukommen und eine klare, furchterregende Gestalt anzunehmen.

Cyn war frisch verheiratet und auf dem Weg zu neuen Abenteuern. Mit seinen fünfundzwanzig Jahren befand er sich am

Beginn eines vielversprechenden, erfolgreichen Lebens. Sie dagegen – im gleichen Alter – wurde schon als langweilige alte Jungfer angesehen, der es bestimmt sein würde, das Heim ihres Bruders zu versorgen, die Kinder ihrer Geschwister zu lieben, doch selbst niemals eigenes Zuhause und eigene Kinder zu haben.
Und sie war noch Jungfrau.
Ihr Schritt beschleunigte sich, und sie stürzte in ihr hübsches Boudoir, schloß die Tür hinter sich und lehnte sich dagegen, als ob sie verfolgt würde.
Warum war ihre Jungfräulichkeit zum zentralen Punkt ihrer Unzufriedenheit geworden? Welch ein Unsinn!
Schließlich hatte Cyn in dieser Hinsicht keine Geheimnisse vor ihr gehabt, und sie hatte seit Jahren gewußt, daß hier ein Unterschied zwischen ihnen bestand. Er hatte mit siebzehn seine erste Frau gehabt – Cassie Wickworth von der Kloster-Molkerei. Später hatte er einige ausgewählte Bordelle besucht und sogar eine kurze, aufregende Affäre mit einer älteren, verheirateten Dame gehabt, deren Namen er Elf allerdings nicht verraten hatte. In der Armee hatte er sicher auch nicht wie ein Mönch gelebt.
Solche Tatsachen hatten ihr zuvor nie etwas ausgemacht. Das war bei Männern eben anders, und sie hatte sich darauf eingestellt, bis zur Ehe zu warten, um in die Erotik eingeweiht zu werden.
Als sie einsah, daß sie ihre Tür nicht länger bewachen mußte, weil der Feind längst drinnen war, ließ sie sich in einen cremefarbenen Brokatsessel fallen. Es war wohl Cyns Hochzeit, die ihrer eigenen Ehelosigkeit so messerscharfe Kanten zugefügt hatte.
Nie zuvor hatte sie mit ansehen müssen, wie er Nacht für Nacht zu einer Frau ging, während sie sich allein in ihr Zimmer zurückzog. Es hatte sie nicht getröstet, daß sie ein

bißchen von den Abenteuern erfahren hatte, die er und Chastity vor ihrer Ehe miteinander erlebt hatten. Das und ihre offen zur Schau getragene Liebe und die Zärtlichkeit, mit der sie einander berührten oder auch nur ansahen, hatte die Tatsache unterstrichen, daß Elf ein sehr wichtiger Teil des Lebens fehlte.

Und daß dies wahrscheinlich immer so bleiben würde.

Schließlich war es gar nicht so einfach, seine Jungfräulichkeit außerhalb einer Ehe zu verlieren, besonders wenn man vier Brüder hatte, die jeden Mann töten würden, der sie kompromittierte.

Sie erhob sich, um sich in dem hohen Spiegel zu betrachten. Mit ihrer schicklichen Frisur, gekrönt von einem weißen Spitzenhäubchen, sah sie aus wie der Inbegriff einer alten Jungfer. Und in ihrem weißen Kleid mit den kleinen Vergißmeinnicht wie der Inbegriff einer Jungfrau.

Einer jugendlichen Jungfer.

Es schien absurd, obwohl sie keine Vorstellung davon hatte, wie sich eine alte Jungfer von fünfundzwanzig Jahren kleiden sollte. Da sich alle darin einig waren, daß sie in diesen Dingen keinen Geschmack hatte, überließ sie das ihrer Zofe.

Sie kehrte ihrem Spiegelbild den Rücken, um im Zimmer auf und ab zu gehen, und dachte an die einfachste Lösung all ihrer Probleme.

Heiraten.

Das war Cyns Rezept, aber er hatte ja auch im Gegensatz zu ihr eine verwandte Seele gefunden. Sie genoß die Gesellschaft von Männern, und es mangelte ihr auch nicht an Verehrern. Aber sie war noch nie einem Mann begegnet, der sie verzaubert hatte; niemand, der sie ihre kühle Selbstkontrolle verlieren und etwas Verrücktes tun ließ.

Etwas Verruchtes ...

War es lächerlich, das zu erwarten?

Cyn war es so ergangen. Sein Wille, alles für Chastity zu riskieren, und ihr gegenseitiger Verzicht aufeinander vor der Ehe standen als Beweis für die Macht der Liebe.
Ein anderer ihrer Brüder, Bryght, war so sehr von Portia St. Claire verzaubert worden, daß sein brillanter, logischer Verstand sich nichts anderem mehr widmen konnte als dem Bestreben, sie für sich zu gewinnen.
Ihre Freundin Amanda war vernarrt in ihren Mann, und ihr war ganz elend, wenn er für ein paar Tage in Regierungsangelegenheiten verreisen mußte.
Elf hatte nie etwas erlebt, das dieser Art von Verrücktheit auch nur im entferntesten ähnelte. Sie war sich sicher, wenn es ihr bestimmt gewesen wäre, hätte es sich bereits ereignet.
Vielleicht führte sie ein zu braves Leben, um sich Cupidos Pfeil auszusetzen ...?
Sie trat wieder vor den Spiegel, riß sich ihr schickliches Häubchen vom Kopf und schleuderte es in die Ecke. Dabei zog sie ein paar Nadeln aus ihrer Frisur, so daß ihre sandfarbenen Locken über ihre Schultern fielen.
Doch dann seufzte sie. Sie war nicht der heimliche Schwarm der Männer. Wie unfair, daß Cyn hübscher war als sie! Er hatte die bemerkenswerten grün-goldenen Augen ihrer Mutter geerbt, ihre dichten Wimpern und ihr rotgoldenes Haar. Elfs Augen waren eine langweiligere Variante dieses Farbtons, und ihre Wimpern hatten das gleiche Hellbraun wie ihr Haar. Sie besaßen beide das energische Kinn ihres Vaters, doch zu einem Offizier paßte es besser als zu einer Lady.
Ungeduldig schüttelte sie diese unnützen Gedanken ab. Kinn und Augen ließen sich nicht ändern, und sie dachte gar nicht daran, ihr Haar zu bleichen. Vielleicht ein bißchen Farbe ins Gesicht ...?
»Ah, Mylady! *Vous êtes prête?*«
Elf drehte sich zu ihrer Zofe um. Natürlich, sie wollte ja ein

paar Tage bei Amanda verbringen. Ihre Sänfte wartete sicher schon.

»*Bien sûr*, Chantal.«

Wie immer, wenn sie allein miteinander waren, sprachen die Herrin und ihre Zofe Französisch. Chantal war Französin, und Elfs Mutter, ebenfalls eine Französin, hatte Wert darauf gelegt, ihre Kinder zweisprachig zu erziehen.

Elf fuhr auf französisch fort. »Sind meine Sachen schon vorausgeschickt worden?«

»Natürlich, Mylady. Und Eure Sänfte wartet. Aber was ist mit Eurer Haube passiert, Mylady?«

Elf spürte, wie sie errötete. »Oh, sie sah ein bißchen zerknittert aus.«

Chantal gab einen mißbilligenden Laut von sich und steuerte Elf zu ihrer Frisierkommode, damit Haare und Spitzenstoff wieder in perfekte Ordnung gebracht werden konnten.

Elf schob ihre düsteren Gedanken beiseite. Sie waren nur eine vorüberziehende dunkle Wolke, die die Verabschiedung mit sich gebracht hatte. Ein paar Tage mit Amanda würden ihre Trübsal schon vertreiben.

Am nächsten Morgen betrat Elf Amandas Boudoir, wo sie ihre langjährige Freundin an einem kleinen Frühstückstisch sitzend fand. Sie blickte jedoch mürrisch aus dem Fenster.

»Ist etwas nicht in Ordnung?«

Amanda zuckte zusammen. »O Elf! Was für ein Segen, daß du hier bist, sonst wäre ich wirklich ganz und gar verlassen!«

Amanda Lessington war eine liebenswürdige Brünette, etwa so groß wie Elf, aber etwas rundlicher. Sie war mit dramatischen dunklen Augen und vollen Lippen gesegnet, um die Elf sie immer beneidet hatte.

Elf setzte sich ihrer Freundin gegenüber. »Was ist passiert?«

»Stephen ist fort. Etwas *schrecklich* Wichtiges ist in Bristol

passiert. In Bristol, ich bitte dich!« Mit einer Handbewegung tat Amanda einen von Englands wichtigsten Seehäfen ab.
Elf wußte, daß Amandas Problem mit Bristol einfach war, daß sie die häufigen Reisen ihres Mannes dorthin haßte. »Es wird sich zweifellos nur um ein paar Tage handeln.«
»Eine Woche. Eine ganze Woche. Und du weißt nicht, was das für Folgen hat! Der skrupellose Mann hat uns ohne zuverlässige Eskorte zurückgelassen. Außer«, fügte sie mit einem strengen Blick hinzu, »man könnte deine Brüder in die Pflicht nehmen. Es geschähe Stephen recht, wenn ich den Abend in Rothgars Armen verbringen würde!«
Elf unterdrückte ein Grinsen. »Ist das eine heimliche Phantasie von dir? Ich wünschte, ich könnte sie dir erfüllen, Liebste, aber er ist mit Cyn nach Portsmouth gereist.«
»Bryght?« fragte Amanda hoffnungsvoll.
Elf schüttelte den Kopf. »Er ist unten in Candleford und ziemlich nervös, wo es doch bei Portia bald soweit sein wird.«
»Brand?«
»In einer Familienangelegenheit nach Norden gereist. Das ist mit der Grund, warum ich hier bin. Sie wollten mich nicht gern allein zurücklassen.«
»Ach«, sagte Amanda mit einem gespielten Seufzer. »Dann sind wir also beide grausam verlassen worden.«
Elf nahm sich eine Scheibe Schinken und eine Brioche.
»Nicht ganz ...«
Ihre Unzufriedenheit hatte sich nicht verflüchtigt. Sie hatte sie die halbe Nacht vom Schlafen abgehalten, und diese neue Situation schien sie zu nähren wie trockenes Reisig ein Feuer. Als sie sich etwas heiße Schokolade aus der Porzellankanne eingoß, kamen ihr aufregende, erschreckende Gedanken.
»Nicht verlassen, Amanda«, sagte sie schließlich. »Wir sind ohne Beschützer.«
»Ist das nicht dasselbe?«

»Nicht für mich.« Elf schnitt sich ein Stück Schinken ab und genoß den würzigen Geschmack und die pikanten Gedanken, die in ihrem Kopf herumtanzten, gleichermaßen. »Ich hatte immer Angst, einen meiner feuerspeienden Beschützer in ein Duell zu verwickeln, also mußte ich mich stets äußerst schicklich benehmen. Aber jetzt, wo keiner von ihnen in der Nähe ist, habe ich vielleicht endlich einmal die Gelegenheit zu einem Abenteuer.«

»Einem Abenteuer?« fragte Amanda verwirrt. »Was für ein Abenteuer?«

»Oh, irgendwas Verruchtes natürlich.« Elf lächelte über den Gesichtsausdruck ihrer Freundin. »Nicht wirklich, aber laß uns nach Vauxhall fahren.«

»Nach Vauxhall? Das ist wohl kaum ein verruchtes Abenteuer. Wir waren beide schon ein dutzendmal dort.«

»Ohne Begleitschutz. Heute abend. Zur Mittsommernachtsmaskerade.«

Amanda schnappte nach Luft. »Das ist nicht dein Ernst!«

»Viele Angehörige der guten Gesellschaft besuchen solche Veranstaltungen.«

»Viele *Männer*, meinst du.«

Im vollen Bewußtsein, sich einer wilden Laune hinzugeben, fragte Elf: »Und warum sollen sie allein den ganzen Spaß haben?«

»Ich bin mir nicht sicher, ob das so spaßig wäre.«

Aus einer Laune geboren, hatte sich die Idee bereits in ihr verfestigt. Elf spürte, daß sie den Verstand verlieren würde, wenn sie nicht *etwas* unternähme, etwas anderes. Sie beugte sich zu ihrer Freundin vor. »Komm schon, Amanda. Ich verspreche, keine Dummheiten zu machen. Wir werden Halbmasken tragen. Niemand wird uns erkennen.« Sie ergriff Amandas Hand. »Ich will nur einmal sehen, wie es ist, eine Nacht lang jemand anderer zu sein.«

»Wer?« jammerte Amanda.
»Ich weiß nicht. Aber auf alle Fälle nicht Lady Elfled Malloren, die Schwester des mächtigen Marquis von Rothgar – *Berühren verboten!* Sondern einfach eine ganz normale Frau ...«
Nach kurzem Zögern drückte Amanda ihre Hand. »Elf, ich habe dich, seit wir Kinder waren, nicht mehr so erlebt. Ich dachte immer, Cyn wäre der Rädelsführer bei allen unseren Streichen gewesen.«
»Vielleicht sind Cyn und ich uns sehr ähnlich.«
»Vielleicht seid ihr das wirklich.«
»Amanda, ich muß das tun.«
»Ja, das sehe ich ...« Aber sie runzelte besorgt die Stirn. »Irgendwie bin ich aber für dich verantwortlich.«
»Ich bin sechs Monate älter als du!«
»Aber ich bin eine verheiratete Frau.« Mit ernstem Blick sah sie ihre Freundin an. »Versprichst du mir, daß wir zusammenbleiben?«
»Natürlich. Wo ist deine Abenteuerlust geblieben? Früher als Kind warst du nicht so ängstlich.«
»Weil wir damals noch Kinder waren. Ich glaube nicht, daß das ein besonderer Spaß wird. Ich denke, es wird bloß ein lärmendes Gedränge sein.« Sie sah Elf einen Moment lang forschend an und lächelte dann. »Aber wenn dich nach einem Abenteuer verlangt, so sollst du es bekommen.«

Zehn Stunden später raffte Elf ihre seidenen Röcke, um aus dem Boot auf die Stufen, die nach Vauxhall hinaufführten, zu treten. Die Aufregung kochte in ihr, wie sie es nicht mehr erlebt hatte, seit Cyn und sie ungestüme Kinder gewesen waren.
Sie und Amanda waren beide als Dominos verkleidet: Reifröcke unter weiten Seidenumhängen, weißgepudertes Haar unter tiefen Kapuzen versteckt. Verzierte weiße Ledermasken

bedeckten ihre Gesichter vom Haaransatz bis zu den Lippen. Selbst wenn sie das Pech haben sollten, einem nahen Verwandten zu begegnen, würde man sie nicht erkennen.

Amandas Umhang war silberblau, Elfs kräftig scharlachrot. Sie hatten für heute nacht getauscht.
Elf glaubte, dies wäre ihre einzige Chance für ein wildes Abenteuer, und sie war entschlossen, das Beste daraus zu machen. Chantal – in dieser Hinsicht tyrannisch – beharrte darauf, daß kräftige Rottöne unmöglich zu heller Haut und rötlichem Haar paßten; und wenn Elf sich etwas Rotes kaufte, so verschwand es immer irgendwo.
Heute nacht jedoch, mit gepudertem Haar und anonym, hatte Elf Amanda überredet, mit ihr zu tauschen. Dann hatte sie darauf bestanden, daß Chantal ein bestimmtes rotgestreiftes Kleid mit rotem Unterrock heraussuchte. Natürlich hatte Chantal, das Miststück, protestiert, das Kleid sei voller Flekken.
»Und wie kann es schmutzig geworden sein, wenn ich es nie trage?« hatte Elf gefragt.
Auch wenn Chantal einen langweiligen Geschmack hatte, so war sie die Ehrlichkeit in Person. Sie hatte schließlich das Kleid und den Unterrock in einer Schachtel auf dem Dachboden von Malloren House gefunden. Auf Befehl hatte sie sogar ein Paar rot-weiß-gestreifte Strümpfe und ein bestimmtes schwarz-rotes Satinmieder mit Goldspitze dort ausgegraben. Aber es standen Tränen in ihren Augen, als sie es hervorholte: »Nicht mit dem roten Unterrock, Mylady! Bitte!«
Elf war resolut gewesen, obwohl sogar die großzügige Amanda bei dieser Kombination geblinzelt und gemeint hatte, das Mieder ginge vielleicht ein bißchen zu weit.
Elf hatte es trotzdem getragen. Sie würde vielleicht nie wieder die Gelegenheit haben, anzuziehen, was sie wollte. Sie würde

vielleicht nie wieder Gelegenheit zu einem Abenteuer haben. Sie hatte vor, heute nacht alles bis zum allerletzten Tropfen auszukosten.

Heute nacht war sie nicht Elfled Malloren, die wohlerzogene Lady, sondern ein ganz neues Geschöpf.

Lisette hatte sie die scharlachrote Dame im Spiegel getauft. Lisette Belhardi, was sich ungefähr mit »kühn und hübsch« übersetzen ließ. Mademoiselle Lisette war auf Besuch aus Paris und weitaus wagemutiger, als es Elfled Malloren jemals hätte sein können.

Elf fühlte sich jetzt großartig, wie eine neugeborene Person in einem Wunderland. Sogar der Kai von Vauxhall sah anders aus, besonders festlich geschmückt für die Mittsommernacht. Laternen warfen glitzernde Regenbögen aus der Dunkelheit auf das sich kräuselnde Wasser der Themse. Neben dem Geplauder ringsum und den ungeduldigen Rufen der Bootsmänner konnten sie schon die Musik aus dem Wäldchen hören.

»Willkommen in Vauxhall, meine Damen!« rief ihnen ein grinsender junger Mann zu, der ihnen die Stufen hinaufhalf und dafür von jeder einen Penny bekam. Mit einem Augenzwinkern fügte er hinzu: »Ich bin sicher, zwei so hübsche Dinger werden bald galante Begleiter finden, die sie in einer Nacht wie dieser beschützen.«

Amanda zog ihre blaue Kapuze noch tiefer ins Gesicht. »Elf«, flüsterte sie, »bist du sicher, daß wir das Richtige tun?«

»Ne craignez rien, Aimée«, sagte Elf, um ihre Freundin zu beruhigen und sie daran zu erinnern, daß sie Französisch sprechen sollte, um sich noch besser zu tarnen.

Sie schob Amanda vorwärts und fuhr auf französisch fort: »Wir können sowieso nicht mehr zurück. Da sind noch so viele Boote, die Passagiere absetzen wollen, daß da in nächster Zeit kaum eine Chance auf ein Boot in die Gegenrichtung besteht. Komm schon.«

Elf führte Amanda in den Strom der Besucher, die auf die dunkle Vauxhall Lane zusteuerten. Sie hatte die Gärten schon viele Male besucht und wußte, daß der Weg nur scheinbar gefährlich war, denn er war viel zu kurz und bevölkert für irgendwelche Überraschungen. Sein eigentlicher Zweck bestand darin, das glitzernde Strahlen der illuminierten Gärten besser zur Geltung zu bringen.

Dennoch schlug ihr Herz etwas schneller, als sie in den Schatten traten. Denn dies war schon deshalb ein Abenteuer, weil sie ohne Begleitung unterwegs waren. Amanda hatte darauf bestanden, ein Messer in ihre Tasche zu packen, und Elf genötigt, einen Dolch im Mieder zu tragen. Aber sie hatten keinen Mann bei sich, um andere Männer abzuschrecken.

Diese neue Situation machte Elf überhaupt nicht nervös. Sie genoß sie sogar wie einen erlesenen Wein. Im geheimen hoffte sie sogar, heute nacht, wo ihre Brüder nicht zugegen waren, um diese Art von Männern abzuschrecken, einen aufregenden Schurken kennenzulernen.

Es mußte ja schließlich irgendwo auf der Welt aufregende Männer geben.

Nach wenigen Augenblicken traten sie und Amanda aus der Dunkelheit in das Licht Tausender Laternen. Farbige Lampions schmückten hohe Bäume, umkränzten steinerne Bögen und umschlangen griechische Tempel und antike Grotten. In der Nähe hatte man eine hübsche Lichtung angelegt, auf der kostümierte Schauspieler als Charaktere aus *Ein Sommernachtstraum* posierten, darunter auch einer mit einem Eselskopf.

»Ich weiß einen Fleck, wo wilder Thymian wächst ...«, zitierte Amanda, die sich schließlich doch von der Aufregung hatte anstecken lassen.

Sie konnte sich nicht länger dagegen wehren, von all dem Geplauder und Gelächter der maskierten und kostümierten

Spaßmacher mitgerissen zu werden. »Oh, du hattest recht, Elf. Es ist wirklich lustig hier!«
»Lisette«, erinnerte Elf sie.
»Na gut, Lisette.«
»Und du bist Aimée.«
»Ich weiß, ich weiß. Obwohl ich denke, daß es etwas übertrieben ist, erfundene Namen zu verwenden«, verteidigte Amanda sich, war jedoch schon weit mehr an allem interessiert, was um sie herum vorging. »Ich wünschte, ich hätte mich statt der Maske für ein Kostüm entschieden. Schau dir diese Titania an!«
Die besagte Dame hatte zwar Probleme mit ihren großen, herabhängenden Flügeln, aber ihr Kostüm war außerordentlich hübsch. Elf bewunderte ihre Phantasie, doch sie bedauerte ihre eigene Wahl nicht. Sie hatte nicht jede Vorsicht fallengelassen, und selbst das phantasievollste Kostüm gab weniger Tarnung als eine venezianische Maske.
Schließlich sagte man ja, diese Masken seien so gestaltet, daß ein Mann mit seiner Frau tanzen konnte, ohne es zu bemerken. Und umgekehrt. Es gab hier heute nacht viele Männer mit solchen Masken. Während sie sich in der lärmenden Menge treiben ließen, überlegte Elf, wie viele Angehörige der feineren Gesellschaft hier waren, wie viele Gentlemen Gefahr liefen, ihre eigenen Ehefrauen zu verführen, oder umgekehrt. Fasziniert fragte sie sich, an welchem Punkt solche Liebenden einander erkennen würden und ob sie erfreut oder enttäuscht wären. Konnte ein verlockender Partner abstoßend sein, wenn er die Maske abnahm?
Was hatte dann die Verlockung ausgemacht?
Vielleicht einfach nur das Abenteuer, die Verruchtheit.
Etwas Verruchtes, hatte sie zu Amanda gesagt. Natürlich hatte sie nicht vor, etwas wirklich Verruchtes zu tun. Sie wollte nur ein wenig Abwechslung.

Sie bemerkte, daß Amanda an ihrem Umhang zupfte.
»Elf ... Lisette. Zum Wäldchen geht es da entlang.«
Im Wäldchen, dem Herzen von Vauxhall, spielte ein Orchester, und man konnte Erfrischungen kaufen. Es gab dort kleine Hütten und Pavillons, in denen die Gäste sitzen, essen und einander beobachten konnten. Rothgar besaß einen Privatpavillon, und bei ihren früheren Besuchen hatte Elf die meiste Zeit dort verbracht. Sie könnte ihn auch heute nacht benutzen, wenn sie wollte.
O nein. Heute nacht würde alles anders sein. Elf legte einen Arm um die Taille ihrer Freundin und lenkte sie entschlossen den breiten Südweg hinunter, weg von der Sicherheit. »Wie sollen wir an so einem Ort ein Abenteuer erleben?« Nur um die Freundin zu ärgern, schlug sie vor: »Vielleicht sollten wir den Druiden-Weg nehmen?«
Abseits von den gut beleuchteten Hauptwegen gab es verschlungene, finstere Pfade, wo man bekanntermaßen auf Verruchtheiten aller Art stieß.
Als Amanda aufschrie, lachte Elf. »Ganz ruhig, meine Liebe, ich denke nicht, daß ich so unvernünftig sein möchte.«
»Elf ...«
»Lisette«, verbesserte Elf sie. »Hör auf, so ein Hasenfuß zu sein, Aimée! Du mußt doch zugeben, daß die Vorbereitung auf diese Eskapade und unser heimliches Entwischen das Unterhaltsamste waren, was wir in den letzten Jahren erlebt haben.«
»In der Tat, das hat Spaß gemacht«, gab Amanda zu und zog ihre Kapuze tiefer ins Gesicht. »Aber der Druiden-Weg ...?«
»Ich habe nur Spaß gemacht, Liebes.« Elf schob die Kapuze ihrer Freundin zurück. »So wirst du noch gegen einen Baum laufen, Amanda. Nicht einmal deine Mutter würde dich so erkennen! Du bist doch die verheiratete Dame hier, also solltest du ein wenig mutiger sein.«

»Du bist die Malloren. Ich dachte immer, du wärst anders als deine Brüder, aber jetzt frage ich mich ...«
Elf zog ihre Freundin etwas zur Seite, unter die tiefhängenden Äste einer Buche. »Willst du wirklich nach Hause gehen? Wir gehen, wenn du das möchtest.«
Nach einem kurzen Zögern schüttelte Amanda den Kopf. »Natürlich nicht. Ich sehne mich manchmal auch nach einem Abenteuer.« Ihre vollen Lippen verzogen sich schmollend. »Und ich möchte es Stephen heimzahlen, daß er mich so vernachlässigt.«
»Du hättest keinen Politiker heiraten dürfen, meine Liebe. Aber wenigstens ist er dir absolut ergeben.«
»Ich weiß, aber ... Er fehlt mir nun mal. Selbst wenn er zu Hause ist, ist er immer so beschäftigt ...« Dann schüttelte sie den Kopf und schob die Kapuze ganz von ihrem gepuderten Haar. »Auf ins Abenteuer, also! Aber laß uns ein bißchen vorsichtig sein, Lisette – siehst du, ich hab's mir gemerkt! –, ich habe eine Menge Männer ein Auge auf uns werfen sehen.«
»Tatsächlich? Das hoffe ich aber auch.« Elf lenkte ihre Schritte zurück in die Menge. »Ich hatte gehofft, noch nicht zu alt dafür zu sein. Schau mal da drüben! Ist das nicht Lord Bucklethorpe? Er muß schon an die sechzig sein, aber er scheint sich immer noch für einen ziemlich tollen Kerl zu halten.«
Der ältliche Earl war als Charles II. verkleidet.
»Glaubst du, er hat die Nell Gwyns zusammen mit dem Kostüm ausgeliehen?« fragte Elf und starrte auf die üppigen Dekolletés der beiden Orangenverkäuferinnen, die an den Armen des Earls hingen.
»Ich denke, er wird sie für heute nacht auf die eine oder andere Weise entlohnen«, murmelte Amanda. »Laß uns bitte vorsichtig sein.«
Elf schenkte ihrer Freundin ein beruhigendes Lächeln. »Ich verspreche, mich nicht für Geld an irgendeines Mannes Arm

zu hängen, meine Liebe. Vielmehr schwöre ich, mich hier an überhaupt keinen Mann zu hängen, der nicht der Held meiner Träume ist.«

Amanda schaute mit einem schiefen Lächeln auf die lärmende Menge. »Dann sind wir hier sicher. Ich bitte dich, liebe Lisette, welche Art Held jagt durch deine Träume?«

Während sie dahinspazierten, versuchte Elf diese Frage zu beantworten. »Ein Ritter in strahlender Rüstung. Oder vielleicht ein echter Kavalier mit einem Federhut.« Sie besah sich einen beleuchteten chinesischen Drachen. »Vielleicht einen Drachentöter ...«

»O Gott!« Amanda hob ihr verziertes Lorgnon an die Augen und ließ den Blick über die Menge schweifen. »So einen Mann wirst du heute nacht hier sicher nicht finden.«

»Damit habe ich auch niemals gerechnet«, log Elf, die wußte, daß Amanda recht hatte. Jeder, der den Eintritt bezahlte, konnte hierher nach Vauxhall kommen, und diese öffentliche Maskerade lockte ein besonders wildes Volk an. Sie sah junge Burschen vom Land, Abenteurer aus der Stadt und Soldaten auf Urlaub.

Kein Drachentöter weit und breit.

»Ich nehme nicht an, daß irgendeine Dame jemals einem Drachentöter begegnet«, gab Elf zu bedenken, »außer sie trifft vorher einen Drachen.«

»Und wer würde das schon wollen?« fragte Amanda.

Eine Dame, die einen Mann wie ihre Brüder kennenlernen wollte, dachte Elf, behielt diesen Gedanken jedoch für sich.

Chastity hatte bei dem verzweifelten Versuch, ihre Schwester Verity in Sicherheit zu bringen, Wegelagerer gespielt und Cyns Kutsche angehalten.

Dann hatten sich die drei querfeldein durchgeschlagen, um den Feinden und der Armee zu entgehen.

Portia, Bryghts Braut, sollte in einem Bordell versteigert

werden, um die Spielschulden ihres Bruders zu begleichen, und war nur dank Bryghts Schlagfertigkeit entkommen. Dann war sie von ihren Verwandten gefangengehalten worden und durch ein Fenster geflohen.

Elf wußte, daß die beiden damals in echter Gefahr gewesen waren. Sie selbst wollte mit Sicherheit nicht von der Armee gejagt oder in einem Bordell verkauft werden …

Aber sie wollte *etwas*, und sie wollte einen Drachentöter.

Es gab keine Drachen in Vauxhall, außer den billigen chinesischen, und die Helden – diese Möchtegernhelden in Kostümen – waren genauso falsch.

Trotz ihrer Enttäuschung hatte Elf nicht die Absicht, ihr Abenteuer jetzt abzubrechen. Allein schon sich anonym in so einer Menge herumzutreiben war unterhaltsam, und es stellte keine echte Gefahr dar. Selbst diese vier Möchtegernschurken dort drüben, die noch nicht einmal trocken hinter den Ohren waren, aber ihr und Amanda zweideutige Angebote zuriefen, konnte man einfach ignorieren.

Sie bemerkte eine Gruppe betrunkener Galane, die mit glitzernden Augen auf sie zusteuerten, und schickte ihnen instinktiv einen eiskalten Malloren-Blick entgegen. Trotz der Maske verfehlte er seine Wirkung nicht, so daß sie stehenblieben, nervös kicherten und sich dann auf der Suche nach willigeren Damen trollten.

Elf lachte in sich hinein. Wie sollte eine Dame ein Abenteuer erleben, die jeden Mann abschreckte, der Interesse an ihr bekundete?

Ein sehr großer, breitschultriger Soldat stellte sich ihr in den Weg: »Hallo, meine Hübsche, darf ich Euch zu einem Glas Wein einladen?«

Wegen der Gedanken, die sie gerade gehabt hatte, verkniff sie sich ihr böses Funkeln, senkte bewußt ihre Ansprüche und lächelte: »Ich bin nicht durstig, Sir, aber …«

Amanda schob sich zwischen sie und warf auf französisch ein: »Komm, Cousine, wir werden noch zu spät zu unserer Verabredung kommen.« Sie griff nach Elfs Arm und zog sie weiter.
Elf ließ es geschehen, beschwerte sich aber: »Wie soll ich meinen Spaß haben, wenn du mich nicht einmal mit einem Herrn sprechen läßt?«
»Dieser Herr wollte mehr als sprechen, glaub mir!«
»Aimée, ich bin vielleicht unverheiratet, aber ich bin nicht dumm. Ich weiß, was er wollte, aber ich weiß auch, daß er mich zu nichts zwingen kann, solange ich auf den Hauptwegen bleibe. Ja, wirklich, es ist langweilig, auf den Hauptwegen zu bleiben ...«
Amanda blieb stehen: »Elf ... Lisette ... Oh, wer auch immer! Ich habe nichts gegen diese kleine Maskerade, aber es gibt Grenzen. Wir gehen nicht auf die Seitenwege. Hast du die Geschichten darüber nicht gehört? Die schlimmsten Dinge, Raub, Vergewaltigung ...«
»Übertreibungen, sicherlich«, widersprach Elf absichtlich bokkig. »Schließlich ist man hier nirgends weit weg von den Leuten. Schreie würde man überall hören.«
»Aber würde sich auch jemand darum kümmern?«
Elf warf einen fragenden Blick auf ihre Freundin. Amanda war nicht dumm. Es war Elf nicht in den Sinn gekommen, daß die Leute vielleicht absichtlich Hilfeschreie überhören würden, aber in dieser zweifelhaften, halbseidenen Menge konnte sie sich das durchaus vorstellen.
»Also«, sagte Amanda bestimmt, »wir bleiben auf den Hauptwegen oder gehen nach Hause.«
Elf atmete hörbar aus. »Du bist keinen Deut besser als meine Brüder.«
»Und allem äußeren Anschein zum Trotz bist du immer noch der gleiche Wildfang, der Ärger machen will, wie in unserer Kindheit.«

»Aber natürlich«, sagte Elf, »ich bin nur als Dame verkleidet.« Sie trat zur Seite, um einem betrunkenen, schwankenden Paar Platz zu machen. »Aber ich bin kein kindischer Wildfang mehr. Es wäre interessant, herauszufinden, was ich wirklich bin.«

»Madam ...«

Elf taxierte einen jungen Mann, der versuchte, sich vorzustellen. Er hatte ein weiches Kinn und war wahrscheinlich ein Kaufmannsgehilfe. Sie schenkte ihm einen Malloren-Blick, und er verzog sich.

»Wie ich schon gesagt habe, Elf, du mußt heiraten. An Angeboten wird es ja wohl nicht fehlen.«

»Du wiederholst dich. Und ich werde nur den perfekten Mann heiraten.«

Elf merkte, daß sie ins Englische gefallen waren, aber sie protestierte nicht. Amanda fühlte sich in der Fremdsprache sichtlich unwohl, und überhaupt schien ihr das ganze Unternehmen plötzlich wie eine Dummheit.

»Ach Gott!« rief Amanda aus. »Wenn du auf einen Mann wie deine Brüder wartest, kannst du warten, bis du schwarz wirst. Und glaub mir, ein ganz normaler Mann ist viel weniger anstrengend.«

Elf zwang sie zum Stehenbleiben. »Willst du damit sagen, daß mit meinen Brüdern etwas nicht stimmt?«

Amanda hob die Hände. »Friede! Natürlich nicht. Ich habe auch schon von ihnen geträumt. Aber sie sind zähe Brocken, Elf. Realistisch gesehen, hat ein gemütlicher Mann am Kamin auch seine Vorzüge. Natürlich«, fügte sie hinzu, während sie weitergingen, »habe ich mich auch schon gefragt, wie es wäre, einen Malloren in meinem Bett zu haben ...« Erschreckt schlug sie sich die Hand vor den Mund.

Elf kicherte. »Keine Sorge, ich werd's Stephen nicht weitersagen.«

Sie sahen eine Bude, an der Limonade verkauft wurde, und steuerten darauf zu. Als jede von ihnen ein Glas in der Hand hielt, fragte sie: »Wen würdest du wählen, Amanda? Einen aufregenden Mann im Bett, mit dem es ansonsten nicht so einfach ist? Oder einen ruhigen, bequemen, der auch im Bett nur ruhig und bequem ist?«

»Wenn du damit sagen willst, daß Stephen ...«

»Ich will damit gar nichts sagen. Also, wie ist er?« fragte sie.

Amanda funkelte sie an und kniff die Lippen zusammen.

»Er ist ganz wundervoll. Das Problem mit diesem Mann ist nur, daß er zu selten zu Hause und oft zu müde ist nach den langen Sitzungen im Whitehall. In solchen Momenten wandern meine Gedanken zu verbotenen Früchten, wie zu Rothgar.«

Bei der sehnsüchtigen Erwähnung ihres ältesten Bruders hob Elf die Brauen.

»Er ist nicht besonders freundlich«, sinnierte Amanda, »aber er hat so etwas ...«

»Wahrscheinlich die Tatsache, daß er nicht beabsichtigt zu heiraten«, sagte Elf nüchtern. »Der Eindruck, unerreichbar zu sein, ist wohl sehr anziehend.«

Amanda kicherte. »Wohl wahr! Aber jetzt, wo ich dir mein dunkelstes Geheimnis verraten habe, mußt du mir deines auch anvertrauen.«

»Dunkelstes Geheimnis?« Elf trank von ihrer Limonade, die zu dünn und viel zu süß war. Kannte sie selbst überhaupt ihr dunkelstes Geheimnis? Im Bewußtsein, daß Ärger in den tiefsten Winkeln ihrer Seele lauerte, hielt sie sie bewußt verschlossen.

»Ich habe dir von meiner Rastlosigkeit erzählt«, sagte sie. »Von meinen Drachentöter-Träumen.«

»Und was genau ist das?«

»Ein Drachentöter? Oh, so jemand wie der heilige Georg,

würde ich annehmen ... Nein, nein, er ist bestimmt kein Heiliger. Er ist ein dunkler, gefährlicher Mann. Ein Mann, der töten würde, um mich zu verteidigen, der aber für mich natürlich keine Gefahr darstellt. Außer für mein Herz ...«

Amanda gab ein zustimmendes Murmeln von sich.

»Wirklich, Amanda, für eine empfindliche Matrone kannst du ganz schön verrückt sein!«

»Als empfindliche Matrone kann ich es mir leisten, ein wenig verrückt zu sein. Nur die unverheirateten Damen müssen keusch sein. Aber ich denke, ich habe dein dunkelstes Geheimnis immer noch nicht erfahren. Gibt es da nicht einen bestimmten Mann, für den du deine verruchten Gedanken hegst?«

»Dutzende, angefangen bei dem Müllersburschen, als wir noch klein waren.«

»O ja! Was für Muskeln! Wir haben uns immer unten am Weiher versteckt und ihn angehimmelt ...«

Elf hoffte, ihre Freundin damit abgelenkt zu haben, aber Amanda fragte: »Und heute?«

»Walgrave«, antwortete Elf, um es hinter sich zu haben. »Ich habe sonderbare erotische Phantasien über den Earl of Walgrave.«

Zweites Kapitel

Lord Walgrave?« Amanda blickte Elf leicht überrascht an. »Er ist in unserem Alter, wohlerzogen, akzeptabel und unverheiratet. Ich kann darin nichts Verruchtes sehen.«
»Er ist aber auch unerträglich und ein erklärter Feind meiner Familie!« Elf stellte ihr Glas ab. »Komm. An einen Baum gelehnt hier herumzustehen ist absolute Zeitverschwendung.« Sie zog Amanda zurück in den Strom der Feiernden. »Wenn wir in diese Richtung gehen, finden wir vielleicht wenigstens einen guten Platz, um das Feuerwerk zu sehen.«
Amanda eilte neben ihr her. »Aber ist der Earl nicht der Bruder von Chastity? Das macht ihn doch zu deinem Schwager.«
Elf hätte wissen können, daß die bloße Bewegung Amanda nicht vom Thema abbringen würde. »Das hat keine familiäre Zuneigung ausgelöst, kann ich dir versichern. Wir sind alle höflich zueinander, mehr oder weniger, Cyn und Chastity zuliebe.«
»Mein Gott! Das ist ja wie bei Romeo und Julia!«
Elf blieb abrupt stehen, so daß eine ihnen nachfolgende Gruppe in sie hineinrannte. Als alle sich wieder entwirrt hatten, sagte sie: »Romeo und Julia! Da täuschst du dich. Er verachtet mich. Er schätzt gefügige und liebenswürdige Frauen. Und ich verachte ihn. Er ist ein Lebemann, der es wagt, mir Schicklichkeit zu predigen.«
Amanda zog Elf hinüber zu einer Bank, wo sich ein Pärchen gerade erhob, um in einem der verruchten Seitenwege zu

verschwinden, wie Elf bemerkte. Sie ließ sich von ihrer Freundin auf die Bank drücken, denn sie wußte, daß sie jetzt ausgefragt werden würde.
Sie wünschte, sie hätte ihre Zunge im Zaum gehalten. Sie hatte die Sache mit Walgrave eigentlich geheimhalten wollen, aber schließlich stimmte es ja. Sie verachtete ihn wirklich, auch wenn er eisblaue Augen und eine Aura hatte, die – wie sie fürchtete – rein sexueller Natur war. Er ließ ihre Nerven prickeln, wenn sie ihn unter dem Schutz ihrer Brüder provozierte.
Sie dachte viel zuviel an ihn, und manchmal träumte sie sogar von ihm. Warum, das wußte sie nicht. Er lächelte nie, außer zynisch, und schien von einer furchtbar schlechten Laune besessen zu sein.
Sie war wütend.
»Predigt dir Schicklichkeit?« wiederholte Amanda, wie ein Spürhund, der die Fährte aufgenommen hatte. »Vielleicht hat er nur Probleme damit, sich in seiner neuen Rolle zurechtzufinden. Bisher war er ein sorgloser junger Mann – eine Art Lebemann, möchte ich wetten, aber keiner von der schlechten Sorte –, und dann ist er plötzlich Earl. Es kann nicht einfach sein, in die Fußstapfen eines Mannes zu treten, der der Unbestechliche genannt wurde.«
»Er gibt sich aber alle Mühe. Versucht, so unerträglich aufgeblasen zu sein wie sein Vater.«
Amanda warf ihr einen Blick zu. »Und das gelingt ihm nicht, nehme ich an. Ich glaube nicht, daß du dich Phantasien über seine Wichtigtuerei ergibst.« Sie dachte einen Moment lang nach. »Starb nicht der alte Earl in Rothgar Abbey?«
»Ja. Ein Anfall.«
Das stimmte nicht, war aber die offizielle Version. Tatsächlich war der Earl in eine Art Wahn verfallen und hatte versucht, die Mutter des Königs zu töten. Jemand hatte ihn rechtzeitig

erschossen. Wahrscheinlich Rothgar. Der neue Lord Walgrave schien offensichtlich Rothgar die Schuld am Tod seines Vaters zu geben und nach Mitteln und Wegen zu suchen, den Mallorens zu schaden.

Natürlich war alles vertuscht worden. Der Versuch, ein Mitglied der königlichen Familie zu töten, war schließlich Hochverrat und hätte Walgraves gesamte Familie ruiniert. Der Titel und Besitz des alten Earl wären konfisziert und seine zwei Söhne und zwei Töchter aus der guten Gesellschaft verstoßen worden.

Amanda klopfte mit ihrem Lorgnon an ihre Lippen. »Du mußt eine Menge Gelegenheiten gehabt haben, dem neuen Earl zu begegnen. Die Hochzeit und andere Okkasionen.«

»Ein paar, aber das waren schon zu viele, kann ich dir versichern. Amanda, wenn du ans Verkuppeln denkst, schlag dir das aus dem Kopf. Es gibt wohl kaum zwei verschiedenere Menschen auf dieser Welt.«

Amanda wirkte nicht entmutigt. »Walgrave scheint seine Sache gut zu machen. Stephen sagt, er sei überrascht, wieviel Aufmerksamkeit der Earl den Staatsangelegenheiten widmet und wie umsichtig er sich im Parlament verhält.«

Elf täuschte ein Gähnen vor. »Freut mich für ihn, aber können wir jetzt vielleicht von etwas Interessanterem sprechen?«

»Elf! Du hast zugegeben, daß du von ihm träumst. Er ist ausgesprochen stattlich, fast so wie Bryght.« Sie starrte in die Ferne und gab einen theatralischen Seufzer von sich.

Elf witterte eine Chance, das Thema zu wechseln. »Zuerst Rothgar, jetzt Bryght. Als nächstes erzählst du mir, daß du heiße Träume von Cyn hast!«

»Nein«, sagte Amanda lachend. »Aus irgendeinem Grund kommt er mir eher vor wie ein Bruder, nachdem wir so viele Sommer gemeinsam im Schlamm beim Stichlingefangen verbracht haben.«

Sie legte einen Arm um Elf. »Vielleicht liegt es auch daran, daß du für mich wie eine Schwester bist und er dein Zwillingsbruder ist.«
Elf erwiderte die Umarmung und hoffte, ihre unkluge Vertraulichkeit würde darüber in Vergessenheit geraten.
Aber Amanda vergaß so etwas nicht. »Also«, sagte sie, »warum deine Phantasien nicht Wirklichkeit werden lassen? Wenn dein Bruder Walgraves Schwester heiraten kann, ohne daß der Himmel einstürzt, warum solltest dann nicht auch du ihn heiraten können.«
Elf befreite sich aus der Umarmung. »Du hast Grillen im Kopf. Ich sagte es dir doch schon, wir verabscheuen einander aus tiefster Seele, und er scheint wie besessen davon, Rothgar zu vernichten. In einer solchen Ehe gäbe es keine Gemütlichkeit am Kaminfeuer.«
Amanda grinste. »Aber denk doch ans Bett!«
Elf sprang auf. »Du bist eine verdorbene Frau! Aber ich kann es mir angesichts dieses Hasses auch im Bett nicht sehr angenehm vorstellen.«
Amanda seufzte, als sie sich ebenfalls erhob. »Du hast absolut recht. Trotzdem ist es eine Schande. Er ist genau der Richtige für dich.«
»Ein Verrückter?« Elf brachte ihre Röcke in Ordnung. »Komm, laß uns zu den Booten zurückgehen. Wenn wir die ganze Nacht Backfischträume austauschen wollen, können wir das genausogut in aller Gemütlichkeit zu Hause machen.«
Amanda widersprach nicht. »Hab' ich dir jetzt den Abend verdorben?«
»Nein.« Elf hängte sich bei ihrer Freundin ein. »Es war nur so eine verrückte Idee. Ich muß über eine bessere Möglichkeit nachdenken, mein Leben zu ändern.«
Auf demselben Weg zurückzugehen bedeutete, gegen den Strom zu schwimmen, da die meisten Leute in Richtung des

Platzes strömten, wo bald das Feuerwerk stattfinden würde. Zuerst dachte Elf, das Drängeln der Menge würde sie zurückhalten, aber dann schlang sich ein Arm um ihre Taille und preßte sie gegen eine feuchte, wollene Uniform. Sie sah auf und erkannte den reichdekorierten Hauptmann von vorhin.
»Monsieur!«
»Immer noch allein, meine Hübsche?«
»Je ne comprends pas.«
Er wechselte in ein unbeholfenes Französisch. »Falls Ihr Eure Leute verloren habt, geleite ich Euch gerne zu ihnen zurück.«
»Ich fürchte, daß Ihr eher eine Entführung als ein Geleit im Sinne habt, Sir.« Sie versuchte, sich aus seinem Arm zu winden, hatte jedoch gegen seine massige und kräftige Gestalt keine Chance.
Er lachte und zog sie an sich, wobei er ein bißchen fest drückte, so daß sie fürchtete, er würde ihr versehentlich ein paar Rippen brechen. Aber da blitzte ein Funken Gefahr in ihrer Phantasie auf, wie die ersten Lichtblitze des Feuerwerks.
Sie lächelte ihn an.
»El... Lisette!« zischte Amanda und zupfte an ihrem Umhang.
»Sch, Cousine. Siehst du nicht, daß der Gentleman und ich uns unterhalten?«
Der Hauptmann grinste und zeigte dabei große, aber gesunde Zähne zwischen seinen ziemlich dicken Lippen. »Welch eine Schande, daß ich ohne einen Freund hergekommen bin, Mademoiselle Lisette. Dann wäre Eure Begleiterin sicher nicht so streng, möchte ich wetten.«
Elf beschloß, ihre Rolle zu spielen, und setzte ein affektiertes Lächeln auf. »Da habt Ihr zweifellos recht, Hauptmann. Aber wie Ihr seht, bleibt sie mir auf den Fersen.«
Der Hauptmann drehte sich zu Amanda um und schlang

seinen anderen Arm um sie. »Ich bin ein starker Mann«, erklärte er mit einem lauten, dröhnenden Lachen. »Ich werde mit euch beiden fertig, keine Angst!«
»Da bin ich mir ganz sicher, Sir«, säuselte Elf, der diese Schauspielerei anfing, Spaß zu machen. Sie strich über seine behaarte Hand. »Ich mag starke Männer.«
Amandas Augen blitzten dringende Botschaften hinter ihrer Maske hervor, aber Elf lächelte nur. Sie waren beide bewaffnet. Sie würden im Notfall auch mit so einem starken Mann fertig werden, und immerhin war das ein Abenteuer.
Und sie wollte nicht ohne ein kleines Abenteuer nach Hause gehen.
Der Hauptmann lotste sie durch die Menge, bahnte ihnen einen Weg und schützte sie vor Zusammenstößen. Er hatte je einen Arm um die beiden gelegt, seine Aufmerksamkeit galt jedoch Elf. Sie empfand die Situation nicht als unangenehm, denn sie betrieben etwas Konversation über die Gärten, das Wetter und seine letzte Stationierung in Holland.
Dann, ohne irgendeine Vorwarnung, zog er Elf zu sich heran und küßte sie. Obwohl sie zurückwich und ihren Kopf wegdrehte, fanden seine Lippen ihr Ziel. Heißer Zwiebelatem überfiel sie, und sie kämpfte wütend gegen seinen Griff an. Erschreckenderweise blieb das wirkungslos.
Sie hatte sich nie zuvor in der Gewalt eines kräftigen Mannes befunden und kam zu dem Schluß, daß es ihr kein bißchen gefiel. Ihre Gegenwehr zwang ihn, Amanda loszulassen. Zu Elfs Schrecken sah sie, wie ihre Freundin den Dolch zog. Sie wehrte sich noch heftiger, um den Hauptmann vor dieser gefährlichen Attacke zu warnen, aber seine nassen Lippen versiegelten die ihren. Tatsächlich kämpfte er hart, um ihren Mund aufzuzwingen und seine Zunge hineinzustecken.
Schauderhaft, aber sie sah ihre Freundin schon wegen Mordes im Kerker sitzen und den unvermeidlichen Skandal!

Brüllend sprang der Hauptmann zurück und gab Elfs Mund frei. Offensichtlich hatte Amanda zugestochen.
»Aimée, nein!« schrie Elf, als sie sah, wie ihre Freundin die Hand nochmals erhob.
Die Leute rundherum waren stehengeblieben und starrten den wütenden Hauptmann und die zwei Frauen an. Bevor sich jemand zum Eingreifen entschließen konnte, warf sich Elf wieder in seine Arme und schimpfte: »Aimée, laß das!«
Amanda steckte den Dolch wieder ein und sah erschöpft, aber auch ein bißchen erschrocken über ihre eigene Courage aus.
»Das macht sie nur, weil sie eifersüchtig ist, Monsieur«, sagte Elf besänftigend und mit starkem englischen Akzent, während sie den Schnitt in seinem Ärmel berührte. »Seid Ihr sehr schlimm verletzt?«
Der Hauptmann reckte sich. »Nur ein Flohbiß. Aber ich könnte diese Dame vor Gericht bringen, weil sie meinen Mantel zerrissen hat!«
Er zog ein Taschentuch heraus, und sie half ihm, es um seinen Arm zu binden, um die Blutung zu stillen. Elf konnte nicht anders, als die Gleichgültigkeit zu bewundern, mit der er diese Wunde behandelte, die mindestens zwei bis drei Zentimeter tief sein mußte.
»Seid gnädig, Capitaine. Sie ist so leicht erregbar, wißt Ihr.«
Er grinste und zog Amanda wieder an seine Seite. »Na, das klingt vielversprechend, meine hübsche Teufelin.« Er wandte sich wieder zu Elf. »Was ist mit Euch, meine Kleine? Seid Ihr auch leicht zu erregen?«
Elf begriff, daß sie ihn bei Laune halten mußte, bis die Leute um sie herum das Interesse verloren hatten und sie verschwinden konnten. Einen Seufzer unterdrückend schmiegte sie sich an ihn. »Ich weiß nicht, Monsieur. Ich bin in diesen Dingen nicht sehr erfahren.«
Ein heftiges Lachen schüttelte ihn. »Da bin ich genau der

Richtige, um Eure Erfahrung zu bereichern. O ja, ich werde sie sehr bereichern. Das kann ich versprechen.«

Amanda stupste Elf an und flüsterte: »Nimm dich in acht!«

Elf ignorierte sie und lächelte zu dem Mann auf. »Es scheint, daß Ihr unser beider Erfahrung bereichern müßt, Capitaine.«

Seine großen, dunklen Augen glitzerten, und er leckte sich die feuchten Lippen. »Ich könnte es mit einem Dutzend aufnehmen und hätte noch nicht genug.«

»El ... Lisette!« zischte Amanda. »Er führt uns auf den Druiden-Pfad!«

Elf wünschte, Amanda würde mehr Vertrauen in ihren Instinkt zeigen. Natürlich wußte sie, daß der Hauptmann sie auf einen der schwach beleuchteten Nebenwege führte. Wie sollten sie ihm aber auch inmitten der Menge entkommen? An einem ruhigen, dunklen Plätzchen würde sie den Lüstling schon so benebeln, daß sie flüchten könnten.

Unter neckischem Geplänkel ließ sie ihn sie weiter und weiter weg von den hellen Lichtern in das Reich der Schatten und Geheimnisse führen. Als schließlich eine Biegung sie ganz gegen den Südweg abschirmte, entwand sie sich ihm und tat so, als studiere sie ihn voller Bewunderung. »*Mon Dieu, Capitaine,* Ihr seid ein Bild von einem Mann«, schmachtete sie. »Ihr müßt der größte Mann in Eurem Regiment sein.«

Er ließ von ihr ab und streckte sich. »Einer der größten, jawohl, und der stärkste. Und«, fügte er hinzu und klopfte auf seinen gewölbten Schritt, »überall gut gebaut.« Er machte einen Schritt, um Elf wieder in den Arm zu nehmen, aber sie entwischte ihm und betrachtete ihn jetzt von hinten.

»Solche breiten Schultern. Ein Herkules von einem Mann! Sicherlich könnt Ihr eine Kanone mit einer Hand tragen.«

»Beinah, beinah.« Er drehte sich zu ihr um, aber sie bewegte sich so, daß sie immer hinter ihm stand und er sich permanent

um sich selbst drehte. »He, meine Schöne, bleibt stehen, damit ich Euch auch bewundern kann!«
»Dafür werden wir noch genügend Zeit haben. Zuerst will ich Eure wunderbare Erscheinung betrachten ...« Sie ließ ihn sich noch ein paarmal um sich selbst drehen, dann sagte sie: »Ihr solltet auch meine Cousine küssen, damit sie nicht wieder eifersüchtig wird.«
Sie hatte ihn so schwindlig gemacht, daß er stolperte, als er sich wieder Amanda zuwandte. Sie stieß ihn, so fest sie konnte, griff dann nach Amandas Hand und rannte zurück in Richtung der Lichter.
Aber er hielt mehr aus, als sie gedacht hatte, und geriet durch ihren Stoß nur ein wenig ins Schwanken. Amanda zögerte einen Augenblick, bevor sie verstand, und wurde aus Elfs Griff gerissen.
Elf blieb stehen, entschlossen, die Freundin zu retten, doch die riß sich selbst los und lief in die entgegengesetzte Richtung, auf den überfüllten Südweg zu. »Lauf!« schrie sie und rannte selbst auf den wohlbeleuchteten Teil des Parks zu.
Mit einem übermütigen Lachen raffte Elf ihre Röcke und lief den verlassenen Druiden-Pfad hinunter, während sie den Hauptmann hinter sich keuchen hörte.
Laternen waren hier sehr rar und der Weg verschlungen. Elf passierte ein eng umschlungenes Paar auf einer Bank und ein paar raschelnde Büsche.
Nach einigen Augenblicken blieb sie schwer atmend stehen. Teufel noch mal! Die Jahre als feine Dame hatten an ihren Kräften gezehrt.
Dann hörte sie stampfende Schritte. Sie war ihn immer noch nicht los.
Sie tauchte in die Büsche ab, die den Pfad säumten, und versuchte, sich so leise wie möglich einen Weg zu bahnen. Sie hörte Seide reißen und fürchtete um Amandas hübsches Cape.

Wenigstens brauchte sie sich nicht um ihre Freundin zu sorgen, solange diese nicht zurückkam, um ihr zu helfen.
Dichtes Gebüsch und dunkle Schatten formten eine unheimliche, fremde Welt, aber sie passierte auch ein paar Lichtungen. Ob von der Natur oder von Menschenhand angelegt, erfüllten sie ihren Zweck. Sie stolperte beinah über ein Paar in flagranti. Ihre instinktive Entschuldigung wurde von dem aufspringenden Mann mit einem Fluch erwidert. Sie konnte ein Kichern kaum unterdrücken und eilte weiter.
Sobald sie sich außer Hörweite dieser beiden befand, blieb sie stehen, um zu horchen.
In der Ferne krachten Feuerwerkskörper. Der verschmähte Liebhaber brüllte immer noch ihren Namen. Aber jetzt mischten sich andere Stimmen ein, die ihn aufforderten, den Mund zu halten und zu verschwinden. Das Unterholz schien von Liebespaaren nur so zu wimmeln!
Der Hauptmann hatte nun offensichtlich ihre Spur verloren. Ihr Plan hatte also funktioniert.
Dann wurde er still, und sie begann erneut, sich zu fürchten. Sie hatte ihn zum Narren gehalten, und er wirkte nicht wie jemand, dem das nichts ausmachen würde. Außerdem schien er nicht ganz dumm. Sie nahm an, daß er ebenfalls stehengeblieben war und wie ein guter Jäger horchend darauf wartete, daß sie sich durch irgendein Geräusch verriet.
Sie begann, sich möglichst leise von dort zu entfernen, wo sie ihn zum letzten Mal gehört hatte, auf der Hut vor weiteren verborgenen Paaren. Manchmal konnte sie sich zwischen Büschen oder Baumstämmen hindurchzwängen, aber an anderen Stellen zwang das dichte Gestrüpp sie zu Umwegen. Bald hatte sie sich hoffnungslos verirrt.
Sie blieb in der völligen Dunkelheit eines dichten Eibengehölzes stehen, um nachzudenken. Das Feuerwerk war zu Ende, und kein Geräusch war zu hören.

Amanda war in Sicherheit, dachte sie, solange sie sich nicht wieder in das Wegegewirr stürzte, um nach ihr zu suchen. Tatsächlich konnte sie nichts anderes für ihre Freundin tun, als so schnell wie möglich auf den Südweg zurückzukehren. Um das ungefährdet in die Tat umzusetzen, mußte sie wohl oder übel die Wege meiden. Das hieß, sich querfeldein durch die Büsche schlagen, bis sie Musik hörte. Es machte ihr angst, daß sie sie jetzt nicht hören konnte, denn das bedeutete, daß sie sich weit vom Zentrum der Gärten entfernt haben mußte. Sie konnte nicht einmal irgendwelche stöhnenden Liebespaare hören. Sie fühlte sich ganz allein inmitten der Natur. Dieser dunklen, schweigenden, ominösen Natur ...

Dann überlegte sie sich, daß sie eigentlich gar nicht fern der Wege bleiben mußte, solange sie aufmerksam war und darauf gefaßt, wieder ins Gebüsch abzutauchen, sobald sie den Hauptmann sah.

Oh, ihr armer Umhang. Was für ein Bild würde sie abgeben, wenn sie schließlich wieder ins Licht trat!

Da kam ihr eine Idee. Möglichst geräuschlos nahm sie das üppige Kleidungsstück ab und drehte es herum, mit der dunklen Innenseite nach außen. So würde sie es nicht nur vor Beschädigung schützen, sondern auch weniger auffallen als mit dem leuchtenden Rot. Und wenn sie schließlich wiederauftauchte, konnte sie es erneut wenden und einigermaßen ordentlich aussehen.

Danach setzte sie ihren Weg fort. Doch schon bald vernahm sie Schritte auf dem nahe gelegenen Pfad.

»Das sollte genügen«, hörte sie die leise und sanfte Stimme eines Mannes.

Gott, mußte sie jetzt vielleicht eine schmutzige Verführungsszene mit anhören?

»Es ist ruhig genug«, erwiderte eine andere leise männliche Stimme. »Also, was wollt Ihr?«

Trotz ihres behüteten Lebenswandels wußte Elf über vieles Bescheid und befürchtete schon, Ohrenzeuge einer homosexuellen Begegnung zu werden. Die folgenden Worte zerstreuten diese Befürchtung jedoch sofort.

»Euer Engagement für die Sache ist in Frage gestellt worden, Mylord. Es herrschen erhebliche Zweifel.«

»Bei wem?«

Elf schien plötzlich, daß sie diese Stimme mit dem leicht schleppenden Tonfall kannte. Doch sie war sich nicht ganz sicher.

»Bei denen, die mehr zu verlieren haben als Ihr.«

»Ich bezweifle, daß irgend jemand von ihnen mehr zu verlieren hat als ich.«

»Ja, aber das ist vielleicht der Grund für ihr Mißtrauen.« Die Stimme offenbarte einen schottischen Akzent und verlor deutlich an Respekt. »Was würdet Ihr gewinnen, wenn wir siegten, Mylord?«

»Daß die Gerechtigkeit siegt«, erwiderte der Lord, hörbar verärgert. »Die Rückführung der Stuarts auf ihren rechtmäßigen Thron.«

Bei diesen Worten hatte Elf das Gefühl, jemand würde ihr Eiswasser über den Rücken gießen.

Verrat.

Sie sprachen von Hochverrat!

Aber diese Jakobiten-Sache war doch schon vor siebzehn Jahren von den 45ern niedergeschlagen worden. Und die Köpfe der letzten Lords, die sich dafür stark gemacht hatten, verrotteten immer noch in Temple Bar.

Elf hatte von Beginn an wie erstarrt dagestanden, aber jetzt versuchte sie sogar, ihren Atem zu bremsen. Liebestolle Hauptmänner waren eine Kleinigkeit im Vergleich zu Verschwörern. Wenn diese Männer sie hier fänden, würden sie ihr die Kehle durchschneiden.

Zentimeter für Zentimeter und bei jedem Rascheln ihrer Kleider erstarrend, zog sie den Dolch aus ihrem Mieder. Auch wenn es nur ein kleines Ding war, mit einer Klinge, die nicht länger war als eine Hand, war es doch besser als gar nichts.

»Ich bezweifle, daß Ideale Euch bewegen, Mylord«, sagte der Schotte. »Vielleicht erhofft Ihr Euch eine Machtposition unter dem neuen Regime. Aber Ihr müßt bedenken, daß es da viele andere mit Ansprüchen gibt, Ansprüchen, die zum Teil schon seit Generationen bestehen.«

»Meine Familie hat auch einen Anspruch.«

Konnte er ein schottischer Lord sein? Es gab nur wenige Engländer, die die Stuarts unterstützt hatten, und manche Schotten hatten keinen Akzent.

Der Lord ergriff wieder das Wort, diesmal mit hörbarer Verachtung. »Wenn Ihr meine Hilfe nicht wollt, sagt es nur. Ich werde sie Euch nicht aufdrängen. Aber wie Ihr ohne mich in die Nähe des Königs gelangen wollt, kann ich mir nicht vorstellen.«

»Ihr wißt zuviel, als daß man Euch so gehen lassen könnte, Mylord.«

Eine neue Drohung hing in der Luft, und Elfs Herz raste. Mord? Konnte sie wirklich hier stehen und nichts tun, selbst wenn es sich um Verräter handelte?

Der Lord scherte sich jedoch offensichtlich nicht um die Gefahr. »Droh mir nicht, Murray. Ich habe eine genaue Beschreibung des Plans für den Fall meines plötzlichen Todes hinterlegt. Außerdem bin ich sehr wohl in der Lage, auf mich selbst aufzupassen.« Elf hörte das tödliche Sausen eines gezogenen Schwerts.

Die lange Stille, die folgte, hätte Elf glauben machen können, sie sei allein, aber die beiden konnten ja nicht völlig geräuschlos verschwunden sein.

»Gemach, Mylord«, sagte der Schotte schließlich, mit leichter

Nervosität in der Stimme. »Wir brauchen keine Schwerter. Es ist nur so, daß bei uns allen die Nerven blank liegen, je näher der Zeitpunkt rückt. Schließlich könntet Ihr auch ein Mann des Königs sein, ein Agent provocateur.«
Der Lord lachte. »Absurd. Da bist du eher einer. Natürlich würde ein Mann diese Rolle für Geld übernehmen, aber das einzige, woran es mir nicht mangelt, ist Geld. Sind wir jetzt fertig hier?«
Der Lord hatte offensichtlich die Kontrolle über die Situation wiedergewonnen, denn die Stimme des Schotten hatte einen unterwürfigen Ton, als er sagte: »Jawohl, Mylord.«
»Dann ersucht mich nicht mehr um derartige Treffen. Wir müssen uns nur noch kurze Zeit gedulden, und Begegnungen wie diese sind gefährlich und unerquicklich.«
»Jawohl, da habt Ihr zweifellos recht, Mylord.«
Dann zeigten endlich knirschende Schritte Elf an, daß sie fortgingen.
Sie holte tief Luft und begann zu zittern. Herr im Himmel, was sollte sie nur machen? Jemand plante, dem König etwas Schreckliches anzutun, dem zweifellos eine bewaffnete Invasion folgen sollte!
Sie mußte das verhindern.
Während ihr Herz raste, warf sie sich vor, daß eine echte Abenteurernatur eine Möglichkeit gefunden hätte, hinüberzuspähen und den englischen Lord zu identifizieren. Sie dagegen hatte wie ein erschrockenes Kaninchen einfach bewegungslos dagestanden. Jetzt, mit der noch frischen Erinnerung, versuchte sie einen Namen oder ein Gesicht mit der Stimme zu verbinden. Aber obwohl sie ihr bekannt vorkam, fiel ihr niemand ein.
Er hatte sehr leise gesprochen, aber irgend etwas in seiner Stimme war ihr vertraut gewesen. Ein junger Mann. Sie konnte fast seine stolze Statur sehen, den arroganten Blick ...

Nein, es fiel ihr einfach nicht ein.
Vielleicht würde es ihr in den Sinn kommen, wenn sie aufhörte, darüber nachzudenken, oder wenn sie ihm bei nächster Gelegenheit begegnete. Jetzt mußte sie von hier weg, Amanda finden und sicher nach Hause kommen.
Sie würde sofort nach Malloren House fahren und mit Rothgar sprechen.
Da erst erinnerte sie sich, daß er nicht da war. Keiner ihrer Brüder war greifbar. Das Fehlen ihrer Beschützer wurde jetzt zu einem echten Problem.
Sie rechnete, wie lange es dauern würde, einem von ihnen eine Nachricht zukommen zu lassen, während sie sich durch das Gebüsch auf den nahen Weg schob. Als sie aus den Sträuchern hervortrat, sah sie einen Mann in den nahen Schatten, der ganz in Gedanken versunken war. Er war stämmig, in Zivil gekleidet, mit blondem Haar unter einem Dreispitz.
Sie erstarrte und versuchte dann, sich wieder in ihr Versteck zurückzuziehen. Aber es war zu spät. Er blickte auf und entdeckte sie.
Sie hatte diesen Mann noch nie zuvor gesehen, aber da er nur eine kleine Maske trug, hätte sie ihn leicht wiedererkannt.
Und das wußte er.
Panik trat an die Stelle von Überraschung. Er stürzte auf sie zu und packte ihren Arm. Elf rammte den Dolch bis auf den Knochen in sein Handgelenk. Als er aufheulte, rannte sie um ihr Leben und betete, daß sie die richtige Richtung gewählt hatte.
Der Mann hatte versucht, seinen Schmerzensschrei zu unterdrücken, und jetzt war nur noch das Geräusch seiner Füße zu hören, die sie wie eine drohende Trommel hinter sich vernahm.
Oder vielleicht trommelte auch nur der rasende Puls in ihren Ohren ...
Atemlos in den verschlungenen Wegen verloren, dachte Elf

kurz daran, sich wieder in die Büsche zu schlagen. Aber ihr Verfolger war ihr schon zu nah auf den Fersen. Was sie brauchte, waren Leute.

Irgendwelche Leute.

Sie hätte sich auf ein Pärchen mitten im Liebesakt geworfen, nur um Schutz zu finden.

Mit Freuden wäre sie jetzt ihrem Hauptmann begegnet.

An einer Kreuzung aus drei Wegen blieb sie stehen, schnappte nach Luft und lauschte auf irgendwelche Geräusche. Sie hörte schwach das Orchester, aber es waren weit und breit keine Leute zu sehen.

Ein schneller Blick über die Schulter zeigte ihr, daß der Mann sie fast erreicht hatte, also nahm sie ihre Beine wieder in die Hand und rannte auf die Musik zu.

Nach einer Biegung sah sie Lichter!

Vor ihr glitzerte der Südweg wie das Paradies, aber ihr Verfolger keuchte nur wenige Zentimeter hinter ihr.

Eine Hand griff nach ihrem Umhang.

Sie wand sich aus ihm heraus und stürzte weiter, ihr Herz schlug zum Zerspringen, mit einer Hand hielt sie den Dolch umklammert.

Wenn sie stehenblieb, würde das ihren Tod bedeuten.

Näher als die Lichter war eine Gestalt, die sich zu ihnen umdrehte, eine dunkle Silhouette vor dem Schein der entfernten Laternen.

Ein hochgewachsener Mann in dunklen Kleidern.

Es war ihr egal, wer er war. »Helfen Sie mir!« schrie sie und warf sich an seine Brust.

Instinktiv schlang er seine Arme um sie und schwankte unter ihrem Schwung.

Im letzten Moment erkannte sie ihn voller Erleichterung trotz der enganliegenden schwarzen Maske. »Gott sei Dank!« keuchte sie.

Sie hatte sich in die Arme ihres Schwagers, des Earl of Walgrave geworfen.
Sie war in Sicherheit.
Sie war in Sicherheit ...
An seiner starken Brust zusammengesunken, rang sie nach Luft.
»Sie hat alles gehört«, keuchte die schottische Stimme hinter ihr. »Sie muß sterben.«

Drittes Kapitel

Elf erstarrte vor Schreck, immerhin erkannte sie jetzt die vertraute Stimme.
Sie hatte sich in die Arme ihres Schwagers, Lord Walgrave, geworfen, aber der war zum Verräter geworden.
Es gab keinen Sinn.
Es ergab überhaupt keinen Sinn.
Wozu brauchte einer der mächtigsten und reichsten Männer des Königreichs die Stuarts und Rebellen? Aber dann erinnerte sie sich, daß sein Vater während der Invasion von 1745 mit den Jakobiten sympathisiert hatte. Dieser Unsinn hatte Rothgar Macht über den alten Earl gegeben, was den alten Mann schließlich in den Wahnsinn getrieben hatte.
Ihr atemloser Verstand kämpfte um eine neue Strategie. Sie bezweifelte, daß Walgrave sie erkennen würde. Würde er mit ansehen, wie eine unbekannte Frau ermordet wurde?
Würde es ihr helfen, sich zu erkennen zu geben?
Er haßte die Mallorens.
Sie packte ihren Dolch fester, auch wenn sie nicht glaubte, sich damit zweier starker Männer erwehren zu können.
Endlich begann Walgrave zu reden. »Sterben?« sagte er leichthin und schlang die Arme noch fester um sie. »Sapperlot, dieses hübsche Vögelchen besitzt nicht den Verstand, mehr zu begreifen als ihre Frisur. Außer Sie zwingen ihrem Hirn etwas auf.«
»Ihr kennt sie, Mylord?«
Elf riskierte einen Blick und sah, daß der Schotte den langen, bedrohlichen Dolch noch immer in der Hand hielt.

Walgrave seufzte wie unter einer schweren Last. »Sie ist meine derzeitige Mätresse und schrecklich eifersüchtig.« Elfs Kinn wurde nicht gerade sanft hochgehoben. »Ich werde dich dafür bestrafen, Kätzchen. Es geht wirklich nicht, daß du mir nachspionierst und dich in meine Angelegenheiten einmischst.«

Ein Zittern durchfuhr sie, als sie echten Zorn in seinen Augen blitzen sah. Offensichtlich war es aber keine mörderische Wut, also mußte sie sein Spiel mitspielen.

»Es tut mir so leid, Monsieur«, säuselte sie und hatte keine Schwierigkeiten, Nervosität in ihre Stimme zu legen. Sie fuhr auf französisch fort: »Ich war mir ganz sicher, daß Ihr mit *ihr* herkommen würdet.«

Gewandt antwortete er ihr in derselben Sprache: »Selbst wenn ich mich entscheiden sollte, mit anderen Frauen zu verkehren, hast du kein Recht, mir nachzuspionieren oder dich einzumischen, oder?« Er unterstrich seine Worte mit einem wirklich schmerzhaften Kneifen, so daß sie aufschrie.

»Nein, Mylord!«

»Siehst du«, sagte er auf englisch zu dem anderen, »sie stellt keine Gefahr dar.«

Der Dolch des Schotten blinkte. »Bei allem nötigen Respekt, Mylord, sie könnte auch durch gedankenloses Geschwätz Schaden anrichten.«

»Ihr Englisch ist dazu nicht gut genug, aber ich gedenke sowieso, sie unter Verschluß zu halten. Mach dir keine Sorgen. Sie wird mit niemand darüber reden.«

Mit diesem Satz und ohne die blinkende Klinge zu beachten, stieß sie der Earl in Richtung des erleuchteten Südwegs.

Auch wenn Elfs Herzschlag sich langsam normalisierte, zitterten ihre Knie immer noch. Es fiel ihr nicht schwer, sich noch mal an Walgrave zu schmiegen und zu flüstern: »Merci, Monsieur!«

»Bedanke dich nicht zu früh«, riet er ihr auf französisch. Er hatte zwar nicht ihre perfekte Aussprache, aber sein Französisch war trotzdem ausgezeichnet. »Mein schottischer Freund wird uns sicherlich folgen, und ich meine, was ich sagte. Du bist meine Gefangene.«

»Eure Gefangene? Das könnt Ihr nicht tun!«

»Was sollte mich daran hindern? Wer auch immer du bist, kleines Biest, du bist deinen Aufpassern entwischt und hast dich in ein gewagtes Abenteuer gestürzt. Was bedeutet, daß ich dich leicht verschwinden lassen kann. Steck dieses Spielzeug weg«, fügte er mit Blick auf ihren Dolch hinzu. »Es wird dir nichts nützen.«

Elf schob den Dolch zurück in ihr Mieder und murmelte: »Immerhin hat er mich vor diesem Mann gerettet.«

Ihre Nerven begannen, sich zu beruhigen. Ein bißchen wenigstens.

Sie waren immer noch gespannt wie die Saiten einer Harfe, aber die Kräfte kehrten in ihre Glieder zurück, und sie konnte wieder klar denken.

Walgrave hatte sie nicht erkannt.

Das war nicht überraschend, denn schließlich war sie maskiert. Die größte Gefahr war ihre Stimme, denn sie waren sich oft genug begegnet. Aber wenn sie nur Französisch sprachen, würde das vielleicht als Tarnung genügen.

Als sie sich wieder unter die feiernde Menge mischten, betete sie, daß es funktionieren würde. Denn bei seinem Haß auf die Mallorens würde er sie sonst vielleicht in die Gewalt dieses mordlustigen Schotten zurückstoßen. Außerdem durfte er, falls es ihr gelang zu fliehen, nie erfahren, wen er gerettet hatte, besonders wenn er in eine Verschwörung verwickelt war.

Hochverrat!

Gott, aber es ergab überhaupt keinen Sinn. Sie hatte ihn für einen Lebemann gehalten, einen gefühllosen Menschen und einen bösartigen Feind. Sie hätte ihn nie für verrückt gehalten. Sie würde später darüber nachdenken. Zunächst mußte sie ihn täuschen, bis sie fliehen konnte. Sie hoffte, daß er immer noch Lebemann genug war, um sich von einer koketten Französin becircen zu lassen.

»Bitte, lassen Sie mich nach Hause gehen, Mylord. Seien Sie nicht grausam!«

»Grausam? Glaub mir, Kindchen, ich bin ein ehrenhafter, perfekter Ritter. Es geht mir wider die Natur, also stellt mich nicht in Frage.«

»Oh, das tue ich nicht, Mylord. Ich danke Ihnen aus tiefstem Herzen, Mylord! Sie waren wundervoll!« Je dümmer sie wirkte, desto weniger verdächtig wäre sie. Sie erinnerte sich an Amanda und ließ den Blick über die Menge schweifen. Dieses Unternehmen war Elfs Idee gewesen, und sie mußte sicher sein, daß ihre Freundin unbehelligt nach Hause kam. Elf konnte aber nirgends ein silberblaues Cape entdecken.

Walgrave bahnte ihnen den Weg zum Ausgang, wie Moses das Rote Meer geteilt hatte. Obwohl er inkognito und in schlichtes Schwarz gekleidet war, schien irgend etwas in seinem Auftreten, gewöhnliche Sterbliche zur Seite treten zu lassen.

Wo war Amanda?

Sie mußte wissen, daß ihre Freundin in Sicherheit war. Sie mußte auch sichergehen, daß sie nicht Alarm schlug. Elf hoffte, im Morgengrauen zu Hause zu sein, so daß niemand ihre verrückte Eskapade bemerken würde, aber wenn Amanda nach Hause eilen und Alarm schlagen würde, wären sie in großen Schwierigkeiten.

Elf begann zu verzweifeln, aber als sie sich dem Fluß näherten, mußte sogar Walgrave sein Feldherrentempo verlangsamen. Elf konnte sich genauer umsehen und entdeckte schließlich eine Lady in einem blauen Umhang, die auf einer Bank unter einem Baum stand und mit verzweifeltem Ausdruck die Menge absuchte. Amanda hatte sogar ihre Maske abgenommen und sah äußerst panisch aus.

Elf heftete ihren Blick auf sie, als ob sie so Amandas Aufmerksamkeit auf sich ziehen könnte. Zweimal glitt der Blick der Freundin über sie hinweg. Dann erinnerte sich Elf, daß Amanda nach einem leuchtenden Rot Ausschau halten würde und sie immer noch die schwarze Innenseite des Capes nach außen trug. Schnell schlug sie es zurück und gab die rote Seide frei. Amandas Augen strichen wieder über sie, kamen zurück und blieben schließlich auf ihr ruhen.

Mit einem strahlenden Lächeln der Erleichterung winkte Amanda und sprang von der Bank herunter. Elf seufzte ärgerlich. Amanda konnte sich in Gefahr bringen, besonders weil Walgrave sie so erkennen mußte.

Einen Moment lang überlegte sie, ob sie sich das zunutze machen könnte, um zu entkommen. Er würde sicher nicht versuchen, sie beide gefangenzuhalten. Aber dann erinnerte sie sich wieder an den Schotten.

Sie konnte Amanda nicht unmaskiert in eine derartige Gefahr bringen!

Mit dem Blick auf die Menge vor ihnen gerichtet, stieß Walgrave sie vorwärts, während sie unverwandt in die Richtung sah, aus der Amanda kommen mußte. Sobald ihre Freundin sich durch die Menge geschoben hatte, hob sie abwehrend die Hand. Amanda blieb mit fragendem Gesichtsausdruck stehen. Elf machte eine verscheuchende Handbewegung und hoffte, daß Amanda sie als »Geh nach Hause!« verstehen würde.

Am äußersten Ende der Vauxhall Lane wurde Walgrave nochmals aufgehalten. Er murmelte einen Fluch, seine Aufmerksamkeit auf die Leute vor ihnen gerichtet, die den Durchgang versperrten.

Elf drehte den Kopf und sagte wortlos: »Geh nach Hause. Ich bin in Sicherheit.«
Amanda runzelte die Stirn und deutete auf Amandas Begleiter. Dann öffnete sie voller Erstaunen den Mund. Einen Augenblick später riß sie auch die Augen in überraschter Begeisterung auf.
Walgrave bahnte sich einen Weg durch die Menge und schob sie auf die Vauxhall Lane. Um Himmels willen! Amanda glaubte, sie sei freiwillig auf dem Weg zu einer leidenschaftlichen Nacht mit dem Mann ihrer Träume.
Als sie auf den Vauxhall-Kai zusteuerten, sah Elf die gute Seite dieser lächerlichen Situation. Amanda würde es zwar nicht gutheißen, aber sie würde auch nicht Alarm schlagen und so riskieren, Elfs Ruf für immer zu ruinieren.
Und Amanda würde in Sicherheit sein. Es war nur eine Frage der Zeit, bis sie ein Mietsboot fand, das sie zum Kai nahe der Warwick Street brachte. Ein Diener war angewiesen worden, den ganzen Abend dort zu warten, um die Damen nach Hause zu begleiten. Natürlich würde dort jetzt nur eine Lady auftauchen, aber Amanda würde sich eine plausible Erklärung dafür einfallen lassen.
Jetzt mußte Elf sich auf ihre eigene Sicherheit und diese seltsame Verschwörung konzentrieren.
Sie brauchte ihre Brüder, aber es konnte Tage dauern, bis einer von ihnen hier eintraf. Sie hatte keine Ahnung, wann die Sache stattfinden sollte. Walgrave hatte angedeutet, daß sie nur für ein paar Tage seine Gefangene sein würde. Der Schotte hatte gesagt, der Zeitpunkt sei nahe.
Sie konnte also nicht bloß einfach auf ihre Brüder warten. Sie mußte selbst etwas unternehmen. Neben ihrer Sorge und Angst verspürte sie zugegebenermaßen auch den Kitzel des Abenteuers.
Wenigstens war sie endlich auch einmal selbst herausgefor-

dert, und ihr Malloren-Herz jubilierte. Endlich verstand sie, warum sich ihr Zwillingsbruder ein schwieriges und gefährliches Leben ausgesucht hatte.

Wahrscheinlich wegen dieses Prickelns im Blut.

Also, was sollte sie tun?

Während sie Walgrave erlaubte, sie hinunter zu den Booten zu führen, dachte sie über ihre Optionen nach. Sie würde nach ihren Brüdern schicken, aber in der Zwischenzeit mußte sie handeln.

Elf machte im Geiste eine Liste der Dinge, die zu tun waren, gerade so, als ob sie ein großes gesellschaftliches Ereignis planen würde.

Als erstes mußte sie Walgrave entkommen, ohne daß er erfuhr, wen er in seiner Gewalt gehabt hatte.

Zweitens mußte sie soviel wie möglich über diese Verschwörung erfahren.

Sie fragte sich, ob sie diese beiden Punkte tauschen sollte. Wenn sie bei Walgrave blieb, konnte sie vielleicht mehr über den Plan herausfinden. Aber nein. Sie bezweifelte, daß der Earl Pläne für ihre gemeinsam zu verbringende Zeit hatte, die eine Erörterung seiner politischen Anschauungen einschloß.

Drittens? Die Verräter dingfest machen und ihrer gerechten Strafe zuführen. Ohne daß Walgrave auf dem Schafott endete.

Sie erinnerte sich, daß sie erst gestern Chastity versprochen hatte, solches Unheil zu verhindern, und wäre beinah in hysterisches Gelächter ausgebrochen.

Die Strafe für Hochverrat war Tod durch den Strang, Strecken und Vierteilen, auch wenn die Jakobiten damals enthauptet worden waren. Sie schielte zu dem Mann neben ihr hinauf – eine scharf geschnittene, arrogante Erscheinung, braunes, lockiges Haar, das von einer schwarzen Schleife zusammengehalten wurde.

Sollte dieser hübsche Kopf wirklich von einem Beil abgetrennt auf einer Speerspitze über einer öffentlichen Durchfahrt verrotten?

Sie konnte diesen Gedanken nicht ertragen.

Und er wäre auch nicht der einzige Leidtragende. Ein Verräter wurde automatisch geächtet, was bedeutete, daß sein Titel annulliert und sein gesamter Besitz eingezogen würde.

Chastity würde von der Schande getroffen, ebenso Cyn. Ein Hochverräter als Schwager würde seine Karriere bei der Armee definitiv ruinieren!

Die Gefahren und weitverzweigten Folgen der Situation ließen Elfs Zuversicht in ihre Fähigkeit, mit der Sache fertig zu werden, schwinden. Sie hatte absolut keine Idee, was sie tun sollte. Sie wünschte aus ganzem Herzen, Rothgar wäre bei ihr. Schwach würde sie alle Verantwortung in seine fähigen Hände legen und sich lieber wieder der Planung großer gesellschaftlicher Ereignisse widmen.

Aber sie war jetzt die einzige hier, die tun konnte, was getan werden mußte. Also mußte sie es tun. Und das erste, was sie tun mußte, war fliehen.

Sie spürte, wie sich der Arm des Earls entspannte. Sie nutzte ihre Chance und wand sich aus seinem Griff. Er reagierte jedoch sofort und riß sie mit solcher Gewalt an sich, daß sie um ihre Rippen fürchtete.

»Wenn du mir Schwierigkeiten machst«, sagte er mit gesenkter Stimme, »werde ich dir noch viel mehr weh tun.«

Schaudernd gestand Elf sich ein, daß er es ernst meinte. Selbst wenn er ein verrücktes junges Mädchen gerettet hatte, war er bereit, im Notfall auch Gewalt anzuwenden.

Sie wünschte, sie hätte ihn besser gekannt, um sein Verhalten besser einschätzen zu können. Vor Cyns Beziehung zu Chastity waren sich die Wares und Mallorens selten begegnet. Lord Thornhill – wie Walgrave damals noch hieß – hatte selbstverständlich nicht dieselben Orte aufgesucht wie eine

Dame. Er hatte schließlich den Ruf, ein liederlicher Müßiggänger zu sein.
Dieser Eindruck hatte sich auch bei näherem Kennenlernen nicht gewandelt. Elf hielt ihn für jähzornig, arrogant und rücksichtslos gegenüber den Menschen, die seinen Weg kreuzten. Da sie selbst aus einer Familie mit engem Zusammenhalt stammte, war sie schockiert darüber gewesen, wie wenig ihn das Wohlbefinden seiner Schwestern kümmerte. Rothgar hatte ihn gezwungen, zuzugeben, daß sie alle Opfer des ruchlosen Ehrgeizes ihres Vaters gewesen waren, aber Walgrave war dafür nicht besonders dankbar.
Nach dem Tod seines Vaters schien er seine Ansichten geändert zu haben, aber er war noch kälter geworden und legte eine düstere Bosheit allem gegenüber an den Tag, was mit den Mallorens zusammenhing.
Weiß Gott, warum.
Er konnte sicher nicht behaupten, seinen machtgierigen Vater geliebt zu haben, und selbst wenn, warum gab er Rothgar die Schuld am Tod des vierten Earls? Selbst wenn Rothgar den Abzug gedrückt hatte, dann nur, weil er es tun mußte.
Was auch immer die Wahrheit war, Walgrave schien sich große Mühe zu geben, in jeder Hinsicht in die Fußstapfen seines Vaters zu treten, auch was die Feindschaft mit den Mallorens betraf.
Es war, wie sie ja auch Amanda gesagt hatte, absolut verrückt, eine körperliche Zuneigung zu diesem Mann zu verspüren. Aber selbst jetzt, im wahrsten Sinne des Wortes eine Gefangene in seinen unfreundlichen Armen, konnte sie diese erotische Kraft spüren. Sie fühlte sie tief in ihrem Inneren, wo sich ein lüsterner Teil ihres Selbst hoffnungsvoll regte.
O du närrisches Geschöpf, schimpfte sie sich selbst. *Hör auf damit!*
Als Elf gegen die Stufen gestoßen wurde, blickte sie sich um,

um zu sehen, ob Amanda ihnen folgte. Was sie statt dessen sah, waren drei finstere Gestalten dicht hinter ihnen. Sie trugen alle dunkle Umhänge, Dreispitze und Masken. Trotz der Masken sahen sie kein bißchen vergnügt aus.

Sie sahen aus wie Mörder.

»Ja«, sagte Walgrave immer noch auf französisch. »Bei mir bist du wirklich sicherer. Die würden dir ohne zu zögern deinen hübschen Hals durchschneiden.«

Und das waren seine Verbündeten? Wie konnte er nur so dumm sein?

»Aber hab' keine Angst«, fügte er voller Wärme hinzu, »wenn du tust, was ich dir sage, wird dir garantiert nichts geschehen.«

Boote kamen und brachten immer noch Gäste an Land, aber es standen auch schon viele da und warteten auf eine Rückfahrgelegenheit. Elf dachte darüber nach, die Bootsmänner für ihre Flucht zu benutzen. Doch da trat ein Bediensteter mit gepuderter Perücke aus einer Gruppe wartender Diener und pfiff auf einer silbernen Pfeife. Sofort glitt eine Barke mit sechs kräftigen Ruderern heran.

Elf sah es mit Schrecken. Das waren die Männer des Earls in seiner Livree. Sie hätte es wissen müssen, denn auch Rothgar besaß so ein Boot.

In der Bootsmitte war ein Bereich mit grünen Samtvorhängen, bestickt mit dem Wappen des Earls, abgeteilt und wurde von den Laternen beleuchtet. Er schob sie hinein, nahm dann neben ihr Platz und zog die Vorhänge zu, während das Boot in die Mitte des Flusses glitt.

Hier wäre genug Raum für acht Menschen gewesen. Elf saß auf der einen Seite, während der Earl sich auf der anderen rekelte. Sie fühlte sich immer noch in der Falle, auch wenn sie jetzt allein mit ihm war. Sie machte sich keine Illusionen darüber, sich gegen ihn zur Wehr setzen zu können. Er war doppelt so breit wie sie, und sie wußte, daß er allerlei Sport betrieb, auch den neuartigen Faustkampf.

»Was werdet Ihr jetzt mit mir tun, Mylord?« fragte sie und hatte keine Probleme, nervös zu klingen.

»Eine interessante Frage.« Er nahm seine Maske ab und warf sie auf ein Kissen. Auch wenn es nur ein Streifen schwarzer Seide war, sah er ohne ein bißchen weniger bedrohlich aus. Das bedeutete aber nicht, daß Elf die Gefahr unterschätzte.

»Nimm deine Maske ab«, sagte er und studierte sie auf höchst beunruhigende Weise. Hatte er sie etwa erkannt?

Elf hielt sich die Hände ans Gesicht, als wolle sie ihre Maske abnehmen, doch in Wirklichkeit versuchte sie nur Mund und Kinn zu verbergen. »O nein, Mylord!«

»Warum nicht?«

»Ich schäme mich, Mylord. In Wahrheit bin ich ein braves Mädchen. Ich bin nur in eine dumme Geschichte geraten ...«

»Glaubst du, daß du es eine Woche mit der Maske aushalten wirst?« Eine Spur von Amüsement huschte um seine Augen und ließ ihn noch fremder wirken ...

Dann drangen seine Worte bis zu ihr durch.

»Eine Woche!«

»Ich kann dich nicht aus den Augen lassen, bis gewisse Dinge erledigt sind.«

Verrat, erinnerte sie sich. Wie konnte er nur so etwas tun?

»Und«, fügte er hinzu, »wenn du an Flucht denkst, so vergiß die anderen Männer nicht, sie werden dich jagen und töten. Es mag seltsam klingen, aber bei mir bist du viel sicherer.«

Elf sah weg, mehr besorgt als ängstlich. Amanda würde heute nacht nichts unternehmen, aber wenn Elf morgen nicht zurückkäme, würde sie das Militär alarmieren!

Also mußte sie Walgrave heute nacht entfliehen.

Sie teilte die Vorhänge und schaute auf das dunkle Wasser, die flackernden Lichter der anderen Boote und die Lichter der

Werften und Gebäude am Ufer. Hier war keine Flucht möglich, und die Mörder konnten ihnen immer noch auf der Spur sein.
»Ich bin mir sicher, daß sie noch da sind«, sagte er träge. »Also, die Maske.«
Elf drehte sich zu ihm um. »Laßt sie mich noch ein Weilchen tragen, Mylord. Bitte, ich habe solche Angst.«
Er schüttelte den Kopf. »Du bist ein verrücktes Ding. Wie alt bist du überhaupt?«
»Zwanzig«, log sie.
»Alt genug auf jeden Fall. Nenn mir deinen Namen. Ich bin mir sicher, daß er falsch ist, aber irgendwie muß ich dich ja nennen.«
»Lisette. Und er stimmt.«
Nicht sehr überzeugt sagte er: »Na gut, das wird genügen.« Er streckte eine Hand nach ihr aus.
Elf reagierte instinktiv, wie sie jedem Gentleman gegenüber reagiert hätte. Sie legte ihre Hand in die seine. Aber anstatt sie zu küssen, packte er sie und zog sie auf seinen Schoß.
Mit einem Schreckensschrei stieß sie ihn vor die Brust, um ihn auf Distanz zu halten, aber mit einer einzigen Bewegung zog er sie an sich heran und hielt sie gegen seinen Körper gepreßt. »Wir haben eine Reise vor uns, Lisette, und ich möchte unterhalten werden.«
Dieser Schuft! Als Lady Elfled Malloren wollte sie ihm ins Gesicht schlagen, aber sie mußte die Rolle der naiven Lisette spielen. Vor allem weil auf diese geringe Entfernung die Gefahr der Entdeckung noch größer war.
Sie wandte ihr Gesicht ab. »Wohin bringt Ihr mich, Mylord?«
»In mein Haus.«
Das lag nah am Fluß und hatte einen eigenen Steg. Elf begann zu fürchten, daß es ihm gelingen würde, sie tatsächlich gefangenzuhalten. Sie kam nicht von diesem Boot herunter, ohne in

der Themse zu ertrinken. An seinem Privatsteg mit wartenden Dienern und sechs kräftigen Ruderern konnte sie wohl auch kaum entkommen. Und einmal im Haus, konnte er sie einsperren.

Sie dachte an eine Möglichkeit, ihre Position zu verbessern. Wenn er glaubte, daß ihr die Aufmerksamkeit eines adeligen Verführers schmeichelte, und er ganz verrückt vor Lust wäre, würde seine Wachsamkeit vielleicht nachlassen.

Konnte sie es wagen?

Nach einem Moment kühlen Nachdenkens beschloß Elf, daß sie konnte. Die Sicherheit der Nation lag offensichtlich in ihren Händen.

Sie drehte sich wieder zu ihm um und entspannte sich. »Ich war noch nie im Haus eines Lords.«

Um ihren Kopf gesenkt halten zu können, markierte sie die Schüchterne und spielte mit den geschnitzten Knöpfen seines Mantels. Er war ebenfalls schwarz, denn in diesen Tagen trug er immer tiefe Trauer – einen einfachen schwarzen Gehrock und Breeches. Ihre Finger strichen über Wolle feinster Qualität. Selbst für einen Verräter war Lord Walgrave gut gekleidet.

»Noch nie im Haus eines Lords?« Er klang schon viel weniger wachsam. Einen Arm hielt er fest um sie gelegt, aber mit der anderen Hand strich er ihren Hals hinauf. »Dann wird das ein Abenteuer für dich sein, meine Liebe.« Seine neckende Berührung ließ ihr Schauer über den Rücken laufen. »Du kannst die Diener herumkommandieren, in Milch baden und von goldenen Tellern essen. Wenn du nett zu mir bist, versteht sich.«

Da sah die Sache ja schon ganz anders aus. Aber sie nahm an, daß die meisten Frauen schon schwach wurden, wenn so ein hübscher junger Aristokrat nur mit dem kleinen Finger winkte. Oder sie damit berührte. Seine Hand berührte eine Stelle genau hinter ihrem Ohr, was ein so prickelndes Gefühl in ihr hervorrief, daß sie schauderte.

»Oh, Mylord, ich bin ein anständiges Mädchen«, protestierte sie wieder, ohne viel Hoffnung, ihn zu überzeugen. Würde ein »anständiges Mädchen« seine Berührungen abstoßend finden?

Wohl kaum.

»Jungfrau?« fragte er ohne Umschweife.

Sie nickte und war jetzt wirklich verlegen.

»Ich werde vorsichtig sein. Es wird nicht zu unangenehm sein, und nach dem ersten Mal wird es immer leichter. Und jetzt«, er unterbrach sein Streicheln und hob ihr Kinn, »sag mir ehrlich, ob du eine Familie hast, die einen Aufstand machen wird.«

Wenn du wüßtest! Elf hoffte, daß er nicht in ihren Augen lesen konnte.

»Wegen meiner Abwesenheit, Mylord? Ich bin aus Frankreich zu Besuch hier und wohne bei meiner englischen Cousine. Einer verheirateten Dame.« Sie nutzte die Gelegenheit, um ihren Kopf wieder zu senken. »Ich denke nicht, daß sie jetzt schon Alarm schlagen wird ...«

»Wie außerordentlich nett von ihr.« Seine Stimme hatte einen zynischen, wissenden Unterton. »Und was passiert, wenn du in ein, zwei Tagen noch nicht wieder auftauchst?«

Sie fuhr eine Borte an seiner Jacke entlang. »Wenn ich bei einem feinen Lord bin ...«

»Wären sie nicht zu traurig. Gut.« Seine Finger wanderten wieder zu ihrem Haar hinauf, aber diesmal, um ihr Gesicht zu ihm zu drehen. »Ich hasse Szenen, Lisette. Damit das klar ist. Ich habe nicht die Absicht, dich zu heiraten. Solltest du ein Kind bekommen, werde ich dafür aufkommen, dich aber nicht heiraten. Ich bin nicht einmal an einer dauerhaften Mätresse interessiert. Wenn ich deiner überdrüssig bin, wirst du eine großzügige Abfindung bekommen, aber ich erwarte, daß du gehst, ohne eine Szene zu machen.«

Elf schloß die Augen. Sie hoffte, daß er das als Schock interpretierte, denn sie mußte ihren puren Zorn verbergen. Welche Arroganz! Und wie erbärmlich, daß täglich unzählige Frauen solche Bedingungen akzeptierten.
»In Ordnung?« fragte er.
Es interessierte ihn nicht wirklich, was sie noch wütender machte. »Lisette« war eine von vielen hundert Frauen. Sie war nur zufällig gerade verfügbar.
Elf sagte sich selbst, daß die Tatsache, daß Lisette Lady Elfled Malloren war, nichts damit zu tun hatte. Aber Lady Elf war es absolut nicht gewohnt, behandelt zu werden wie jemand, der gerade zufällig zur Verfügung stand.
Sie konzentrierte sich darauf, überwältigt und verwirrt auszusehen, und öffnete die Augen wieder. »Natürlich würdet Ihr mich nie heiraten, Mylord. Das würde ich nie erwarten! Aber es ist ein schrecklicher Gedanke, meine Unschuld preiszugeben ...«
»Zu verkaufen«, verbesserte er. »Fünfhundert Guineen, wenn wir uns trennen. Genug, um einen zukünftigen Ehemann über kleine Details hinwegzutrösten.«
Elf war an Reichtum und Macht gewöhnt und hatte schon befürchtet, selbst arrogant geworden zu sein. Ihre Brüder waren sicher auch eines so kalten Fleischhandels fähig.
Weil sie die Sache jedoch aus weiblicher Sicht betrachtete, war sie schockiert.
»In Ordnung?« fragte er wieder. »Ich werde dich nicht vergewaltigen, aber wenn ich eine Woche lang auf dich aufpassen muß, werden ein paar erotische Experimente helfen, uns die Zeit zu vertreiben.«
Sie erinnerte sich selbst daran, daß das ihre Flucht erleichtern würde, und schmiegte sich enger an ihn. »Wenn Ihr versprecht, nett zu mir zu sein, Mylord«, flüsterte sie.
»Braves Mädchen.« Seine Hand streichelte wieder beruhigend

ihren Hals, so wie man ein Kätzchen streichelte. »Du wirst nicht glauben, wie nett ich sein kann, Lisette. Jetzt laß mich ein bißchen mehr von dir sehen.«

Er löste die Bänder, die ihr Cape zusammenhielten, und schlug es zurück. Dann betrachtete er ihre Robe. »Meine liebe Lisette, du brauchst Unterricht, was Geschmack angeht.«

Elf stieß ihn zurück. »Wie könnt Ihr es wagen?«

»Hab ich dich endlich beleidigt, ja?« sagte er lachend. »Meine Liebe, das ist die erschreckendste Kombination, die ich je gesehen habe.«

Jetzt hätte Elf ihn am liebsten geschlagen, aber so ein Verhalten hätte sie verraten. »Das sind meine Lieblingskleidungsstücke«, sagte sie mit schmollendem Gesicht.

»Dann danken wir Gott, daß ich nicht vorhabe, dich bei Hof einzuführen.« Er berührte ihren Schmollmund. »Zieh dich ruhig an wie ein Regenbogen, Püppchen. Ich kauf' dir auch etwas zum Anziehen, wenn du möchtest. Aber meist werde ich dich nackt haben wollen ...« Dann bog er ihren Hals zurück und strich mit seinen Lippen über die ihren.

Trotz ihrer Wut konnte Elf sich ihm an diesem Punkt noch nicht verweigern, und so ließ sie sich von ihm aus ihrer Verärgerung locken.

Er kannte alle Tricks, dieser Lord Walgrave, und wie er ihr gesagt hatte, konnte er sehr nett sein. Er zwang ihr keinen Kuß auf, sondern spielte mit ihren Lippen, während er ihren Körper streichelte, bis sie sich entspannte und ihn unbewußt erwiderte.

Elf war bisher ein- oder zweimal geküßt worden, aber – als Lady Elfled – noch nie mit soviel Raffinesse. Selbst ihre größten Verehrer waren immer auf der Hut vor Rothgar gewesen.

Walgrave wußte nicht, daß er auf der Hut sein mußte.

Er fühlte sich in diesem Moment kein bißchen bedroht, sondern völlig entspannt.

Nachdem er ihren ersten Widerstand besänftigt hatte, festigte er seinen Griff und brachte seine Zunge ins Spiel. Elf kämpfte einen Moment lang, entspannte sich dann aber. Sie wurde von einem Meister dieses Fachs geküßt und konnte es ebensogut genießen.

Sie führte ihre Hände seine Schultern hinauf bis zu seinem Hals, während er mit ihrem Mund spielte. Sie wußte nicht, was er empfand, aber für sie war es fast genauso angenehm, seine Haut zu berühren wie selbst berührt zu werden.

Sie genoß seine Haut unter ihren Fingerspitzen, seine Zunge in ihrem Mund und seinen Körper ganz nah an ihrem. Die Lust steigerte sich schneller, als sie es je für möglich gehalten hatte ...

Dann spürte sie, wie er seine Hand zwischen sie schob, um ihre Brüste zu streicheln. Selbst durch den Stoff ihres Mieders und Unterhemds beängstigte diese Berührung sie. Er öffnete die Haken auf der Vorderseite ihres Kleides und schob es auseinander, so daß nur noch ihr spitzenbesetztes Mieder und der scharlachrote Satinunterrock sie bedeckten.

Sie befreite ihren Mund, um zu protestieren, aber er legte einen Finger auf ihre Lippen und machte »Schhhh«.

Zu ihrer eigenen Überraschung gehorchte sie.

Seine Augen waren schuld daran, diese leuchtendblauen – fast königsblauen – Augen, die sie anlächelten. Sie hatte immer schon gewußt, daß sie gefährlich waren, und sie hatte sie noch nie zuvor lächeln sehen.

Er sollte öfter lächeln.

Und jetzt umgab sie beide diese Aura erotischer Energie, die sie immer schon wahrgenommen hatte. Sie war selbst bei einem zufälligen Kontakt sehr stark gewesen. Jetzt war sie davon überwältigt, sie ließ sie schwach werden wie ein Fieber.

War es der Geruch?

Nein. Ein schwaches Aroma umgab ihn – ein Moschusduft

und ein leichter eigener Duft. Aber die Aura konnte von nichts anderem wahrgenommen werden als dem Teil einer Frau, der dazu geschaffen war, sich mit einem Mann zu vereinigen.

Seine Hände waren auf ihren Rücken geglitten. Die Berührung ihrer Rippen und ihres Rückgrats sandte Schauer durch ihren Körper. Mit ein paar geübten Handgriffen lockerte er ihr Mieder so, daß er es von ihren Brüsten lösen und eine Brustspitze berühren konnte.

Er war definitiv auf unerforschtes Gelände vorgedrungen.

Sie wußte, daß sie protestieren, kämpfen sollte, aber es fühlte sich einfach so wunderbar an!

Und würde das jemals wieder geschehen? Endlich war sie Elfled Malloren entkommen, die jederzeit mit Respekt behandelt werden mußte. Hier war sie einfach nur eine Frau, die von einem Mann befriedigt wurde. Und was für ein Mann ...

Sie entspannte sich in seinem Arm und lächelte.

Er lächelte zurück und hatte dabei so wenig mit ihrem brummigen, mißtrauischen Schwager gemein, daß sie fast geglaubt hätte, auch er hätte sich verwandelt.

Verwandelt in den Mann ihrer Träume.

»Gefällt es dir, Schätzchen? Und da gibt es noch viel mehr zu entdecken.« Er hob ihre Brustspitzen über das steife Mieder und senkte seinen Kopf.

Bei der ersten Berührung seiner Zunge schnappte Elf nach Luft. Als seine Zähne sie berührten, schrie sie auf und packte seine Haare, um ihn zu bremsen.

Dann saugte er an ihrer Brustwarze, und sie flüsterte: »Einfach himmlisch!« und zog ihn näher zu sich heran.

»Ah«, murmelte er sanft in ihren Busen. »Du erkennst den Himmel wieder, ja, meine Kleine?« Dann bewegte er sich ein wenig, um ihre andere Brust zu liebkosen.

Elf bemerkte, daß sie sich so stark in sein seidiges Haar vergrub, daß es aus der Schleife herausrutschte. Also lockerte

sie den Griff ihrer Hände, wurde sich aber eines pulsierenden Verlangens zwischen ihren Beinen bewußt, das sie nur zu gut verstand.
Doch niemals zuvor hatte sie ein so heißes Verlangen wie dieses verspürt. Sie wollte, brauchte einen Mann auf eine Weise, wie sie es nie für möglich gehalten hätte.
Oh, sie hatte offensichtlich schon eine Menge verpaßt!
Ein schnurrendes Geräusch verwirrte sie, besonders als sie bemerkte, daß es aus ihrer eigenen Kehle kam. Das brachte sie schockartig zurück in die Wirklichkeit. Sie lief Gefahr, in die Falle zu tappen, die sie für ihn vorgesehen hatte. Bald würde sie so verwirrt sein, daß sie vergäße, überhaupt fliehen zu wollen!
Flucht, erinnerte sie ihren benebelten Verstand.
Das bedeutete, daß sie ihn kopflos machen mußte.
Wie das anzustellen sei, dazu hatte sie nicht die Spur einer Idee. Ein lüsterner Teil ihres Selbst flüsterte ihr ein, sie könnte sich doch auch von ihm kopflos machen lassen und dann sehen, was weiter passierte.
Während er noch an ihrer einen Brust saugte, berührte er die andere mit sanfter Hand. O ja, dachte Elf und begann wieder zu schnurren, sie konnte sich einfach alles von ihm zeigen lassen. Schließlich hatte sie das kennenlernen wollen, und Walgrave hatte dafür offensichtlich nützliche Talente.
Dann wurde ihr Verstand wieder klarer. Sie konnte nicht mit ihm Liebe machen und dabei die Maske aufbehalten, aber ihre Identität preiszugeben wäre verhängnisvoll gewesen. Abgesehen von dem Skandal und seiner Einstellung zu den Mallorens wollte sie nicht, daß ein Verräter wußte, daß Elfled Malloren sein Geheimnis kannte.
Verräter.
Hochverrat.
Denk nach, Elf!

Also tat Elf, was in ihren Kräften stand, um seine zarten Aufmerksamkeiten zu ignorieren und nicht den Verstand zu verlieren. Sie suchte nach einer Möglichkeit, den Spieß umzudrehen. Als wohlerzogene Lady unter dem Schutz von vier Brüdern mangelte es ihr zwar an Erfahrung, aber mit vier Brüdern aufgewachsen – darunter ein freizügiger Zwilling –, war sie dennoch nicht gänzlich unwissend. Sie hatte immerhin eine theoretische Ahnung, wie sie als nächstes vorzugehen hatte.
Hatte sie den Mut dazu?
Natürlich hatte sie den.
Schließlich war sie eine Malloren.
Sich vorsichtig bewegend, legte sie eine Hand auf seine Brust. Während er sie dann mit seiner Zunge und geschickten Händen beinah zum Wahnsinn trieb, ließ sie die Hand seinen Bauch hinuntergleiten, bis sie auf die kompakte Form stieß, die sie gesucht hatte.
Eine feste Form, das wußte sie, bedeutete, daß er mindestens schon halb soweit war.
Gott! Er mußte schon fast ganz soweit sein.
Er hob den Kopf und sah sie an, Belustigung im Blick. »Ich dachte, du wärst ein unschuldiges kleines Küken.«
»Oh, das bin ich, Mylord! Aber nicht ganz unwissend ...« Sie hatte keine Ahnung, was als nächstes zu tun war, also kitzelte sie ihn mit einem Fingernagel.
Er lachte. »Deine Gefangenhaltung und Erziehung versprechen, unterhaltsam zu werden, Lisette.« Aber er schob ihre Hand weg und setzte sich auf. »Wir müssen das aber leider auf später verschieben. Wir sind da.«
Mit der ruhigen Präzision einer geübten Zofe schob er ihre Brüste wieder ins Mieder zurück und befestigte die Spitzen. Dann schloß er ihr Kleid, ordnete ihren Umhang und zog sie auf die Füße.
Elf ließ sich wie eine Puppe behandeln, erstaunt, als sie be-

merkte, daß das Boot den Steg erreicht hatte und am Ufer festgemacht worden war, ohne daß sie auch nur das geringste davon bemerkt hätte.
Kopflos, in der Tat!
Sie schauderte, ihre Nerven waren gespannt vor Erregung und Angst. Sie mußte um einiges vorsichtiger sein, wenn sie auch nur eine Chance zur Flucht wahrnehmen wollte.
Er kletterte von Bord und half ihr die gut beleuchteten Stufen zu Walgrave House hinauf. Als sie auf der Suche nach den Mördern zurückschaute, sah sie nur die flackernden Lichter weiterer Boote. Es gab keine Möglichkeit, herauszufinden, ob sie noch da waren.
Sie blickte um sich, in der schwachen Hoffnung, einen Fluchtweg zu entdecken. Aber die mannshohen Mauern der Gärten von Walgrave House umgaben sie, und vor ihnen lag das pompöse Haus selbst. In manchen Fenstern leuchtete ein freundliches Licht, aber ihr erschien es wie ein perfektes Gefängnis.
Sei keine Närrin, ermahnte sie sich selbst, während sie neben Walgrave den Weg entlangging, Fackelträger vor und hinter ihnen. Chastity war aus einem echten Gefängnis geflohen und Bryghts Portia aus einem Fenster im ersten Stock geklettert! Es gab immer einen Weg.
Wenn sie nur erst allein war.
Sie warf einen schnellen Blick auf ihren Wächter. Er lächelte sie auf eine Weise an, die ihr zu verstehen gab, daß er nicht vorhatte, sie allein zu lassen.
O Gott. Vielleicht wäre es das beste, einfach um Hilfe zu schreien.
Aber inzwischen waren sie schon ins Haus gelangt, und sie bezweifelte, daß seine Dienerschaft ihr zu Hilfe eilen würde.

* * *

Draußen auf dem Fluß versorgte Michael Murray seine bandagierte Hand und beobachtete, wie Walgrave und seine Mätresse auf die große Villa zugingen. Als sie außer Sicht waren, befahl er seinen Bootsleuten, sie nach Whitehall Stairs zu bringen. Seine drei Gefährten entspannten sich, weil sie wußten, daß in der nächsten Zeit keine Gewaltanwendung nötig sein würde.
Murray konnte sich nicht erinnern, jemals entspannt gewesen zu sein, und jetzt legte sich die Spannung wie ein Schraubstock um seine Schultern und seinen Nacken. Der Earl hatte soweit Wort gehalten; er hielt die Dirne fest. Trotzdem kam es ihm nicht richtig vor. Er fühlte sich gar nicht wohl dabei.
Ein französisches Flittchen. Murray selbst sprach ausgezeichnet französisch, und es waren immer Franzosen in der Stadt, aber trotzdem kam ihm das verdächtig vor.
Und sie hatte sich auch gar nicht wie eine hartgesottene Hure benommen. Nicht einmal wie eine durchschnittliche Mätresse. Eine Frau verhielt sich einem Liebhaber gegenüber irgendwie anders.
Er rieb seine Wunde und erinnerte sich, wie sie keine Sekunde gezögert hatte, auf ihn einzustechen. Wohl kaum das Verhalten einer koketten Dirne, als die der Earl sie ausgegeben hatte. Sein Instinkt sagte ihm, daß da etwas faul war, ausgerechnet zu diesem Zeitpunkt, das konnte er nicht zulassen. Alles wäre einfacher gewesen, wenn dieses Frauenzimmer tot im Gebüsch von Vauxhall liegengeblieben wäre. Viel einfacher. Er hätte den Earl gern tot an ihrer Seite gesehen, aber er brauchte seine Hilfe.
Und ein toter oder auch nur verschwundener Earl hätte für Aufsehen gesorgt.
Murray wog den Nutzen des Earls gegen die Gefahr, die er darstellte, ab. Als das Boot den Steg von Whitehall erreichte, war er erleichtert zu dem Schluß gekommen, daß der Nutzen das Risiko überwog.

Im Moment jedenfalls.
Sobald das Spielzeug allerdings in seiner Hand war ...
Er bezahlte das Boot und ging nach Whitehall hinauf, während er über die Möglichkeiten nachdachte, dieses Risiko zu verringern.
»Kenny«, sagte er, »du und Mack, Ihr geht das Haus des Earls beobachten. Ich will sehen, ob er dieses rotgekleidete Weibsbild am Morgen laufenläßt.«
»Warum können wir dann nicht morgen früh hingehen?« maulte Mack gähnend. »Ich bin müde.«
»Weil die Sache heute nacht ein Trick gewesen sein könnte, was heißt, daß er sie sie fortschicken wird, sobald er glaubt, daß wir weg sind.«
»Die?« Mack kicherte. »Sie hatte vielversprechende Beine, und wir wissen doch alle, daß der Earl of Walgrave solchen Beinen bis nach oben nachgeht. Die wird heute nacht nirgends hingehen.«
»Wir können nicht riskieren, daß du dich irrst.« Murray versuchte, die Abscheu in seiner Stimme zu unterdrücken. Seine Männer gingen zu Huren. Und sogar sein geliebter Anführer, Prinz Charles Edward Stuart, lebte unkeusch. Michael Murray selbst würde sich nie so beflecken, aber er wußte, daß die anderen über seine Prüderie lachen würden. Das würde seiner Autorität schaden.
Mack grollte, aber er akzeptierte den Befehl. »Also, was sollen wir tun, wenn er sie laufenläßt? Ihr folgen?«
»Natürlich nicht. Tötet sie.«

Viertes Kapitel

Elf war noch nie zuvor in Walgrave House gewesen. Bis zu Cyns und Chastitys unerwarteter Verbindung hatten die Mallorens und Wares einander nie besucht.
Elfled Malloren würde so etwas nie tun, aber als einfältige Lisette Belhardi schaute sie sich mit neugierigen Augen ganz genau um.
Düster, urteilte sie, als sie die riesige viereckige Halle musterte. Plump sogar. Eine dunkle Vertäfelung bedeckte Wände und Decke in einem Stil, der schon mindestens vierzig Jahre aus der Mode war, und der einzige Schmuck waren vier riesige Marmorstatuen. Aber keine klassischen Nackten, wie sie derzeit so beliebt waren, sondern bedeutende Männer, streng dreinblickende Römer, komplett mit Toga und Lorbeerkranz. Sie erkannte die Handschrift des alten Earls, des Unbestechlichen. Das war zweifellos seine Vision von sich selbst.
Aber wie sah der neue Earl sich?
Sie hatte nicht viel Gelegenheit, sich weiter umzusehen und nachzudenken. Walgrave schob sie eine geschwungene massive Eichentreppe hinauf. Offensichtlich stand ihm der Sinn nicht nach einer Verzögerung.
Elf verwarf die meisten vagen Fluchtpläne und besann sich auf Portias Trick. »Oh, Mylord. Ich möchte Euch nicht belästigen, aber ich muß mich erleichtern.«
»Natürlich, komm mit.«
Er ging weiter mit ihr die Treppe hinauf und führte sie in ein Zimmer.

Ein Schlafzimmer.
Sie war noch nie allein mit einem fremden Mann in einem Schlafzimmer gewesen! Sie zwang sich zur Ruhe. Das war schließlich ein Teil ihres Plans. Er würde sie allein lassen, und sie würde fliehen.
Er nahm ihr das Cape ab und deutete auf einen Paravent. »Dahinter ist es. Ich bin gleich wieder zurück.«
Das Zimmer hatte zwei Türen – die eine, durch die sie hereingekommen waren, und eine, die in ein angrenzendes Zimmer führte. Er verschloß letztere, steckte den Schlüssel in seine Tasche und ging dann durch die andere hinaus. Sie hörte auch hier, wie der Schlüssel sich im Schloß drehte.
Das Fenster. Portia war auch durch das Fenster geflohen.
Er hatte es zweifellos ernst gemeint, als er sagte, er werde »gleich« zurücksein, also rannte Elf ans Fenster und riß es auf. Ein Blick hinaus nahm ihr jede Hoffnung. Eine glatte Ziegelmauer lag unter ihr.
Portia hatte sich aus Laken ein Seil zusammengeknotet, aber in diesem Zimmer gab es so etwas nicht, und außerdem wußte Elf, daß sie dazu nicht die Zeit hatte. Als sie Schritte hörte, machte sie rasch das Fenster zu und stürzte hinter den Paravent, genau in dem Moment, als der Schlüssel sich im Schloß drehte.
»Immer noch nicht fertig?« fragte er indiskret. »Ich hoffe, du neigst nicht zu Verstopfungen.«
Elf mußte nun tatsächlich. Um die peinlichen Geräusche zu übertönen, rief sie: »Nein, kein bißchen, Mylord. Ich habe nur mein Kleid geordnet.«
»Pure Zeitverschwendung.« Sein Kommentar erinnerte sie daran, daß ihr ein schlimmeres Schicksal als der Tod bevorstand, ohne eine Möglichkeit zur Flucht. Ihr Bauch reagierte darauf mit nervösen Krämpfen.
Sie hätte nie geglaubt, daß es je tatsächlich soweit kommen würde.

Es war schön und gut, sich vorzustellen, Sex auszuprobieren, aber jetzt, wo er ihr so nah und real bevorstand, hatte sie überhaupt keine Lust mehr dazu. Sie wollte keine so intime Beziehung mit einem Mann, den sie kaum kannte, besonders, wo sie das, was sie von ihm wußte, mißbilligte.
Außerdem brachte er ihr auch keine besondere Wärme oder Leidenschaft entgegen. Sie schauderte bei dem bloßen Gedanken an eine sexuelle Begegnung.
Und was war, wenn sie schwanger würde? Schon der Gedanke daran, Rothgar sagen zu müssen, daß sie einen Bastard vom Earl of Walgrave erwartete, verursachte ihr Übelkeit.
Trotzdem mußte sie immer noch vorgeben, daß sie willig war, und um eine Möglichkeit zur Flucht beten.
Sie schloß hastig ihr Kleid, versicherte sich, daß ihre Maske festsaß, und kam hervor. »Es tut mir leid, daß ich Euch habe warten lassen, Mylord.«
»Macht nichts. Wir haben viel Zeit.« Er war entspannt und lächelte, aber sie hielt das eher für einen Beweis seines guten Benehmens als für ein Zeichen von Wärme. Sie nahm an, daß es flegelhaft war, seine Bettgenossin für die Nacht zu unhöflich zu behandeln.
Er schloß die andere Tür auf und bedeutete ihr hindurchzugehen. Sie gehorchte und fand sich in einem weiteren mit zwei Kandelabern hell erleuchteten Schlafzimmer wieder. Das war ohne Zweifel sein eigenes, da eine Menge persönlicher Dinge darin verstreut lagen – sein Rasierzeug auf dem Toilettentisch, eine gepuderte Perücke auf einem Halter, eine Reihe Bücher zwischen verschnörkelten Buchstützen.
Sie drehte sich um und sah, wie er zu einem Beistelltischchen aus Walnußholz ging, auf dem eine kristallene Karaffe und zwei Gläser standen. Er goß tiefroten Wein in die wundervollen Kelche. »Komm her, Lisette«, sagte er und bot ihr einen an. »Das wird dir ebenso gefallen wie meine Zärtlichkeiten.«

Sie fühlte, wie sie hinter der Maske errötete, nahm das Weinglas und bewunderte es, um Zeit zu gewinnen. »Oh, Mylord. Was für ein hübsches Glas!«
Konnte sie ihn betrunken machen? Sie bezweifelte es. Sein Trinkvermögen mußte ungefähr dem ihrer Brüder entsprechen, und die konnten beachtliche Mengen Rotwein und Port zu sich nehmen, ohne mehr als ein wenig beschwipst zu sein.
Sie nippte an ihrem Glas. Wie erwartet, war es ein ausgezeichneter Port, aber sie spielte die Überraschte. »Oh, Mylord! Was für ein guter Wein! Was ist das für einer?«
»Port. Einer der wenigen guten Weine, der nicht aus deiner Heimat stammt. Vielleicht kann ich deinen Gaumen ebenso schulen wie andere Teile deines Körpers.«
»Oh, Mylord ...« Elf lachte albern, trank langsam und suchte fieberhaft nach einem Weg, ihrem Schicksal zu entrinnen. Etwas in Walgraves Verhalten ließ sie spüren, daß er nur ein Ziel hatte, welches er nicht aus den Augen verlieren würde. Konnte sie mit ihrem Dolch etwas gegen ihn ausrichten?
Sie nahm noch einen kleinen Schluck und lächelte ihn an.
Er leerte sein Glas in einem Zug, stellte es ab und kam auf sie zu.
»Fängst du an, ihn zu mögen?« Er riß ihr das Glas aus der Hand, warf es achtlos auf den Boden, wo es davonrollte und der restliche Wein sich auf dem Teppich verteilte. »Das ist ja ein gutes Zeichen.«
Elf starrte schockiert auf das Glas, froh, daß es nicht zerbrochen war, aber besorgt wegen der Flecken auf dem Teppich ... Da packte er sie.
»Mylord!«
Er hielt sie fest in seinen Armen und verschloß ihre Lippen mit den seinen.
Elf kämpfte sich frei. »Halt! Habt Mitleid, Mylord!«
»Warum?« Er wirkte kein bißchen verunsichert.

»Ich ... ich habe Angst.«
»Es wird nicht sehr weh tun.«
»Das ist es nicht, Mylord. Aber es ist ein so großer Schritt, meine Unschuld zu verlieren. Ich muß noch darüber nachdenken!«
»Sei nicht dumm«, sagte er und küßte sie wieder.
Elf verlor die Beherrschung. Sie trat ihm mit aller Kraft gegen das Schienbein. Und da er, im Gegensatz zu dem Hauptmann, keine Stiefel trug, fluchte er und taumelte zurück.
Aber er hielt immer noch einen ihrer Arme fest.
Sie machte eine Faust und schlug auf die Wölbung in seiner Hose.
Er knickte ein und schlug ihr auf die Hand. Als nächstes fand sie sich mit dem Gesicht nach unten auf dem Bett wieder, ihre Hände wurden hinter ihrem Rücken zusammengehalten, und ein schweres Knie drückte auf ihren Rücken.
»Was zum Teufel ist los mit dir?« fauchte er wütend.
»Ich will es nicht!« jammerte sie und schlüpfte schnell wieder in ihre Rolle. »Ich habe Angst.« Und das entsprach auch der Wahrheit. Sie war ihm ausgeliefert.
»Du bist ein verfluchter Teufel. Aber gut, Lisette, du sollst haben, was du willst. Aber ich bin sicher, daß es dir besser gefallen hätte als das, was jetzt kommt.«
Er ließ ihre Hände los, drückte sie aber mit seinem Gewicht auf das Bett, so daß sie kaum atmen und sich schon gar nicht wehren konnte. Er hob ihre Röcke.
Sie begann erneut zu kämpfen, trat und wand sich, aber er öffnete erst ein Strumpfband, dann das andere. Dann packte er wieder ihre Hände und band sie zusammen.
Als Elf bemerkte, daß er nicht vorhatte, sie zu schlagen, hörte sie auf, sich zu wehren.
Er zog ihr die Strümpfe herunter und benutzte sie, um ihre Beine zusammenzubinden. Dann hob er sie hoch und trug sie

ins Nachbarzimmer. Dort legte er sie, ziemlich behutsam, in der Mitte des großen Bettes auf die Seite. Er zog sogar die Decken unter ihr hervor, so daß sie auf dem Laken lag.
Sie wurde steif, als seine Hände wieder unter ihre Röcke fuhren, aber er öffnete nur ihren Reifrock, damit er die Konstruktion herunterziehen konnte.
»So«, sagte er, als er sie beiseite warf, und strich sich das wirre Haar zurück. »Das ist alles, was ich für dich tun kann, du verrücktes Ding.« Er zog die Decken über sie. »Ich werde nebenan schlafen, bei offener Tür. Wenn du deine Meinung änderst, laß es mich wissen.«
Sie sah, wie er hinausging, und dachte sich, daß sie die ganze Sache irgendwie anders hätte angehen sollen.

Elf wußte nicht, wie unangenehm das gewesen wäre, was ihr erspart geblieben war, aber es konnte kaum schlimmer sein als die mißliche Lage, in der sie sich jetzt befand. Ihre gefesselten Arme begannen zu brennen und ein unbändiges Bedürfnis, ihre Beine auszustrecken, quälte sie. Sie wälzte sich herum, und es gelang ihr, sich auf den Bauch zu drehen, was die Sache aber eher schlimmer machte. Jetzt steckte ihr Gesicht so tief im Kissen, daß sie ihren Hals nach hinten biegen mußte, um atmen zu können.
Hundertmal war sie versucht, ihn zu rufen, aber sie widerstand dieser Versuchung.
Statt dessen begann sie, über ihre Möglichkeiten nachzudenken.
Wenn sie die Geliebte des Earls würde, könnte sie eine Chance zur Flucht bekommen. Aber sie konnte sich nicht vorstellen, wie sie seine Geliebte werden sollte, ohne daß er sie erkannte. Wenn sie ihre Identität preisgab, würde er vermutlich nicht länger versuchen, sie zu verführen. Er schien ihre scharfe Zunge und ihre Respektlosigkeit seinem Geschlecht gegen-

über immer mißbilligt zu haben. Er würde Elfled Malloren aber nicht entkommen lassen, um Rothgar von der Verschwörung zu berichten.

Elf zappelte ein bißchen, und es gelang ihr, den Kopf in eine etwas bequemere Position zu bringen. Wirklich, das war eine so lächerliche Situation! Gab es überhaupt noch Hoffnung, ihre Brüder über die verräterische Verschwörung zu informieren, ohne ihre peinlichen Eskapaden preisgeben zu müssen? Düster gestand sie sich ein, daß das wohl unmöglich war. Zum Glück war Cyn weit weg. Er hätte sie verachtet.

Nach langem Nachdenken kam sie zu dem Schluß, daß sie weiterhin Lisette, die widerspenstige französische Geliebte, spielen mußte. Auf diese Weise konnte sie vielleicht ihrer Entdeckung entgehen und am Morgen fliehen. Wenn sie ihn nur dazu überreden könnte, sie loszubinden.

Dann erinnerte sie sich daran, daß sie immer noch ihren kleinen Dolch hatte.

Aber wie sollte sie ihn nutzen?

Sie bezweifelte stark, daß sie Walgrave damit würde niederstechen können, aber sie könnte ihre Fesseln durchtrennen. Wenn sie nur erst die Hände frei hätte.

Oder die Hände vor dem Körper hätte.

Es war ein Risiko, aber sie ging es ein.

»Monseigneur?« rief sie, sich daran erinnernd, daß sie ja Französisch sprechen wollte. Einen Augenblick später rief sie noch einmal lauter: »Monseigneur!«

Er hatte die Tür offen gelassen, und sie hörte ein Rumoren aus dem Nachbarzimmer. Dann flackerte ein Licht. Er erschien mit einem Kerzenleuchter in der Hand.

Elfs Pläne fielen bei seinem Anblick kurzfristig in sich zusammen.

Er mußte nackt schlafen.

Er hatte sich offensichtlich nur einen langen schwarzen Morgenrock aus Seide übergeworfen, der nur locker in der Taille zusammengebunden war. Sie bemerkte, daß sie fasziniert auf seine imposante Brust starrte, und sah schnell auf. Dieser Anblick war nicht weniger verwirrend. Seine braunen Haare fielen lockig auf seine Schultern, vom Schlaf hübsch zerzaust. Etwas an seiner Erscheinung ließ sie an einen Engel denken, an einen Erzengel wie Michael. Während er auf sie zuging, schmiegte sich der Morgenrock an seinen Körper und gab sogar einen Blick auf ein Bein des Erzengels frei.

Elf starrte ihn an, entgeistert von dem drängenden Wunsch, die verschiedensten Stellen seines wundervollen Körpers zu küssen.

»Bist du endlich zu Verstand gekommen, Lisette?«

Sie zwang sich, sich wieder auf ihr eigentliches Vorhaben zu konzentrieren. »Oh, Mylord. Mir ist so unbehaglich. Würdet Ihr mich bitte losbinden?«

»Natürlich nicht. Hast du mich deshalb geweckt?«

»Ich kann keine Ruhe finden«, säuselte sie. »Könnt Ihr mir denn nicht wenigstens die Hände vorne zusammenbinden? Ich habe mich herumgedreht und kann nicht wieder zurück.«

Auf sein Gesicht trat ein gequältes Lächeln. Nachdem er die Kerzen auf einen Tisch gestellt hatte, ließ er sich am Rand des Bettes nieder, um ihren Rücken auf beunruhigend sanfte Weise zu streicheln. »Arme Lisette. Ich glaube, du bist völlig verängstigt. Und in einer so mißlichen Lage. Da siehst du, was passiert, wenn man auf Abenteuerjagd nach Vauxhall geht.«

»Ja, Mylord. Ich werde nie wieder so dumm sein.« Und das stimmte sogar. Nach dieser Nacht stand Elf der Sinn nicht länger nach Abenteuern.

»Aber ich kann nicht riskieren, daß du davonläufst, weißt du. Ich bin mir nicht sicher, ob du etwas ausplaudern würdest. Und außerdem könnten diese Männer das Haus beobachten.

Ich möchte kein unschuldiges Leben auf dem Gewissen haben.«
Er klang überraschend ehrlich. Das war ein Walgrave, wie sie ihn noch nicht kannte.
»Ich verstehe, Mylord. Aber wenn Ihr mir die Hände vorne ...«
Er rieb noch eine Weile ihren Rücken, und als er damit aufhörte, protestierte Elf beinah. »Na gut«, sagte er und befreite ihre Hände. Er drehte sie auf den Rücken und ließ ihr sogar einen Moment, um die Arme auszustrecken und ihre schmerzenden Handgelenke zu reiben, bevor er sie vor ihrem Körper wieder zusammenband.
Trotz der Unbequemlichkeit und der Gefahr konnte Elf nicht anders, als seine Schönheit im Kerzenlicht so nah bei ihr zu genießen. Unter der nachtschwarzen Seide zeichneten sich die Muskeln seines Halses und seiner Brust ab. Sie hatte bisher dem Nacken eines Mannes noch nie besondere Bedeutung beigemessen.
Sie hätte zu gern alles von ihm gesehen, um sich zu vergewissern, daß der Rest hielt, was das Sichtbare versprach ...
»Hast du deine Meinung geändert, Schätzchen?« Die schleppende Stimme riß Elf aus ihren lustvollen Gedanken, und sie sah verlegen zu ihm auf. »Deinem Gesichtsausdruck nach zu schließen, würdest du mich am liebsten aufessen.«
Er hatte sie fast unbemerkt wieder gefesselt, und sogar durch die Maske hindurch hatte er ihre unsittlichen Gedanken gelesen. Vielleicht hatte sie sich die Lippen geleckt!
»Nun?« fragte er und streichelte ihr Kinn. »Es ist noch nicht einmal ein Uhr. Wir haben noch viel von der Nacht vor uns.«
Federleicht strich er mit seinem Daumen über ihre Lippen. »Du bist reif dafür, und du weißt es. Und du weißt, daß ich dich befriedigen kann ...«
Konnte jemand mit sanfter, überzeugender Stimme den Willen eines Menschen nach seinen eigenen Wünschen lenken?

Oder sprach er nur ihre wahren Begierden aus?
Obwohl sie keinen rechten Widerspruch zustande brachte, gelang es Elf, den Kopf zu schütteln. Widerwillig. Sehr widerwillig. Sie konnte nicht glauben, wie gerne sie sein Angebot annehmen wollte, wo sie doch noch vor so kurzer Zeit dagegen angekämpft hatte.
Sie hätte sich nie die Macht vorgestellt, die unerwartete Zuwendung über einen erwachenden Körper hatte.
So ein Körper konnte wirklich sehr verdorben sein.
Er zuckte mit den Schultern und stand auf. Dann, mit einem entwaffnenden übermütigen Grinsen, öffnete er den Gürtel seines Morgenrocks und ließ ihn auseinanderrutschen.
Elf schaute nur.
Sie sah zu seinem Gesicht hinauf, dann wieder an ihm herunter, ihr Mund wurde trocken, und ihr Herz raste.
Er ließ die schwarze Robe über seine Schultern gleiten und fing sie mit einer Hand auf.
Er erinnerte sie an eine Statue, aber nicht an einen strengen römischen Senator, sondern an einen griechischen Athleten. Glatte, feste Muskeln schmiegten sich perfekt an lange, kräftige Knochen.
»Bist du dir ganz sicher, Lisette?« Sie spürte sein sanftes Locken, das beinah ihre Vernunft dahinschmelzen ließ. »Als meine Geliebte dürftest du all die schlimmen Dinge tun, die du dir gerade ausmalst, und noch ein paar andere, an die du noch gar nicht gedacht hast.«
O ja. O bitte ...
Aber dann gewann wieder die Vernunft die Oberhand. Auch wenn sie am liebsten nachgegeben hätte, schüttelte sie erneut den Kopf.
Er zuckte mit den Schultern, nahm den Leuchter und ging zurück in sein Zimmer, während sein nackter Rücken eine ständige Versuchung war. Sie konnte sich vorstellen, wie

sich sein festes, rundes Gesäß in ihren Händen anfühlen würde …

»Übrigens«, sagte er, wahrscheinlich schon von seinem Bett aus, »wenn du mich noch einmal rufst, werde ich das als Bitte verstehen, deinen allzu offensichtlichen Appetit zu stillen, egal, ob du deinen Kopf schüttelst oder nicht.«

Die Kerzen wurden gelöscht, und es war still.

Elf lag auf dem Rücken, zitternd vor Lust und Verlegenheit. Ihre bis dahin vagen Gelüste hatten jetzt konkrete Form angenommen. Ihre Wünsche waren nicht länger Träume. Sie waren stark, dringend und kreisten um Fortitude Harleigh Ware, Earl of Walgrave, den Mann, der sie am allerwenigsten erfüllen würde, wenn er entdeckte, wer sie war.

Gut, sie versuchte sich zu beruhigen, sich zu sagen, daß sie dieses Gefühl der Rastlosigkeit und Unzufriedenheit schon kannte. Der reine Zufall hatte sie heute nacht hier zu ihrem Schwager gebracht. Diese Gefühle hätte sie sicherlich auch jedem anderen ansehnlichen Mann, der ihr das Leben gerettet hatte, entgegengebracht.

Sie war sich nicht sicher, ob das wirklich stimmte, und die Versuchung, ihn beim Wort zu nehmen und noch einmal nach ihm zu rufen, war groß. Er würde ihr die Kleider abstreifen, bis sie so nackt war wie er. Dann würde er sich neben sie legen und sie so berühren, wie er sie auf dem Boot berührt hatte. Er würde wieder an ihren Brustwarzen saugen und sie streicheln. Und sie würde ihn berühren können, all die festen und weichen Stellen an seinem Körper genießen.

Den Geschmack.

Den Geruch …

Nein!

Elf atmete tief aus und konzentrierte sich darauf, ganz still zu liegen und auf die Uhren im Haus zu lauschen, die ein Uhr schlugen, dann Viertel nach, dann halb zwei.

Dann begann sie, ihre Flucht vorzubereiten, bevor sie etwas furchtbar Verruchtes tat.
Als erstes versuchte sie, den Dolch freizubekommen. Da bemerkte sie, daß der gerissene Kerl ihre Hände mit den Handrücken gegeneinander gefesselt hatte, so daß sie ihre Finger nicht richtig benutzen konnte.
Sie versuchte es nur mit ihrer rechten Hand, dankbar, daß der Dolch an der Außenseite ihres Mieders steckte, so daß sie wenigstens nicht Gefahr lief, sich selbst ins Herz zu stechen. Als sie ihn aus seiner Scheide gezogen hatte, rutschte ihr der Griff aus der Hand und fiel aufs Bett. Als sie nach ihm tastete, schnitt sie sich in die Hand und stöhnte vor Schmerz. Sie hätte nicht gedacht, daß er so scharf war!
Aber wenigstens hatte sie ihn jetzt.
Dann stellte sie fest, daß sie mit dem Dolch in der rechten Hand nicht an die Strumpfbänder um ihre Handgelenke herankam. Zum Teufel mit diesem Kerl! Sie konnte aber ihre Füße erreichen und hatte bald ihre Beine befreit.
Sie saß auf der Bettkante in fast absoluter Dunkelheit und suchte nach einem Weg, ihre Handfesseln durchzuschneiden. Alles, was sie erreichte, war, sich noch mal zu schneiden, so daß wieder Blut ihre Arme entlangrann. Sie mußte die Klinge zwischen ihre Hände bringen, aber das schien unmöglich.
Dann hatte sie eine Idee. Sie nahm den Griff des Dolchs zwischen die Zähne und brachte ihre gefesselten Hände an den Mund.
Das war erstaunlich schwer, und sie hätte am liebsten vor Anstrengung geschrien. Ihre Zähne konnten den Dolch nicht fest genug halten, so daß sie nicht viel Druck ausüben konnte. Spucke sammelte sich in ihrem Mund, und sie mußte das Messer immer wieder herausnehmen, um zu schlucken. Es war schwierig, den richtigen Winkel zu treffen, und sie schnitt sich wieder und wieder.

Trotz der vielen brennenden Schnitte konnte sie nicht aufgeben.
Die Seide fiel so plötzlich auseinander, daß sie den Mund aufriß und der Dolch heraus und auf den Boden fiel. Sie erstarrte und lauschte angestrengt ins Nebenzimmer.
Nur das Ticken der Uhren unterbrach die Stille.
Mit einem tiefen schaudernden Atemzug bewegte sie die Hände und preßte die offenen Wunden in die Laken. In der Dunkelheit konnte sie nichts sehen, aber sie glaubte nicht, daß sie ernsthaft verletzt war, es war allerdings schmerzhaft.
Sie steckte den Dolch wieder in die Scheide und rutschte vom Bett. Sie überlegte, ihren Reifrock zurückzulassen, aber ohne ihn würden ihre Röcke gefährlich lang herunterhängen, also nahm sie sich die Zeit, ihn wieder anzuziehen. Dann legte sie sich das Cape um, mit der schwarzen Seite nach außen, und setzte auch die Kapuze auf ihre weißgepuderten Haare.
Ihre Strümpfe und Strumpfbänder konnte sie vergessen, aber sie überlegte, ob er sie daran identifizieren könnte. Sie hatte keine Vorstellung, wie. Sie zitterte vor Aufregung, hob ihre Schuhe auf und nahm die Herausforderung an. Sie mußte aus diesem Zimmer, aus diesem Haus fliehen, dann mitten in der Nacht London durchqueren, während ihr höchstwahrscheinlich Mörder im Schatten auflauerten.
Sie war versucht, ins Nachbarzimmer zu gehen, in Walgraves Zimmer, wo sie sicherlich eine Pistole gefunden hätte. Aber sie konnte ein solches Risiko nicht eingehen, selbst wenn sie nur zu gern eine richtige Waffe gehabt hätte.
Mit einem Schulterzucken erinnerte sie sich selbst daran, daß sie schließlich eine Malloren war. Wie ihre Brüder oft sagten, war bei den Mallorens alles möglich.
Sie schlich durch das Zimmer auf die Tür zum Korridor zu. Der Türknauf drehte sich geräuschlos, und die Tür öffnete sich lautlos in eine fast absolute Finsternis.

Sie tastete sich zur Treppe vor und versuchte, sich selbst damit zu beruhigen, daß wohl niemand ein Hindernis mitten im Korridor stehenlassen würde. Sie konnte aber nicht genug sehen, um sich dessen sicher zu sein, also schlich sie mit kleinen Schritten und ausgestreckten Armen vorwärts. Das letzte, was sie jetzt wollte, war, gegen irgend etwas zu stoßen. Als sie die Treppe erreicht hatte, hämmerte ihr Herz, und ihre Nerven lagen blank. Sie war ja eine schöne Abenteurerin! Wenn sie die Möglichkeit gehabt hätte, ihre Brüder zu Hilfe zu rufen, sie hätte keine Sekunde gezögert!

Sie holte ein paarmal tief Luft und spähte über das Treppengeländer. In manchen großen Häusern postierte man nachts einen Diener in der Halle, zur Sicherheit und für unerwartete Gäste. So ein Nachtwächter hätte aber sicherlich eine Lampe gehabt. Die Halle von Walgrave House lag dunkel unter ihr, abgesehen von einem schmalen Streifen Mondlicht, der durch das Fenster über der Tür hereinfiel.

Elf schlich hinunter und testete jede Stufe, ob sie knarrte, bevor sie ihr ganzes Gewicht darauflegte.

Jede war so massiv wie Stein. Das überraschte sie nicht. Bis vor sechs Monaten hatte das Haus dem alten Earl gehört, dem Unbestechlichen. Er war ein verknöcherter alter Tyrann gewesen, der eine knarrende Stufe ebensowenig geduldet hätte, wie daß seine Tochter gegen seinen Willen heiratete.

Sie seufzte vor Erleichterung, als sie die kühlen Platten der Halle betrat. Jetzt konnte sie klar denken.

Draußen lauerten vielleicht die Mörder. Bevor sie das Haus verließ, mußte sie eine Waffe auftreiben.

Im schwachen Mondlicht suchte sie systematisch die Räume ab, bis sie fand, was sie suchte, Walgraves Arbeitszimmer, wo sie die größte Chance sah, eine Waffe zu finden.

Die Vorhänge waren zugezogen, so daß sie das Risiko eingehen mußte, sie zu öffnen, indem sie an einer Kurbel drehte. So hatte sie genug Licht, um das Zimmer zu durchsuchen. In einer Schublade unter einem Bücherschrank fand sie eine Pistolenschachtel mit zwei wunderschönen Duell-Pistolen.

Von seinem Platz im Schatten zwischen Walgrave House und dem Nachbaranwesen aus beobachtete Kenny, wie die Vorhänge eines Fensters zurückgezogen wurden. Leider war er etwas zu klein, um über das Fensterbrett und in das Zimmer hineinsehen zu können. Trotzdem fand er es sehr seltsam. Die Dienerschaft war sicher längst im Bett, also mußte das der Earl selber sein.

Sonderbar.

Wenn er diese gutgebaute Dirne über Nacht bei sich hatte, würde der Earl wohl kaum im Haus herumwandern und Vorhänge auf- und zuziehen.

Kenny schloß sich der Meinung seines Anführers an, der dem Earl nicht traute und dem dessen Rolle nicht geheuer war. Er wünschte, er hätte auf irgend etwas hinaufklettern, und durch das Fenster sehen können.

Da dies nicht möglich war, zuckte er nur mit den Schultern, fuhr fort, in seinen Zähnen herumzustochern und behielt das Haus weiterhin aufmerksam im Auge.

Im Studierzimmer dankte Elf dem Himmel für einen Zwillingsbruder, dem es Spaß gemacht hatte, ihr alles beizubringen, was er selbst lernte. Sie nahm eine der Pistolen, schüttete die richtige Menge Pulver hinein, ließ die Kugel in den Lauf fallen und stopfte sie fest hinein. Dann gab sie noch Zündpulver in die Pfanne. Als sie fertig war, ließ sie die Pistole vorsichtig in ihre rechte Tasche gleiten und war bereit, der feindlichen Welt draußen entgegenzutreten.

Sie spähte durch das Fenster und sah, daß es auf ein Rasenstück zwischen den Häusern hinausging, das in völliger Fin-

sternis lag. Das Fensterbrett war zwar gute zwei Meter über dem Boden, aber das sollte sie ohne Verletzung schaffen.
Sie zögerte nur wegen des Nachtwächters, der sicherlich draußen vor dem Haupteingang sitzen würde. Sie machte sich keine großen Hoffnungen, so leise hinausklettern und hinunterspringen zu können, daß er sie nicht hörte. Außerdem mußte sie noch an die Pistole denken. Theoretisch konnte sie erst losgehen, wenn sie sie spannte, aber Schießpulver war eine heikle Sache.
Nein, sie mußte auf den verlockenden Rasen verzichten und ihr Glück im Dienstbotentrakt versuchen.

Mack lümmelte an einer Mauer am Weg, der zu den Ställen führte. Laternen glitzerten vor den Ställen, wo auch die Knechte und Kutscher in ihren Quartieren schliefen, aber der Weg selbst lag finster und verlassen.
Mack lehnte sich zurück und beobachtete die Gärten von Walgrave House, aber es machte ihm Mühe, sich wach zu halten. Er hatte die letzte Nacht durchgemacht, erst beim Würfelspiel, dann mit ein, zwei Dirnen, und wäre jetzt nirgends lieber gewesen als in seinem Bett.
Er hielt die ganze Sache sowieso für Zeitverschwendung. Wenn der Earl die Hure nicht gewollt hätte, hätte er sie irgendwoanders hingeschafft. Er würde seine Meinung sicher nicht nach einer Stunde ändern und sie hinauswerfen.
Wenn es nach Mack ging, machte Michael Murray sich zuviel Sorgen.
Um die Wahrheit zu sagen, hatte Mack für dieses Vorgehen ohnehin nicht viel übrig. Er war mit ganzem Herzen für die Stuarts, die nach Gottes Recht Könige über Schottland und England sein sollten. Er hatte diese Einstellung von seinem Vater und Großvater geerbt, die beide für diese Sache gekämpft hatten.

Aber er wünschte, er wäre zu einer Zeit geboren worden, als ein Mann noch mit Blut und Schwert für seine Überzeugung kämpfte. Statt dessen lungerte er jetzt spionierend in London herum und lehnte gähnend zu nachtschlafender Zeit an einer rauhen Mauer.

Elf stieß eine Eichentür am Ende der Halle auf und fand sich, wie erwartet, im sehr viel schlichteren Dienstbotentrakt wieder. Sie zwang sich, stehenzubleiben und zu horchen, aber als sie nichts hörte, ging sie hinein und schloß die Tür leise hinter sich.

Bei offener Tür hatte sie einen Korridor gesehen; nachdem die Tür nun geschlossen war, stand sie in stockfinsterer Nacht. Wieder bewegte sie sich ganz vorsichtig und versuchte, sich von ihren übrigen Sinnen lenken zu lassen. Die Dunkelheit wirkte erdrückend, und sie hatte das Gefühl, die Wände kämen immer näher auf sie zu.

Sie blieb stehen, holte tief Luft und zwang sich zur Ruhe.

Da. Das Ticken einer Uhr! Das mußte die Küche sein. Sie tastete sich an der Wand entlang dem Geräusch entgegen, bis sie eine Tür fand. Sie hätte warten sollen. Sie hätte vorsichtig sein müssen, aber der Wunsch, der erdrückenden Finsternis zu entrinnen, trieb sie vorwärts. Sie drehte den Türknauf und ging hinein.

Licht.

Es war nur das Glimmen des ausgehenden Feuers, aber nach der Schwärze schien es ihr wie das hellste Sonnenlicht. Sie schnappte nach Luft, möglichst leise, denn sie hatte bereits die Schemen von mindestens drei Dienern, die auf Matratzen am Boden lagen, wahrgenommen.

Eine Gestalt bewegte sich.

Ihr Herz begann erneut zu rasen.

Eine Katze miaute.

Sie kam herbei, um sich an ihren Beinen zu reiben. Elf hatte Angst, auf sie zu treten, deshalb nahm sie das Tier hoch, streichelte es und machte leise, beruhigende Geräusche.
Keiner der Diener schien geweckt worden zu sein. Wer von morgens bis abends arbeitete, war nicht so leicht zu wecken. Sie mußte nur vorsichtig sein, nirgends anzustoßen, was gar nicht so einfach war. Sicher, der Widerschein des Feuers spendete ein wenig Licht, aber hier standen jede Menge Möbel und Gerätschaften herum.
Sie wagte nicht, die Katze wieder auf den Boden zu setzen, die schwer und zufrieden in ihren Armen lag, so daß sie keine Hand für ihre langen Röcke und das weite Cape frei hatte.
Zum Glück entdeckte sie ein kleines Fenster und eine Tür daneben. Höchstwahrscheinlich führte sie nach draußen. Falls sie jemanden weckte, würde sie versuchen, sie schnell zu erreichen.
Sie schlängelte sich zwischen den Schlafenden und dem Mobiliar hindurch und zwang sich, ganz langsam vorzugehen. Nach drei Vierteln des Weges zur Tür drehte sich einer der Diener murmelnd um.
Sie erstarrte.
Der Mann fiel, immer noch Geräusche von sich gebend, wieder in Schlaf.
Elf riskierte es, die Katze abzusetzen, und ignorierte, daß sie auf den letzten Schritten zur Tür um ihre Beine strich. Sie drehte den Türknauf.
Die Tür rührte sich nicht!
Sie brauchte ein paar Augenblicke, bis ihr Verstand über die Panik siegte. Natürlich wurde die Tür nachts verschlossen.
Sie versuchte, den schweren Eisenschlüssel ganz vorsichtig zu drehen, aber das Schloß war zu sperrig. Schließlich mußte sie all ihre Kraft aufwenden, und das Geräusch hallte durch den ganzen Raum.

Sie erstarrte wieder und versuchte vergeblich, den Atem anzuhalten.
Einer der Diener setzte sich halb auf und murmelte »Was ...?«
Elf stand wie versteinert, obwohl sie sich sicher war, daß ihr donnernder Herzschlag unüberhörbar war.
Nach einem Moment legte sich der Mann wieder hin, aber sie konnte nicht sicher sein, daß er wieder fest schlief. Sie zwang sich, bis zweihundert zu zählen, bevor sie es riskierte, nochmals den Türknauf zu drehen und die Tür zu öffnen.
Zum Glück quietschte sie nicht, sondern öffnete sich geräuschlos auf einen kleinen Hof. Sie ging hindurch, schob die Tür wieder zu und lehnte sich zitternd an die hohe Steinmauer.
Oh, wie sie sich nach einer Zaubermauer sehnte, durch die hindurch sie dieser Situation entfliehen konnte.
Abenteuer machten wirklich überhaupt keinen Spaß!
Sie wünschte sich in die Sicherheit ihres luxuriösen Schlafgemachs zurück, wo ihre Diener ihr jeden Wunsch erfüllten. Sie sehnte sich nach ihren Brüdern und deren Schutz, der sie umgab. Statt dessen war sie einem Gefängnis entkommen, nur um sich mutterseelenallein mitten in der Nacht hier draußen wiederzufinden, wo höchstwahrscheinlich Mörder ihr auflauerten.
Ihre Zähne klapperten vermutlich so laut, daß jeder in ihrer Nähe sie hören konnte.
Irgendwie gelang es ihr, ihre Panik in den Griff zu bekommen. Sie hatte schließlich keine andere Wahl.
Und außerdem war sie eine Malloren.
Und für eine Malloren war nichts unmöglich.
Es kam ihr in den Sinn, daß es der Fluch ihres Lebens war, eine Malloren zu sein. Denn es bedeutete, daß alles, was sie tat, an die Öffentlichkeit drang. Es bedeutete, vier Brüder zu haben, die entschlossen waren, sie vor allem Unbill zu schützen, und

die diese Aufgabe auch gewissenhaft erfüllten. Es bedeutete, daß sie mit Bedacht durchs Leben ging, weil sie nicht wollte, daß ihretwegen Männer sich im Morgengrauen gegenseitig zu erschießen versuchten.
Sie hatte diese Lektion mit achtzehn gelernt, als sie naiverweise einen stürmischen Verehrer ermutigt hatte, weil sie seine Absichten unterschätzt hatte. Als sie seinem Werben nicht nachgab, versuchte er, sie zu zwingen. Er hatte Glück gehabt. Rothgars Schwert hatte nur seinen rechten Arm außer Gefecht gesetzt.
Für immer.
Und obwohl Scottsdale diese Strafe verdient hatte, zog auch Elf ihre Lehren daraus. Sie hatte keine weiteren Männer mehr in Gefahr gebracht, vor allem nicht ihre Brüder. Vielleicht gab es auf der Welt ja noch bessere Degenfechter als die Mallorens.
Sie hatte Walgrave fechten sehen und wußte, daß er gut war, wenn auch nicht so gut wie ihre Brüder. Er hatte offensichtlich trainiert, nachdem Cyn ihn geschlagen hatte. Letztes Jahr war es ihm fast gelungen, Bryght in ein Duell zu verwickeln. Wahrscheinlich würde er wegen ihr liebend gern gegen Brand oder Rothgar antreten.
Elf hatte nicht die Absicht, zur Ursache von noch mehr Tod oder Verstümmelung zu werden, also mußte sie selbst sehen, wie sie hier wieder herauskam.
Mit einem tiefen Atemzug zwang sie ihr Herz, sich etwas zu beruhigen. So gesehen, wurde sie ihrem Namen gerecht. Sie hatte den ersten Teil ihrer Flucht absolviert.
Offensichtlich lauerte in diesem kleinen Hof, in dem sich dem Geruch nach zu schließen nur der Abort und ein paar Abfallkörbe befanden, niemand. Sie konnte auch keine näher kommenden Geräusche hören, was bedeutete, daß niemand dem Lärm, den sie gemacht hatte, auf den Grund gehen wollte.

Wo mußte sie also mit Beobachtern rechnen? Einer am Haupteingang, einer hinten? Welche Richtung sollte sie einschlagen?

»Oh, zum Teufel mit ihnen!« murmelte sie im Jargon ihres Zwillingsbruders und hoffte, damit auch sein Selbstvertrauen zu erlangen.

Sie zog die Pistole aus ihrer Tasche und spannte sie. Dann schlüpfte sie hinaus in den kleinen Garten und versuchte, im schwachen Mondlicht den Weg im Gebüsch auszumachen. Eine Berührung an ihrem Knöchel ließ sie beinah aufschreien, aber dann sah sie die leuchtenden Augen der Katze und vernahm ihr freundliches Schnurren.

»Schhh!« zischte sie, doch das Tier blickte treuherzig zu ihr auf und strich um ihre Beine.

Mit einem Seufzer ignorierte sie die Katze und ging auf die Stallungen zu. In ihrem dunklen Cape glaubte sie ungesehen zu bleiben, wenn sie nicht über irgend etwas stolperte.

Am eisernen Gartentor blieb sie stehen, um den vor ihr liegenden Rasen genau zu betrachten.

Da, sie sah ihren Feind.

Der schwer gebaute Mann mit Schlapphut lehnte an einer Wand. Er konnte eingeschlafen sein, so zusammengesunken stand er da, aber sie bezweifelte, daß ihm das Öffnen des Gartentors entgehen würde.

Elf zog sich tiefer in die Dunkelheit zurück und preßte ihre linke Hand an ihr rasendes Herz.

Dieser Mann dort wollte sie *töten!*

Nach einem Augenblick wich die Furcht dem Zorn.

Der Schuft war bereit, eine unschuldige junge Frau zu töten, nur weil sie unbequem werden konnte. Wenn sie nicht um den Lärm gefürchtet hätte, wäre sie in der Lage gewesen, sofort auf ihn zu feuern!

Was sie jetzt tun mußte, war, einen Weg an ihm vorbei zu

finden. Als die hartnäckige Katze wieder um ihre Beine strich, nahm sie sie hoch und setzte sie auf die Gartenmauer. Sie saß dort, blinzelte und schnurrte. Vergeblich machte Elf eine Geste, um sie zu verscheuchen. Die Katze bewegte sich, aber nur, um ihr wieder in den Schoß zu springen.
»Tut mir leid«, murmelte Elf und warf sie über die Mauer. Die Katze quiekte protestierend, als sie auf der anderen Seite landete, und der Mann richtete sich kerzengerade auf. Vielleicht hatte er geschlafen, aber jetzt war er jedenfalls wach. Er suchte die Gegend mit den Augen ab und zog eine Pistole aus der Tasche.
Elf hörte das Klicken, als er den Hahn spannte.
Und jetzt?
Die Katze strich um das Tor. Jetzt mußte dem Mann klar sein, daß da jemand war! Aber dann, dem Himmel sei Dank, stellte sie ihre Treulosigkeit unter Beweis und lief laut schnurrend auf diesen neuen Menschen zu.
»Verschwinde!« schnauzte der und versuchte, die Katze mit dem Fuß zu verscheuchen.
Elf hätte ihm sagen können, daß das Kätzchen sich so leicht nicht verscheuchen lassen würde. Seine Aufmerksamkeit war auf die Katze gerichtet, und ein paar Wolken verhüllten den Mond. Sie versuchte ihre Chancen einzuschätzen. Mit tief ins Gesicht gezogener Kapuze drückte sie die Klinke des Tors auf. In Sekundenschnelle war sie hindurchgeschlüpft und hatte es wieder hinter sich geschlossen.
Dann glitt sie in einen nahen tiefen Schatten und verhielt sich ganz still.
Als ob die Götter es gut mit ihr meinten, wurden die Wolken dichter und tauchten die Gegend in nahezu völlige Finsternis. Mit angehaltenem Atem und betend, die Katze möge sich ihrer nicht erinnern und ihr nachlaufen, schlich sie an der Wand entlang.

Als sie das Tor zum Nachbarhaus erreicht hatte, hörte sie ein Quieken und fürchtete, der Mann hätte die Katze getreten. Dann vernahm sie einen Fluch und hoffte, die Katze hätte ihn gekratzt. Was auch immer sich dort abspielte, sie hatte das Schlimmste hinter sich.
Vorsichtig setzte sie einen Fuß vor den anderen, immer auf der Hut vor Verfolgern. Elf arbeitete sich den Weg entlang, bis sie auf die Straße stieß und damit außer Sichtweite war.
Ein Dankgebet murmelnd, lehnte sie sich an den Zaun eines hohen Hauses und nahm all ihren Mut für die nächste Etappe zusammen.
Sie wußte nicht einmal, wo sie war. Wie dumm, daß sie sich immer in einer Kutsche oder Sänfte fortbewegte und daher keinerlei Orientierungsvermögen besaß. Aber Walgrave House lag an der Abingdon Street. Vielleicht fand sie von hier zu Amandas Haus.
Die elegante Straße war verwaist, aber Laternen brannten vor vielen Häusern und spendeten den Passanten Licht. Elf eilte die Straße entlang. Die Absätze ihrer Schuhe klapperten viel zu laut übers Pflaster, und all ihre Sinne lauerten auf die Schritte irgendwelcher Bösewichter.
Gleichzeitig konnte sie sich aber ein triumphierendes Grinsen nicht verkneifen. Sie hatte es geschafft. Sie hatte den ersten Teil ihrer Flucht erfolgreich absolviert! Jetzt mußte sie es nur noch mitten in der Nacht durch London schaffen, ohne ausgeraubt, vergewaltigt oder ermordet zu werden.
Dieser Gedanke ernüchterte sie. Sie war selbst tagsüber noch nie allein unterwegs gewesen, von der gefahrenreichen Nacht ganz zu schweigen.
Sie blieb stehen und blickte zurück auf Walgrave House. Die Erlebnisse dort hatten schon etwas Traumartiges.
Was sollte sie mit dem allen jetzt anfangen? Von Rechts wegen mußte sie irgend jemand von Walgraves Verwicklung

in eine Verschwörung erzählen und den Rest den Behörden überlassen. Wenn der Mann verrückt genug war, sich auf so etwas einzulassen, mußte er auch die Konsequenzen tragen. Und trotzdem, und trotzdem ... es würde schrecklich sein, ihn hängen zu sehen, oder vielleicht gestreckt und gevierteilt. In Frankreich war vor nicht allzulanger Zeit ein Mann, der versucht hatte, den König zu töten, von vier Pferden zerrissen worden.
Elf schauderte, als sie sich Walgraves wundervollen Körper auf eine derartige Weise gemartert vorstellte. Sicher konnte sie einen Weg finden, ihn zu retten und trotzdem ihre Vaterlandspflichten zu erfüllen.
Während sie auf Amandas Haus zulief, überdachte sie das Problem. Es kam ihr zwar kein genialer Einfall, aber wenigstens war sie so ein wenig abgelenkt.
Es waren sogar Leute unterwegs, aber einer von ihnen war ihr unheimlich. Ein einbeiniger Mann kam ein paar Stufen heruntergehumpelt, wo er offensichtlich geschlafen hatte, und bettelte um ein paar Münzen.
Er war vielleicht nur ein unschuldiger Bettler, aber Elf wollte kein Risiko eingehen. Sie zeigte ihm die Pistole und befahl ihm in rauhem Tonfall, »sich fortzumachen«, in der Hoffnung, daß er sie für eine von der gefährlichen Sorte hielt.
Es funktionierte. Er humpelte in sein Versteck zurück, und sie eilte weiter die Straße entlang. Sie fand, daß die nächtlichen Straßen doch nicht ganz so gefährlich waren, wie man ihr immer gesagt hatte.
Natürlich gingen nur wenige Frauen gut bewaffnet aus.
Was sie auf die interessante Frage brachte, warum das so war. Männer glaubten immer, Frauen brauchten Schutz. Wäre es da nicht vernünftig, sicherzustellen, daß sie sich selbst schützen konnten?
Vor Männern, dachte sie mit einem ironischen Lächeln. Zweifellos lag hier der Hase im Pfeffer.

Vielleicht sollten Frauen ihre Verteidigung einfach selbst in die Hand nehmen.

Dieser Gedanke begeisterte sie so, daß sie, ehe sie sich versah, in der Warwick Street angekommen war. Amandas hübsches, modernes Haus war das einzige mit erleuchteten Fenstern, was bedeutete, daß sie immer noch auf war. Elf hätte sich auch gewundert, wenn sie schlafen gegangen wäre, aber wenigstens sah das Haus nicht aus, als habe sie Alarm ausgelöst.
Sie eilte die Stufen hinauf und bediente sanft den Türklopfer, betend, daß Amanda ihr öffnen würde.
Sie tat es.
Aber sie öffnete die Tür vorsichtig, weil sie schon im Nachtgewand war. Sie packte Elf und zog sie herein. »Dem Himmel sei Dank! Seit zwei Stunden gehe ich hier auf und ab. Wie konntest du ...«
Mit einem Schwall geflüsterter Vorwürfe schob sie Elf treppauf in ihr Schlafzimmer. Als Amanda die Tür schloß und sich dagegen lehnte, schien ihr die Luft ausgegangen zu sein.
Elf umarmte sie. »Es tut mir so leid! Ich verspreche, nie wieder auf ein Abenteuer aus zu sein.«
Amanda kam wieder zu Atem. »Mich wirst du auf jeden Fall nicht noch mal dazu überreden. Ich habe noch nie solche Angst gehabt ... Und als du den Druiden-Weg entlanggerannt bist, mit diesem Mann hinter dir ... Hat er dich erwischt?«
»Natürlich nicht!« Elf bemerkte, daß sie immer noch ihre Maske auf hatte, und nahm sie ab. »Gott sei Dank«, sagte sie und rieb sich das Gesicht. »Es war mir schon so heiß darunter.«
Amanda kam auf sie zu und nahm eines ihrer Handgelenke in Augenschein. »Du blutest ja! Was um Himmels willen ist geschehen?«
Elf hätte am liebsten die meisten Einzelheiten für sich behal-

ten, wenigstens bis sie Zeit hatte, sich über ihre verschiedenen Handlungsmöglichkeiten Gedanken zu machen. Sie nahm sich ein Handtuch und preßte es auf den kleinen Schnitt. »Ich war gefesselt und mußte fliehen.«

»Gefesselt!« Amanda starrte sie an. »Aber ich dachte ... War das nicht Walgrave, mit dem du weggegangen bist?«

Wieder ein Problem. »War er das?« fragte Elf unschuldig.

»Natürlich, da bin ich mir ganz sicher«, sagte sie mit strengem Blick. »Er war ja kaum verkleidet. Ich dachte ...«

Elf hob die Brauen. »Daß ich beschlossen hatte, meine Phantasien auszuleben? Unsinn. Er hat mich nur gerettet. Schließlich gehört er zur Familie.«

»Ach, wirklich?« Amanda nahm das Handtuch, um es in der Waschschüssel auszuwaschen. »War es dann nicht ein bißchen gedankenlos, mich mir selbst zu überlassen, nachdem du einen edlen Retter gefunden hattest?« Sie tupfte wieder Elfs Handgelenke ab. »Und das erklärt auch deine Wunden noch nicht.«

Elf legte sich rasch eine Geschichte zurecht. »Walgrave wußte nicht, wer ich war, weißt du. Er rettete eine Fremde und versuchte eine Verführung.«

»Ja, natürlich! Also wirklich, Elf ...«

»Als ich mich weigerte, fesselte er mich.«

»Der Schurke!« Amanda wischte das angetrocknete Blut von Elfs anderem Handgelenk und sah sie düster an. »Und?«

»Und was?«

»Was tat er, als er dich gefesselt hatte?«

Elf studierte ihre Handgelenke. Die Schnitte waren nicht sehr tief, aber sie würden noch ein paar Tage zu sehen sein. Welch ein Glück, daß ihre scharfsichtigen Brüder fort waren. »Er ging zu Bett.«

Amanda packte Elfs Hände. »Liebes, du mußt mich nicht anlügen. Wenn du unbedacht gehandelt hast, werde ich dir helfen.«

»Unbedacht? Es war sicher unbedacht, nach Vauxhall zu fahren.«
»Elf!« Amanda kreischte fast. »Was hat der Mann mit dir gemacht?«
Elf riß sich los. »Ich glaube nicht, daß dich diese Details etwas angehen, Amanda. Ich frage auch nicht, was du und Stephen tut.«
»Ah! Er hat also etwas getan.«
»Ja, natürlich hat er. Er hat versucht, mich zu verführen. Und«, fügte Elf gedankenverloren hinzu, »es war überraschend angenehm. Er küßt ziemlich gut.«
»Küßt gut?« Amanda ließ sich in einen Sessel fallen. »Willst du damit sagen, daß Lord Walgrave dich gefesselt und dann nichts anderes getan hat, als dich zu küssen?«
»Er hat mich nicht mehr geküßt, nachdem er mich gefesselt hatte. Das wäre doch auch ziemlich gemein gewesen, oder?«
Amanda vergrub ihr Gesicht in den Händen. »Ich zögere, dir deine Unschuld zu nehmen, aber selbst Gentlemen tun manchmal gemeine Dinge, weißt du?«
Elf nahm an, daß das stimmte. Aus der Distanz und mit Ruhe mußte sie sagen, daß der Earl sich ziemlich anständig benommen hatte. Sobald er sie in seiner Macht hatte, hätte er sie auf jede erdenkliche Weise berühren können. Alles, was er getan hatte, war, das Leben einer unbekannten Unschuldigen zu retten und sie zu nichts zu zwingen, nachdem sie nein gesagt hatte.
Elf fiel es schwer, so gut von ihrem Schwager zu denken.
»Und er weiß nicht einmal, wer du bist«, sagte Amanda und schüttelte ungläubig den Kopf. »Du scheinst noch einmal ungeschoren davongekommen zu sein.«
Da fielen Elf die mordlustigen Schotten und die kleine Verschwörung wieder ein. Mein Gott, was für eine Verwirrung. Sie brauchte Zeit, um über alles nachzudenken, bevor sie irgend jemand irgend etwas davon erzählen konnte.

»Meine Güte, bin ich fertig«, sagte sie und öffnete ihr buntes Oberkleid und stieg heraus. Sie drehte Amanda den Rücken zu. »Erspar es mir, nach Chantal zu läuten, und hilf mir mit meinem Mieder. Ich will nur noch ins Bett.«
Amanda kam herüber und sagte: »Willst du mir erzählen, daß du es immer so locker schnürst?«
Probleme, nichts als Probleme! »Er hat es gelockert.«
»Das dachte ich mir.« Amanda zog eine Schleife auf. »Männer ziehen es nie wieder richtig straff.«
»Ich mag es sowieso nicht so eng.«
»Du hast auch das Glück, von Natur aus schlank zu sein.« Amanda lockerte die Bänder, so daß Elf die steife Korsage abnehmen konnte. »So ist es besser. Aber du hast die üppige Figur, die Männer mögen.«
»Und du hast die Zierlichkeit, die Männer mögen, diese wankelmütigen Kreaturen. Also?« Amanda war offensichtlich neugierig. »Was hältst du jetzt von Lord Walgrave?«
Elf war froh, darüber lachen zu können. »Ich glaube, daß er sehr nett sein kann. Aber nur, weil er mich für ein naives Dummchen namens Lisette gehalten hat. Wenn er nur die geringste Ahnung von meiner wahren Identität gehabt hätte, hätte er mich erwürgt.« Sie schob ihre Freundin sanft zur Tür. »Geh jetzt schlafen, Amanda. Ich bin in Sicherheit, und du mußt erschöpft sein. Ich werde dir morgen die ganze Geschichte erzählen.«
Endlich allein, löste Elf die Bänder, die ihre beiden Taschen an der Taille befestigten. Sie hatte die ganze Zeit die Pistole in der rechten gespürt und gebetet, daß Amanda die Ausbuchtung nicht auffallen möge. Sie brauchte nicht noch mehr Unannehmlichkeiten.
Jetzt klopfte sie das Pulver aus der Zündpfanne und überlegte, wie sie die Waffe sicher zurück an ihren Platz schaffen konnte. Walgrave konnte es sich natürlich leisten, sie zu ersetzen, aber

sie wußte, wie Männer an ihren Waffen hingen. Sie fuhr die Perlmutt- und Goldverzierung des Griffes nach. Die Waffe war zweifellos für seine Hand maßgefertigt worden, und sie hatte sie, kurz gesagt, gestohlen.

Sie tadelte sich für die dummen Skrupel und versteckte die Pistole in einer Schublade. Falls möglich, würde sie sie zurückgeben, aber der Mann war ein Hochverräter und verdiente deshalb sowieso kein Mitleid.

Aber dennoch, dachte sie, als sie ihren seidenen Unterrock öffnete und zu Boden fallen ließ, war er sehr nett gewesen.

Und er war wunderschön.

Ihre Brüder waren auch auf ihre Weise hübsch. Sie hatte nie über das Äußere eines möglichen Ehemanns nachgedacht, aber jetzt wußte sie, daß Schönheit ihr wichtig war. Es schien trivial, aber sie schien wirklich darauf anzusprechen. Das Bild des Körpers ihres Schwagers, ihr so freizügig präsentiert, beschäftigte ihren Geist.

Während sie sich Gesicht und Hände wusch, beschäftigte es sie immer noch, und es war auch noch in ihrem Kopf, als sie ihr Haar löste und etwas von dem Puder aus den Locken bürstete. Sie müßte ihr Haar morgen waschen lassen, um alles davon herauszubekommen.

Von allen Männern der Welt, die sie interessieren konnten, mußte es ausgerechnet der Earl of Walgrave sein!

Fort. So nannten seine Freunde ihn. Und so nannte ihn auch Chastity.

Sie hielt inne, starrte abwesend auf ihr Spiegelbild, stellte sich vor, wie sie diesen Namen in der Dunkelheit murmelte, während sie mit der Zunge über seine Haut fuhr. Noch nie zuvor hatte sie solche Gedanken über einen Mann gehabt.

Vielleicht würde jetzt alles anders sein. Vielleicht hatte sie einfach nur die Erweckung dieser Begierden gebraucht und würde sich jetzt auch zu anderen Männern hingezogen fühlen. Eher in Frage kommenden Männern. Schließlich war der nackte Fort eine ziemliche Offenbarung für sie gewesen. Es war anzunehmen, daß sie, wenn sie verheiratet wäre und ihr Mann so leicht bekleidet, mit offenem Haar zu ihr kommen würde, die gleichen wollüstigen Begierden verspüren würde ...

Elf erhob sich, um ihre Unterwäsche auszuziehen und in ihr baumwollenes Nachthemd zu schlüpfen. Sie strich mit den Händen über ihren erwachten Körper. Ehrenhalber erinnerte sie sich daran, daß sie von Fort auch voll bekleidet schon eingenommen gewesen war. Mehr eingenommen als von irgendeinem anderen Mann, den sie kannte.

Aber es war einfach ausgeschlossen. Er war nicht nur ein Feind ihrer Familie, er war auch ein Hochverräter.

Sie schlüpfte ins Bett und wollte die Bedrohung des Königreichs logisch analysieren. Aber sofort erinnerte sie sich daran, wie sie lauschend in Walgraves Haus gelegen hatte.

Sie erinnerte sich an die Versuchung, ihn noch einmal zu rufen ...

Hatte er wohl ihre Flucht schon bemerkt?

Nein, sie war sicher, daß er erst am Morgen wieder nach ihr sehen würde.

Würde er einfach nur mit den Schultern zucken und annehmen, daß die dumme Lisette nach Hause gelaufen war? Oder würde er sich um ihre Sicherheit sorgen?

Würde es ihm etwas ausmachen, daß sie ihn verlassen hatte?

Nein, wahrscheinlich würde er sich am meisten darüber Gedanken machen, was sie wußte. Das bedeutete, daß er versuchen müßte, sie wiederzufinden, sie wieder in seine Gewalt zu bringen, so daß sie nichts ausplaudern konnte. Ihr Herz raste vor Aufregung. Sicher konnte er sie nicht finden. Er hatte keine Spur des Wiedererkennens gezeigt, und sie hatte keinen Hinweis hinterlassen.

Sie hoffte, daß sie recht damit hatte, denn wenn Walgrave sie finden konnte, gelang das diesen Schotten mit den Messern vielleicht auch.
Sie zog die Decken enger um sich, die lüsternen Begierden wurden von Furcht überlagert. Wenn das nur alles nicht geschehen wäre. Wenn sie nur nie nach Vauxhall gegangen wäre.
Etwas Verruchtes, in der Tat.
Etwas vollkommen Verrücktes. Und jetzt mußte sie die Folgen tragen. Sie wußte von Dingen, die sie nicht ignorieren durfte, und es war möglich, daß sie mit ihrem Leben dafür bezahlen würde.

Fünftes Kapitel

Fort erwachte, als jemand die Vorhänge in seinem Schlafzimmer zurückzog. Während er gegen das Sonnenlicht blinzelte, sah er, daß der Eindringling kein ungehöriger Diener war, den er sofort entlassen konnte.

»Mein Gott, Jack. Was zum Teufel tust du da?«

»Dich aufwecken«, sagte der junge Mann aufgekratzt. »Es ist wohl gestern spät geworden?«

Er hatte ein mageres, fröhliches Gesicht und feines braunes Haar, das lässig zurückgekämmt war. Seine Kleidung war ebenfalls lässig – einfache Breeches und ein Mantel, eine Reitkluft.

»Nicht besonders.« Fort streckte sich träge und zuckte dann zusammen, als er sich an die vergangene Nacht erinnerte.

Ein schneller Blick zeigte ihm, daß die Tür zum Nebenzimmer noch angelehnt war. War das junge Ding schon wach? Obwohl Jack Travers sicher keine Schwierigkeiten gemacht hätte, wollte er nicht, daß sein Freund erfuhr, daß er eine gefesselte junge Dame im Bett nebenan liegen hatte. Es würde schwierig sein, eine plausible Erklärung dafür zu finden.

Er sprang nackt aus dem Bett und griff nach seinem Morgenrock. »Warum gehst du nicht hinunter und läßt das Frühstück anrichten, Jack? Ich komm' dann nach, sobald ich fertig bin.«

Er drehte sich mit gerunzelter Stirn zu seinem Freund um. »Was zum Teufel treibst du hier zu so einer unchristlichen Zeit?«

»Pettigrew. Ham. Tickle-me quick.«

Diese kryptischen Worte ließen Fort begreifen, und er schaute aus dem Fenster, um nach dem Wetter zu sehen. Wieder ein schöner Tag. Keine Chance, seiner Verabredung, heute morgen mit Travers und Pettigrew nach Ham hinauszureiten und das Training von Tickle-me-quick, einem vielversprechenden Rennpferd für Ascot, zu beobachten, zu entgehen.
Was um Himmels willen sollte er mit dieser Lisette machen? Er wollte das arme Ding nicht den ganzen Tag gefesselt hier zurücklassen.
Er drehte sich um und wiederholte seinen Vorschlag, daß Jack hinuntergehen und das Frühstück ordern sollte, gerade als Jack die halboffene Tür zum anderen Zimmer aufstieß. Es war nur eine bedeutungslose Geste, aber Jack hielt inne und ging dann hinein.
Fort wartete auf Stimmen oder vielleicht einen Schrei.
Schweigen.
Dann kam Jack wieder heraus. Mit rot-weiß-gestreiften Strümpfen und Spitzenstrumpfbändern in der Hand, die mit dunklen Flecken übersät waren. »Was hast du denn da gemacht, mein Freund?«
Fort schnappte sich die Strumpfbänder und überzeugte sich davon, daß die Flecken darauf Blut waren. Er schob sich an seinem grinsenden Freund vorbei und sah, was er bereits erwartet hatte. Das Vögelchen war ausgeflogen.
Er sah auf das Laken. Noch mehr Blut. Einen Moment lang fragte er sich, ob Murray und seine Männer irgendwie in das Haus eingedrungen waren und das Mädel ermordet hatten. Er verwarf diesen Gedanken jedoch sofort wieder, denn es waren nur kleine Blutflecken, und Murray hätte die Leiche zurückgelassen.
Was zum Teufel hatte das dumme Ding nur getan?
»Der Dolch im Mieder«, murmelte er und erinnerte sich dann, daß er nicht allein war.

Er verfluchte sich schweigend selbst dafür, daß er Lisettes Waffe vergessen hatte.
Wenn er zurückdachte, wurde ihm bewußt, daß er viel zu interessiert an dieser Närrin gewesen war, viel zu gefesselt von ihr und viel zu enttäuscht von ihrer plötzlichen Panik. Er hatte sich nichts anmerken lassen. Er zeigte so etwas nicht. Aber es hatte ihn auf dumme Gedanken gebracht.
In diesen Tagen durfte er sich keine dummen Gedanken leisten.
Er schaute zu dem offensichtlich neugierigen Jack, aber bevor der auch nur ein Wort sagen konnte, klopfte Forts Kammerdiener an die Tür und huschte herein, als ob er sich bemühte, unsichtbar zu sein.
Dingwall war ein dünner, prüder, humorloser Mann, den schon Forts Vater vor Jahren eingestellt hatte. Er glitt über den Teppich, stellte heißes Wasser auf den Waschtisch und bezog dann geduldig wie eine Statue und fast ebenso reglos daneben Stellung.
Jack beobachtete Dingwall fasziniert. Er hatte den Diener schon einige Male gesehen, aber er starrte ihn genauso an wie jeder andere. So, wie jeder ihn fragte, warum er nicht zusah, diesen seltsamen Mann loszuwerden, jetzt wo sein Vater tot war.
Es gab Gründe dafür, wenn auch keine guten. Selbst er wußte das. Es wäre kleinlich gewesen, Dingwall jetzt hinauszuwerfen, wo sein Vater nicht mehr unter ihnen weilte. Es war verrückt, die Bediensteten des Unbestechlichen in seiner Nähe zu behalten, nur weil Fort von Erinnerungen und Schuldgefühlen getrieben war. Schließlich konnte der Diener seinem Vater nicht länger Bericht erstatten, außer er hätte einen guten Draht zur Hölle gehabt.
Fort schlenderte hinüber zum Waschtisch, um Dingwall beiseite zu stoßen. Wenn nur die Gefühle des Dieners offensicht-

licher gewesen wären. Sonst hätte man seine Abscheu angesichts des nackten Körpers gesehen. Aber kein Zeichen von Emotion zeigte sich auf dem unbeweglichen, blassen Gesicht. Absichtlich hatte sich Fort ein- oder zweimal von ihm mit einer Hure im Bett erwischen lassen. Einmal waren es sogar zwei auf einmal gewesen.

Der Mann wäre ihm egal gewesen, hätte er nicht jahrelang über jede seiner Handlungen Bericht erstattet. Dingwall hatte jede Verfehlung, jede Kleinigkeit bis ins Detail weitergetragen. Und er hatte Forts Vater immer geraten, etwas gegen seine Verderbtheit zu tun.

Fort wußte, was Dingwall dabei vorgeschwebt war, denn der Mann war eingestellt worden, bevor er zu alt gewesen war, um geschlagen zu werden.

Jetzt hielt er seinem Diener die fleckigen Stoffetzen vor die Nase. »Wirf das weg.«

Ah, zum ersten Mal sah Fort eine verräterische Spur des Zögerns, bevor der Diener die Strumpfbänder und Strümpfe nahm. »Sofort, Mylord?«

»Sofort.«

Dingwall schlich aus dem Zimmer.

»Du solltest ihn wirklich ...«

»... entlassen«, beendete Fort den Satz. »Vielleicht amüsiert er mich.«

»Nur wenn du einen teuflisch seltsamen Humor hast. Er gibt mir das Gefühl, als würde jemand über mein Grab gehen.«

Jack ließ sich lässig in einen Sessel fallen. »Jetzt erzähl mal. Wen hast du gefesselt? Und, was noch wichtiger ist, wieso war sie so scharf darauf zu fliehen? Du scheinst ihr nicht gefallen zu haben, mein Freund!«

Fort seifte einen Waschlappen ein und begann, sich zu waschen. »Eine Jungfrau, die kalte Füße bekam, das war's. Ich hatte keine Lust, noch einmal rauszugehen und sie nach

Hause zu bringen, aber ich fürchtete, sie würde sich allein auf den Weg machen, wenn sie die Gelegenheit dazu hätte. Das dumme Ding hätte die nächtlichen Straßen vielleicht nicht überlebt.« Er wusch den Waschlappen aus und runzelte die Stirn. »Ich hätte nicht gedacht, daß sie so verzweifelt wäre, sich loszuschneiden. Ich hoffe, sie ist in Sicherheit.«

Jack erhob sich aus seinem Sessel und sah ihm ins Gesicht. »Du wirst aber nicht den Morgen damit verbringen, nach ihr zu suchen. Du hast eine Verabredung.«

Fort sah ihn einen Moment lang an und zuckte dann mit den Schultern. »Ich wüßte sowieso nicht, wo ich damit anfangen sollte.« Dingwall huschte wieder ins Zimmer, so daß Fort sagte: »Geh schon mal runter, Jack. *Ich* werde nicht weglaufen.«

Eine Stunde später ritt er Whitehall entlang und war seltsam versucht, Jack allein zu lassen und nach Lisette zu suchen, obwohl er wußte, daß es hoffnungslos war. Er war wütend, aber zugleich erleichtert, weil er wußte, daß sie mit einer seiner Pistolen davongelaufen war. Er wünschte ihr wirklich nicht, Murray und seinen Gesellen in die Hände gefallen zu sein.

Aber etwas anderes beschäftigte ihn.

Unschuldige junge Mädchen – ob Französin oder Engländerin – gingen nicht nachts mit einem Dolch im Mieder aus und strolchten nicht durch die dunklen Winkel von Vauxhall.

Unschuldige junge Dinger würden sich auch nicht ungeachtet kleiner Verletzungen selbst befreien, und es war noch unwahrscheinlicher, daß sie sich mit einer Duell-Pistole bewaffnen und in die nächtlichen Straßen von London hinauswagen würden.

Deshalb konnte Lisette, trotz ihrer Aufmachung, kein unschuldiges junges Ding sein.

Und das warf zwei wichtige Fragen auf.

Für wen arbeitete sie?
Und warum hatte sie nicht seine Geliebte werden wollen, als sie die Möglichkeit dazu hatte?

Der Tagesanbruch zwang Kenny und Mack, sich weiter von Walgrave House zu entfernen, trotzdem sah Kenny den Earl mit einem Freund davonreiten.
Er ging seinen Kumpanen suchen. »Nichts?«
Mack rieb sich die müden Augen. »Gar nichts. Ich brauch' mal ein bißchen Schlaf.«
»Ja, ich auch.« Kenny gähnte. »Ist aber 'ne komische Sache. Er ist weg, aber was hat er mir ihr gemacht?«
»Wenn sie wirklich seine Mätresse ist, lungert sie wahrscheinlich gerade auf seidenen Kissen und schlürft aus feinem Porzellan heiße Schokolade.«
Langsam fing Kenny an zu lächeln. »Dann kommt sie vielleicht später raus, zum Einkaufen oder so, und dann schnappen wir sie uns. Ich geh' mal schnell ein Wörtchen mit Murray reden. Ich schick' dir Jamie als Ablösung. Auf jeden Fall sollten wir das Haus im Auge behalten.«

Elf lag nicht auf seidenen Kissen, aber sie schlürfte Schokolade aus feinem Porzellan. Sie saß in Amandas Boudoir und fragte sich, wie sie der aufdringlichen Neugier ihrer Freundin entgehen konnte. Ihr Haar war immer noch feucht vom Waschen, jetzt waren auch alle äußeren Spuren des Abenteuers getilgt. Bis auf die Schnittwunden an ihren Handgelenken natürlich.
»Also?« fragte Amanda und bestrich ein Brötchen mit Butter. »Hast du dich entschlossen, mir alles zu erzählen?«
Elf konzentrierte sich auf das Umrühren ihrer Schokolade. »Warum glaubst du, daß ich noch nicht alles erzählt habe?«
»Zumindest hast du nicht erzählt, wie du dem Hauptmann entwischt bist.«

Elf sah auf, erleichtert, eine Frage gestellt zu bekommen, die sie beantworten konnte. »Oh, das! Ich habe mich einfach in die Büsche geschlagen, Amanda.« Sie lehnte sich zu ihrer Freundin: »Das Gebüsch wimmelte nur so von Liebespaaren!« Es gelang ihr, die Freundin für eine Weile mit der Erörterung der skandalösen Unmoral in Vauxhall und der möglichen Identität einiger Leute dort abzulenken. Aber schließlich kam Amanda natürlich wieder auf ihre Fragen zurück.

»Und wie bist du dann an Lord Walgrave geraten? Mir schien es fast so, als hätte er dich gefangengenommen. Wenn du mir kein Zeichen gegeben hättest, hätte ich auf der Stelle Hilfe geholt.«

»Was für einen Skandal das gegeben hätte!« Elf beschloß, daß der beste Weg, Amandas Neugier zu zerstreuen, der Versuch war, ehrlich zu erscheinen. Eine wilde Kindheit hatte sie gelehrt, daß eine Geschichte so nah wie möglich an der Wahrheit bleiben sollte.

»Lord Walgrave hat mich vor dem Hauptmann gerettet«, sagte sie, »und er wollte mich dann zu meiner Gesellschaft zurückbringen. Als ich zugeben mußte, daß ich keine hatte, kam er zu dem logischen Schluß, daß ich eine Dirne sein mußte, und bot an, mich für die Nacht zu kaufen.«

»Elf!« Amanda legte ihr Brötchen hin und flüsterte: »Du hast doch nicht etwa ...?«

»Natürlich hab' ich nicht!« Elf spürte, das ihr Gesicht knallrot geworden war. Sie hoffte nur, Amanda würde das auch als Verlegenheit interpretieren und nicht als schlechtes Gewissen wegen einer Lüge. »Aber der Hauptmann trieb sich immer noch in meiner Nähe herum, also nahm ich Walgraves Angebot an, um dort wegzukommen. Tut mir leid, daß ich dich allein gelassen habe, Amanda. Aber ich dachte, du würdest schon zurechtkommen.«

»Natürlich bin ich zurechtgekommen. Es war gar kein Pro-

blem, nach Hause zu kommen. Aber wieso bist du gefesselt worden?«
Elf rollte mit den Augen. »Der Mann ist nicht dumm. Als wir in seinem Haus ankamen, sagte ich ihm, ich hätte meine Meinung geändert, und erwartete, daß er mich hinauswerfen würde. Er aber meinte, daß er ein dummes kleines Ding nicht nachts auf die Straße jagen würde, aber auch nicht dulden würde, daß ich durch sein Haus strolchen und das Silber stehlen würde. Also fesselte er mich. Mir gelang es, die Maske aufzubehalten, aber ich war mir nicht sicher, ob das auch am Morgen noch funktionieren würde, und ich hatte keine Lust, mich in seiner Kutsche nach Hause bringen zu lassen. Also floh ich.«
Amanda hatte ihr mit offenem Mund gelauscht und preßte jetzt theatralisch eine Hand an ihre Brust. »Elfled Malloren, du mußt einen Schutzengel haben!« Aber dann unterbrach sie ihre pathetische Rede, und ein Glitzern trat in ihre Augen. »Alles in allem klingt das, als ob Lord Walgrave sich einem dummen jungen Ding gegenüber sehr anständig benommen hätte.«
»Ja, das finde ich auch.« Das war einer der Gedanken, die Elf letzte Nacht nicht schlafen gelassen hatten. Es war beunruhigend, seine Meinung von einem Menschen so revidieren zu müssen.
»Aber das heißt nicht, daß du ihn als möglichen Ehemann in Betracht ziehst?«
Das Bild von seinem schönen Körper und seinen Augen voll flammender Leidenschaft ließ Elfs Wangen erneut erglühen. »Amanda, er haßt alle Mallorens!«
»Er haßt deine Brüder. Ich bezweifle, daß er dich haßt.« Amanda leckte sich einen Rest Schokolade von den Lippen und blickte lächelnd in die Ferne. »Ich hatte recht. Es ist genau wie bei Romeo und Julia.«

»Ich hoffe nicht«, sagte Elf trocken. »Sie sind beide gestorben. Und jetzt muß ich nach Malloren House.«

Es kostete Elf einige Mühe, allein in ihr Haus zurückzukehren, denn ihrer Freundin war langweilig, und sie sehnte sich nach jeder Art von Abwechslung. Elf gab vor, Familienangelegenheiten regeln zu müssen. Sie wußte, daß Amanda skeptisch war, als diese versicherte, daß einer ihrer Diener Elfs Sänfte zum Marlborough Square begleiten würde.
Amanda konnte ja nichts von so ernsten Schwierigkeiten wie Hochverrat ahnen und nahm wohl an, daß sie ein Stelldichein mit dem gefährlichen Earl plante. Ihr siebter Sinn für solche Angelegenheiten war berühmt, aber diesmal irrte sie sich.
Trotz seiner physischen Erscheinung und freundlichen Art, Frauen zu umgarnen, war Walgrave immer noch arrogant, egoistisch und ein Feind. Sie würde nichts mehr mit ihm zu tun haben wollen, nicht einmal in ihren albernen Phantasien. Gleichzeitig wollte sie aber alles tun, um ihn vor seiner eigenen Dummheit zu bewahren. Schließlich hatte sie Chastity versprochen, ihren Bruder nicht auf dem Richtblock enden zu lassen.
Der Diener, der in der Nische vor den großen Flügeltüren von Malloren House saß, sprang auf, um seiner Herrin die Tür zu öffnen. Elf trat erleichtert in die mit einem Marmorboden versehene Halle ihres Zuhauses.
Dann traf es sie wie ein Schlag. Das war nicht wirklich ihr Zuhause. Ihr Schicksal war es, zu heiraten und ein anderes Haus zu ihrem Zuhause zu machen. Trotz seiner erklärten Absicht, nicht zu heiraten, konnte Rothgar eines Tages eine Frau hierherbringen, die dann das Sagen haben würde.
Als sie Hut, Handschuhe und Umhang einem Diener in die Hand gab, fragte sie sich, warum ihr dieser Gedanke gerade

jetzt gekommen war. Vielleicht weil sie in London noch nie irgendwo anders gewohnt hatte. Von Amandas Haus zu Besuch hierherzukommen – sie hatte das Gefühl, hier nicht wirklich hinzugehören.

Sie verscheuchte diese verrückten Gedanken. Wahrscheinlich fühlte sie sich nur deshalb unbehaglich, weil keiner ihrer Brüder zugegen war, um aus diesem Haus ein Zuhause zu machen, in dem sie die Hilfe fand, die sie brauchte.

Statt dessen mußte sie ihre Probleme selbst lösen, und sie konnte angesichts dessen eine gewisse freudige Erregung nicht verbergen. Schließlich würde keiner ihrer Brüder zögern zu behaupten, daß Cyn mit solchen Angelegenheiten fertig würde. Warum sollte ihr das nicht gelingen?

Elf winkte einem Diener und lief einen Flur in den hinteren Teil des Hauses entlang. Dort betrat sie das Hauptbüro für die geschäftlichen Aktivitäten des Marquisats.

Die meisten Leute wären erstaunt gewesen, zu erfahren, wie geschäftstüchtig die Mallorens waren. Die Gesellschaft nahm wohl an, daß ihr zunehmender Wohlstand und ihre Macht lediglich Glück waren oder von der Protektion der Regierung herrührten. Tatsächlich war es das Ergebnis harter Arbeit aller Familienmitglieder.

Gut, fast aller Familienmitglieder. Das war eine andere Sache, die Elf zu stören begonnen hatte. Sie hatte die Aufgabe, die häuslichen Angelegenheiten ihres ältesten Bruders zu regeln, aber das hätte man von jeder unverheirateten Schwester erwartet. Doch ihr war nie eine Aufgabe im wirklichen Geschäft anvertraut worden. Sollte sie nicht in der Lage sein, den Besitz zu verwalten, Investitionen zu planen oder ein Auge auf die Gesetzgebung zu haben?

Sie schob solche Ressentiments für den Augenblick beiseite und lächelte den vier Männern zu, die an mit Papieren bedeckten Schreibtischen arbeiteten. Drei der vier Angestellten nick-

ten ihr zu und widmeten sich dann wieder ihrer Arbeit. Der vierte stand auf, um ihr behilflich zu sein.
Elf bedeutete ihm, sich wieder zu setzen, und ging in den nächsten Raum, wo zwei Buchhalter und zwei Gehilfen über den Büchern saßen. Einer der Buchhalter wollte ihr zu Diensten sein, aber sie bedeutete auch ihm, daß sie ihn nicht brauchte. Sie öffnete die Tür zum nächsten Zimmer, dem Büro von Joseph Grainger, dem jungen, aber hochtalentierten Advokaten der Familie.
Hinter diesem lag noch ein weiterer Raum, das Refugium ihrer Brüder und deshalb im Moment leer. Grainger war das höchste an Hilfe, was sie hier finden konnte, aber auch er war ein Untergebener, also mußte sie vorsichtig sein.
»Lady Elfled«, sagte der drahtige, dunkelhaarige Mann und stand auf, »wie kann ich Euch helfen?« Er war wie immer in einen hübschen dunklen Anzug gekleidet, mit sehr dezenter Spitze an Kragen und Manschetten.
Elf setzte sich auf einen Stuhl. »Auf vielerlei Weise, Mr. Grainger. Ich muß Nachrichten an meine Brüder schicken.«
»An alle?« Der Mann hob fragend die Augenbrauen, beeilte sich aber zu sagen: »Natürlich. Ich werde die nötigen Vorkehrungen treffen.«
»Danke. Natürlich nicht an Cyn, denn er sollte sich ja wohl gerade einschiffen. Aber ich hoffe, den Marquis zu erwischen, bevor er den Kanal überquert.«
»Das könnte schwierig werden, Mylady. Gibt es ein Problem?«
»Ein kleines«, sagte Elf und wußte, daß er ihr kein bißchen glaubte. »Bryght ist in Candleford, nehme ich an.«
»Ich fürchte, nein, Mylady. Ich habe gerade Nachricht bekommen, daß er nach Worcestershire reist. Es hat irgendwas mit einem Tizian zu tun, der zum Verkauf ansteht.«
»So was.« Elf hatte sich darauf verlassen, daß einer ihrer

Brüder nur eine Tagesreise entfernt war. »Wissen wir, wo er hinreist?«

»Zu Sir Harry Parker, aber er meinte, daß er vielleicht herumreisen würde.«

»Und Brand ist irgendwo im Norden unterwegs. Wie ärgerlich.«

»Vielleicht kann ich Euch helfen, Mylady?«

Der Vorschlag war verlockend, denn er war ein cleverer Mann, aber Elf wußte, daß das nicht gehen würde. »Im Moment nicht, danke.« Mit einem schüchternen Lächeln fügte sie hinzu: »Es ist eine persönliche Angelegenheit.« Das sollte sein Interesse abschwächen. »Bitte schicken Sie ihnen die Nachricht, sie sollten so schnell wie möglich nach Hause zurückkehren, Mr. Grainger.«

»Natürlich, Mylady.«

Sein Lächeln blieb gönnerhaft, und er hielt ihr Verhalten offensichtlich für töricht. Sie spürte das Verlangen, ihn auf echte Malloren-Art zurechtzuweisen, aber sie hielt sich zurück.

»Gibt es sonst noch etwas, das ich für Euch tun kann, Mylady?«

»Ja.« Elf kam zu einem heiklen Punkt. Das Marquisat besaß eine außerordentlich große Dienerschaft. Das hing einerseits damit zusammen, daß Rothgar jederzeit auf einwandfreien Service bestand, andererseits aber auch damit, daß einige von ihnen besondere Fähigkeiten besaßen.

»Ich möchte, daß Ihr einige Leute dafür abstellt, Lord Walgrave zu beobachten.«

»Wirklich, Mylady?« Er hob die Brauen. »Und was sollen diese Leute beobachten?«

»Alles, was ungewöhnlich ist.«

Sein Gesicht verzog sich vor unterdrücktem Spott. »Ich werde mich darum kümmern, selbstverständlich. Wünscht Ihr die Berichte zu sehen, wenn sie hereinkommen?«

Mit zusammengebissenen Zähnen schenkte sie ihm einen Malloren-Blick, allerdings einen gemäßigten. »Sie werden nur mir Bericht erstatten. Es gibt keinen Grund, Euch damit zu belasten.«

»Mylady ...«

»Würdet Ihr die Anordnung einer meiner Brüder in Frage stellen?«

Sein Gesicht lief rot an, vermutlich vor Zorn. »Eure Brüder erwarten von mir, auf Euch achtzugeben ...«

Elf richtete sich kerzengerade auf. »Ich brauche niemand, der auf mich achtgibt. Ich übernehme die volle Verantwortung hierfür, Mr. Grainger. Und werde alles bei ihrer Rückkehr mit meinen Brüdern besprechen. Werdet Ihr meine Anordnung befolgen, oder muß ich auch das mit meinen Brüdern besprechen?«

Er erhob sich ebenfalls, mit zusammengekniffenen Lippen und deutlicher Mißbilligung. »Ich verlange, daß Ihr diese Anordnung schriftlich erteilt, Mylady.«

Elf holte tief Luft. »Was glaubt Ihr? Daß ich lügen werde und sagen, Ihr hättet Euch das ausgedacht?«

Offensichtlich befürchtete er genau das.

»Papier«, befahl sie.

Er gab es ihr widerwillig. Vielleicht erkannte er jetzt endlich die Malloren in ihr. Das wurde auch Zeit. Sie setzte sich wieder und schrieb rasch ihre Anweisungen aufs Papier, datierte und unterzeichnete es. »Hier, Mr. Grainger. Schick mir die geeigneten Leute ins Büro, damit ich ihnen genauere Instruktionen geben kann.«

»Ja, Mylady.« Elf hatte bereits die Tür erreicht, als er sagte: »Mylady ...«

Sie drehte sich um, auf einen weiteren Kampf gefaßt. »Ja?«

»Wir haben zwei Leute in Walgrave House.«

Elfs Ärger ließ etwas nach. »Wie leichtsinnig vom Earl.«

»Sie stammen noch aus der Zeit des alten Earls. Wollt Ihr, daß ich Kontakt mit ihnen aufnehme?«

Einen Moment lang befürchtete Elf, sie könnten etwas von ihrer Nacht dort wissen, aber dann erinnerte sie sich, daß sie höchstens etwas von Lisette wissen konnten. »Bittet sie, mir bei Lady Lessington Bericht zu erstatten.« Weil er ein Zugeständnis gemacht hatte, machte sie auch eines. »Danke für Eure Hilfe, Mr. Grainger.«

In Rothgars und Bryghts Refugium lief sie um den verzierten Schreibtisch und große bequeme Sessel herum, während sie über Joseph Grainger und sich selbst sinnierte.

Sie hatte wirklich kein Recht, aufgebracht zu sein. Sie hatte ihn nie wissen lassen, daß sie sich für mehr als Möbel, Küche und Personal interessierte.

Als sie sich beruhigt hatte, sah sie die Sache schon in einem anderen Licht. Grainger hatte zweifellos Angst. Wenn Rothgar zurückkam und sah, daß seiner Schwester etwas zugestoßen war, wäre eine verlorene Anstellung Joseph Graingers geringstes Problem.

Elf konnte sich nicht einmal darüber aufregen. Rothgar würde sich genauso verhalten, wenn einem seiner Brüder etwas passieren würde. Er hatte einen unbändigen Beschützerdrang allen seinen Geschwistern gegenüber.

Sie sah hinüber zu dem Bild auf dem Kaminsims und lächelte. Es war eine Kreidezeichnung, die derselbe Künstler, der das Porträt in der Halle gemalt hatte, angefertigt hatte. Ihr Bruder sagte immer, daß es seine schlechtesten Seiten zeigte, während das große Bild ihm schmeichelte.

Elf sah das anders, aber die Zeichnung zeigte Rothgar tatsächlich von seiner kühlsten Seite. Dunkel und hager blickte er allwissend in die Welt, als würde ihm nichts entgehen. Die sparsamen Kohlestriche hatten seine Seele nicht eingefangen, was ihn kalt, ja fast teuflisch erscheinen ließ.

Aber ein verdammt gutaussehender Teufel, wie Cyn bemerkt hatte, als er die Zeichnung zum ersten Mal gesehen hatte.

Rothgar schien manchmal selbst in den Augen seiner Familie alles zu wissen und zu sehen, aber sie spürten alle, daß eine tiefe Ergebenheit hinter seinen Fähigkeiten stand. Wenn er wachsam und mächtig geworden war, dann um sie zu beschützen.

In den meisten adeligen Familien mußten die jüngeren Kinder ihre eigenen Wege gehen. Rothgar jedoch hatte, seit er das Marquisat mit neunzehn übernommen hatte, alles darangesetzt, Einfluß und Wohlstand für die ganze Familie zu mehren.

Zweifellos lag der Grund dafür in der Tragödie ihrer Mutter.

Elf drehte sich zur Wand, um das Porträt einer Frau zu studieren, das einzige Bild der ersten Frau ihres Vaters.

Mit dunklen Haaren und dunklen Augen sah sie ihrem Sohn sehr ähnlich, abgesehen von dem verwirrten Ausdruck in ihren Augen. Das war vielleicht ein erster Hinweis auf den Wahnsinn, der sie nach der Geburt ihres zweiten Kindes heimsuchte. Dieser Wahn hatte sie dazu gebracht, das Baby zu töten, trotz der verzweifelten Versuche ihres ersten Sohnes, sie daran zu hindern.

Elf wandte sich ab. Dieser Augenblick hatte Rothgar geprägt. Vielleicht hatte er die Wildheit hervorgerufen, die seine Jugend kennzeichnete. Er hatte mit Sicherheit seinen exzessiven Beschützerinstinkt seinen Halbgeschwistern gegenüber verursacht, besonders Elf und Hilda gegenüber. Keiner von ihnen würde etwas zustoßen, solange er es verhindern konnte. Cyns Entscheidung, zur Armee zu gehen, hatte ihn fast wahnsinnig gemacht.

Was würde also passieren, falls Elf durch diese Geschichte Schaden erleiden würde?

Es wäre sicherlich nicht gut, deshalb mußte sie vorsichtig sein.

Aber sie konnte auch nicht untätig bleiben, bis Rothgar zurückkehrte. Der König war in Gefahr, und Walgraves Verstrickung durfte nicht ignoriert werden.
Jemand klopfte an die Tür. Als sie sich umdrehte, traten sieben Leute ein: ein Diener mit gepuderter Perücke, zwei Zofen und vier Männer, die entweder Gärtner oder Stallburschen waren. Sie zeigten alle den nötigen Respekt, wirkten aber kein bißchen nervös, angesichts der Tatsache, daß man sie hierhergerufen hatte. Sie sahen aus wie Leute, die eigenverantwortlich handeln konnten. Sie hatte nie daran gezweifelt. Ihr Bruder wählte sein Personal mit großer Sorgfalt aus.
»Guten Morgen«, sagte sie. »Ich habe eine Aufgabe für euch. Ich wünsche, daß ihr den Earl of Walgrave genau beobachtet. Ich will wissen, wohin er geht, wen er trifft, was er tut. Ich will nicht, daß er merkt, daß er beobachtet wird. Ist das machbar?«
Sie nickten alle, als ob das eine ganz alltägliche Aufgabe wäre.
»Ich muß euch warnen: Es kann sein, daß auch andere Leute den Earl beobachten, an ihnen bin ich besonders interessiert. Einer von ihnen ist ein Schotte namens Murray. Er ist Mitte Dreißig, hat dünnes blondes Haar und eine stämmige Gestalt. Die anderen könnten auch Schotten sein. Wenn ihr jemanden seht, der den Earl beobachtet, möchte ich seinen Namen und Wohnort, aber ohne daß er Verdacht schöpft.«
Sie hatte keine Ahnung, ob das machbar war, aber daß sie nicht überrascht schienen, stimmte sie zuversichtlich.
»Mylady?« fragte einer der Männer.
»Ja?«
»Müssen wir uns auf Gefahr einstellen?«
Elf hatte gar nicht daran gedacht. »Vom Earl wahrscheinlich nicht, von den anderen ja.« Nach einem Augenblick fügte sie noch hinzu: »Tötet sie, wenn es sein muß, aber versucht, unser Haus da herauszuhalten. Ich möchte nicht, daß bekannt wird, daß die Mallorens darin verwickelt sind, bis der Marquis

oder einer meiner anderen Brüder zurück ist. Noch weitere Fragen?«
Eine der Zofen sagte: »Auf wen sollen wir uns mehr konzentrieren, Mylady? Auf den Earl oder auf die anderen?«
Wieder mußte Elf überlegen. Ihre Sorge konzentrierte sich auf Walgrave, aber in Wahrheit stellten die Schotten die wirkliche Gefahr dar. »Auf die anderen«, sagte sie. »Ich muß wissen, wo ich sie finden kann. Noch Fragen?«
Nach einem kurzen Schweigen fügte sie hinzu: »Ihr werdet mir Bericht erstatten und niemand sonst, und zwar in Lady Lessingtons Haus in der Warwick Street. Haltet euch von diesem Haus hier fern. Wenn jemand euch folgt, ist es mir lieber, ihr geht zu Lady Lessingtons Haus als hierher. Lord Lessington ist im Moment verreist, und niemand nimmt Frauen ernst.« Sie unterstrich die letzte Bemerkung mit einem Lächeln und sah, daß die Zofen ebenfalls lächelten.
Mit einem Zwinkern sagte eine von ihnen: »Das ist ja manchmal ganz nützlich, Mylady.«
Einer der Stallburschen brummte und sagte: »Hüte deine Zunge, Sally.«
Aber Elf lächelte immer noch. »Tatsächlich ist es uns von Nutzen. Geht jetzt. Wenn ihr Geld braucht, wird Mr. Grainger es euch geben, aber erzählt keine Details, auch ihm nicht.«
Wieder allein, sorgte Elf sich einen Moment lang, diese ganze Maschinerie in Gang gesetzt zu haben. Sie konnte nicht voraussehen, welche Probleme das verursachen würde. Aber es mußte sein. Murray hatte gesagt, der Zeitpunkt sei nahe. Walgrave hatte von einer Woche gesprochen.
Nur eine Woche!
Wenn Rothgar zurückkam, wäre die Zeit knapp. So hatte sie dann vielleicht schon nützliche Informationen für ihn. Und wenn sich die Ereignisse überschlugen, würde sie auf eigene Faust handeln.

Sie knetete nervös ihre Hände und hoffte, daß es nicht soweit kommen würde.
Immer noch war sie in Sorge um Walgrave. Sie mußte ihn da heraushalten!
Natürlich nur Cyn und Chastity zuliebe.

* * *

Elf kehrte in die Warwick Street zurück und fand Amanda beim Studieren von Einladungen. »Ich versuche zu entscheiden, was man heute abend tun könnte.«
»Und, lockt dich nichts?«
Amanda schnitt eine Grimasse. »Ich wollte eigentlich Lady Tollmouths Salon besuchen, aber nach Vauxhall scheint mir das ziemlich zahm.«
»Ich denke, nach Vauxhall wollen wir etwas Zahmes, oder etwa nicht?«
»Aber das ist wirklich das Langweiligste vom Langweiligen. Ältliche Schriftsteller, die aus ihren Werken über Moral und Reform lesen. Und als besondere Würze des Abends die Analyse alter Schriften.«
»Gott! Wieso wolltest du da jemals hingehen?«
»Sie ist Stephens Tante.«
»Oh.«
Amanda betrachtete die Einladung einen Moment lang und riß sie dann entzwei. »Soviel zu Lady T.« Sie schob den Kartenstapel Elf zu. »Schau du mal.«
Elf blätterte durch den Stapel und sortierte nach langweilig, abgehoben und exotisch. Dann hielt sie inne und starrte Amanda erstaunt an. »Sappho?«
Die Frau, die sich selbst Sappho nannte, war eine Dichterin und Freidenkerin und bewegte sich am Rande der Gesellschaft, wie jemand, dem es egal war, ob er dazugehörte. Und da war noch etwas ...

Amanda sah aus, als ob sie ihr die Karte entreißen wollte. Sie wurde sogar rot. »Ich habe sie kürzlich getroffen. Ich weiß nicht, warum sie mir diese Karte geschickt hat. Ich würde wohl kaum dorthin gehen ...«
Elf nahm sie in die Hand. »Warum nicht? Sie hat eine respektable Adresse.«
»Sie ist jenseits der Grenzen des Erlaubten!«
»Ist sie das? Mir scheint, sie ist einfach nur sich selbst treu. Wo hast du sie getroffen?«
»Bei Mrs. Quentin. Ich dachte, es ginge darum, Geld für notleidende Frauen zu sammeln, aber es stellte sich heraus, daß es eher um die *Rechte* der Frauen ging.«
»Vielleicht haben Frauen ein Recht, keine Not zu leiden ... Was für ein faszinierender Gedanke.« Elf las die Karte. »Auch hier wird vorgelesen, aber ich wette, daß es sehr viel interessanter sein wird als bei Lady Tollmouth. Laß uns hingehen.«
»Elf!« Amanda beugte sich nah zu ihr, obwohl außer ihnen niemand im Zimmer war. »Man sagt ... sie würde Frauen Männern vorziehen.«
»Das tue ich auch oft.«
»Im Bett!«
Elf sah auf die Karte, dann zu ihrer Freundin. »Das glaube ich nicht, denn soviel ich weiß, ist sie Rothgars Geliebte.«
Amanda fuhr zurück und starrte sie entgeistert an. »Was?«
»Das bleibt unter uns, Amanda.«
»Als ob ich ...«
»Ich wollte nur sichergehen. Sagen wir, daß Rothgar mehr Zeit mit ihr verbringt als mit anderen Frauen und manchmal die Nacht bei ihr verbringt. Ich wollte sie schon längst kennenlernen.«
»Das gehört sich ja wohl kaum.«
»Warum nicht? Ich habe bis jetzt nur immer gezögert, weil ich noch nie eine Einladung bekommen habe. Und weil es mir

peinlich wäre, meinen Bruder dort in flagranti zu überraschen.«

Amanda fächelte sich mit der Hand Luft zu. »Schon bei dem Gedanken an Rothgar in flagranti wird mir ganz schwach zumute!«

»Reiß dich zusammen«, sagte Elf kichernd. »Aber schau mal, wie perfekt das ist. Ich habe eine Einladung – oder fast, denn sie kann mich ja kaum fortschicken, wenn ich mit dir komme – und Rothgar ist ganz ist sicher aus der Stadt. Einfach ideal.«

»Das gibt Ärger«, sagte Amanda düster. »Das spüre ich jetzt schon.«

Am späten Nachmittag trafen Kenny und Mack Murray im Peahen Inn. Er war dort als Reverend Archibald Campbell von der Church of Scotland bekannt. Er hatte dort ein paar Zimmer gemietet und kleidete sich immer in die typischen schwarzen Gewänder mit den gepuderten Perücken der schottischen Kirche.

Kenny, Mack und Jamie kannten seine wahre Identität natürlich, aber die unbedeutenderen Figuren in diesem Spiel nicht. Wenn der Plan fehlschlug, würden die Behörden keine Verbindung zu Michael Murray, dem armen Verwandten des mächtigen Earl of Bute, herstellen können, der in ein paar Zimmern in der Villa des Earls hauste.

»Die Hure ist irgendwann heute nacht entkommen«, schimpfte er.

Kenny richtete sich gerade auf. Mack grummelte. Dann sagten beide: »Kann nich' sein!«

»Ist sie aber. Ich habe gerade einen kleinen Plausch mit meinem guten Freund Mr. Dingwall gehalten. Trotz seiner gestrengen Art hält er doch gerne ein Schwätzchen mit jemand, den er für so rechtschaffen hält wie sich selbst. Heute morgen hat ihn der Earl ein paar Strümpfe und Strumpfbän-

der wegwerfen lassen. Rotgestreifte Strümpfe, genau solche, wie diese Füchsin trug. Er hat sie mir sogar gezeigt.«
Kenny und Mack tauschten einen Blick. »Na und?« maulte Kenny. »Dann hat sie eben Strümpfe und Strumpfbänder ausgezogen.«
»Da waren aber Blutflecken drauf und auf dem Laken auch.«
»Das is' doch keine Überraschung.«
»Du Narr! Der Earl behauptete, sie wäre seine Mätresse. Wenn das stimmte, dürfte sie ja wohl kaum noch Jungfrau sein, oder? Außerdem ist sie nicht mehr im Haus, und Dingwall nimmt an, daß der Earl sie gegen ihren Willen festgehalten hat und sie entkommen ist.« Er blitzte die beiden wütend an. »Wie konnte das passieren?«
»Vorn raus nich'«, behauptete Kenny stur. »Hab' die ganze Nacht genau aufgepaßt.«
»Mack?«
»Willste sagen, daß ich nich' aufgepaßt hab'? Hab' ich aber. Und außer der verdammten Katze hat sich nix gerührt.« Er zeigte ihnen seine zerkratzte Hand. »Wenn sie sich nich' in 'ne Katze verwandelt hat, is' sie auch hinten nich' rausgekommen.«
Murray ballte die Fäuste. »Das gefällt mir nicht. Gefällt mir überhaupt nicht. Es kommt mir äußerst seltsam vor. Es darf jetzt nichts schiefgehen. Geht und sucht Jamie, und kümmert euch um die Beobachtung des Hauses. Rund um die Uhr. Ich will über jeden Bescheid wissen, der rein- und rausgeht. Jeden. Und haargenau alles, was der Earl tut.«
»Das geht aber nich', bloß zu dritt«, protestierte Kenny. »Nich' bei all den anderen Sachen, die wir noch um die Ohr'n haben. Den Stein und das Spielzeug ...«
»Ihr könnt euch abwechseln. Und ich hab' noch ein paar Jungs von der Straße angeworben. Die leben wie Ratten im Garten eines leeren Hauses in der Abingdon Street, aber sie sind gut

genug. Sie wissen natürlich nichts von dem, was wir vorhaben, aber sie werden für ein paar Pennys hin und wieder die Beobachtung übernehmen und mir berichten, wenn irgendwas Besonderes passiert. Vielleicht etwas, das euch entgeht?« Dann bemerkte er, daß seine Sorge ihn ungerecht werden ließ, und er zwang sich zur Ruhe. »Nur noch ein paar Tage, meine Freunde, und unser großes Unternehmen wird nicht mehr aufzuhalten sein. Wir können uns das doch nicht durch ein kleines Mißgeschick kaputtmachen lassen. Oder?«

Sechstes Kapitel

Amanda hatte Ärger vorausgesehen.
Noch in der Kutsche hatte sie nicht aufgehört, Unheil anzukündigen, aber als sie bei Sappho eintrafen, war alles unproblematisch. Ihr Haus war an einer beliebten Straße gelegen, und für die abendliche Einladung war jedes Fenster erleuchtet.
Wie immer lungerten Grüppchen von Menschen aus dem einfachen Volk am Eingang herum, um die Leute zu betrachten, die in Kutschen, Sänften oder zu Fuß eintrafen. Die Gäste wurden von Dienern hereingeführt.
Amanda und Elf tauschten einen Blick und stiegen die Eingangstreppe hinauf.
In der eleganten weißgestrichenen Halle nahmen ein Dienstmädchen und ein Diener ihnen die Garderobe ab und führten sie die Treppe hinauf. Elf registrierte, daß die Halle selbst nicht ungewöhnlich war, die Gemälde und die Dekoration aber sehr wohl. Sie studierte eine Maske, die aus gehämmertem Gold zu bestehen schien, und fragte sich, woher sie wohl stammte.
Sie konnte sich leicht vorstellen, daß ihr Bruder diesen Ort faszinierend und genialisch fand.
Am Treppenabsatz empfing sie ein weiterer Diener, der sie in einen Salon geleitete, wo bereits die Unterhaltung einer gesitteten, aber gutgelaunten Menge zu hören war. An der Tür stand Sappho und begrüßte ihre Gäste. Elf mußte sich sehr zusammennehmen, um sie nicht anzustarren.

Sie war groß. Vielleicht einen Meter achtzig. Sie war nicht dunkelhäutig, aber ihre Erscheinung war keineswegs englisch. Hohe Wangenknochen und leicht schräg stehende Augen erinnerten Elf an einen russischen Baron, den sie irgendwo kennengelernt hatte und der behauptete, Tatarenblut in seinen Adern zu haben.
Ihr schweres, dickes braunes Haar fiel ihr bis zu den Knien und wurde nur von juwelengeschmückten Kämmen zurückgehalten. Ihre Erscheinung wirkte beinahe mittelalterlich oder vielleicht byzantinisch. Sie trug ein lockeres bronzefarbenes Gewand unter einer Tunika, die mit Gold und Edelsteinen geschmückt war, und eine Vielzahl außergewöhnlicher Ringe. Das seltsame war, daß Elf – korrekt gekleidet in Korsett, Reifrock, Unterrock und Überkleid – sich plötzlich lächerlich vorkam.
Sappho wandte sich ihnen zu und lächelte Amanda an. »Lady Lessington, ich freue mich so, daß Ihr kommen konntet.« Wenn sie überrascht war, so verbarg sie es gekonnt. »Ich bin sicher, daß Ihr Leute treffen werdet, die Ihr kennt.« Sie wandte sich Elf zu, und Amanda stellte sie einander vor.
Sapphos dunkle Augen ruhten einen Moment auf ihr. »Lady Elfled. Ein unerwartetes Vergnügen. Ich hoffe, Ihr werdet den Abend genießen. Bitte laßt mich beide wissen, wenn ich irgend etwas für Euch tun kann.«
Dann wandte sie sich dem nächsten Gast zu, und Amanda und Elf betraten den Raum.
Es war kein großes Haus, so daß der Salon und der Vorraum mit etwa dreißig Leuten recht gut gefüllt waren. Es würde gleich ein bißchen eng werden, aber das war ein Zeichen dafür, daß der Salon sehr beliebt war.
Die Dekoration hier war etwas weniger ungewöhnlich, die Möbel ähnelten denen in anderen modernen Häusern. Die Leute waren auch nicht außergewöhnlich, abgesehen von ein

paar Damen, die die Vorliebe der Gastgeberin für lockere Gewänder teilten.

»Wenn wir auf der Suche nach dem Außergewöhnlichen sind, werden wir hier wohl kaum fündig werden«, flüsterte Elf Amanda zu. »Du hättest mich aber warnen können, was ihr Aussehen betrifft.«

»Warum? Sie ist groß und wirkt fremdländisch. Bei Mrs. Quentin war sie normal angezogen. Das Kleid heute abend steht ihr aber besser. Kein Wunder, daß Rothgar ...«

»Schht.« Elf drehte sich um und grüßte eine Bekannte.

Als sie durch die Räume flanierten, bemerkte sie, daß die Leute, die sie hier kannte, zu den interessanteren ihres Bekanntenkreises zählten. Und auch diejenigen, die sie nicht kannte, schienen ihr wie Menschen, die sie gerne kennenlernen würde.

Sie fragte sich aber, warum Rothgar Sappho noch nie nach Malloren House eingeladen hatte.

Natürlich hatte sie Sappho nie an einem der gewöhnlichen Orte getroffen. Entweder wurde sie nicht eingeladen, oder sie ging nicht hin. Keiner der hier Anwesenden zählte zu den eher prüden Mitgliedern der Gesellschaft. Vielleicht würde Sappho sich vor den Kopf gestoßen fühlen. Schließlich konnte es ja sein, daß sie eine Vorliebe für weibliche Liebhaber hatte. Warum sonst sollte sie den Namen der griechischen Dichterin angenommen haben, die wegen dieser Neigung ermordet worden war?

Ein Trio von Musikerinnen spielte in einer Ecke. Sappho klatschte in die Hände und bat um Aufmerksamkeit für die Musik. Die drei spielten tatsächlich sehr gut und wurden bald von zwei Sängerinnen verstärkt, die wundervoll sangen.

Die Darbietung gab Elf die Möglichkeit, den Blick über die Gesellschaft schweifen zu lassen und nach neuen Gesichtern Ausschau zu halten.

Der Earl of Walgrave sprang ihr sofort ins Auge.
Unter den modischen Pfauen stach seine schwarze Kleidung heraus. Es war wirklich exzentrisch, noch sieben Monate nach dem Tod des Vaters Schwarz zu tragen.
Natürlich war es eine Trauerkleidung der nobelsten Art.
Heute abend waren seine Kniehosen und sein Mantel aus Brokat mit üppiger Silberstickerei. Auf den silbernen Knöpfen und Schnallen glitzerten zweifellos kleine Diamanten.
Die düstere Noblesse stand ihm gut und ließ seine blauen Augen noch mehr strahlen. Elfs Erinnerung an ihn im schwarzen Morgenrock mit offenen, wilden Haaren gaben dieser Eleganz eine fremde, neue Kraft.
Sie schob die verrückten Gedanken beiseite. *Was in Gottes Namen tat er hier?*
Hundert Verdachtsmomente kamen ihr in den Sinn, aber sie verwarf sie alle. Er konnte nicht wissen, daß sie vorgehabt hatte, hierherzukommen. Sie hatte es ja selbst kaum gewußt. Und wie auch immer, er würde Elfled Malloren wohl eher aus dem Weg gehen, als ihre Gesellschaft zu suchen.
Er ahnte sicher nichts von ihrer Rolle als Lisette.
Konnte es sein, daß er über Sappho etwas gegen Rothgar unternehmen wollte?
Sie versuchte, nicht aufzufallen, behielt Walgrave jedoch im Auge. Er wirkte äußerst kühl und hörte sich die heitere Musik an, als wäre es ein Trauermarsch. Aber als das Stück zu Ende war, drehte sich eine junge Frau neben ihm um und sagte etwas zu der Gruppe, in der sie stand. Jeder lachte, und Walgrave ... er grinste zumindest und sah dabei äußerst attraktiv aus.
Sie beobachtete, wie er mit den Leuten um ihn herum plauderte, und obwohl man seine Art nicht gerade warmherzig nennen konnte, war sie Welten von der hochnäsigen Verachtung entfernt, die sie von ihm so gewohnt war. Die Reaktionen der

anderen – an einer Stelle brachte er sie sogar zum Lachen – bewiesen, daß er durchaus amüsant war.
Er erinnerte sie plötzlich wieder an den Mann, dessen Gefangene sie in der vergangenen Nacht gewesen war. Eine seltsame Enge in ihrer Brust ließ sie fast schwindlig werden. Vielleicht hatte Chantal ihr Mieder zu eng geschnürt.
»Du meine Güte«, sagte Amanda hinter ihrem Fächer, »ist das nicht Walgrave?«
Elf sah schnell weg. Amanda hatte schon genug verrückte Ideen im Kopf. »Ich kann mir nicht vorstellen, was er hier macht.«
»Vielleicht ist er wegen der ausgezeichneten Musik gekommen. Ich muß zugeben, wenn ich das gewußt hätte, hätte ich schon früher um eine Einladung gebeten. Er ist wirklich ein stattlicher Mann«, fügte sie hinzu, während sie Walgrave über den Rand ihres Fächers musterte.
»Das habe ich nie bestritten.«
»Sehr wohlgeformte Beine. Obwohl es möglich wäre, daß er Wadenverstärker trägt.«
Elf besah sich die Beine, die sich deutlich in schwarzen Seidenstrümpfen und der maßgeschneiderten Hose abzeichneten, und sie konnte sich an ihre nackte Gestalt erinnern. »Red keinen Unsinn.«
»Ah! Dann weißt du also gewiß, daß diese Formen echt sind.«
»In solchen Strümpfen sieht das ja die ganze Welt. Ich finde, Männer sollten Röcke tragen.«
Amanda kicherte, aber bevor sie die Konversation fortsetzen konnten, begann die Lesung.
Nach einer Weile bemerkte Elf, daß alle Vortragenden Frauen waren. Sie blickte sich um, um zu sehen, ob die Männer das befremdlich fanden, aber dem schien nicht so zu sein. Soweit sie es beurteilen konnte, waren ihre Werke sehr gut.
Die ganze Zeit hindurch war Elfs Aufmerksamkeit jedoch

hauptsächlich auf Walgrave gerichtet. Ihren Schwager hier anzutreffen war fast so, wie einen Pfarrer in einem Bordell zu finden, und sagte ebensoviel über seinen Charakter oder in diesem Fall über seine Ehrenhaftigkeit.

Es war ein weiterer Hinweis darauf, daß hinter dem Earl vielleicht mehr steckte, als sie gedacht hatte.

Sie erinnerte sich an Chastitys Behauptung, daß ihr Bruder vor den Ereignissen um den Tod ihres Vaters ein ganz netter Mensch gewesen sei. Und Portia, die ihn in ihrer Jugend gekannt hatte, nannte ihn einen Freund, dem sie vertraute. Portia hatte aber auch die Befürchtung geäußert, daß sein Haß auf die Mallorens alles Gute in ihm zerstören könnte.

Hegte er dann also nur Haß gegen die Mallorens? Das schien nicht fair. Sein Vater war für all die Schwierigkeiten verantwortlich gewesen, und Rothgar hatte die Sache so weit in Ordnung gebracht, daß Walgraves Schwester Cyn heiraten konnte. Zugegebenermaßen hatte der alte Earl den Tod gefunden …

In Gedanken versunken starrte sie ihn an. Vielleicht hatte er das bemerkt, denn er sah herüber. Sofort fiel jede Spur von Leichtigkeit von ihm ab.

Er hob die Brauen und sandte ihr einen Blick, der ihr nur allzu vertraut war. Einer, der sie als Feindin kennzeichnete und als unattraktiv dazu. Mit Sicherheit hatte er Lisette nicht wiedererkannt!

Elf war ein klein wenig enttäuscht. Was für ein Narr sie war. Hatte sie wirklich erwartet, er würde sich nach seinem verlorenen Spielzeug sehnen und augenblicklich in der Lage sein, ihre Gegenwart zu spüren?

Ja, das hatte sie.

Was sie in diesen Tagen alles über sich selbst lernte!

Sie wollte eine Heldin sein, eine Drachentöterin. Sie wollte ihn dekadent und schön. Sie wollte ihn, verrückt vor Lust.

Verrückt nach ihr.
Denn Lady Elfled Malloren war zwar nicht ohne Charme, aber sie hatte noch nie einen Mann verrückt vor Begierde gemacht.
Er sah wieder weg und lächelte die Umstehenden an, aber Elf bemerkte, daß es ein angestrengtes Lächeln war. Portia hatte recht. Die Gefühle des Earls den Mallorens gegenüber waren wie eine Krankheit, die seine ganze Welt infizierte.
Sie begann, sich zu fragen, ob er davon geheilt werden konnte, denn es widerstrebte ihr, eine leidende Kreatur zu ignorieren ...
Als Erfrischungen serviert wurden, gesellte sich Elf zur Gastgeberin und sagte – während sie hoffte, daß es ungezwungen klang: »Welch eine Überraschung, Lord Walgrave hier zu sehen. Kommt er regelmäßig hierher?«
»Gelegentlich, Mylady. Stört es Euch?«
»Nein, nein«, erklärte Elf. »Aber ich habe immer gedacht, daß er sich mehr für Spiel und Sport interessiert als für Dichtung und Musik.«
»Vielleicht ist er eine ausgewogenere Persönlichkeit, als Ihr annehmt. Oder vielleicht hat es ihn zu Lebzeiten seines Vaters einfach amüsiert, mit Menschen zu verkehren, die der Unbestechliche absolut nicht mochte.«
»Aber mein Bruder verkehrt doch auch hier.«
Sappho lächelte. »Fort erkundigt sich, bevor er herkommt, jedesmal, ob Euer Bruder zugegen sein wird.«
Elf mußte ihre Entrüstung darüber verbergen, daß diese Frau seinen Vornamen so selbstverständlich benutzte. »Lord Walgrave scheint von seinem Vater mit dem Titel auch dessen Abneigungen übernommen zu haben«, bemerkte sie.
»Überhaupt nicht. Denn er mag *mich.*« Sappho winkte einer Bediensteten, nahm zwei Gläser von einem Tablett und reichte Elf eines. »Männer können sehr verrückt sein, Mylady. Eine kluge Frau hält sich aus ihren Angelegenheiten heraus.«

Elf nippte an dem ausgezeichneten Milchpunsch. »Tatsächlich? Und wenn ihr an dem Mann liegt?«
Sapphos Lippen bewegten sich leicht nach oben. »Einer klugen Frau liegt nichts an Männern.«
»Wollen Sie damit sagen, daß Euch nichts an Männern liegt?«
»Habe ich je gesagt, daß ich klug wäre? Aber es kann gefährlich sein, sich in Männerangelegenheiten einzumischen.«
»Männer bringen sich manchmal gegenseitig um.«
»Stimmt.« Die Bemerkung schien sie nicht zu beunruhigen. »Wen wollt Ihr beschützen? Eure Brüder oder Lord Walgrave?«
»Meine Brüder natürlich.«
»Da bin ich mir nicht ganz sicher.«
Was zum Teufel hatte diese Frau gesehen? Mit einer Hand schlug Elf ihren Fächer auf und wedelte abwehrend damit herum. »Ich wünsche auch Lord Walgrave nichts Schlechtes. Seine Schwester ist schließlich mit einem meiner Brüder verheiratet. Aber wenn ich wählen müßte, würde ich mich für meine Brüder entscheiden.«
»Vielleicht.« Damit ging Sappho ihres Wegs, und Elf, getrieben von einer verrückten Kraft, machte sich mit Amanda an ihrer Seite auf die Suche nach dem gefährlichen Earl.
Elf mußte zugeben, daß es ihr schier unmöglich war, sich im selben Raum mit ihm aufzuhalten und nicht mit ihm zu sprechen. Das war schon seit ihrem ersten Zusammentreffen so. Dieser Drang hatte zu nichts anderem geführt als einem fortwährenden Abtausch spitzer Bemerkungen – abgesehen von ihrer Begegnung mit ihm als Lisette.
Was würde diesmal passieren?
Er stand in einem lockeren Grüppchen, und es war leicht für sie, an seine Seite zu gelangen. »Welche Überraschung, Euch hier zu treffen, Walgrave.«

Er reagierte, als hätte sie ihn mit einem Speer angegriffen, und blitzte sie wie eine Feindin an. »Es ist noch überraschender, Euch hier zu treffen, Lady Elfled.«
»Es ist mein erster Besuch.« Trotz seines Tons beschloß Elf, ruhig und höflich zu bleiben. Sicher war das möglich. »Ein interessanter Abend, nicht wahr?«
»In der Tat. Aber ich frage mich, ob Rothgar Euch weitere Besuche hier erlauben wird.«
»Rothgar kontrolliert mich nicht.« Schon stritten sie.
»Rothgar kontrolliert, verdammt noch mal, was er kann.«
»Dann kann man mich vielleicht nicht kontrollieren.«
Sein Mund verzog sich höhnisch. »Das ist zweifellos richtig. Vielleicht erfüllen sie für ihn eine Funktion – wie ein Kreuz, das er tragen muß.«
Elf hatte alle Mühe, sich nicht in einen ausgewachsenen Streit hineinziehen zu lassen. Sie nahm zur Beruhigung einen Schluck von ihrem mit Brandy parfümierten Punsch und versuchte es noch einmal. »Warum so hitzig, Mylord? Im Ernst, ich glaube nicht, daß ich Euch jemals etwas getan habe.«
Er nahm sich auch zusammen. »Das stimmt. Und in dieser Umgebung die Verfehlungen der Brüder deren Schwestern anzulasten wäre unsinnig.«
Er verneigte sich und hätte sich zurückgezogen, wenn Elf ihn nicht mit einer Hand auf seinem Arm zurückgehalten hätte. Das überraschte sie fast ebensosehr wie ihn, und sie suchte krampfhaft nach einem Grund.
»Ich wüßte gern, ob Ihr schon eine Nachricht von Chastity und Cyn habt.«
Er hob die Brauen. »Ich würde annehmen, daß es wahrscheinlicher ist, daß Euer Bruder Euch schreibt als meine Schwester mir.«
»Frauen sind in der Regel weniger schreibfaul. Und außerdem

wohne ich derzeit, weil Rothgar nicht in der Stadt ist, bei Lady Lessington. Falls Briefe in Malloren House eingetroffen wären, hätte ich sie noch gar nicht. Es war nur so eine Idee, Euch zu fragen.« Und eine sehr dumme. Sie mußte wie ein stotternder Idiot klingen.

Er entfernte ihre Hand vorsichtig von seinem Ärmel, wie man eine Fliege oder einen sonstigen unwillkommenen Eindringling verscheucht. »Ihr laßt Euch zu oft von Euren Ideen hinreißen, fürchte ich.«

»Und Ihr von Eurem Zynismus!«

Wie immer, wenn sie solche Streitgespräche führten, sah er aus, als würde er sie am liebsten umbringen.

»Nein«, sagte er hart, »ich habe keinerlei Briefe erhalten. Es ist schließlich auch erst drei Tage her, daß sie nach Portsmouth aufgebrochen sind, aber ich glaube, daß sie geplant haben, etwa heute an Bord zu gehen. Sie werden zweifellos vorher noch Briefe abgeschickt haben. Aber, wie Ihr wißt, kann sich so eine Abreise auch verzögern. Ich werde Euch informieren, sobald ich irgendwelche Neuigkeiten habe.«

Damit drehte er sich um und ging weg. Er sprach noch kurz mit Sappho und verließ dann die Gesellschaft. Sappho sah mit leicht amüsiertem Interesse zu Elf herüber.

Amüsiertes Interesse war nicht gerade das, was Elf empfand. Ihre Hand prickelte an der Stelle, wo er sie berührt hatte, auch wenn er es nur getan hatte, um sie wegzuschieben.

»Ich habe mich getäuscht«, murmelte Amanda. »Das sind nicht Romeo und Julia, sondern Benedikt und Beatrice. Sollte er jemals erfahren, daß er dich geküßt hat, wird er sich den Mund mit Seife auswaschen!«

»Oh, hör auf, so verrückt zu sein«, schnitt Elf ihr das Wort ab. »Ich möchte gehen.«

In der Kutsche auf dem Heimweg konnte Elf trotzdem nicht anders als entspannt und in guter Stimmung an Lord Wal-

grave denken. An seine andere Seite, die sie nie vermutet hätte.
»Wenn ich nicht dort gewesen wäre, Amanda, hättest du dann Lord Walgraves Gesellschaft als angenehm empfinden können?«
»Möglicherweise«, gab Amanda zu. »Er ist attraktiv und hat einen bemerkenswerten Stil. Er bewegt sich gut...«
»Ich habe nicht gefragt, ob du mit ihm ins Bett gehen wollen würdest!«
Amanda grinste. »Solche Gedanken sind unvermeidlich, wenn man über einen attraktiven Mann spricht. Aber gut, solange er nicht mir dir sprach, wirkte er recht angenehm. Tatsächlich wie ein ganz anderer Mensch. Die meiste Zeit über war das aber schwer zu erkennen, wegen dem Lärm und Rauch eurer Schlacht. Aber wenigstens hat er Lisette nicht erkannt.«
»Das stimmt.«
Und das, dachte Elf, könnte der Grund ihrer Unzufriedenheit sein. Tief in ihrem Herzen fühlte sie, daß er das hätte tun müssen. Er hätte wenigstens die Anziehung und Aufregung spüren müssen, die sie in seiner Nähe jedesmal quälte.
Das konnte sicher nicht völlig einseitig sein.
Amanda lehnte sich entspannt in ihrem Sitz zurück und fächelte sich träge etwas Luft zu. »Ich muß zugeben, daß meine Vorhersage falsch war. Deine Ausflüge in die Verruchtheit erweisen sich als äußerst unterhaltsam. Von nun an werde ich dich all unsere Aktivitäten aussuchen lassen.«
Elf wünschte, sie könnte ihrer Freundin erzählen, daß das alles kein Spiel war und daß irgendwelche dummen Gefühle, die sie für Lord Walgrave hegte, völlig unwichtig waren. Natürlich wäre es auch hilfreich, wenn sie sich selbst davon überzeugen könnte!
Die Schotten, ermahnte sie sich selbst streng.
Hochverrat.

Eine mögliche Bedrohung für den König.
Das waren die wichtigen Dinge, nicht wie Lord Walgrave ihre Haut kitzelte oder seine wohlgeformten Beine!
Sie unterdrückte ein Gähnen. »Ich muß kapitulieren. Es ist zu anstrengend, immer das Ungewöhnliche zu suchen. Laß uns in Zukunft wieder streng konventionell sein, meine Liebe.«

Fort tadelte sich selbst dafür, Sapphos Gesellschaft so abrupt verlassen zu haben. Diese irritierende Elf Malloren hatte ihn schon ein paarmal in die Flucht geschlagen. Seine Nerven mußten wegen der Geschichte mit Murray, diesem verdammten Kerl, so angespannt sein.
Oder vielleicht wegen Lisette. Das Schicksal des dummen Mädels beschäftigte ihn, obwohl es nicht sein Fehler gewesen war. Er hatte getan, was er konnte.
Lisette beschäftigte ihn auch in anderer Hinsicht. Es gefiel ihm nicht, daß sie immer noch unschuldig war, und sie schien sein schlafendes Interesse an Frauen wieder geweckt zu haben. Er hatte sich sogar von Mylady Elf angezogen gefühlt, verdammt noch mal! Dabei war Elf genau die Sorte von frechem Plappermaul, die er haßte. Er bevorzugte üppige, schweigsame und sehr erfahrene Frauen.
Oder hatte sie bevorzugt, bevor er vom Sex ganz abgekommen war.
Zum Teufel damit, er hatte seit Monaten nicht mehr so viel über Frauen nachgedacht, und jetzt hatte er gleich zwei nervende Exemplare in seinem Kopf. Wenn er nur Gewißheit über Lisette hätte, würden die anderen störenden Gedanken sicher auch verschwinden.
Am nächsten Abend, als er zu einem Dinner bei Sir John Fielding in der Bow Street war, nahm er sich vor, die Sache aus der Welt zu schaffen. Als die zehn Herren auf den Beginn des Abendessens warteten, nutzte er die Gelegenheit zu einem

Wort unter vier Augen mit Sir John, Londons oberstem Magistrat.

»Probleme?« fragte der grauhaarige Mann, der ein Seidentuch über seinen blinden Augen trug.

»Ein geringfügiges.«

Sir John kicherte. »Das sagen alle. Oder sie sagen, daß sie sich für einen Freund erkundigen. Was kann ich für Euch tun?«

Fort lächelte, weil er wußte, daß Sir John jede Nuance seines Tons und das Lächeln in seiner Stimme erkennen würde. »Mein *Freund*«, sagte er, »war vor zwei Tagen in Begleitung einer jungen Frau. Sie rannte allein weg, und er sorgt sich um ihre Sicherheit. Ich frage mich, ob irgendwelche weiblichen Leichen gefunden wurden.«

»Nicht daß ich wüßte, Walgrave, obwohl es immer möglich ist, daß die Unglücklichen erst viel später an das Ufer der Themse gespült werden. Name?«

»Ich habe nicht die geringste Ahnung. Aber wohlerzogen.«

Sir John wiegte seinen Kopf, Fort zugewandt, als ob er ihn studieren würde. »Dann wird ihre Familie Alarm geschlagen haben.«

»Habt Ihr eine solche Meldung vorliegen?«

»Nein.«

»Sie ist Ausländerin – Französin – und besucht hier Verwandte. Sie meinte schon, daß sie sich mit einer Vermißtenmeldung Zeit lassen würden.«

»Dummes Ding«, brummte Sir John, der den Hinweis verstanden hatte, daß das Mädchen versucht hatte, die Mätresse eines reichen Mannes zu werden. »Und Schande über Euch, Mylord, daß Ihr darauf eingegangen seid.«

»Mein *Freund*«, sagte Fort, »hat sich den Umständen entsprechend ziemlich anständig benommen. Wenn sie nicht weggelaufen wäre, hätte ihr gar nichts passieren können.«

»Hm. Wie ich schon sagte, ist mir nichts von einer toten

jungen Frau zu Ohren gekommen. Aber gebt mir eine Beschreibung von ihr, und ich werde die Sache überprüfen.«
»Vielen Dank. Mittelgroß und gutgebaut, zierlich, aber an den richtigen Stellen wohlgeformt. Sie trug eine Maske, aber ihr Kinn war ein bißchen eckig, ihre Lippen jedoch sehr hübsch geformt. Sie könnte hübsch sein ...« Fort bemerkte, daß seine Stimme einen fast träumerischen Tonfall angenommen hatte, weil er sich an Lisette erinnerte, wie sie auf dem Bett gelegen und ihn mit den Augen verschlungen hatte. »Als sie das letzte Mal gesehen wurde«, fügte er sachlich hinzu, »trug sie ein leuchtend buntes Kleid mit scharlachroten Streifen, einem roten Unterrock und darüber ein rotes Cape auf links.«
Sir John schüttelte den Kopf. »Damit kann man nichts anfangen, Walgrave. Wenn ihr ein Unglück widerfahren ist, wird man sie nackt ausgezogen haben. Solche Kleider sind Geld wert.« Nach einem Moment fügte er noch hinzu: »Für die Armen haben alle Kleider einen Wert. Wenn der Mörder sie ihr nicht weggenommen hat, dann waren es irgendwelche Armen. Haarfarbe?«
Walgrave war von der Vorstellung, daß Lisette verstümmelt und nackt in irgendeinem Straßengraben liegen könnte, tief beunruhigt. Irgendwo war es dann doch sein Fehler, denn er hatte sie entkommen lassen. »Ich habe keine Ahnung, sie trug sie gepudert.«
»Na gut, die Leiche einer gepuderten Frau würde einiges Aufsehen erregen, kann ich Euch versichern! Ich werde es Euch wissen lassen, falls ich etwas höre, aber wenn sie nicht in einem Bordell gelandet ist, dürfte sie in Sicherheit bei ihren Verwandten sein. Und hoffentlich hat sie aus diesem Schrekken etwas gelernt.«
Ein Bordell. Warum hatte Fort nicht früher an diese Möglichkeit gedacht? London war voll von Frauen, die ihre Körper für Geld verkauften, und Jungfrauen waren da besonders gefragt.

Das bedeutete, daß viele Bordelle nach hilflosen oder verzweifelten Mädchen suchten, solange diese unberührt waren.
Während er sich mit anderen Gästen unterhielt, tadelte er sich im stillen dafür, daß er nicht früher daran gedacht hatte.
Als das Dinner angekündigt wurde, nahm Sir John ihn noch einmal beiseite. »Ich könnte Euch einen Mann besorgen, der nach ihr sucht, Walgrave. Meine Leute sind ziemlich gut darin, jemand zu finden.«
Es war eine große Versuchung, aber viel zu gefährlich. Einerseits machte Fort sich Sorgen um die törichte Lisette, andererseits hatte er den Verdacht, daß sie mehr war, als sie zu sein vorgegeben hatte. Wenn sie für Murray arbeitete, durfte er Fielding nicht auf sie hetzen.
Fort bot dem alten Mann seinen Arm an, als sie ins Speisezimmer gingen. »Danke, Sir John. Ich werde darüber nachdenken.«
Nach dem Essen, als die Männer bei Brandy und Tabak zusammensaßen, fand Fort die Gelegenheit, einen Moment lang mit George Grenville, dem mächtigen Außenminister, zu sprechen. Das war nicht schwer, weil auch Grenville daran gelegen war, mit ihm zu reden.
»Also, Walgrave?« fragte Grenville ihn in einer ruhigen Ecke. »Irgendeine Ahnung, wann diese schottischen Schurken losschlagen wollen?« Der nette Mann in nüchterner Kleidung mit grauer Perücke nahm so kleine Schlückchen von seinem Brandy, als wäre er bittere Medizin.
»Es dürfte bald soweit sein, aber ich kann Euch noch nicht mehr sagen. Murray hält mich darüber im unklaren.« Fort bot ihm seine mit Silber und Edelsteinen verzierte Schnupftabaksdose an, aber der ältere Herr winkte ab. Fort selbst nahm eine Prise. »Soweit ich verstehe, läßt er jeden über den gesamten Plan im unklaren.«
»Aber er wird sein Spielzeug dazu verwenden, diese Pagode?«

»Das sagt er zumindest, und mir ist es gelungen, sie für ihn aus Rothgar Abbey zu holen. Sie befindet sich unter Bewachung in meinem Haus. Wirklich eine Schande. Es handelt sich um ein exquisites Stück, perfekt gearbeitet. Wenn man sie aufzieht, geraten all die kleinen Figuren darauf in Bewegung. Es war der Mittelpunkt eines Maskenballs, den Rothgar letztes Jahr veranstaltet hat.«

Ein Ball, den Fort niemals vergessen würde.

Der Ball, auf dem sein Vater starb.

»Also?« sagte Grenville. »Es ist ein Spielzeug.«

»Das macht es nicht weniger gefährlich.«

»Es stört mich, daß es im Mittelpunkt einer so ernsten Angelegenheit steht.«

Fort hatte Grenville nicht erzählt, daß die Pagode seine Idee gewesen war. Der Hauptgrund, warum Murray das Risiko eingegangen war, einen Fremden zu kontaktieren, war, daß er nicht wußte, wie er ein tödliches Objekt in die Nähe des Königs bringen sollte. Fort, in der Rolle des bereitwilligen Verschwörers, hatte ein Geschenk vorgeschlagen, das der König gerne besitzen wollte.

Der König war auf dem verhängnisvollen Ball auf Rothgar Abbey nicht zugegen gewesen, aber er war einige Tage später gekommen, um der Ehe von Chastity und Cyn seinen Segen zu geben. Er hatte damals den Automaten gesehen und seinen Wunsch, ihn zu besitzen, kundgetan. Es war offensichtlich nur eine Frage der Zeit, wann Rothgar ihn ihm zum Geschenk machen würde.

Als Murray ihn nach einem Objekt fragte, das man dem König als Geschenk schicken konnte, war Fort die Pagode eingefallen. Sie war perfekt, weil sie Rothgar in eine jakobitische Verschwörung verwickeln würde. Das war eine zu verlockende Chance. Das Spielzeug war in Betrieb gewesen, als sein Vater starb, und es würde Forts Rachegelüste befriedigen.

Als Murray Fort sein Wort gegeben hatte, hatte er sein Wissen genutzt und das Spielzeug aus Rothgar Abbey stehlen lassen. Jetzt war es in seinen Kellern versteckt, damit die Schotten es in eine tödliche Waffe verwandeln konnten. Er hätte sich auf die nächsten Schritte freuen sollen, aber statt dessen fühlte er sich zunehmend unbehaglich.

»Ich traue Murray nicht«, sagte er zu Grenville. »Ich bin mir sicher, daß er mir, was seine Pläne angeht, nicht die Wahrheit sagt. Er ist absolut verdächtig.« Er gab eine abgewandelte Version der Ereignisse in Vauxhall wieder.

Der ältere Mann schüttelte den Kopf. »Das kann nicht angenehm für Euch gewesen sein, Walgrave. Danke dafür, daß Ihr diese Rolle spielt.«

»Ich bin froh, meine Pflicht tun zu können.« Fort bedachte die Situation noch einen Moment lang. Es widerstrebte ihm, seine Waffe gegen Rothgar aufzugeben. Aber es würde nicht funktionieren. Die Risiken waren zu groß. »Ich bin der Überzeugung«, sagte er, »daß man den König vor der Pagode warnen muß.«

»Nein, nein.« Grenville beugte sich vor, und seine Wangen bekamen Farbe.

»Warum zum Teufel nicht?«

»Weil der König zu sehr an Bute hängt.«

Fort wußte, daß Grenville Bute haßte, den Vertrauten des Königs und jetzigen Premierminister Englands, aber er konnte seinem Gedankengang nicht folgen. »Sicher könnte man den König warnen und verhindern, daß es sonst noch jemand erfährt.«

Grenville schnaubte. »Seine Majestät erzählt Bute, wann er aufs Klo geht. Er würde es ihm sagen, glauben Sie mir. Und Bute hat auch ein loses Mundwerk. Er würde nach Hause gehen und es jedem erzählen, auch seinem Cousin Michael Murray.«

Fort und Grenville hatten sich sehr darüber gewundert, daß

Michael Murray, der Verräter, offen in London im Haus des schottischen Premierministers von England lebte.
Fort hatte erwartet, daß Grenville Murrays Verhaftung angeordnet hätte. Der Außenminister hatte jedoch andere Pläne. Er wollte Murray auf frischer Tat ertappen. Er gab vor, ihn mit Blut an seinen Händen stellen zu wollen, so daß diese Verschwörung ein für allemal erledigt wäre, aber Fort wußte, daß er damit auch Bute ruinieren wollte.
Grenville und Bute waren Rivalen um die Macht im Königreich.
Das Ganze war ein höllisches Durcheinander.
»Ihr wißt, was passieren würde, wenn wir den König warnen würden«, versuchte Grenville ihn zu überzeugen. »Bute würde reden. Murray würde untertauchen. Aber er würde es wieder versuchen, und dann, ohne uns einzuweihen.« Grenville beugte sich wieder vor. »Es war reines Glück, daß dieser Mann sich an Euch gewandt hat, Walgrave, und daß Ihr so schlau wart, ihn nicht brüsk abzuweisen.«
Fort wünschte sich oft, er hätte das getan und wäre nicht in diese Verwicklung hineingeraten.
»Macht Euch keine Sorgen um den König«, fuhr Grenville fort. »Er ist in Sicherheit. Wir haben seine Leute angewiesen, bei unerwarteten Geschenken äußerste Vorsicht walten zu lassen. Und da Ihr mittendrin steckt, sind wir auf dem laufenden. Sie können nicht losschlagen, bevor sie das Spielzeug nicht haben.«
Fort wünschte, er könnte Grenvilles Zuversicht teilen. »Warum nehmt Ihr Murray nicht einfach fest und preßt die Einzelheiten aus ihm heraus?«
»Es ist schwer, aus solchen Fanatikern irgend etwas herauszubekommen, und die Tage der Folter sind vorbei. Ohne Beweise schreien da heutzutage viel zu viele: Unrecht! Habt Ihr schon von Wilkes neuestem Streich gehört?«

»Dem Großmaul? Was denn?«
Grenvilles Gesicht verzog sich voller Abscheu. »Er bringt ein neues Nachrichtenblatt heraus, den *North Briton*, nur um Unmut gegen den König und die Regierung zu schüren. Er würde sicher liebend gern mit der Geschichte eines ehrbaren Schotten beginnen, der nur aufgrund eines vagen Verratsverdachts gefoltert wurde. Nein, Mylord. Wir müssen die Schurken auf frischer Tat ertappen.«
»Das ist verdammt riskant.«
»Wir haben Leute, die Murray beobachten.«
»Wenn wir nur herausfinden könnten, was wirklich hinter alldem steckt«, sagte Fort. »Was nützt es, einen König zu töten, der zwei Brüder hat und ein Kind erwartet? Es scheint wie eine völlige Trotzreaktion.«
»Vielleicht ist es genau das.«
»Murray erscheint mir aber nicht wie ein hirnloser Trotzkopf, sondern eher wie ein Fanatiker mit einem guten Grund. Ein- oder zweimal hat er einen Stein erwähnt. Den Schicksalsstein. Haben Sie eine Idee, was das sein könnte?«
»Ein Amulett vielleicht?« Aber Grenville winkte ab. »Falls es ihn beschützen soll, wird er merken, wie wenig es ihm nützt, wenn wir ihn haben. Verdammt, Sir, wir werden ihn mit vier Pferden in vier Teile reißen, wie es die Franzosen mit einem ertappten Königsmörder gemacht haben.«
»Aber nur wenn ihm der Königsmord nicht gelingt«, sagte Fort trocken. »Seine Majestät hat keinen frühen Tod verdient. Aber ich fürchte, ich habe meinen Beitrag bereits geleistet. Ich habe die Pagode. Wenn sie sie holen kommen, werde ich Euch informieren. Alles Weitere ist dann Eure Sache.«
Fort mischte sich wieder unter die anderen Männer. Schon um zehn Uhr verließ er Sir Johns Haus, um nach Hause zu fahren und noch mal nach der verdammten Pagode zu sehen. Obwohl er zwei bewaffnete Männer zu ihrer Bewachung abgestellt

hatte, fürchtete er immer noch, daß sie ohne sein Wissen entwendet werden könnte.
Er fühlte sich, als lebte er auf einem Munitionslager, das von Flammen umgeben war.
Fort nahm an, daß Rothgar vorhatte, George den Automaten zur Geburt seines ersten Kindes, die man irgendwann im August erwartete, zu schenken. Aber er konnte sich die Begeisterung vorstellen, die sie auch schon zu einem früheren Zeitpunkt beim König hervorrufen würde. Er würde vermutlich alles daransetzen, sie sofort aufziehen und spielen zu lassen.
In diesem Moment würde der Sprengstoff, den Murray darin verstecken wollte, explodieren und alle, die sich in der Nähe aufhielten, töten.
Fort wollte absolut sicher sein, daß die Untergebenen des Königs keinen Gegenstand ohne genaueste Prüfung in die Umgebung des Königs lassen würden. Aber er war es nicht. George konnte ziemlich starrköpfig sein.
Wenn nur Murray endlich seinen verdammten Mund aufmachen und ihm den ganzen Plan mitteilen würde!
Fort hatte versucht, ihn in gesellige Stimmung zu bringen, damit sich nach ein paar Drinks seine Zunge so lockerte, daß er reden würde. Murray trank jedoch wie eine Nonne und spielte gar nicht. Er interessierte sich auch nicht für Frauen. Weiß Gott, womit er seine Zeit verbrachte. Mit Bibellesen? Aber wie vertrug sich das mit einer gefühllosen Metzelei?
Und was bedeutete Murrays Gleichgültigkeit gegenüber Frauen wie Lisette?
Fort hätte sein ganzes Vermögen darauf verwettet, daß sie keine echte Unschuldige war, die bei der Aussicht auf Sex in Panik geriet. Und wenn sie es war, schien es unwahrscheinlich, daß sie eines von Murrays Werkzeugen war. Aber wer war sie dann, die kesse Unschuldige, die eine Pistole gestohlen hatte?

Mit einem Seufzer bemerkte er, daß er sich schon wieder den Kopf über diese verdammte Frau zerbrach. Er klopfte mit seinem Spazierstock an das Dach seiner Kutsche und ließ den Kutscher eine andere Richtung einschlagen.
Er würde etwas unternehmen, um wenigstens eine seiner Befürchtungen zu beschwichtigen.
Schon betrat er das freundliche Etablissement von Mirabelle, Londons erster Puffmutter. Schwere Lüster erleuchteten ihren großen Salon, wo Männer spielten und tranken, viele mit einer Frau auf ihrem Schoß. Auf den vielen Podesten im Raum räkelten sich leicht bekleidete Schönheiten in verlockenden Posen, um den Appetit der Besucher – wo nötig – anzuregen.
Fort bedeutete, daß er unter vier Augen mit der Eigentümerin sprechen wollte, und wurde in ihr elegantes Boudoir geführt.
Bald erschien die freundliche, aber harte Mirabelle. Ihr dunkles Haar war elegant frisiert, und ihre rubinrote Robe hätte auch einer Fürstin wohl angestanden. Das gleiche galt für ihre Juwelen, von denen sie immer zu viele auf einmal trug.
Die Puffmutter war sichtlich enttäuscht, daß einer ihrer reichsten Kunden sie nicht mit dem Wunsch nach Zerstreuung aufsuchte, aber sie war auch willens, Informationen zu verkaufen. Sie kannte den Wert von einflußreichen Freunden.
»Ihr wißt, daß ich nicht mit Sklaven arbeite, Mylord.«
»Aber Ihr wißt, wer das tut. Würdet Ihr davon erfahren, wenn ein neues Mädchen dazu gezwungen worden wäre?«
»Ich interessiere mich nicht für diese Dinge.«
Sie spielte mit ihrem Diamantkollier und arrangierte es wieder auf ihrer weiß gepuderten Brust. »Aber ich könnte es herausfinden.«
Er schenkte ihr ein Lächeln, das das Versprechen einer guten Bezahlung beinhaltete. »Tut das. Ich werde Euch außerordentlich dankbar sein.«
Sie lächelte zurück. »Ich zähle auf Euch.« Als er sich umdreh-

te, um zu gehen, sagte sie: »Seid Ihr sicher, daß wir Euch nicht in Versuchung führen können, Mylord? Wie Ihr wißt, haben wir alles, was das Herz begehrt.«
Wie sie das Wort *alles* betonte, ließ ihn ahnen, daß sie ihm dezent einen hübschen Jungen anbot. Sein Fernbleiben in letzter Zeit mußte sie bekümmern.
»Danke, nein, Mirabelle.«
Er gab ihr keine weitere Erklärung, aber als er durch den überfüllten Salon dem Ausgang zustrebte, dachte er über sein seltsames Zölibat nach.
Vor dem Tod seines Vaters war er Frauen sehr zugetan gewesen, auf eine angenehme, unkomplizierte Weise. Solange eine Dirne willig und offensichtlich nicht krank war, genoß er sie und tat auch sein Bestes, um ihr Lust zu bereiten. Er hatte einen aktiven Körper immer einem passiven vorgezogen. Ideal hatte er es gefunden, wenn die Frau sich schon in einem Orgasmus wand, wenn er in sie eindrang, um auf ihren bebenden Hüften zu reiten ...
Mit einer gewissen Überraschung bemerkte er, daß ihn diese Vorstellung überhaupt nicht mehr reizte.
Er brauchte etwas Zeit, um von Mirabelles Haus wegzukommen, weil Freunde und Bekannte die ganze Zeit nach ihm riefen. Er war bei einer Gruppe von Männern stehengeblieben, die einer Frau zusahen, die auf einem Podium eine ausgezeichnete Vorstellung von einem Orgasmus mit einem unsichtbaren Liebhaber gab. Die anderen Männer starrten sie mit heißen Blicken und feuchten Lippen an, manche faßten sich sogar in den Schritt.
Er empfand nichts.
Er hatte schon vor Monaten das Interesse an Frauen verloren, aber ihm war gar nicht bewußt gewesen, wie gründlich er es verloren hatte. Vielleicht würde er nie wieder eine Frau begehren.

Aber er hatte Lisette begehrt.
Dieser Gedanke schockierte ihn. Hatte er schon ein Stadium erreicht, in dem nur noch eine angsterfüllte Unschuldige seinen schlafenden Appetit wecken konnte? Wenn dem so war, sollte der Appetit weiterschlafen. Zitternde Jungfrauen bereiteten zu viele Probleme.
Still entfernte er sich aus der Gruppe, die der Vorführung zuschauten, und ließ Mirabelle mit der Frage zurück, wann sein Interesse an Sex erstorben sei. Er konnte sich an eine Zeit erinnern, als dieses Interesse stark, ja sogar exzessiv gewesen war.
Nach dem Tod seines Vaters hatte er entdeckt, daß seine sexuelle Anziehungskraft plötzlich zugenommen hatte. Eine erstaunlich große Zahl von Matronen der guten Gesellschaft hatte den jüngsten und attraktivsten Earl sehr verlockend gefunden. Eine Zeitlang war er ihnen zu Diensten gewesen.
Wenn er eine Hure bevorzugte, spielte Geld keine Rolle, und in London konnte man für Geld alles, absolut alles haben. Für eine Weile hatte er gedacht, in exzessivem oder exotischem Sex Erfüllung zu finden, oder vielleicht hatte er irrtümlicherweise geglaubt, dabei sogar noch mehr zu finden.
Was auch immer er gesucht hatte, gefunden hatte er nur die Hölle.
Als die lustvollen Windungen ihn nicht mehr befriedigt hatten, war er zu den sadistischen übergegangen. Dame oder Dirne, sie beklagten sich nie – manche schienen an seiner Grobheit sogar Gefallen zu finden. Aber als er eines Tages die Spuren sah, die er auf dem üppigen Körper einer Baroneß hinterlassen hatte, fing er an, den Menschen zu hassen, zu dem er geworden war.
Als seine Kutsche vorfuhr und er einstieg, hoffte er, daß niemand seine Gedanken seinem Gesicht ablesen konnte. Die Kutsche fuhr zurück in Richtung Walgrave House, und er

erinnerte sich plötzlich an Portia. Hier, in dieser Kutsche, hatte er gedroht, seine Freundin aus Kindheitstagen zu vergewaltigen, nur um Bryght Malloren, ihrem Ehemann, eins auszuwischen.

Bei dieser Erinnerung faßte er sich an die Schläfen, um sie zu massieren. Es war der uralte männliche Instinkt gewesen, einem Feind zu schaden, indem er seiner Frau etwas antat.

Aber Portia.

Mein Gott, Portia.

Natürlich hätte er es nicht getan, hätte es nicht tun können.

Er hatte ihr aber einen Kuß aufgezwungen. Die Art von Kuß, die nichts mit Zärtlichkeit oder gar Lust zu tun hatte, sondern nur mit Aggression und Machtausübung.

Er hatte dann aufgehört, Gott sei Dank. Aber manchmal, wenn er schlaflos in der Dunkelheit lag, war er sich nicht mehr sicher, ob eine Vergewaltigung ausgeschlossen gewesen wäre. Hätte er wirklich verdrängen können, wer sie war, daß sie überhaupt ein Mensch war? Hätte er sie verletzen, sie beflecken können ...

Erschrocken vor sich selbst, hatte er danach nur noch sehr wenige Frauen gehabt und bald ganz damit aufgehört. Er wußte, daß seine Freunde sich sorgten, er würde ein Abbild seines prüden, sittenstrengen Vaters werden.

Vielleicht war es das, was er tun mußte. Sein natürliches Interesse an Frauen schien verschwunden, und es waren nur verwerfliche Begierden zurückgeblieben, denen er nicht nachgeben würde.

Aber dann war da Lisette gewesen ...

Irritiert schob er die Gedanken an das Mädchen beiseite.

Manchmal hatte er das Gefühl, alles Gesunde an ihm wäre verrottet und nur etwas Abartiges sei zurückgeblieben, das nicht verdiente, zu überleben. Etwas, das der abscheulichsten Sünde schuldig war ...

Zur Hölle damit!
Er wollte nicht das Abbild seines Vaters werden. Der Unbestechliche war zwar von vielen bewundert worden, hatte sich jedoch kein bißchen um Frau, Söhne oder Töchter geschert. Er war nur von seinem Stolz und seinen eigenen ehrgeizigen Plänen getrieben gewesen. Am Ende hatte er sich sogar für die Verwirklichung seiner Pläne bestechen lassen.
Fort hatte seine eigene Ehre und eigene Pläne, edle Vorsätze, seinen Reichtum und seine Macht für gute Zwecke einzusetzen, um das Unrecht, das sein Vater begangen hatte, wiedergutzumachen.
Dahinter verbarg sich jedoch noch ein anderer Plan – nein, ein dringendes Bedürfnis –, den arroganten Marquis Rothgar zu zerstören, so wie dieser ihn zerstört hatte.
Er wußte, daß die beiden Pläne im Widerspruch zueinander standen, aber er war wild entschlossen, beide in die Tat umzusetzen.
Er war sich der Tatsache bewußt, daß diese Obsession ihn in den Wahnsinn treiben konnte, so wie es seinem Vater am Ende ergangen war. Sie konnte ihn ins Unglück stürzen, wie sein Vater ins Unglück gestürzt worden war – von Rothgar, der mit Menschen spielte wie mit den Figuren auf seiner verdammten chinesischen Pagode.
Rothgars Schwester Elf kam ihm in den Sinn, und er erinnerte sich an ihr lebhaftes Gesicht während ihres Wortgefechts bei Sappho. Wie typisch, daß Rothgar seiner Schwester freie Hand ließ, sich mit jedem anzulegen, den sie nicht leiden konnte. Er hatte schon ein-, zweimal darüber nachgedacht, sie für seinen Zerstörungsplan zu benutzen.
Es würde seinen Tod bedeuten, das wußte er. Aber dafür zu sterben wäre ihm recht. Sein Leben bedeutete ihm ohnehin nichts mehr. Und er hatte ja noch einen Bruder.
Gleich nach dem Tod ihres Vaters hatte Fort den siebzehnjäh-

rigen Victor nach Italien geschickt. Was auch immer passierte, er würde es unbeschadet überstehen. Das ließ Fort freie Hand, um seinen Rachedurst zu stillen.
Durch Elf Malloren?
Forts Augen verengten sich, und er sah sein Spiegelbild im Fenster der Kutsche, sein eigenes böses Lächeln. Er war nicht fähig gewesen, Portia für diesen Krieg zu benutzen, und er bezweifelte, daß es ihm mit Elf gelänge.
Sie hatte ein schwieriges Wesen, und irgend etwas an ihr machte sie sehr verletzbar – vielleicht die Tatsache, daß sie eigentlich ein gutes Herz hatte. Manchmal, wenn sie ihn eher neckte als mit ihm stritt, war es verdammt schwer, nicht dahinzuschmelzen und zu vergessen, daß sie überhaupt eine Malloren war.
Er murmelte einen Fluch.
Positive Gedanken über Elfled Malloren.
Ein übertriebenes Interesse an dieser dummen Lisette.
Vielleicht hatte Mirabelle recht, sich Sorgen um ihn zu machen. Wahrscheinlich würde eine Nacht mit exzessivem und außergewöhnlichem Sex mit einigen ihrer talentiertesten Huren ihn von allem heilen, das ihn quälte. Würde er denn so viel über Lisette nachdenken, wenn sie nicht die erste Frau seit Monaten gewesen wäre, die seinen sexuellen Appetit geweckt hatte?
Und das machte sie doppelt und dreifach gefährlich.
Er traf die sofortige Entscheidung, sie aus seinen Gedanken zu verbannen. Anstatt nach Hause zu fahren, wo er vermutlich wieder über dieses Frauenzimmer nachdenken würde, brauchte er Gesellschaft.
Zurück zu Mirabelle? Nein, die Art von Sex reizte ihn weiterhin nicht.
Einer seiner Clubs? Dort wurde vor allem gespielt, und auch dafür war er nicht in Stimmung.

Ein Kaffeehaus? Die nächtlichen Besucher solcher Lokalitäten waren immer tief in philosophische oder politische Diskussionen verstrickt. Das letzte, was er jetzt wollte, war nachdenken. Er brauchte Ablenkung und bedauerte, daß die Theater bereits geschlossen hatten. Eine laute, närrische Komödie wäre jetzt gut gewesen.
Dann sah er, während sie zum Piccadilly kamen, die glitzernden Lichter von Devonshire House und erinnerte sich, eine Einladung zum Ball der Herzogin erhalten zu haben.
Tanzen wäre genau die richtige Zerstreuung für ein oder zwei Stunden. Mit etwas Glück war seine seltsame Stimmung danach verflogen.

Siebtes Kapitel

Elf erblickte Walgrave in dem Augenblick, als er den überfüllten Ballsaal der Herzogin betrat.
Natürlich mußte in dieser glitzernd bunten Gesellschaft jeder auffallen, der ganz in Schwarz gekleidet war. Selbstverständlich hatte das nichts mit einem siebten Sinn zu tun, der ihr seine Gegenwart gemeldet hatte. Natürlich nicht.
Sie konnte dennoch ein auffallendes Flattern in der Magengegend nicht leugnen, und die Hand an ihrem Fächer war plötzlich schweißnaß.
Sie zwang sich, ihre Aufmerksamkeit wieder dem jungen Lord Northrop zu widmen, und nahm lächelnd seine Einladung zum nächsten Tanz an. Als er sie auf die Tanzfläche führte, verbot sie sich selbst, den Earl zu beobachten.
Etwas von dem Flattern in ihrem Magen war nervöser Natur. Sie war es nicht gewohnt, in der ganzen Stadt ständig über ihn zu stolpern. Was, wenn er Lisette erkannte?
Als die Musik anhob und sie sich verneigte, versicherte sie sich, daß das schier unmöglich war.
Heute abend war sie ganz nach Chantals Geschmack gekleidet, sie war ganz Lady Elf. Ihre sandfarbenen Locken waren ungepudert und mit kleinen blauen Blüten besteckt, die genau zu ihrer blaßblauen Seidenrobe paßten. Keine schwarz-goldenen Verzierungen, sondern ein spinnwebenfeines silberweißes Netz mit Perlen. Als Schmuck trug sie ein Diadem aus Perlen und Saphiren, das Lisette sich in tausend Jahren nicht hätte leisten können.

Obwohl sie selbst diesen Aufzug langweilig fand, wußte sie, daß man ihn in der Gesellschaft für elegant und perfekt hielt. Sie wußte auch, daß sie selbst eine angenehme Gesellschaft war, die fast jeder gern genoß. Doch Fort, der freundlich, ja charmant zu der dummen, einfältigen Lisette gewesen war, sah Lady Elfled Malloren immer so höhnisch an, als käme sie gerade aus einem Sumpf gekrochen.
Trotz ihrer guten Vorsätze flackerte ihr Blick auf der Suche nach ihm durch den Saal.
Er sprach mit Minette de Courtance. Nein, er sprach nicht mit ihr, er *flirtete!* Minette war eine charmante junge Frau, aber wie unfair, daß er mit ihr flirtete, während er Elf immer nur höhnisch anstarrte!
»Ist etwas nicht in Ordnung, Lady Elf?«
Bei Northrops Worten bemerkte sie, daß sie die Stirn runzelte. Sie beeilte sich wieder zu lächeln. »Nichts von Bedeutung, Mylord. Ich mußte gerade an etwas denken.«
Er hob die Arme, so daß sie an ihm vorbeitanzen konnte, und drehte sich dann zu ihr um. »Kann ich Euch irgendwie behilflich sein?«
Elf lächelte. »Danke, Mylord, aber nein. Erzählt mir lieber, was Ihr über Nova Scotia wißt. Mein Bruder ist nämlich dorthin entsandt worden.«
So nahm das Gespräch eine andere Wendung.
Northrop war einer der Männer, die ihr einen Heiratsantrag machen würden, wenn sie sie auch nur ein kleines bißchen dazu ermutigen würde. Während sie plauderten und weitertanzten, fragte sie sich, warum sie das nicht tat. Er war jung, gutgebaut, intelligent, wohlerzogen …
Ihre Haut kribbelte aber nicht, wenn er sie berührte, und sie dachte bei ihm nie an Sex. In der Tat konnte sie sich beim besten Willen nicht vorstellen, nackt mit ihm im Bett zu liegen. Eine Vorstellung, die ihr bei Fort allzu leicht fiel – und sie erregte.

Das Stück war zu Ende, und sie bat Northrop, sie zu ihrer Tante Kate zu geleiten, sonst wäre er nämlich verpflichtet gewesen, ihr so lange Gesellschaft zu leisten, bis ein neuer Partner auftauchte. Nachdem sie sie beide so befreit hatte, plauderte sie mit ihrer Tante und beobachtete dabei Fort mit scharfem Blick.

Sie wollte bei ihm sein – und versuchte gar nicht erst, sich selbst zu belügen. Aber sie hatte auch altruistische Gründe. Diese unvernünftige Feindschaft zwischen den Mallorens und den Wares war gefährlich, und sie nahm sich vor, sie zu beenden.

Heute abend.

Minette wurde von einem anderen Gentleman entführt, und Fort blieb allein zurück, sein tiefes Schwarz sonderte ihn von der Gesellschaft ab. Es konnte nicht angenehm sein, so allein zu sein, ging es Elf plötzlich durch den Kopf.

Auf der anderen Seite war es seine Entscheidung, nach der Beerdigung noch so lange Schwarz zu tragen. Zum ersten Mal fragte sie sich, warum er sich so kleidete. Ein weiteres Rätsel, das es zu lösen galt.

Mit einer Entschuldigung an ihre Tante erhob sie sich, nahm allen Mut zusammen und steuerte auf ihn zu. Auf halbem Weg wurde sie jedoch von Lord Bute aufgehalten, herausgeputzt mit weißem Puder, rotem Satin und dem blauen Band eines auffälligen Ordens. Sie fragte sich, ob er bewußt solche patriotischen Farben wählte. Der stattliche schottische Lord war Premierminister von England, aber jeder wußte, daß er diesen Posten nur bekommen hatte, weil der junge König ihn mochte. Oder vielleicht weil die Mutter des Königs ihn noch mehr mochte.

»Lady Elfled, wie bezaubernd Ihr heute abend ausseht.«

Elf lächelte und verneigte sich, obwohl sie wußte, daß sein Lächeln falsch war. Er scherte sich nicht um die Mallorens,

weil Rothgar einer seiner Rivalen um die Gunst des Königs war.
Er nahm ihre Hand, so daß es ihr für eine Weile unmöglich war, wegzugehen. Sie sandte einen Blick zu Fort hinüber und sah, daß er mit einigen seiner Freunde redete.
»Nun«, sagte Bute, »erzählt mir, wie es Eurer Familie geht, meine Teuerste. Ich habe schon seit einiger Zeit nicht mehr das Vergnügen gehabt, den Marquis zu treffen.«
»Das kann nicht länger als eine Woche her sein, Mylord«, sagte Elf. Sie nahm sich zusammen und setzte ein Lächeln auf. »Er war erst kürzlich am Hof. Aber jetzt ist er mit Lord Cynric, der nach Nova Scotia fährt, an die Küste gereist. Rothgar plant, von dort noch nach Versailles zu reisen.«
»Und noch an andere Orte, nehme ich an.«
»Oh, zweifellos. Wir besitzen Güter in Frankreich, wie Ihr wißt.« Sie plauderten über ihre Weingüter in der Nähe von Bordeaux, und Elf wunderte sich über seinen Ton. Er war beinahe mißtrauisch. Oder sogar argwöhnisch, und er sah dabei so blasiert aus.
Als sie verstummte, sagte er: »Die Mallorens sind so erstaunlich wohlhabend, Lady Elf. Wenn der Marquis zurückkommt, muß der König wohl einmal in finanziellen Angelegenheiten seinen Rat einholen, denke ich.«
Damit küßte er ihre Hand, ging fort und ließ Elf mit einem unbehaglichen Gefühl zurück. Obwohl sie immer höflich miteinander umgingen, waren Rothgar und Bute Rivalen. Wieso schlug Bute also vor, daß Rothgar den König näher beraten sollte?
Gedankenverloren fächelte sie sich Luft zu, als ihr einfiel, daß Rothgar einmal gemeint hatte, Bute würde ihm Schaden zufügen, wenn er könnte. Aber sosehr sie sich anstrengte, sie konnte in ihrer gerade geführten Unterhaltung nichts entdecken, das darauf hindeutete. Außer der Aura blasierten Argwohns.

Zum Teufel damit! Sie konnte ihren Kopf jetzt nicht mit noch mehr Problemen belasten!
Während sie sich einen Weg zu Walgrave bahnte, konnte sie ihr Unbehagen jedoch nicht abschütteln. Andere Orte in Frankreich? Was für andere Orte? Erstaunlich wohlhabend? Um Himmels willen! Wollte Bute damit ihre Rechtschaffenheit in Zweifel ziehen?
Was für eine Frechheit! Butes Geld kam fast ausschließlich aus dem Staatssäckel. Rothgar lehnte gelegentliche Geschenke der Krone nicht ab, aber das meiste Geld seiner Familie kam aus gutgeführten Ländereien, dem Handel und klugen Investitionen.
Die Tatsache, daß Rothgar nicht in die Börse des jungen Königs griff, war zweifellos ein Grund, warum George seine Gegenwart als so angenehm empfand.
Forts Freunde gingen gerade weg, und Elf schlüpfte an seine Seite, bevor jemand anderes diesen Platz einnehmen konnte.
»Lord Walgrave, flaniert Ihr ein bißchen mit mir?« Das war eine kesse Anfrage, aber nicht allzu ungewöhnlich, da viele Paare durch den Saal spazierten und auf den nächsten Tanz warteten.
Er drehte sich langsam zu ihr um und überlegte sich offensichtlich, ihren Wunsch abzulehnen. Das jedoch wäre eine regelrechte Beleidigung gewesen, was sie ja gemeinhin zu vermeiden versuchten. Nach einer langen Pause, die schon fast einer Kränkung gleichkam, hielt er ihr den Arm hin.
Sie starrte ihn an und wußte nicht, warum sie schockiert war. Dann begriff sie, daß sie eine Hand wie die ihres ältesten Bruders erwartet hatte: feingliedrig und hellhäutig. Doch er ritt offensichtlich ohne Handschuhe, denn seine Hände waren kräftig, braun, mit kurzgeschnittenen Nägeln.
Wie seltsam, daß ihr seine Hände noch nie aufgefallen waren. Aber bei ihrer letzten Begegnung war sie von seiner gesamten Erscheinung abgelenkt worden.

Es war keine elegante Hand, aber erstaunlich angenehm, besonders wenn sie ihre Haut berührte …
Er hob die Brauen, und sie las in seinen Augen Mißtrauen. Er dachte wohl, sie spielte irgendein Spielchen mit ihm und würde ihn gleich stehenlassen!
Hastig legte sie ihre Hand in die seine, und sie begannen langsam, durch den Ballsaal zu schlendern. Elf hatte den ersten Schritt ihres Plans realisiert. Wenn sie so herumspazierten, würde niemand versuchen, sich ihnen anzuschließen. Wenn sie nur die Ablenkung, die seine Haut auf ihrer bewirkte, ignorieren konnte, hatte sie eine Chance, das Eis zu schmelzen.
»Habt Ihr jetzt vor, uns alle zu überraschen, Mylord?« fragte sie ihn in gespieltem Ernst.
»Überraschen, Lady Elf?« Schmelzen tat not, denn seine Stimme hätte eine der Gewächshauspflanzen neben ihnen erfrieren lassen können!
»Ihr zeigt Euch sonst so selten bei diesen *gewöhnlichen* gesellschaftlichen Ereignissen.« Sie beugte ihren Fächer vor und riskierte einen Blick auf sein kaltes Gesicht. Vielleicht konnte sie ihn für sich erwärmen, indem sie ihn neckte. »Wenn ich eine eitle Frau wäre, könnte ich glauben, daß Ihr mir nachstellt, Walgrave.«
»Weil ich heute abend nach Euch hierhergekommen bin?« Er wandte sich ihr zu und hob fragend die Brauen. »Aber dann, meine liebe Schwägerin, müßt Ihr mir bei Sappho nachgestellt haben, da Ihr dort nach mir eingetroffen seid.« Er starrte sie an, als hätte er eine plötzliche Offenbarung. »Das stimmt! Ihr braucht nicht schüchtern zu sein, meine Liebe. Wenn Ihr mich begehrt, sagt es einfach, und wir kommen gleich zur Sache.«
Aus dem Gleichgewicht gebracht, erwiderte Elf: »Ich bezweifle, daß Ihr die Nerven dazu hättet, Mylord.«

Er lachte, aber es war kein freundliches Lachen. »Versucht mich. Oh, führet mich in Versuchung, Vespa. Hier, gleich auf dem Fußboden, wenn Ihr möchtet.«
Elf rettete sich in eine einfache Frage. »Vespa?«
»Das bedeutet Wespe.«
»Dann wünschte ich, Ihr wärt nicht so unhöflich, Walgrave.«
»Es paßt zu Euch. Ihr liebt es, zu stechen.«
Er stoppte ihren Rundgang bei einer riesigen Säule, die von einem Blumenbukett gekrönt wurde, und hob verwirrenderweise ihre Hand zu einen leidenschaftlichen Handkuß. »Gefällt es Euch?« fragte er lächelnd, aber mit eiskalten Augen. »Viele Damen verfolgen und peinigen das Objekt ihrer Begierde. Begehrt Ihr mich, liebste Elf?«
Er hätte diese Vorstellung nicht effektvoller inszenieren können, mit einem Zweig cremefarbener Blüten auf seiner Schulter und dem schweren Duft der Rosen.
Elf ließ sich nicht hinreißen und setzte ein ebenso falsches Lächeln auf. »Ich begehre Euch ebenso, wie Ihr mich begehrt, mein liebster Fort, denn Ihr quält mich ebenso wie ich Euch.«
»Quälen? Ich? Wann habe ich Euch jemals nachgestellt? Während Ihr Euch von mir angezogen zu fühlen scheint, wie die Wespe von einer Süßigkeit.«
»Süßigkeit? Gott, Mylord, Ihr seid so süß wie die Lieblingsmedizin meines Arztes.«
Während sie nervös ihren roten Wangen Luft zufächelte, mußte sie zugeben, daß an seiner Beobachtung etwas Wahres dran war. Sie hatte ihm nachgestellt. Zum Teufel mit dem Kerl! Sie wäre auf der Stelle fortgegangen, wenn sie nicht befürchtet hätte, daß er genau das erreichen wollte, denn das hätte einen Sieg für ihn bedeutet.
Es war Zeit für ihren Friedensappell. Er war nicht nur richtig, sondern rettete auch ihr Gesicht. Bevor er einen neuen Pfeil

auf sie abschießen konnte, legte sie ihre Hand auf seinen Arm und zwang ihn so, ihre Promenade fortzusetzen.

»Ihr seht das falsch, Mylord.« Bewußt fächelte sie in einem beruhigenden Rhythmus und lächelte Freunden zu, als ob diese Unterhaltung ganz unbedeutend wäre. »Ich bin eine Friedensstifterin, das ist alles. Eure Schwester ist mit meinem Bruder verheiratet, und so seid Ihr, in gewissem Sinne, Teil meiner Familie. Ich kann Feindschaft innerhalb der Familie nicht ertragen.«

Sie war vorsichtig und sah ihn nicht an.

»Friedensstifterin. Und warum führen wir dann immer Krieg?«

»Das liegt nicht an mir.«

»Nein? Bei den wenigen Gelegenheiten, bei denen wir gezwungenermaßen zusammengetroffen sind, habt Ihr nie gezögert, mich zu stechen.«

»Ich?« Elf nickte der Herzogin zu. »Ich kann mich an kein einziges Mal erinnern.«

»Denkt daran, als wir uns das erste Mal begegnet sind. Ihr habt mir sofort vorgeworfen, ein herzloser Bruder zu sein.«

Elf war so verwundert, daß er sich daran noch erinnerte, daß sie ihn ansah. »Weil Ihr der armen Chastity in höchster Not kein bißchen geholfen habt ...«

»Die ganze Welt hielt sie für eine widerspenstige Dirne. Sie wurde mit einem Mann in ihrem Bett gefunden. Um genau zu sein, ich habe sie mit einem Mann in ihrem Bett gefunden.«

»Meine Brüder würden mich auch in so einem Fall nicht im Stich lassen.«

»Wir können nur beten, daß das Schicksal Euch diese Prüfung erspart. Und schließlich habe ich mich ja mit dem niederträchtigen Verführer duelliert, wie es meine brüderliche Pflicht war.«

»Ihr habt Euch mit Cyn duelliert statt mit diesem schrecklichen Vernham!«

»Ich habe Vernham außer Gefecht gesetzt, und Euer verdammter Bruder hat mich davon abgehalten, ihn zu töten. Es paßte nicht in seinen ausgeklügelten Plan.«
»Rothgars Plan hat funktioniert«, wies sie ihn zurecht. »Er hat die Hochzeit von Cyn und Chastity ermöglicht.«
»Und endete mit dem Tod meines Vaters.«
So waren sie plötzlich von den Sticheleien zur ernüchternden Wirklichkeit gekommen. »Es ließ sich nicht verhindern«, sagte sie leise. »Er ist durchgedreht und versuchte, die Mutter des Königs zu töten.«
»Weil Euer Bruder ihn verrückt gemacht hatte.«
»Nein. Er hat den Wahnsinn vielleicht zum Ausbruch gebracht, aber verrückt war er schon. Chastity hat mir von ihrer Gefangenhaltung in Maidenhead erzählt, wie Euer Vater versucht hat, sie zu schlagen, und Ihr ihn davon abgehalten habt.«
Er sah weg. »Es ist nicht verrückt, wenn ein Vater eine widerspenstige Tochter schlägt.«
»Dann war er damals also noch bei Sinnen?«
Sie konnte die Spannung sehen, mit der er gegen unsichtbare Bande ankämpfte. Kämpfte, um zu gehen oder zu bleiben? Oder kämpfte er nur gegen die Erinnerungen an? »Nein, nein, er war nicht bei Sinnen. Es machte ihm Spaß, ihr weh zu tun, und ich denke, es hätte ihm sogar Spaß gemacht, sie zu töten. Aber ...«
»Aber Ihr wolltet nicht, daß er getötet wird, denn er war Euer Vater. Ich verstehe.«
Er sah sie wieder an, diesmal sogar mit einem Lächeln, aber mit einem bösartigen. »Ihr versteht nichts, Elf, denn Ihr seid gesegnet und nicht verflucht.« Wieder blieb er stehen, diesmal an einem Fenster, weit weg von Blüten und Blumenduft. »Gebt die Idee der Friedensstifterin auf, Ihr seid zum Scheitern verurteilt. Mein Vater war ein Mann in Schwierigkeiten, und Euer Bruder hat ihn und mich wie Marionetten benutzt. Dabei hat er uns beide zerstört. Das werde ich nie vergessen.«

»Euer Vater war im Irrtum, nicht mein Bruder.«
»Aber mein Vater war mein Vater, während Euer Bruder Euer Bruder ist. Ihr glaubt an die Familie. Ihr erwartet, daß Eure Brüder Euch beistehen, selbst wenn Ihr fehlgeht. Das ist keine Tugend, die den Mallorens vorbehalten ist, wißt Ihr.«
Zum ersten Mal sprachen sie ernsthaft miteinander, und das fiel ihr sehr schwer. »Aber er ist *tot*«, protestierte sie. »Es ist Vergangenheit. Heilt nicht die Zeit alle Wunden?«
»Anscheinend nicht. Aber Blut kann lindern.«
»Ich werde nicht zulassen, daß Ihr Euch mit einem meiner Brüder duelliert!«
Das war eine lächerliche Aussage, aber sie war überrascht, daß sie ein schwaches Lächeln bei ihm hervorrief. »Ihr würdet mich zu Tode stechen, um das zu verhindern?«
Nicht daß Walgrave Lisette erkannt hatte, aber der Satz ließ Elfs Mund zucken. »Ich werde alles tun, um es zu verhindern. Ihr gehört zu unserer Familie, wenn Ihr es auch noch so sehr leugnet. Und ich werde nicht zulassen, daß Ihr deshalb tötet.«
Sein Gesicht zeigte plötzlich Erstaunen. »Wollt Ihr damit sagen, daß Ihr Euch um *mich* sorgt?«
»Natürlich! Ihr habt nie darum gebeten, in diese Geschichte hineingezogen zu werden, und es ist nicht fair, daß Ihr darunter leiden müßt. Ich kann mir nicht vorstellen, daß Ihr Euch besser fühlen werdet, wenn es Euch gelungen sein wird, Rothgar zu töten. Und das wird sicherlich nicht leicht sein.«
»Vielleicht werde ich mich besser fühlen, wenn er mich getötet hat.«
Dieser Satz traf sie mitten ins Herzen. Was konnte so schrecklich sein, daß er sich wünschte, getötet zu werden? War sein Plan, Bryght im vergangenen Jahr zu einem Duell zu zwingen, einfach nur ein Selbstmordversuch gewesen?
»Arme Elf«, sagte er fast sanft und berührte ihre Wange. »Ihr

seid ganz blaß geworden, und ich bin ein Schuft, Euer lichtes Leben mit meiner dunklen Seele zu stören.«

Nach ihrem Erlebnis als Lisette hätte eine so flüchtige Berührung sie nicht verwirren sollen. Es war aber das erste Mal, daß Fort so etwas bei Elf Malloren tat, und ihr ganzer Körper vibrierte wie eine angeschlagene Harfensaite. Auch sein Gesichtsausdruck war jetzt anders. Immer noch nüchtern, aber nicht mehr kalt.

»Beruhigt Euch nur«, sagte er. »Ich werde nicht mehr versuchen, den Mallorens zu schaden. Ich denke über diese Sache schon lange nach, und Ihr habt mich nur gerade daran erinnert. Es gibt bessere Wege, meiner neuen Verantwortung gerecht zu werden. Wenn Eure Brüder mir nicht zu nahe treten, sind sie vor mir sicher.«

Vollkommen überrumpelt konnte Elf nur »Danke« sagen.

»Nicht der Rede wert«, sagte er leichthin. »Und jetzt verwendet Eure Energien lieber darauf, Euch einen Ehemann aufzuspießen, bevor Ihr noch ganz zu Staub zerfallt.«

Mit einem flüchtigen Handkuß verneigte er sich und ließ sie in einem Sturm der Gefühle zurück.

Als sie bemerkte, daß sie einfach so dastand, setzte Elf ein Lächeln auf und spazierte wieder zu ihrer Tante zurück, als wäre nichts geschehen. Um sich zu beruhigen, stürzte sie sich in das einfachste Gefühl: Wut. Zur Hölle mit diesem Mann für seine letzte Äußerung!

Das war aber eine solche Nebensächlichkeit, daß sie kaum ins Gewicht fiel.

Selbstmord. Er hatte daran gedacht, sich selbst zu töten oder sich in eine Lage zu bringen, in der jemand anderes das für ihn übernehmen würde. War diese Gefahr gebannt? Daß er von besseren Wegen sprach, gab ihr Hoffnung, aber es schützte ihn nicht vor Selbstzerstörung.

Und was war mit seinem Versprechen, die Fehde zu beenden?

Das sollte eine ungetrübte Freude sein, aber ihr Herz tat trotzdem weh.
In Gedanken versunken änderte sie die Richtung und steuerte die Damentoilette an, wo sie hoffte, einen Moment in Ruhe nachdenken zu können.
Abgesehen von zwei Zofen, die bei Bedarf bereitstanden, war niemand hier. Sie ließ sich auf ein Sofa fallen und fächelte sich Luft zu. Sie blickte in eine düstere Zukunft.
Wie seltsam, daß die wichtigste Unterhaltung, die sie je mit Fortitude Harleigh Ware geführt hatte, sehr wahrscheinlich auch ihre letzte sein sollte.
Wo sollten sie sich in Zukunft treffen? Trotz seines Erscheinens hier hatte Fort kaum Interesse an Bällen und Soireen. Elf besuchte selten Männerveranstaltungen, die mit Sport oder Politik zu tun hatten, und sie würde sicher nie in einen Spielsalon oder ein Bordell kommen.
Sie hätte sich freuen sollen, daß die Fehde beendet war. Wenn sie die Gefahren bedachte, die Forts Feindschaft bedeuten konnte, hätte sie erleichtert sein sollen. Statt dessen war sie schrecklich traurig, weil sie ihn wohl nur noch selten zu Gesicht bekommen würde. Ganz offensichtlich waren ihre Gefühle für ihn viel ernster, als sie sich je eingestanden hatte.
Schon beim ersten Mal war sie von ihm angetan gewesen und hatte körperliche Reaktionen verspürt.
Und jetzt, wegen Vauxhall, hatte seine vage Anziehung eine sehr reale Gestalt. Sein Körper, sein Mund, seinen Geschmack konnte sie sich jederzeit in Erinnerung rufen. Ja, sie kamen ihr in den unmöglichsten Momenten in den Sinn.
Noch bedeutender als das Wissen um seinen Körper war, daß sie begonnen hatte, *ihn* kennenzulernen. Sie hatte ihn gesehen, ihn wirklich gesehen, wie er sich mit anderen amüsierte. Die Idee von dem Mann, der er sein könnte, beherrschte

ihre Gedanken. Kein Heiliger, aber jemand, der nachdenklich, freundlich und humorvoll sein konnte.
Einer, der Spaß haben konnte.
Mit einem Lächeln erinnerte sich Elf, daß Chastity und Portia schon immer behaupteten, er besäße diese Eigenschaften. Sie hatten recht.
Aber was sollte sie in Zukunft tun, um diesem vielversprechenden jungen Mann zu helfen, über den düsteren, verbitterten Zyniker zu triumphieren?
Als erstes dachte sie an die Schotten und die Verschwörung. Es war alles so verworren, obwohl Fort doch nichts anderes als ein sorgloser Jüngling sein wollte. Sie bezweifelte, daß er das im Angesicht von Strang oder Richtbeil noch sein könnte.
Sie stand auf und kontrollierte ihr Aussehen im Spiegel. Die Pflicht rief. Sie mußte sich darauf konzentrieren, die Verräter dingfest zu machen.
Dann vielleicht würde sie Fort noch einmal stechen und sehen, was passierte.

Forts Besuch des Devonshire-Balls hatte seine Rastlosigkeit nicht gemindert, und Elfled Malloren lenkte seinen Verstand jetzt noch mehr ab. Vielleicht hatte er den Wahnsinn seines Vaters geerbt.
Elf Malloren!
Er konnte sich keine weniger zu ihm passende Dame vorstellen, aber einen Moment lang, dort, hatte er sie gewollt. Nicht körperlich, obwohl sie dafür gut genug ausgestattet war, sondern als Besitz. Er wollte sie für sich haben.
Dieser Wahnsinn hatte ihn gestreift, als sie sagte, daß sie sich um *ihn* sorgte. Er hatte geglaubt, ihre Hingebung, ihre liebevolle Zuneigung wären lediglich auf ihre Familie beschränkt. Er hatte sie darum beneidet. Auch seine Schwestern sorgten sich um ihn, aber ihre Familiengeschichte hatte bei ihnen allen

Narben hinterlassen. Da gab es nicht die bedingungslose Liebe, mit der Elf ihre Brüder umsorgte.
Der Gedanke, ihre Wärme für sich allein zu haben, jemand zu haben, der an ihn glaubte, ihm vertraute, sich um ihn sorgte und jeden Schatten mit Lächeln und Geplauder verscheuchte ...
Teufel. Er hatte ihr Geschwätz immer enervierend gefunden, oder nicht?
Jetzt erkannte er aber, daß es ihre beste Waffe war.
Fort murmelte einen Fluch und schlug gegen das Dach der Kutsche. Als der Kutscher die Luke öffnete, schickte er ihn zu Sir Angelo, dem besten Duell-Trainer Englands. Selbst zu dieser späten Stunde würde Angelo seinen wohlhabendsten Schüler nicht abweisen.
Fort war ein regelmäßiger Gast bei Angelo geworden, er übte dort, die Mallorens zu töten.
»Warum zu so später Stunde, Mylord?« fragte der Florentiner, als er ihn in den Übungssaal, einen großen, schlichten Raum, führte. Die einzige Dekoration bildeten Masken und Waffen. Ihre Schritte hallten wie in einer Katakombe.
»Eine Laune«, sagte Fort, als er Mantel und Jackett ablegte. »Das Zehnfache des üblichen Honorars, Angelo.«
Die dunklen Augen blitzten neugierig, als der Fechtmeister sich verneigte und die Lichter an den Wänden rundherum entzündete. Fort zog seine Schuhe aus, wählte eine Maske und einen Degen und stellte sich auf.
»Wen wollt Ihr heute töten, Mylord?« frage Angelo und bewegte sich en garde ihm gegenüber.
»Vielleicht dich.«
Angelo lachte und grüßte mit dem Degen. »Buone Fortuna! Ich werde Euch nicht für Eure Unbescheidenheit töten. Ich komme Euren außergewöhnlichen Wünschen nur deshalb nach, mein Freund, weil ich Euch nicht tot am Ende eines

Schwertes sehen will, bevor Ihr Euren Weg gefunden habt.«
Er griff an, Fort parierte, und der Kampf war in vollem Gange.
»Heute nacht«, sagte Fort und verstärkte seinen Angriff, »will ich nicht töten. Ich bin nur rastlos.«
»Aha!« schrie der Italiener, tänzelte zurück, während die Klingen aufeinanderprallten und durch die Luft zischten. »Es geht um eine Frau. Endlich, mein Freund, geht es um eine Frau!«
»Verdammt noch mal, nein!« schrie Fort, aber dann verschlug es ihm den Atem, als der Fechtmeister einen blitzartigen Streich führte und ihn in Bedrängnis brachte.

Achtes Kapitel

Um Amandas durchdringenden Blicken zu entgehen, frühstückte Elf am nächsten Morgen im Bett. Sie versuchte, ihre Aufmerksamkeit auf die Verschwörung zu konzentrieren, aber die Gedanken an Fort explodierten wie Feuerwerk in ihrem Kopf und löschten alles andere aus. Es war sein Schmerz, stellte sie fest, während sie ein Rosinenbrötchen zerkrümelte, der sie in diesen Zustand versetzt hatte. Beim Devonshire-Ball war Forts zynische Maske herabgerutscht und hatte ihr gezeigt, daß er litt. Sie konnte es nicht ertragen, jemand in solchem Schmerz zu wissen.

Nachdem sie das Problem eine ganze schlaflose Nacht lang hin und her gewendet hatte, kam sie zu dem Schluß, daß die Ursache in den Umständen des Todes seines Vaters liegen mußte.

Bevor er seinen Titel geerbt hatte, war Fort lebenslustig und übermütig, wenn auch jähzornig gewesen. Angesichts der Krise seiner Familie hatte Zorn zwar überhandgenommen, aber es hatte immer noch nicht diese finstere Verbitterung geherrscht. Diese war erst nach dem tragischen Maskenball zutage getreten.

Trauer um seinen Vater?

Das glaubte sie nicht. Er kämpfte mit etwas Dunklerem, Komplizierterem als Trauer.

Als sie an den Maskenball im November letzten Jahres zurückdachte, fiel ihr auf, wie schockierend wenig Aufmerksamkeit sie dem Tod des Earls geschenkt hatte. Sie war nicht in der

Halle gewesen, als der Schuß abgefeuert wurde. Und gleich danach war sie mit Prinzessin Augusta und einigen anderen Damen beschäftigt gewesen, die in Ohnmacht gefallen waren. Sobald der Ball zu Ende gewesen war, hatte sie sich in die Vorbereitung der Hochzeit von Cyn und Chastity gestürzt.
Jetzt fragte sie sich, was genau geschehen war, worüber Fort derart in Rage geraten war. Sie mußte es herausfinden. Denn sie fürchtete, daß es vorher keinen Frieden geben würde.
Enttäuscht sah sie ein, daß auch diese Angelegenheit warten mußte, bis einer ihrer Brüder zurückkehrte, damit sie danach fragen konnte.
Wo, um Himmels willen, waren sie? Drei Tage waren bereits vergangen, seit sie die Nachrichten verschickt hatte. Wenigstens einer von ihnen hätte inzwischen hiersein müssen. Alles wurde zu komplex, zu verwickelt und zu gefährlich für eine Person, selbst für eine Malloren.
Was taten eigentlich die Diener? Sie hatte noch nichts gehört. Plötzlich fragte sie sich, ob Grainger ihre Anweisungen mißachtete und ihr Berichte vorenthielt. Sollte das der Fall sein, würde es ihn den Kopf kosten! Sie klingelte nach Chantal, schlüpfte aus dem Bett und kritzelte eine Nachricht für Grainger, in der sie um Berichterstattung ersuchte.
Die Kammerzofe bekam den Auftrag, die Nachricht sofort einem Bediensteten zu übergeben, der sie auf der Stelle überbrachte.
Fertig angezogen begab sich Elf hinunter und stellte fest, daß Amanda ihre alte Kinderfrau besuchen gegangen war und ihr einen Stapel Einladungen zur Auswahl hingelegt hatte. Elf blätterte sie ohne großes Interesse durch. Die gesellschaftlichen Ereignisse schienen ihr zwar zunehmend sinnlos, aber sie war so aufgekratzt, daß sie sich Unterhaltung wünschte.
Sie wäre am liebsten im Zimmer auf und ab gerannt, weil sie auf Nachricht von Grainger wartete, zwang sich aber zur

Selbstdisziplin. Sie setzte sich mit einer Stickarbeit in die Sonne, wie es sich für eine Lady geziemte.
Während dieser unschuldigen Beschäftigung versuchte sie, eine Analyse der Verschwörung und ihrer Handlungsmöglichkeiten anzustellen. Statt dessen wanderten ihre Gedanken ständig zu Fort, als ob sie nach etwas Bestimmtem suchen würde. Plötzlich warf sie ihre Handarbeit hin und sah noch einmal hektisch den Stapel mit den Einladungen durch.
Aha! Sie zog die heraus, die ihre Gedanken beschäftigte. Lady Yardley veranstaltete einen Maskenball. Lady Yardley war eine ziemliche Matrone, und ihre Veranstaltung würde nichts im Vergleich zu Vauxhall sein. Warum hatte sie dann Elfs Aufmerksamkeit erregt?
Sie erkannte wohl, wohin ihr zügelloser Geist sie lenkte.
Lady Yardley war Forts Tante. Das könnte bedeuten, daß er dort auftauchte. Und bei einem Maskenball könnte sie wieder Lisette sein. Wenn er kam, erkannte er vielleicht ihr rot-goldenes Kleid. So würde es Elf vielleicht gelingen, den lächelnden, freundlichen Fort wiederzusehen.
Natürlich würde sie dabei ihre Enttarnung riskieren, was peinlich und vielleicht sogar gefährlich sein könnte.
Aufregung und Nervosität erfaßten sie, während sie auf die Karte in ihren Händen starrte, bis ein Klopfen an der Tür sie aus ihren Gedanken riß.
Einer von Amandas Dienern kam herein. »Ein Mann namens Roberts wünscht Euch zu sprechen, Mylady.«
Roberts?
Wer war Roberts?
Dann erinnerte Elf sich, daß er einer ihrer Leute war, die Fort beobachten sollten. Sie stieß einen erleichterten Seufzer aus, froh, daß sie etwas Praktisches zu tun hatte, das sie von ihrer Aufregung ablenkte.
Du hast eine mögliche Bedrohung des Königs in der Hand, er-

mahnte sie sich, während sie eilig dem Diener folgte. Aber alles, woran du denken kannst, ist, dich in rot-goldene Gewänder zu stürzen und eine verbotene Nacht mit Fort Ware zu verbringen!

Mit Glück hatte Roberts herausgefunden, wo die Schotten ihr Quartier hatten. Das würde ihr etwas mehr Kontrolle über die Situation geben.

Der Diener nahm sie mit in den Dienstbotentrakt, wo Roberts wartete. Er war in Kniehosen und einen Mantel im Stil eines respektablen Kaufmanns gekleidet. So konnte er sich in den überfüllten Straßen unauffällig bewegen. Es beruhigte sie, zu sehen, wie erfahren er war.

Seine Worte beruhigten sie allerdings keineswegs.

»Ich fürchte, ich habe nicht viel zu berichten, Mylady.«

»Nichts?« Elf sank enttäuscht auf einen Stuhl.

Roberts zuckte mit den Schultern. »Der Earl tut, was ein Earl so tut, Mylady. Und die Leute in seinem Haus berichten auch nichts anderes. Gar nichts Verdächtiges, wirklich, außer daß er vor ein paar Nächten eine Hure mitgebracht hat, die ihm entwischt ist. Oder zumindest«, er rieb sich die Nase, »war sie am Morgen verschwunden, und er schien außer sich darüber.«

Elf betete darum, nicht rot zu werden. »Ich sehe nicht, was daran interessant sein sollte.«

Er nahm es als Kritik auf. »Tut mir leid, Mylady.«

»Was ist mit anderen Beobachtern?«

»Nichts, Mylady, obwohl es eine belebte Straße ist, so daß es schwer zu erkennen wäre, wenn sie schlau sind. Sie könnten auch einen Posten in einem Nachbarhaus haben. Ein paar von den Mädchen sagen, sie *spürten* etwas. Aber Sie wissen ja, Frauen ...« Er verstummte und sah verlegen die Wand an.

»Ja, ich weiß«, sagte Elf trocken. »Sie glauben also, daß Beobachter da sein könnten, ohne daß Ihr sie bemerkt. Beobachtet niemand das Haus bei Nacht? Das sollte doch leicht festzustellen sein.«

»Verzeihung, Mylady, aber warum sollten sie das Haus nachts beobachten, wenn der Earl im Bett liegt? Wenn er irgend etwas Interessantes täte, würden sie ihm tagsüber folgen, aber das ist gar nicht so leicht, bei den vielen Leuten um ihn herum.«
»Also wissen wir nichts.« Elf war fast krank vor Enttäuschung und Sorge. Vielleicht sollte sie jemand von der Obrigkeit aufsuchen und erzählen, was sie wußte.
Aber was sollte das sein? Daß ein Mann namens Murray von etwas gesprochen hatte, das wie eine Jakobitische Verschwörung zur Ermordung des Königs klang. Und daß der Earl of Walgrave darin verwickelt war. Und daß sie all das auf dem Druiden-Weg in Vauxhall gehört hatte, wo sie sich – ohne zwingenden Grund – als Französin namens Lisette Belhardi herumgetrieben hatte.
Man würde sie ins Irrenhaus werfen!
»Da wäre noch ein Raum im Keller, den der Earl bewachen läßt.«
Elf schreckte aus ihren Gedanken hoch. »Was?«
»Es scheint, daß der Earl vor ein paar Tagen etwas in seinen Keller gebracht hat, Mylady, das er von zwei Männern bewachen läßt. Sie wissen aber nicht, was es ist. Niemand weiß das.«
»Könnte es sich um einen Menschen handeln?«
Robert schüttelte den Kopf. »Es wird kein Essen oder Wasser hineingebracht. Und es war sowieso nicht größer als ein Baby und in schweren Stoff gewickelt. Wollt Ihr, daß wir versuchen, einen Blick darauf zu werfen?«
»Könntet Ihr das unbemerkt?«
Er rieb sich wieder die Nase. »Es wäre nicht ganz einfach, Mylady. Es gibt nur einen Schlüssel, und der Earl trägt ihn immer bei sich. Und die Männer, die es bewachen, sind ihm treu ergeben. Aber ich könnte es über einen unserer Leute im Haus versuchen.«
»Tut das, aber geht kein Risiko ein. Ich will nicht, daß der Earl auch nur den leisesten Verdacht schöpft, daß er beobachtet

wird. Und was ist mit den Schotten? Habt Ihr Euch bei allen Gasthöfen erkundigt?«

»Ja, Mylady. Es gibt viele Schotten hier – die sind zur Zeit hier ja leider im Überfluß vorhanden –, aber auf keinen von denen paßt Ihre Beschreibung von diesem Murray.«

Elf stieß einen Seufzer aus. Falls die Verschwörung wirklich existierte, konnte es sein, daß sie bereits in Gang war. Sie begann sich nämlich zu fragen, ob nicht alles ihrer Phantasie entsprungen war, aber das geheimnisvolle Paket in Walgrave House belebte ihr Interesse. Sie versuchte, sich vorzustellen, was ein mächtiger Earl in einem bewachten und versperrten Raum aufbewahren mochte, zu dem er allein den Schlüssel besaß. Es müßte etwas sehr Wichtiges und möglicherweise sehr Gefährliches sein.

Fort hatte schließlich Diener für fast alles in seinem Leben. Er würde sich nur um etwas streng Geheimes persönlich kümmern. Etwas Verschwörerisches.

Sie mußte herausfinden, was Fort in diesem verschlossenen Raum aufbewahrte.

Sie hatte sich erhoben und lief in dem kleinen, vollgestellten Raum auf und ab, während Roberts sie neugierig beobachtete. Zur Hölle damit! Sie hatte einen bestechenden, aber gefährlichen Plan.

Ein Mensch könnte in der Lage sein, herauszufinden, was sich in dem Raum befand – eine rotgekleidete Lady namens Lisette. Aber nur wenn Lisette Forts Geliebte würde.

Sie blieb stehen und starrte abwesend in den kalten Kamin. Ihr Mund war trocken, und ihr Herz raste, aber sie spürte ein angenehmes Prickeln auf der Haut. Ein Plan nahm in ihrem Kopf Gestalt an, der ihrem Verlangen und ihrer Pflicht dem König gegenüber Genüge tat.

Er versprach vielerlei Nutzen und drohte mit einer großen Gefahr.

Er erforderte, daß sie etwas wirklich sehr Verruchtes tat, aber das war etwas, das sie schon viel länger wollte, als sie sich je erträumt hatte ...

»Wir müssen versuchen, sie aus der Reserve zu locken«, sagte sie mehr zu sich selbst.

»Verzeihung, Mylady. Was habt Ihr gesagt?«

Elf bedachte ihren Plan noch einmal und holte tief Luft. »Morgen gibt Lady Yardley einen Maskenball in ihrem Haus in der Clarion Street. Der Earl wird höchstwahrscheinlich dort erscheinen, da Lady Yardley seine Tante ist.«

Wie ruhig sie klang, obwohl ihr Herz raste.

Sie fuhr fort: »Eine Frau in rot gestreifter Robe über einem roten Unterrock und mit schwarz-rot-goldenem Mieder wird auch dort sein. Irgendwann vor der Demaskierung um Mitternacht wird sie den Ball mit dem Earl verlassen. Falls irgendeiner der Schotten auf seinem Posten ist, werden sie sehr wahrscheinlich versuchen zu handeln, und wenn sie dem Paar nur folgen. Das wird Euch die Chance geben, sie zu erkennen.«

Roberts kratzte sich skeptisch an der Nase. »Wer ist diese Frau, Mylady? Und warum sollten die Schotten aus ihrem Versteck hervorkommen, wenn sie auftaucht?«

Elf setzte eine frostige Malloren-Miene auf. »Sie ist eine unserer Leute, das ist alles, was Ihr wissen müßt. Kümmert Euch nur darum, die Schotten nicht aus den Augen zu verlieren, sobald sie erscheinen. Falls sie die Frau angreifen sollten, müßt Ihr sie schützen. Aber versucht, eher Gefangene zu machen als zu töten.«

Es kam ihr komisch vor, so ruhig von Chaos und Gewalt zu sprechen, aber Roberts schien davon nicht beunruhigt. Er nickte nur. »Sehr gut, Mylady. Noch weitere Instruktionen?«

»Achtet nur darauf, wer besonderes Interesse am Earl und dieser Dame zeigt, und findet heraus, wo diese Leute sich

verborgen halten. Und haltet besonders nach Murray Ausschau.«
»Richtig. Mittelgroß. Dünnes blondes Haar.«
»Genau.«
»Und die Frau in Rot?«
»Sie wird nur ein Köder sein. Solange sie nicht in Gefahr ist, könnt Ihr sie ignorieren.«
Roberts verneigte sich und ging zur Tür. Elf fiel noch ein weiteres Detail ein.
»Und, Roberts ...«
»Ja, Mylady?«
»Ihr könnt das Ding in dem verschlossenen Raum bis morgen vergessen.«
Warf er ihr da einen seltsamen Blick zu? Seiner Stimme war nichts Ungewöhnliches anzumerken, als er sagte: »Sehr wohl, Mylady.«
Damit ging er, und Elf stieß einen langen Seufzer aus. Was um Himmels willen hatte sie getan?
Oberflächlich betrachtet, war es ein vernünftiger Plan, um die Schotten aus der Reserve zu locken.
Murray und seine Leute würden Fort sicher immer noch beobachten. Das mußten sie. Wenn Fort wieder mit der Dame in Rot auftauchen würde, würden sie sie erkennen. Sie würden die Chance wittern, sie zum Schweigen zu bringen, und sich an ihre Fersen heften.
Sie hoffte, sie würden keinen offenen Angriff wagen, denn das würde den zweiten Teil ihres Plans zunichte machen – den, ins Walgrave House zu gelangen, den Schlüssel zu stehlen und den Keller zu inspizieren.
In diesem Teil würde sie Forts Geliebte werden.
Natürlich würde sie darauf bestehen müssen, ihre Maske aufzubehalten, aber er würde so verrückt nach ihr sein, daß er jede Bedingung akzeptierte.

Sie erinnerte sich an seinen Kuß, seine Berührung, seinen strahlenden Körper, dann bedeckte sie ihren Mund mit einer Hand, erschrocken vor sich selbst. Sie konnte die Aufregung trotzdem nicht unterdrücken. Oder die Vorfreude.

Was für eine verdorbene Frau sie doch war!

Sie nahm sich zusammen und ging schnell wieder hinüber ins Handarbeitszimmer. Schuldgefühle überkamen sie wie Schauer. Mit Sicherheit sahen das Dienstmädchen und der Diener, an denen sie vorbeigehen mußte, was für eine lüsterne Frau sie war. Sie fühlte sich, als wäre ihr verruchter Plan auf ihren Rücken geschrieben.

Im Handarbeitszimmer nahm sie ihre Stickerei wieder auf, ließ sie jedoch bald wieder fallen und schaute ins Leere.

Wie kannst du nur? fragte ihre Stimme der Vernunft.

Wie könntest du nicht? fragte die Rebellin in ihr.

Nachdem der einzige Mann, den sie wollte, sie niemals wollen würde, schien es wahrscheinlich, daß sie als alte Jungfer starb. Sie wollte verdammt sein, wenn sie als Jungfrau starb. Sie konnte sich jedoch nicht vorstellen, sich dem Körper eines Mannes nur um der Erfahrung willen hinzugeben. Welche andere Chance, ihre Jungfräulichkeit an einen Mann zu verlieren, der ihr so viel bedeutete, und dabei ihre Identität geheimzuhalten, würde sie noch haben?

Und, dachte sie mit einem Seufzer, es ging um mehr als nur um Sex. Sie wollte so sehr wieder mit dem freundlicheren Fort zusammensein, dem, der sich Lisette gezeigt und auf den sie bei Sappho einen Blick geworfen hatte. Sie wollte ihn glücklich sehen.

Mit Sicherheit wäre ein Mann beim Sex glücklich.

Sie wollte ihn wieder nackt sehen. Sie erinnerte sich, wie er sie eingeladen hatte, mit seinem nackten Körper all die lustvollen Dinge zu tun, die sie sich vorstellte ... Elf fächerte ihrem glühenden Gesicht mit der Hand etwas Luft zu.

O Gott. Jetzt wußte sie, warum Menschen zu allen Zeiten sich wegen Angehörigen des anderen Geschlechts völlig zum Narren machten.
Machte sie eine Närrin aus sich?
Wahrscheinlich. Und es scherte sie kein bißchen.
Der einzige Haken an ihrem hübschen Plan war die Verkleidung. Wenn er sie erkannte, wäre das das Ende. Würden gepudertes Haar und Maske selbst in den intimsten Momenten genügen?
Sie eilte hinauf in ihr Zimmer, fand die Maske, setzte sie auf und studierte ihr Gesicht. Ja, das genügte wirklich. Da nur ihr Mund und ihr Kinn unbedeckt waren, würde niemand sie erkennen. Wenn sie Französisch sprach, würde er auch ihre Stimme nicht kennen.
Es hatte schon einmal funktioniert, und es würde wieder funktionieren, da er vom Rausch der Leidenschaft abgelenkt sein würde.
Rausch der Leidenschaft. Das war einer dieser Ausdrücke, dessen Bedeutung sie nicht genau kannte.
Aber sie würde sie kennenlernen.
Morgen nacht.

Am nächsten Abend fuhr Elf mit einer Mischung heißer Vorfreude und eiskalter Zweifel zum Haus von Lady Yardley. Sie war genauso gekleidet wie in Vauxhall, nur ohne Cape. Heute trug sie einen leichten, cremefarbenen Umhang. Mit dem weißen Haar und der weißen Halbmaske sah sie unschuldig und gesittet aus.
Welch ein Beweis dafür, sich nie vom äußeren Eindruck täuschen zu lassen! Das jungfräuliche Weiß verbarg nur das aufreizende Kostüm, das Fort sicher wiedererkennen würde, und die lüsterne Frau, die hoffte, den nächsten Morgen unjungfräulich zu erleben.

»Ich bin überrascht, daß dir Chantal nicht gekündigt hat«, neckte Amanda sie, als die Kutsche in die Clarion Street einbog. »Sie war dem Weinen nahe, als du darauf bestanden hast, diese Kleidung zu einem gesellschaftlichen Ereignis zu tragen. Du hast einen gräßlichen Geschmack, meine Liebe.«

Elf schnitt eine Grimasse. »Das liegt nur daran, daß ihr euch alle so langweilig anzieht. Ich hasse diese keuschen, blassen Farben.«

»Sie stehen dir aber.«

»Das finde ich nicht.« Als die Kutsche hielt, öffnete Elf den Fächer, den sie sich speziell für diesen Abend hatte anfertigen lassen. Die eine Seite war perlmuttfarben und paßte zu ihrem äußeren Selbst. Die andere bestand aus rotem, schwarzem und goldenem Lack, den Farben ihrer anderen Persönlichkeit. »Heute abend bin ich wieder Lisette Belhardi, die geheimnisvolle französische Zauberin, und ich kann mich anziehen, wie es mir gefällt.«

Amanda schüttelte den Kopf. »Ich weiß immer noch nicht, was du mit dieser Maskerade erreichen willst.«

Elf hatte Amanda einen Teil der Geschichte erzählt und wiederholte ihn jetzt. »Ich will nur Fort wieder unter angenehmeren Umständen treffen.«

»Ich glaube, da steckt mehr dahinter.«

»Mehr als der Spaß am Flirten mit meinem Feind?«

»Vergiß nicht, Liebes, ich kenne dich. Du heckst da etwas aus.«

»Vielleicht«, gab Elf zu, als die Kutsche endgültig zum Stehen kam. Sie klappte ihren Fächer zu und ließ sich von einem wartenden Diener beim Aussteigen helfen.

Während sie die Stufen zu dem hellerleuchteten Haus erklommen, wählte Elf den richtigen Augenblick, um Amanda einzuweihen. Sobald sie von anderen Gästen und wartenden Dienstmädchen umgeben waren, murmelte sie ihrer Freundin zu: »Ja, ich hecke etwas aus, Amanda. Versuch nicht, mich aufzuhalten, wenn ich mit Walgrave verschwinde.«

»Verschwinde?« rief Amanda aus und senkte dann ihre Stimme zu einem Flüstern. »Elf, denk doch nach!«
Ohne Umhang schlug Elf die bunte Seite ihres Fächers auf. »Oh, ich habe nachgedacht. Glaub mir.«
Alles stand auf der Kippe, aber dann hob Amanda die Augen zum Himmel. »Na gut, er ist eine absolut wünschenswerte Partie, meine Liebe. Wenn du dein Werben auf diese seltsame Weise fortsetzen willst, kann ich dir sagen, daß da nicht viel passieren kann.«
Sie klang fast wohlwollend, was Elf zu Protest herausforderte. »Amanda, ich habe absolut nicht vor, diesen Mann zu heiraten.«
Ihre Freundin schüttelte nur mit einem ironischen Lächeln den Kopf und setzte ihren Weg fort.
Also wirklich, dachte Elf, während sie die blütenbedeckten Stufen hinaufgingen, das war ja die Höhe. Amanda schien zu glauben, sie und Fort wären Turteltäubchen! Die hackten einander allerdings nicht, bis Blut floß.
Sie würde sich jedoch überlegen müssen, was sie wirklich waren.
Lady Yardleys Ballsaal war nicht sehr groß, aber gut beleuchtet und schwer vergoldet. Der glitzernde Raum wimmelte vor Kostümen und Masken, schönen und makabren, und Musik und Gespräche wogten, als Elf ihn betrat.
Hier, bei dieser privaten Veranstaltung, hatten sich einige Menschen für Kostüme entschieden, andere trugen nur eine Maske zu einer normalen Abendgarderobe. Das hätte es leichter machen sollen, einen schwarzgekleideten Earl of Walgrave zu finden, aber Elf sah sich vergebens nach ihm um.
Sie hatte gehofft, Fort würde hier so auftreten wie in Vauxhall, in normalem Gewand und nur mit einer schmalen Maske. Wenn er ein Cape oder eines der ausgefalleneren Kostüme trug, konnte es schwierig werden, ihn überhaupt auszumachen.
Was, wenn er nicht hier war und nicht kommen würde?

Diese Möglichkeit quälte sie, seit sie diesen Plan entworfen hatte. Sie hatte sogar überlegt, ihm eine kryptische Nachricht von Lisette zu schicken, um ihn herzulocken. Das Risiko war jedoch zu groß, und mit Sicherheit würde er sich auf dem einzigen großen Fest, das seine Tante alljährlich gab, zumindest kurz sehen lassen.
Sie konnte ihn trotzdem nicht finden, noch nicht mal jemand, der ihm ähnelte.
Sie zuckte mit dem Schultern und beruhigte sich selbst. Wenn er hier war, würde er sicherlich auf sie aufmerksam werden. Dieses Kostüm konnte er nicht vergessen haben.
Da jeder inkognito sein wollte, erübrigte sich die Begrüßung der Hausherrin, so daß Amanda und Elf sich zu dem anonymen Vergnügen unter die Leute mischten. Sofort verbeugte sich ein schmaler Gentleman im Tudor-Stil, mit Strümpfen und weiten Kniehosen, und bat Elf um den Tanz. Obwohl er sicher nicht Fort war, nahm Elf gerne an. Sie vertrieb sich die Zeit damit, ihn mit Fragen zu bombardieren, um seine Identität herauszufinden, und er tat dasselbe mit ihr.
Da es bei solchen Veranstaltungen üblich war, sich zu verstellen, sprach sie Französisch. Er tat es ihr gleich, wenn auch etwas unbeholfen. Sie gingen nicht viel klüger auseinander, als sie vorher waren, und Elf nahm an, daß er ein Angehöriger einer der Botschaften war, vermutlich ein Spanier.
Als nächstes begab sich Elf in die Gesellschaft eines Piraten aus dem letzten Jahrhundert. Sie erkannte Sir Cronan Darby, der immer ein lustiger Kumpel war. Sein Französisch war zwar lausig, aber sein gelbes Hemd und die spitzenbesetzte Kniebundhose gefielen ihr. Und als er sie in eine Ecke drängte und einen Kuß von ihr stahl, wehrte sie sich nicht.
Er küßt nicht so gut wie Fort, dachte sie, als er sie an sich preßte. Dann seufzte sie über die Tatsache, daß Fort zu ihrem Maßstab geworden war – einem unerreichbaren Maßstab.

Sir Cronan lud sie ein, ihm in einen stilleren Winkel zu folgen. Elf lehnte theatralisch ab und kehrte in den Saal zurück, um gut sichtbar zu sein. Obwohl sie hoffte, daß Fort sie erkennen würde, hörte sie nicht auf, die Menge nach großen Männern mit der richtigen Statur abzusuchen. Als sie mit einem kostümierten Mann tanzte, der zu klein war, um der Ersehnte sein zu können, ließ sie weiterhin ihren Blick schweifen. Ein paar Männer paßten zwar vom Typ her, sie war sich jedoch seltsamerweise sicher, daß er nicht darunter war.

Als der Tanz zu Ende war, warf sie einen Blick auf eine Uhr und war erschrocken, wie die Zeit verflog. Es war schon halb elf, aber um Mitternacht würden die Masken abgenommen werden, und alle würden sich zum Diner niederlassen. Bis dahin mußte sie Fort gefunden haben und mit ihm verschwunden sein.

Vielleicht war er ja gar nicht gekommen.

Ein Gefühl der Enttäuschung, das sie ganz krank machte, breitete sich in ihrem Magen aus, und es hatte nichts mit dem Schotten zu tun.

Da entdeckte sie einen großgewachsenen Mann in einem braunen Domino. Sie überlegte, daß Fort vielleicht kein Schwarz tragen würde, vor allem wenn er wirklich unerkannt bleiben wollte. Mit einer raschen Entschuldigung ließ sie ihren Partner stehen und folgte dem Mann in ein kleines Vorzimmer, wo Erfrischungen serviert wurden.

Als er ein Glas Wein von einem Diener nahm, stieß sie ihn leicht an, so daß er ein paar Tropfen verschüttete.

»Oh, Monsieur!« rief sie aus. »Ich bitte um Verzeihung!«

Er wischte sich die Hand an einer Serviette ab, die der Diener ihm reichte, und erwiderte in exzellentem Französisch. »Nichts passiert, meine Liebe. Darf ich Euch ein eigenes Glas Wein bestellen?«

Er war nicht Fort. Elf zwang sich zu einem Lächeln. »O ja, Sir, bitte.«

Jetzt mußte sie wertvolle Minuten mit dem Mann in Braun vertun. Als sie den Ballsaal wieder betrat, stieß sie auf Lord Ferron in einer Toga und mit Lorbeerkranz. Er war einer ihrer langjährigsten Verehrer, erkannte sie aber offensichtlich nicht. Elf nahm seine Einladung zum Tanz an, weil sie das für einen guten Test für ihre Verkleidung hielt.
Mit ihm zu tanzen stellte sich jedoch als Fehler heraus. Er erkannte sie zwar nicht, hatte jedoch größte Schwierigkeiten mit seiner Toga. Irgendwann rutschte das Tuch herunter und ließ seine nackte Brust sehen. Überrascht stellte Elf fest, wie schmal sie war.
Sie hatte Ferron immer für einen gutgewachsenen jungen Mann gehalten, aber offensichtlich verdankte er viel von seinem Zauber dem Schneider. Sein Haar war dünn, und er hatte bereits eine hohe Stirn, wie sie ebenfalls bemerkte. Kein Wunder, daß er immer eine Perücke trug.
Während sie weitertanzten, dachte sie, wie unfair es war, daß Männer sich so bedeckt halten konnten! Eine Frau mußte zumindest ihr Dekolleté und einen Teil ihrer Arme zeigen, was unvermeidlich auf den Rest ihrer Figur schließen ließ. Ein Mann konnte dagegen bis auf Gesicht und Hände alles verbergen.
Na gut, er mußte auch seine Beine zeigen.
Bei einem Blick hinunter sah sie, was sie angesichts seiner Brust schon erwartet hatte, nämlich daß Ferrons nackte Waden spindeldürr waren und er normalerweise ausgepolsterte Strümpfe tragen mußte. Natürlich konnte auch eine Hühnerbrust mit dünnem Haar ein wunderbarer Mensch sein, aber die Lady sollte schon wissen, was unter den Kleiderschichten verborgen war.
Vielleicht würde sie eine Bewegung für die bessere Sichtbarmachung männlicher Formen ins Leben rufen!
Bei einer vorsichtigen Drehung angesichts der wehenden

Toga fiel ihr ein Mönch mit Kapuze ins Auge. Die lange schwarze Kutte verhüllte seine Gestalt völlig, und doch erinnerte sie, als er den Raum entlangging, irgend etwas an den nackten Körper, den sie noch allzugut im Gedächtnis hatte.
Es war Fort. Hatte er sie gesehen? Sicher, denn ihr leuchtendes Rot war nicht zu übersehen.
Wenn ja, dann hatte er nicht versucht, sie anzusprechen. Er ging auf ebenso herrschaftliche Weise auf die Tür zu, wie er in Vauxhall die Menge geteilt hatte.
Er verließ das Fest!
Elf entschuldigte sich mit ein paar gemurmelten Worten über einen angestoßenen Zeh bei Ferron und eilte hinter dem Mönch her. Als sie nach Luft schnappend auf dem Treppenabsatz ankam, sah sie ihn schon die Treppen hinunter auf die Haustür zugehen.
Sie rannte ihm nach, an ihm vorbei und versperrte ihm am Fuße der geschwungenen Treppe den Weg.
Er blieb stehen.
Sie sah auf und entdeckte, daß ihr Instinkt sie nicht getäuscht hatte. Die schmale schwarze Maske hinderte sie nicht, Fort zu erkennen.
»Madam?«
Zwei Stufen über ihr stehend, war er erschreckend groß. Elf stieg eine Stufe höher, auch wenn sie ihm dadurch näher kam.
»Monsieur, Le Comte.«
»Sie wünschen?« fragte er auf französisch, aber so, als wäre sie eine völlig Fremde.
Na gut, er hatte sicher keine schlaflosen Nächte gehabt, in denen er sich nach seiner verlorenen Lisette sehnte!
Elf schüttelte ihre rotgestreiften Röcke. »Ihr hattet mir eine Lektion in gutem Geschmack versprochen, Mylord.«
»Ich glaube, da irrt Ihr Euch.« Er trat einen Schritt zur Seite, um an ihr vorbeizukommen.

Elf griff nach dem Strick um seine Taille. »Das glaube ich nicht. Einer Dame ist es gestattet, ihre Meinung zu ändern.«
Er drehte ihr das Gesicht zu, packte dann ihren Arm und zog sie in einen kleinen Vorraum abseits der Halle. »Bist du völlig verrückt geworden?« keifte er sie an, als die Tür zu war.
Er war wieder wütend. Er ließ ihren Arm los und Elf die Kordel. »Warum sagt Ihr das, Mylord?«
Er schob seine Kapuze zurück und ließ sein ungepudertes Haar offen auf seine Schultern fallen. Er sah irgendwie ungezähmt aus. Es erinnerte sie daran, wie er nackt in dem Schlafzimmer gestanden hatte, nur daß er jetzt wütend war.
Ein Schauder der Angst durchlief sie – das Gefühl, Schlimmeres angerichtet zu haben, als sie eigentlich wollte –, aber sie legte trotzdem eine Hand auf seine Brust. »Es tut mir wirklich leid, daß ich Euch das letzte Mal weggelaufen bin, Mylord. Aber ich war so schockiert. Als ich Zeit hatte, darüber nachzudenken ...«
Er nahm ihre Hand und hielt sie fest. »Hast du die Vorteile erkannt?« Er betrachtete sie so eingehend, daß sie fürchtete, er könnte trotz Maske, Puder und fremder Sprache Elf Malloren erkannt haben. »Ich kann nicht einmal sicher sein, daß du dieselbe Frau bist. Du könntest eine Verwandte in ihren Kleidern sein.«
Elf war enttäuscht, daß ihm außer ihrem Kleid nichts im Gedächtnis geblieben war.
»Natürlich«, sagte er, »könnte ich dich an deinem Geschmack erkennen.«
Oh, dieser Schuft! Aber Elfs Gemüt wurde von seinem beginnenden Werben besänftigt. Er war keineswegs unentschlossen. Sie spielte die Schüchterne. »Ich bin etwas nervös bei dem Gedanken, einen Mann der Kirche zu küssen, Mylord.«
Er hob ihr Kinn. »Ich erteile dir die Absolution, bevor wir sündigen.«

Sein Kuß war so durchdringend wie beim letzten Mal, aber irgendwie mechanisch. Als er den Kopf hob, wollte sie sich am liebsten den Mund abwischen. »Das fühlte sich nicht sehr sündig an, Mylord.«

»Wenn du sündigen willst, Lisette, zeige ich dir den Weg zur Hölle, bevor die Nacht zu Ende geht.« Seine Stimme enthielt keine Spur verführerischer Wärme. »Jetzt sag mir, welche Absichten du verfolgst.«

Selbst wenn er sie als Lisette akzeptierte, war er der Mann, den Elf nur zu gut kannte – wachsam, mißtrauisch und zynisch. Vielleicht war die Nacht damals nur eine Ausnahme gewesen. Was bedeutete das für ihre Pläne?

Sie mußte ihn wenigstens bis auf die Straße hinausbegleiten, um die Schotten hervorzulocken. Aber eine Nacht voll verführerischer Leidenschaft schien unwahrscheinlich.

Sie kämpfte gegen ein verräterisches Zittern ihrer Lippen und verbarg ihren Mund hinter dem Fächer. »Ich wollte Euch nur wiedersehen, Mylord.«

»Warum? Nachdem du schlau genug warst, zu fliehen, hätte ich dich für klüger gehalten.«

Sie drehte sich verlegen weg. »Es tut mir leid, Mylord. Ich war nur so nervös. Ich dachte, daß Ihr mich trotz Eures Versprechens vielleicht vergewaltigen würdet.«

»Die Chancen dafür steigen gerade. Das ergibt keinen Sinn, Lisette. Wer steckt dahinter?«

»Niemand!«

Sie war versucht, ihm irgendwas auf den Kopf zu hauen, drehte sich um und sah, daß er sich mit verschränkten Armen gegen ein Sofa lehnte. Aus irgendeinem Grund ließ ihr das einen Schauder über den Rücken laufen, der nicht von der Angst herrührte.

»Wie bist du hier hereingekommen?« fragte er. »Ich bezweifle, daß Lady Yardley dir eine Einladung geschickt hat.«

»Das stimmt, aber meine Cousine hat eine bekommen. Sie ist adelig.«
»Ist sie das?« Er machte eine Pause, um nachzudenken. »Und deine Gastgeberin ist hier?«
»Ja, Mylord.«
»Wer ist sie?«
»Warum sollte ich Euch das sagen?«
»Versuchst du immer noch, anonym zu bleiben?« Er lächelte zynisch.
»Und die Lady nimmt es mit deiner Beaufsichtigung so leicht wie sonst auch und wird kein Aufsehen erregen, wenn ich mit dir verschwinde. Wir lassen das mal einen Moment lang so stehen, während du mir sagst, was du jetzt vorhast. Und zwar schnell.«
Elf flüchtete sich wieder hinter ihren Fächer. Warum konnte dieser Schuft nicht einfach seine Rolle spielen und sie wieder verführen, so daß sie nur ein bißchen Widerstand leisten müßte? Statt dessen sah es so aus, als müßte sie ihn verführen.
»Ich ... ich wollte Euch einfach nur sagen, daß es mir leid tut, Mylord. Ich dachte, ich hätte vielleicht Eure Gefühle verletzt.«
Er lachte. »Keine Sorge. Ich habe mir höchstens Sorgen gemacht, daß du mit durchgeschnittener Kehle in einem Straßengraben endest. Außerdem hätte ich gern meine Pistole zurück.«
Elf bemerkte, daß sie diesen Flegel anstarrte, und entspannte ihre Züge. »Ich werde sie zurückgeben, Mylord.«
»Das möchte ich dir auch raten, sonst spüre ich dich auf und lass' dich wegen Diebstahls abholen.«
Er klang, als ob er das auch ernst meinte!
Er musterte sie einen Moment lang und schüttelte dann den Kopf. »Ich weiß sowieso nicht, was du dir davon versprochen hast. Mit einer ungeladenen Pistole herumzufuchteln ist nicht sehr abschreckend.«

»Ich hatte sie natürlich geladen.«
»Hast du das? Sieh mal an.« Jetzt sah er sie mit neuer Wachsamkeit an. War da ein Leuchten des Erkennens in seinen Augen?
Sie senkte schnell das Kinn und fächelte sich Luft zu. »Mein Bruder hat es mir beigebracht, Mylord. Zum Glück mußte ich nicht schießen. Ich bin nämlich keine gute Schützin.«
»Egal.« Er bewegte sich plötzlich so schnell und packte sie mit der Hand am Hals, so daß sie nicht mehr reagieren konnte. Mit seinem Daumen hob er ihr Kinn hoch. »Wer bist du wirklich, Lisette?«
Ihr Herz raste, und sie starrte in seine kalten blauen Augen und fragte sich, wie er sie nicht erkennen konnte. Aber warum sollte er sich auch vorstellen, daß Lady Elfled Malloren, die Wohlbehütete, sich als Lisette Belhardi auf der Suche nach einem Gönner ausgeben würde?
Halb verschluckt antwortete sie: »Ich will Euch meinen vollen Namen nicht nennen, Mylord.«
Er ließ sie los, blieb aber in ihrer Nähe. »Sehr klug, obwohl ich dir nicht gefährlich werde. Aber hast du noch mal an den Mann mit dem Messer gedacht? Er war nicht sehr erbaut darüber, zu erfahren, daß ich dich habe entwischen lassen.«
Elf versuchte, absolute Unwissenheit zu heucheln. »Aber warum sollte er sich für mich interessieren? Was wollte er von mir?«
»Er macht sich Sorgen, du hättest seine geschäftliche Unterredung belauscht. Das hast du aber nicht, oder?«
»Geschäftliche Unterredung, Mylord? Ich habe Stimmen gehört, aber nichts verstanden. Mein Englisch ist nicht sehr gut. Ich habe mich nur vor einem anderen Gentleman versteckt. Als ich auf den Weg hinaustrat, versuchte dieser Mann, mich zu packen. Als ich losrannte, verfolgte er mich. Ich war zu Tode erschrocken.«

»Das glaube ich dir.« Sein Handrücken fuhr ihr Kinn und ihren Hals entlang bis zu ihrem Brustansatz. Bevor sie ihn daran hindern konnte, hatte er den Dolch aus ihrem Mieder gezogen und prüfte seine Klinge. »Nicht jede Lady trägt so etwas.«

Elf beschloß, daß es das klügste war, zu schweigen.

»Wenn du irgend etwas davon verstanden hättest, wärst du sicher nicht hier. So dumm kannst nicht einmal du sein. Also«, fügte er hinzu und schob die kleine Waffe behutsam wieder in ihre Scheide, »warum bist du hier? Hast du dir wirklich überlegt, meine Geliebte zu werden?«

Selbst eine so unpersönliche Berührung ihrer Brüste hatte dort ein Schaudern bewirkt, das eine Menge aufregender Erinnerungen nach sich zog. Und jetzt versprach eine leichte Wärme in seinem Verhalten, daß die Nacht vielleicht doch noch so enden würde, wie sie es sich erträumt hatte.

Es war aber nur ein vages Versprechen. »Vielleicht ...«, murmelte sie und betete, daß er sie endlich verführen möge.

»Ich muß das genauer wissen, Lisette. Ich habe keine Lust, dieselbe Szene noch einmal durchzuspielen. Bist du willens?«

Hinter ihrem Fächer biß sie die Zähne zusammen. Würde ihm ein Zacken aus der Krone brechen, wenn er wenigstens ein bißchen liebevolle Zärtlichkeit *vorgäbe?* »Könnte ich meine Maske aufbehalten, Mylord?«

Er hob erstaunt die Brauen. »Die ganze Zeit? Deine Haut würde darunter verfaulen.«

»Heute nacht«, flüsterte sie und zitterte davor, ihre Phantasien aussprechen zu müssen. »Nur für eine Nacht, Mylord.«

Sein Blick war neugierig. »Warum?«

»Weil ich bezweifle, daß der Mann, bei dem ich enden werde, so interessant sein wird wie Ihr.«

Er schob den Fächer beiseite, um sie zu betrachten. »Du bist selbst interessant, Lisette. Bist du sicher? Erinnere dich an die

Bedingungen. Keine Ehe, auch wenn du ein Kind bekommst. Und keine falschen Liebesschwüre.«

»Ich erinnere mich, Mylord, und ich bin mir sicher.« Sie sprach die absolute Wahrheit, aber sie wußte, daß sie ihn die Intensität ihrer Gewißheit nicht spüren lassen durfte. »Werde ich immer noch die versprochenen 500 Guineen bekommen, Mylord?«

Wie geplant, wischte diese geschäftsmäßige Frage seine Zweifel beiseite, und er lachte. »Für eine Nacht? Ich fürchte nein, Herzchen. Ich habe das Gefühl, du solltest mich bezahlen. Aber ich werde dir hundert geben, nur um deinen zukünftigen Mann zu besänftigen.«

Elf schlug ihren Fächer auf und schmollte, als ob sie darüber nachdenken müßte. Sie hoffte immer noch auf irgendwelche flammenden Überredungsversuche, aber als er nichts dergleichen tat, sagte sie: »Das ist fair, Mylord. Können wir jetzt gehen? Die Nacht schreitet voran.«

Er hob wieder die Brauen. »Bist du sicher, daß du noch Jungfrau bist, Lisette? In mancherlei Hinsicht wäre es mir lieber, du wärst keine mehr, aber ich lasse mich nicht gern belügen.«

»Ja, ich bin Jungfrau, Mylord. Tut mir leid, wenn Euch das mißfällt.«

Er grinste plötzlich. »Du hast Krallen, aber man hat dir beigebracht, sie einzuziehen. Vielleicht lasse ich dich sie heute nacht benutzen.«

Sie fand Geschmack an der Aussicht. Sie wollte irgendwelche Reaktionen bei diesem Mann sehen, und wenn es nur Blut war.

Er hob ihre Hand und küßte sie, eine Spur von Wärme machte seine Züge weich. »Dann komm mit. Das verspricht, interessant zu werden, und ich versichere dir, daß es zumindest eine unvergeßliche Nacht werden wird.«

Elf hatte daran überhaupt keinen Zweifel.
Diskret brachte eine Zofe Elfs Umhang, und sie traten in die weiche, sommerliche Dunkelheit hinaus. Elf ließ den Umhang absichtlich offen, so daß ihre Leute und die Schotten die Dame in Rot erkennen konnten.
Sie hatte ihr anderes Ziel noch nicht vollkommen vergessen. Mit einem schneller Blick sah sie eine Menge herumlungernder Leute, aber niemand, den sie kannte, weder Schotten noch Engländer. Außer Lady Yardleys Haus waren noch vier weitere für Einladungen hell erleuchtet. Späte Gäste trafen ein, und einige wenige – wie sie selbst – brachen bereits auf.
Kutschen fuhren auf und ab, und wenn die Pferde auf die Straße machten, stürzten sich Straßenkinder auf den wertvollen Mist. Sie würden ihn am nächsten Tag an die Marktgärtner verkaufen. Wartende Diener lehnten sich an Geländer und plauderten, während sie die kommenden und gehenden Ladys und Lords betrachteten.
Jetzt beobachteten die meisten von ihnen die scharlachrote Dame und den Mönch mit einem wissenden Grinsen in den Gesichtern. Elf dankte dem Himmel für ihre Verkleidung, denn die Dienerschaft machte sich sicher einen Sport daraus, die großen und wichtigen unter den Gästen zu erkennen.
Am Bordstein blieb Fort stehen. »Mein Haus ist gleich in der nächsten Straße, und ich habe mir nicht die Mühe gemacht, eine Kutsche zu nehmen. Aber ich frage mich, ob das für dich sicher genug ist.«
»Ich fürchte mich nicht, Mylord, in Eurer Begleitung.«
»Du bist besser bewaffnet als ich, Herzchen. Du hast einen Dolch, aber ich habe nicht einmal ein Schwert. In der Tat«, fügte er hinzu und zog sie an seine Seite, »bin ich unter dieser Kutte ganz nackt. Das Gefühl amüsiert mich.«
Elf wurde sich brennend der Tatsache bewußt, daß zwischen

seinem Körper und ihrer Hand nur eine dünne Stoffschicht lag. Unabsichtlich bewegte sie ihre Hand ein bißchen, und er kicherte. »Das interessiert dich, was?« Er hob ihr Kinn an. »Ich denke, du hast den richtigen Beruf gewählt.«
»Ich werde zweifellos heiraten, Mylord.«
»Ich frage mich, warum.« Er berührte ihre Lippen mit den seinen, um sie zu necken. »Vielleicht sollte ich dir anbieten, meine Mätresse zu werden. Strebst du das an?«
»Nein, Mylord. In Wirklichkeit bin ich eine ganz konventionelle Frau.« Elf war erfreut über diese Gelegenheit, die Wahrheit sagen zu können.
»Wirklich?« er sagte es mit offensichtlicher Ungläubigkeit und führte sie die Straße hinunter. »Überleg mal, Lisette. Du könntest für eine Weile meine Mätresse sein und dann – wohlausgestattet – deinen konventionellen Mann heiraten.«
»Ich bin keine Närrin, Mylord. Eine längere Zeit mit Euch würde mich zweifellos für andere Männer verderben. Von meiner Keuschheit gar nicht zu reden.«
»Ich hoffe sehr, daß ich deinen Erwartungen entsprechen kann, meine Süße. Aber warum überhaupt heiraten, wenn es nicht nach deinem Geschmack ist?«
»Ich habe es Euch gesagt, Mylord. Ich bin konventionell, und meine Familie ist es noch mehr. Die Umstände haben sich so ergeben, daß ich heute nacht die Möglichkeit habe, zu tun, was ich will. Das könnte meine einzige Chance sein, und ich habe mich entschlossen, sie mit Euch zu verbringen.«
Er blieb stehen, um sie anzusehen, und fuhr ihre Lippen mit dem Finger nach. »Ich denke, ich habe dich endlich verstanden, Lisette. Du bist eine sehr bemerkenswerte Frau. Also nur für eine Nacht. Eine Nacht für uns beide. Eine Nacht der Freiheit für uns beide.«
Wenn Elf noch unentschlossen gewesen wäre, hätte sie spätestens jetzt seinem sehnsüchtigen Drängen nachgegeben.

Sie gingen weiter die Straße hinunter, Arm in Arm, und ein bißchen schneller, weil sie beide begierig darauf waren, ihr Ziel zu erreichen. Elf vergaß ihr anderes Anliegen nicht. Mit wachen Sinnen musterte sie die Passanten, auf der Suche nach den Schotten oder ihren Leuten.

Sie erkannte niemand.

Was, wenn die Schotten gar nicht auftauchten? Sie konnte sich kein anderes Mittel vorstellen, um sie hervorzulocken, und der Angriff gegen den König konnte jederzeit stattfinden.

Sie erinnerte sich an das Objekt in Forts Keller. Vielleicht würde ihr das weiterhelfen. Irgendwann in der Nacht, sobald er schlief, würde sie ihm den Schlüssel stehlen und nachsehen. Das war schließlich der wahre Grund für diesen verruchten Plan.

Nein, das war nicht der wahre Grund für diesen verruchten Plan.

Sie sehnte sich nach ihrer Entjungferung, um ihr rastloses Begehren zu stillen und weil Forts Körper neben ihr, selbst hier auf der Straße, die lustvollsten Empfindungen in ihr auslöste, die sie je verspürt hatte.

Aber sie mußte auch versuchen, sich an ihre Pflicht zu erinnern.

Sie bogen in die Morpeth Street ein. Hier herrschte nächtliche Ruhe. Heute schienen keine Abendeinladungen stattzufinden. Ein Wagen, gezogen von einem müden Pferd, rollte langsam die Straße hinunter, und in der Ferne gingen zwei Männer sehr rasch ihres Wegs. Ansonsten war alles still.

Elf sah sich wieder um und fragte sich, ob die Mörder in den Schatten lauerten und ob ihre Beschützer nah genug waren.

Nichts geschah.

Vielleicht war die einzige Gefahr, die ihr heute nacht drohte, ihr eigenes heftiges Begehren.

Es reizte sie, Fort zu heiraten. Nicht, daß das im Bereich des Möglichen gelegen hätte, aber er entsprach genau ihren Wünschen. Er war kein einfacher, aber ein starker Mann. Und im Grunde seines Herzens ein Ehrenmann.
Wenn Drachen ihren Weg kreuzen sollten, würde er sich als Drachentöter erweisen.
Noch vor ein paar Wochen hätte sie das nicht für möglich gehalten, aber jetzt wußte sie, daß Forts Empfinden für richtig und falsch in Ordnung war. Er war unglücklich, vielleicht sogar getrieben von etwas, und sie unterschätzte dessen Macht nicht. Es konnte ihn sogar dazu bewegen, Dinge zu tun, die seiner Natur völlig zuwiderliefen, aber ...
»Ich würde etwas dafür geben, zu wissen, was du gerade denkst.«
Seine Stimme riß sie aus ihren Gedanken und ließ ihr Herz vor lauter Schuldbewußtsein schneller schlagen, als ob er ihre Gedanken hätte lesen können.
»Ich habe über Euch nachgedacht«, sagte sie ehrlich.
»Und ich über dich. Du bist mir ein Rätsel, Lisette, und ich glaube, daß ich die Wahrheit immer noch nicht kenne. Vielleicht werde ich sie am Ende dieser Nacht kennen.«
Ich hoffe nicht. »Warum sagt Ihr das, Mylord? Ihr habt versprochen, daß ich meine Maske aufbehalten darf.«
»Sex ist sehr enthüllend, meine Liebe, und ich rede nicht nur vom Körper. Die Maske wird nichts Wichtiges verhüllen.«
Gebe Gott, daß du dich irrst! »Dann werde ich auch die Wahrheit über Euch erfahren, Mylord?«
Er lächelte zu ihr herab. »Vielleicht. Aber meine Erfahrung gibt mir einen Vorsprung. Wenn meine streichelnde Hand deine Schenkel öffnet, während mein Mund mit deinen Brüsten spielt, wirst du vielleicht Schwierigkeiten haben, dich auf deine Beobachtungen zu konzentrieren.«

Die aufreizenden Worte ließen es ihr ganz heiß werden, und sie spürte die Stellen, von denen er sprach, heftig! Sie zwang sich, ihm wieder zuzulächeln. »Dann sollte ich Euch vielleicht ebenso streicheln und liebkosen.«
Seine Zähne blitzten, als er grinste. »Um Himmels willen, Lisette. Der bloße Gedanke, deine Hand auf meinem ...« Sein Grinsen wurde sehr lüstern. »Wie würdest du es nennen? Meine intimen Körperteile?«
»Heute nacht könnt Ihr mir sie vorstellen, Mylord«, gab Elf zurück und war dankbar für die Maske, die ihre errötenden Wangen verdeckte. Sie hätte sich ein solches Gespräch nicht träumen lassen. In all ihren intimen Phantasien hatten sie schweigend und im Dunkeln agiert.
»Das kann ich dir versichern, Lisette. Aber selbst ein unschuldiges Mädchen muß ein Wort für diesen Teil des männlichen Körpers kennen.«
Elfs Französisch war zwar exzellent, sie kannte jedoch keinen derartigen Ausdruck, außer einem aus der Babysprache, mit dem ihr französisches Kindermädchen Cyns kleinen Penis bezeichnet hatte. Sie konnte sich nur in eine Umschreibung flüchten. »Vielleicht: Eure äußeren Organe, Mylord?«
»Ah.« Er hüstelte. »Meine *äußeren Organe* freuen sich schon sehr auf ein bißchen Streicheln und Liebkosen. Und ich hoffe, daß sie nicht allein bleiben. Stell dir vor, meine süße Lisette, wie diese Organe ihr Zuhause zwischen deinen seidenweichen, jungfräulichen Schenkeln finden. Kannst du dir vorstellen, wie es sein wird, mein abstehendes äußeres Organ in deinen weichen, feuchten, heißen und ach so leeren innersten Raum einzuführen?«
Oh, sie konnte. Sie konnte es in der Tat! Sie gingen immer noch Arm in Arm zügig die Straße hinunter, und doch fühlte sie sich, als streichelte er sie an den intimsten Stellen. Elfs *innerster Raum* fühlte sich sehr heiß und feucht an, wurde

plötzlich zu einem zweiten Puls. »Ihr habt eine lüsterne Zunge, Mylord.«
Er lachte laut auf. »Du weißt noch nicht wie lüstern, Lisette. Aber du wirst es erfahren. Ja, das wirst du. Nachdem du mich für deine Nacht der Freiheit, für deine Einführung in die himmlische Welt der Lust erwählt hast, will ich meine Pflicht zu Gänze erfüllen. Wir sind da.«
Verwirrt und mit zitternden Knien sah Elf die Stufen zu Walgrave House hinauf, dem Ort ihrer bevorstehenden, offensichtlich gründlichen Verführung.
Sie schauderte. Ein Teil von ihr war fast verängstigt. Aber nichts, nicht einmal die Bedrohung des Königs, konnte sie jetzt noch zurückhalten.
»Letzte Chance, Lisette.« Seine klare Stimme riß sie aus ihren Überlegungen. »Wenn du mit hineinkommst und wieder kalte Füße kriegst, werde ich sehr ungehalten sein.«
Er klang, als ob er gar keine Antwort von ihr erwartete.
Und doch schien es ihr so, als könne sie noch fortgehen. Sie könnte jetzt einfach – immer noch unberührt – zu Lady Yardleys Haus zurückkehren.
Sie würde sich nie darum sorgen müssen, daß ihre Brüder etwas davon erfahren könnten.
Die Gefahr, ein Kind zu empfangen, bestünde nicht.
Amanda würde sehr erleichtert sein.
Und doch …
Sie konnte es nicht.
Abgesehen von dem körperlichen Verlangen, das zwischen ihren Beinen pulsierte, wollte sie diese Nacht, vielleicht die einzig mögliche Nacht mit Fort. Sie wollte die Nähe des Sex, die sein wahres Gesicht offenbaren würde.
Aber um diese Nacht zu bekommen, mußte sie Lisette sein. Nicht Elf Malloren, die diesen Mann vielleicht lieben könnte und die sich wünschte, ihn zu heilen und zu besänftigen.

Heute nacht war sie Lisette Belhardi, das wagemutige Geschöpf, das seinen Körper nur für ihre eigene sexuelle Erfahrung ausbeuten wollte.
Deshalb neigte sie ihren Kopf und lächelte herausfordernd. »Kalte Füße, Mylord? Das Gegenteil ist der Fall. Ich brenne vor Verlangen nach Euch.«
Er lachte und scheuchte sie ins Haus.

Neuntes Kapitel

Von seinem Platz auf dem Bock einer schäbigen Kutsche aus beobachtete Nat Roberts, wie die Frau in Rot und der Earl durch die Straßen spazierten. Er wußte, daß seine Leute auf ihren Posten in der Nähe waren, aber wenn einer von ihnen auch nur eine Spur von den schottischen Verrätern sah, war das mehr, als er entdecken konnte. Natürlich wimmelte es von Leuten, aber die Schotten mußten sich, falls sie da waren, verdammt gut versteckt halten.

Er beobachtete das Paar, wie es die Stufen hinauf und ins Haus ging. Als sich die Tür schloß, kratzte er sich mit dem Griff seiner Peitsche unter dem Dreispitz.

Und jetzt?

Er hatte richtig vermutet, daß die Dame in Rot Lady Elfled sein würde. Ein kurzes Gespräch mit Mamsell Chantal hatte bestätigt, daß Mylady genau so ein Kostüm besaß und plante, es am Abend bei einem Maskenball zu tragen. Komisch, aber es entsprach ihrem Charakter, sie war schon als Kind besonders wild gewesen. Er hatte überlegt, dem arroganten Grainger seine Vermutungen mitzuteilen, aber das ging ihm gegen den Strich. Und außerdem, was konnte man schon tun?

Sollten sie sie vielleicht in ihr Zimmer einsperren wie ein ungezogenes Kind?

Nat hatte ein paar Leute zur Verstärkung mitgebracht, um ihr zu helfen, falls sie versuchen sollte, dem Earl zu entkommen. Aber sie erweckte keineswegs den Eindruck, als wollte sie ihm

entkommen. Nein. So wie sie zu ihm aufgesehen hatte, war Mylady keine Gefangene.
Es war zwar skandalös, aber es konnte nicht seine Aufgabe sein, sich da einzumischen.
Vielleicht steckte hinter ihrem Auftrag, den Earl zu beobachten, nur weibliche Eifersucht. Nat wußte, wovon er sprach, denn er selbst hatte eine eifersüchtige Frau.
Aber was jetzt? Keiner seiner Leute hatte irgend jemand gesehen, der Lady Yardleys Haus beobachtete, wobei sie sich allerdings nicht mehr gesprochen hatten, seit Lady Elf zusammen mit dem Earl aufgebrochen war.
Er nahm einen kleinen Schluck aus einer Rumflasche und überdachte die verzwickte Situation.
Er glaubte nicht, daß der Marquis sehr erfreut wäre, zu erfahren, daß seine Schwester die Nacht – und noch dazu so eine Nacht – im Hause irgendeines Mannes verbrachte, selbst wenn es sich dabei um den Earl of Walgrave handelte. Er bezweifelte aber auch, daß sein Arbeitgeber erfreut wäre, zu erfahren, daß Nat Roberts Lady Elf an den Haaren dort herausgezerrt hätte.
Selbst wenn er es gekonnt hätte.
»Frauen«, murmelte er und genehmigte sich noch einen Schluck. »Nichts als Ärger.«
Zwei Dienstmädchen kamen Arm in Arm die Straße herunter. Sie sangen ein Spottlied und zwinkerten allen Männern zu, die ihnen begegneten.
Sie blieben bei der Kutsche stehen. »Hallo, Kavalier!« rief die Blonde und kam ganz nah an die Kutsche heran. »Gibst du uns einen Schluck aus deiner Flasche?«
Nat murmelte etwas und gab sie ihr, während er leise fragte: »Was gibt's, Sally?«
Sally kicherte, als hätte er etwas Lustiges gesagt, und kletterte dann neben ihn auf den Kutschbock. »Tja, ich glaube nicht,

daß sie entführt wurde, was meinst du?« Sie zwinkerte ihm zu und nahm einen kräftigen Schluck. Sally Parsons war schon eine Versuchung, mit ihren üppigen Kurven und den betörenden Augen.

Sie war aber auch eine Klatschbase, weshalb er nur Gott danken konnte, daß sie die Lady nicht erkannt hatte.

»Wir sollten uns auf einen möglichen Angriff der Schotten vorbereiten, Sally.«

»Der hat auch nicht stattgefunden, aber ...«

»Aber?« fragte er und warf ihr einen hastigen Blick zu.

Sie kuschelte sich an ihn. Mein Gott, das würde ihn den Kopf kosten, wenn Hettie es je erfuhr! »Aber ein Bande von Straßenjungs ist ihnen gefolgt.«

Kinder! Die Straßen waren immer voll von zerlumpten Bengeln, die meisten von ihnen Diebe, und er hätte keinen Gedanken an sie verschwendet. Er sah sich um und entdeckte zwei von ihnen in einen Mauervorsprung gedrängt, die irgend etwas spielten, wahrscheinlich würfelten sie.

»Die?«

»Könnten welche von denen sein. Die meisten sind weggelaufen. Roger und Lon sind ihnen gefolgt, um zu sehen, ob sie den Schotten Bericht erstatten.«

Nat murmelte ein paar Flüche. »Aber sei's drum. Sie können im Haus nicht an sie ran, oder?«

»Glaub' ich nicht«, flüsterte Sally neckisch in sein Ohr. »Aber wo liegt das Problem? Roger und Lon folgen den kleinen Ratten zu den Schotten. Darum geht's doch schließlich, oder?«

»Mhm, darum geht's.« Aber Nat hatte eindeutig ein schlechtes Gefühl.

Er erinnerte sich jetzt, daß es die Aufgabe der Lady in Rot war, einen Blick auf das zu werfen, was der Earl in seinem Keller versteckte. Ohne ihren Mut anzweifeln zu wollen – das konnte verdammt gefährlich werden. »Okay, Sally. Ich werde diesen Wagen seinem Eigentümer zurückbringen, ich kann den armen Kerl ja nicht die ganze Nacht da draußen rumstehen lassen. Ich komme so schnell zurück, wie ich kann, und vielleicht müssen wir dann da rein. Du bleibst hier und hältst die Augen offen.«

Sally klimperte mit ihren Wimpern. »Tu ich das nicht immer, Schätzchen?« Sie gab ihm einen Kuß auf die Wange, kletterte vom Wagen und trollte sich, bei Ella untergehakt.

Als er den Wagen zurück zu den Stallungen der Mietwagen brachte, murmelte Nat zu sich selbst: Frauen. Nichts als Ärger.

Im Peahen lauschte Michael Murray, in Gestalt des Reverend Campbell, dem Bericht des Anführers der Straßenjungs. Wie klug von ihm, diese Bande anzuheuern. Sie waren nicht nur billig, sondern auch absolut unauffällig, abgesehen davon, daß die Leute ihre Geldbörsen und andere Wertgegenstände festhielten, wenn sie auftauchten.

Ja, es war schlau gewesen, die Kinder anzuheuern, aber er hatte nicht mit solchen Neuigkeiten gerechnet. Die rote Hure war also wiederaufgetaucht, noch dazu bei einem gesellschaftlichen Ereignis. Er wußte, daß Huren sich manchmal zu Maskenbällen einschmuggelten oder von ihren Liebhabern mitgebracht wurden, aber alles an dieser Frau beunruhigte ihn.

Schade, daß die Jungs nicht gesehen hatten, wie sie in Lady Yardleys Haus eingetroffen war. Er hätte zu gern gewußt, mit wem sie gekommen war.

Nicht mit Walgrave. Er war allein und zu Fuß in seiner Mönchskutte gekommen. Mack war ihm gefolgt.

Und jetzt waren sie beide wieder in sein Haus zurückgekehrt, glücklich wie die Ratten in ihr Loch. Vielleicht war sie doch

seine Geliebte. Eine junge, dumme Ehefrau, die ihren Mann betrog, wo sie nur konnte.
Aber das paßte nicht zu den blutbefleckten Strumpfbändern. Murray konnte es sich nicht erklären, und das gefiel ihm nicht. Er warf dem Jungen eine Sixpence-Münze zu, damit er verschwand, und saß dann da und biß sich auf die Lippen. Nein, das gefiel ihm gar nicht.
Sein Plan war fertig. Gerade brachte Jamie den Stein an einen sicheren Ort. Bald würden sie das Spielzeug haben. Und morgen würde der hannoveranische Betrüger sterben. Er konnte jetzt kein Risiko eingehen.
Er bezahlte seinen Drink und ging zurück zu Lord Butes Haus, während er sich den Kopf über den Earl und sein rotes Flittchen zerbrach. Walgrave war immer ein Unsicherheitsfaktor gewesen, und Murray bedauerte, ihn überhaupt einbezogen zu haben.
Walgraves Name war allerdings einer derjenigen gewesen, die auf einer Liste von Engländern gestanden hatten, die heimlich die 45er unterstützt hatten. Die meisten von ihnen hatten nie ihre zögernde Unterstützung für Bonnie Prinz Charlie offenbaren müssen, und einige der jüngeren bekleideten jetzt hohe Ämter.
Als Murray erkannt hatte, daß seine Verwandtschaft mit Bute ihn nicht nahe genug an den König heranbringen würde, hatte er begonnen, Leute zu kontaktieren, die besonders nachlässig gewesen waren und gegen die Beweise vorlagen. In keinem Fall waren diese stark genug, die Leute zur Mitarbeit zu zwingen, stark genug jedoch, um sie daran zu hindern, ihn zu verraten. Murray höhnte zu den feinen Häusern hinauf, die er passierte. Auf seiner Liste stand ein halbes Dutzend Mitglieder des Oberhauses. Und jetzt saßen sie in feinen Häusern wie diesen und machten sich Sorgen über Michael Murray und darüber, was er auspacken würde.

Aber sie sorgten sich nicht zu sehr. Nein, sagten sie sich selbst, während sie ihre fetten Bäuche tätschelten und sich noch ein Gläschen Brandy genehmigten, die Tage der Stuarts sind vorüber. Dieser Murray ist nur ein Verrückter. Ihre Jugendsünden würden ihnen nicht zum Verhängnis werden.

Murray würde beweisen, daß er nicht verrückt war und diese Tage noch nicht vorüber. Bald würden diese heuchlerischen Hannoveraner in der Gosse um ihren Lebensunterhalt betteln, wie es einigen ehrenwerten Gefolgsleuten der Stuarts jetzt erging.

Als er Walgrave kennenlernte, hatte er sein Werkzeug gefunden. Die inkriminierenden Beweismittel waren hier am stärksten – ein paar Berichte aus erster Hand über Zusammenkünfte mit König James und Prinz Charles. Natürlich richteten sich diese Beweise gegen den Vater des gegenwärtigen Earls. Das war ein ziemlicher Schock für Murray gewesen, aber der neue Earl schien von dem Skandal genügend betroffen und auch verbittert über königliche Undankbarkeit. Ein ungestümer junger Mann außerdem, der gern trank und herumhurte.

Ein Mensch, den man leicht benutzen konnte, hatte er geglaubt.

Er verschwand in einem Haus – eine Bruchbude in einer Allee, gleich neben den großen Häusern – und tauschte das Gewand des Kirchenmannes rasch gegen seine normale Kleidung. Die alte Frau hier gewährte ihm gerne Platz und Stillschweigen für ein paar Pennies. Als Michael Murray verschwand er durch eine andere Tür und setzte seinen Weg zu seinen Zimmern im Haus des Earls of Bute in der South Audley Street fort.

Ja, beruhigte er sich selbst, Walgrave war die richtige Wahl gewesen. Murray hatte nur jemand gebraucht, der den Hof gut genug kannte, um einen Weg zu finden, ein tödliches Objekt in die Nähe von George von Hannover zu bringen.

Was das anging, hatte der Earl seinen Zweck erfüllt. Und darüber hinaus hatte er im Verlauf ihrer Bekanntschaft sein wahres Motiv enthüllt – ein verzehrender Haß gegen einen gewissen Marquis Rothgar.
Murray interessierte sich nicht für den Marquis, aber er war froh zu erfahren, was den Earl umtrieb. Er schätzte es, die Schwächen anderer zu kennen.
Er war mit der Lage zufrieden gewesen, bis er Berichte von zu vielen Zusammenkünften zwischen Walgrave und dem neuen Außenminister Grenville gehört hatte. Das hatte zu dem Treffen in Vauxhall geführt, was ja offensichtlich ein Fehler gewesen war. Aber er wollte immer noch wissen, welche Rolle dieses rote Flittchen gespielt hatte. War sie Walgraves Spionin? Und wenn ja, was hatte sie herausgefunden?
In Butes Haus eilte er rasch in sein kleines Zimmer, damit niemand bemerkte, wie seine Hände plötzlich zitterten. Er war schon so nah dran. Nichts durfte in diesem Stadium seine Pläne durchkreuzen.
Er zog ein Medaillon aus seiner Tasche und öffnete es, um das kleine Bild eines hübschen jungen Mannes mit weiß gepudertem Haar zu betrachten. Charles Edward Stuart. Sein Freund. Natürlich war Prinz Charles nicht mehr so jung und konnte sich heutzutage auch keinen so ausgezeichneten Maler mehr leisten. Das machte die Miniatur – ein persönliches Geschenk des Prinzen – jedoch nur um so wertvoller. Und sie erinnerte ihn an das, was sein sollte. Murrays Idol war dazu verdammt, Europa zu durchstreifen, abhängig vom Wohlwollen verschiedener Monarchen.
Das mußte sich ändern.
Der Vater des Prinzen, James III., würde nicht mehr lange leben, und dann würde Charles der rechtmäßige König.
König Charles III.
Murray war entschlossen, ihn zum König zu machen, zum

König von Schottland, wenn nicht sogar von England. Wenn nur seine ausgefeilten Pläne nicht so vom Unglück verfolgt wären.
Als erstes war der alte König gestorben, angemessenerweise hatte ihn der Schlag getroffen, als er mit Verstopfung auf der Toilette saß. Murray, der sich über jeden toten Hannoveraner freute, hatte das aber nicht in den Kram gepaßt. Der alte Bösewicht war ein deutscher Autokrat im echten Hannoveraner Stil gewesen. Er war nicht beliebt gewesen, und sein Tod wäre mit wenig Aufhebens, wenn nicht sogar mit Freude akzeptiert worden.
Wenn der älteste Sohn von George II. Anspruch auf die Krone erhoben hätte, wäre ihm das recht gewesen. Er hätte den Thron als ausschweifender mittelalter Mann bestiegen.
Der jetzige Usurpator jedoch, der Enkel von George II., war ein freundlicher junger Mann, der gerade eine verantwortungsbewußte Frau geheiratet hatte und in Kürze sein erstes Kind erwartete. Er selbst war in England geboren und aufgezogen worden und hatte nicht einmal mehr einen deutschen Akzent.
Dem englischen Volk würde sein Tod nicht gefallen.
Aber letztendlich spielte es keine Rolle, was ihm gefiel oder nicht. Der König würde sterben, und der Stein würde den Rest erledigen.
Der Stein des Schicksals, den die Engländer – verflucht seien ihre diebischen Herzen – den Stein von Scone nannten.
Dem Mythos nach aus Jakobs Kopfkissen, war er Teil der Krönungszeremonien schottischer Könige gewesen, solange man zurückdenken konnte. Im Jahre 1303 hatte ihn der ruchlose Edward I., Mörder von Wallace, gestohlen, als er versuchte, sich Schottland genauso anzueignen, wie er es mit Wales gemacht hatte.
Um die Blasphemie noch weiter zu treiben, war er in den

Krönungssessel in Westminster Abbey in London eingearbeitet worden. Jeder englische Monarch war seither auf dem heiligen Stein Schottlands sitzend gekrönt worden.
Es machte für Murray keinen Unterschied, daß die Throne von England und Schottland inzwischen vereint waren. Als James VI. von Schottland den Thron Englands erbte, hätte er in Edinburgh bleiben und sein Königreich von dort aus regieren sollen! Und er hätte den Stein zurück in seine angestammte Heimat bringen müssen.
Wenn er das getan hätte, wäre den Stuarts sicher nicht derartiges Unglück widerfahren.
Aber man brauchte sich ja nur anzusehen, was geschehen war. James' Sohn, Charles, hatte sich von diesen verdammten Parlamentariern beschwatzen lassen.
Charles' ältester Sohn hätte vielleicht als Charles II. wieder aufgebaut werden können, aber obwohl er sich zur Genüge die Hörner abgestoßen hatte, war es ihm nicht gelungen, einen legitimen Thronerben zu zeugen.
Dann hatte Charles' anderer Sohn, James, Zeichen von Rechtschaffenheit erkennen lassen. Er hatte sich mit der katholischen Kirche versöhnt und angeblich sogar von einer Restauration der Monarchie in Schottland und der Rückführung des Steins dorthin gesprochen. Natürlich hatten die Engländer es auf ihn abgesehen, ihn aus dem Land gejagt und sogar bestritten, daß sein Sohn sein rechtmäßiges Kind war.
Dieser Sohn war Murrays geliebter Prinz, der eine so erfolgreiche Invasion im Jahre 1745 angeführt hatte. Sie wäre erfolgreich verlaufen, davon war Murray überzeugt, wenn James bei seiner Krönung auf den Schicksalsstein im schottischen Scone geschworen hätte.
Charles würde das tun und so zu seinem Recht kommen.
Murray kicherte. Die Engländer würden um ihren König trauern, aber sie würden einen neuen krönen und ihr wahres

Verhängnis gar nicht erkennen. Sie hatten den Stein verloren. Der neue König würde nicht auf dem Stein sitzend gekrönt werden, der weit weg in Frankreich bei seinem rechtmäßigen König war und seine Heimkehr erwartete.
Er war bereits an einem sicheren Ort, wartete nur noch auf die Kiste, in der er seine Reise antreten sollte. Wenn die Zeit gekommen war, würde der Stein des Schicksals seinen Zauber wirken lassen, und das falsche Geschlecht der Hannoveraner würde ohne Invasion oder Gewalt ausgerottet werden.
Also blieb nur noch eine letzte Aufgabe zu erledigen, die Ermordung des Königs.

In der dämmrigen Halle von Walgrave House, unter den mißbilligenden Blicken römischer Senatoren und dem neugierigen Staunen eines Dieners, wandte sich Fort an Elf. »Möchtest du eine Erfrischung, meine Liebe?«
Seltsam verlegen aufgrund des unbewegten Dieners, schüttelte Elf den Kopf und erinnerte sich selbst daran, daß sie maskiert und gepudert war.
»Dann komm.« Er führte sie die breite Treppe hinauf, die sie erst vor ein paar Nächten hochgeschlichen war.
Einen Augenblick später betrat sie sein Schlafzimmer, und die Erinnerungen an ihren letzten Besuch bescherten ihr eine Gänsehaut. Seltsamerweise schien das ihre leidenschaftliche Erregung aber nur zu verstärken.
Sie blickte zu Fort und sah in ihm den Mann, der sie in die Wunderwelt der fleischlichen Genüsse einführen würde. Weil sie danach verlangt hatte. Vielleicht war sie wirklich Lisette, die neugierige Forscherin, und nicht Elf, die beschützende Retterin.
Sie konnte nichts denken, außer daß sie ihn wollte, alles wollte, was er ihr geben konnte. Sie wollte die Unzucht, gegen die von der Kanzel gewettert wurde, und die ruchlosen Vergnügungen, über die hinter den Fächern getuschelt wurde.

Ihre Gedanken gerieten völlig durcheinander, als er mit seinen Händen ihre Schultern berührte und mit seinen Daumen ihre Schlüsselbeine streichelte. Sie blickte zu ihm auf, hilflos in den ersten Böen eines stärker werdenden Sturms.

»Ich würde es vorziehen, wenn du die Maske abnimmst«, sagte er sanft. »Ich werde deine Identität nicht preisgeben, ich gebe dir mein Wort darauf. Aber fleischliche Genüsse sollte man ohne alle Schranken genießen.«

Einen dummen Moment lang war sie versucht, es zu tun, aber dann schüttelte sie den Kopf, und er ließ von dem Thema ab. Mit einem verschmitzten Lächeln fuhr er mit den Fingern am Rand ihrer Maske entlang, und die bloße Berührung seiner Hand entflammte ihre Haut. Dann nahm er ihren Kopf in seine Hände und kitzelte ihr Kinn mit seinen Daumen.

»Ich frage mich, wer du bist ... aber«, fügte er hinzu, während er mit seinen Lippen über ihre fuhr, »es spielt jetzt kaum eine Rolle, und das Geheimnisvolle macht es noch verlockender.«

Er küßte sie wieder, auf dutzenderlei Arten, flüchtige Küsse, so leidenschaftliche Küsse, daß sie sich ihm entgegenwandte, versuchte, ihn zu fangen und festzuhalten. Seine lächelnden Lippen entkamen den ihren, aber seine Zunge berührte sie. Ein heißer, feuchter Blitz.

Sie lachte und tat es ihm gleich, mit tanzenden Lippen und verspielter Zunge, bis er sie an sich drückte. Das waren keine mechanischen, prüfenden Küsse. Sie schmolz wie Wachs unter seiner Flamme.

Schließlich ließ er von ihren Lippen ab, und sie drückte ihren schwirrenden Kopf an seine Brust, schwankend unter den Berührungen seiner Hände. Die weiten Ärmel der Mönchskutte waren bis zu den Ellbogen zurückgerutscht und legten seine starken Unterarme mit hervortretenden Adern frei.

Sie hatte solche Arme bisher nur bei Stallburschen gesehen. Sahen alle Gentlemen unter ihrer Garderobe so aus?

Warum hatte sie bisher noch nie bemerkt, wie schön ein muskulöser Arm sein konnte? Sie machte einen Arm frei, um seine wachsende Männlichkeit zu berühren und zu bewundern.

Ein Wechsel ihrer Stellung ermöglichte es ihr, ihre Lippen auf eine dieser Adern zu legen und sie zu verfolgen.

»Was tust du da?« fragte er, für einen Augenblick ruhig.

»Du hast wunderschöne Arme.« Sie zog seine Ader mit der Zunge nach und sah dann zu ihm auf, amüsiert vom Ausdruck seiner Augen. Er sah fast verlegen aus.

»Ich freue mich, dir zu gefallen. Du hast auch wunderschöne Arme.« Und er küßte sie von den Fingerknöcheln bis zum Ellbogen, dann von der nackten Schulter – langsam bis zum vollen Ansatz ihrer Brüste.

Elf genoß seine Liebkosungen und setzte ihre Erkundungen fort. Sie schob die weiten Ärmel hoch, um seinen Oberarm zu entblößen. Feste Muskeln wölbten sich unter ihren Händen.

Seit ihrer Kindheit hatte sie keine nackten Männerarme mehr gesehen. Abgesehen von Walgrave vor ein paar Nächten, erinnerte sie sich. Damals war sie jedoch durch seine vollständige Nacktheit abgelenkt gewesen.

Oh, und da war ja auch noch Ferron in der Toga. Doch der stellte keine Konkurrenz dar.

Männerarme, dachte sie berauscht, während sie seinen Ärmel bis zu seiner breiten Schulter hinaufschob, verdienten mehr Aufmerksamkeit. Aber es war vielleicht auch gut, daß sie so verhüllt waren, sonst wären Frauen ständig in Gefahr, ihrer Begierde nachzugeben ...

Ihr Oberkleid fiel auseinander.

Sie sah überrascht an sich herab und lachte dann. Mit einer Hand hatte er es geöffnet. Jetzt entwand er sich ihr und schob es von ihren Schultern. Er drehte sie um und begann, ihr Mieder aufzuschnüren.

Einen Moment lang fühlte sie sich um Berührung und Sicht betrogen, aber dann spürte sie durch die bloße Vibration seiner Berührung durch Lagen von Seide hindurch einen besonderen Zauber. Ihre Augen schlossen sich wie von selbst ...

»Schau«, keuchte er und drehte sie leicht. »Schau, Lisette.«

Als sie ihre schweren Lider öffnete, sah Elf ein Bild ...

Nein.

Sie sah sich selbst in einem Spiegel. In einem hohen Spiegel sah sie eine weißhaarige, weiß maskierte Frau in glitzerndem Mieder und rotem Unterrock, die von einem Mönch in dunkler Kutte und mit schwarzer Maske entkleidet wurde.

Himmel, das war der Stoff verbotener Träume!

Vielleicht war es das, was die Sache so besonders aufregend machte.

Vielleicht empfand er genauso. Er sah auf, als er begann, die Schnürung ihres Mieders zu lockern, und lächelte ihre Augen im Spiegel an. »Ich glaube, du hast recht mit der Maske, ungezogene Lisette. Verkleidungen geben dem Ganzen das gewisse Etwas, oder? Aber andererseits bist du doch unschuldig ...?«

Wieder diese Frage. Sie mußte ihn ziemlich verwirren. »Ich bin Jungfrau«, sagte sie zu seinem Spiegelbild. »Aber ich fühle mich im Moment überhaupt nicht unschuldig.«

»Du wirst dich auch morgen früh sicher nicht mehr unschuldig fühlen, das verspreche ich dir.« Er hatte die Schnürung jetzt so weit gelockert, daß er die Schulterriemen über ihr Unterhemd ziehen konnte, so daß die Korsage ihre Brüste nicht länger zusammenpreßte. Er schob sie so darunter, daß sie nach vorne zu springen schienen, die Brustwarzen standen unter der zarten Seide stolz nach vorne.

Instinktiv bedeckte sie sie.

Er lachte und biß sie in den Nacken. »Streichel sie, Lisette, während ich dich ganz weiß mache.«

Er zog die Schleife ihres Unterrocks, und es bildete sich ein roter See aus Seide zu ihren Füßen. Er nahm ihre Hände von ihren Brüsten, so daß das Mieder folgen konnte.
Sie war jetzt, wie er es gesagt hatte, ganz weiß, von ihrem weiß gepuderten Haar und der weißen Ledermaske bis hin zu ihrer weißen damenhaften Haut und dem feinen wadenlangen Unterkleid.
Sogar ihre Strümpfe waren weiß. Weiße Spitzen wie für eine Braut, hatte sie vor Jahren gedacht, als sie sie gekauft hatte. Sie fühlte sich betrogen, als sie sie damals angezogen hatte, aber jetzt schienen sie genau passend.
Sogar ihre Schuhe waren weiß, wenn auch mit goldenen Absätzen.
Nur ihre Lippen und ihre verschleierten Brustwarzen verliehen dem Bild etwas Farbe.
Außer man betrachtete Schwarz als Farbe. Er stand in der schwarzen Robe wie ein Schatten hinter ihr.
Oder wie ein Teufel.
Oder wie ein Liebhaber aus ihren kühnsten Träumen.
Sie schauderte, jedoch nicht aus Furcht. Sie schauderte vor dem Ausdruck in seinen Augen. Sicher wollte jede Frau von ihrem Liebhaber so angesehen werden.
Er legte seine Hände an ihre Seiten – ein dunkler Kontrast zu ihrer Blässe – und schob die Seide an ihren Hüften auf und ab. Elf beobachtete mit schockierter Faszination, wie der Saum höher und höher wanderte und zuerst ihre mit weißen Rosenknospen verzierten Strumpfbänder und schließlich ihre blassen Schenkel sehen ließ.
Sie hatte erwartet, daß er sie entkleidete, jedoch nicht so. Nicht so langsam und lustvoll. Sie legte ihre Hände auf die seinen und suchte seine Augen im Spiegel. Er lächelte nur und zog seine Hände weg. Ihr Unterkleid fiel wieder auf ihre Waden hinunter, und albernerweise strich sie es glatt. Als

sie wieder in den Spiegel blickte, war er nackt und unmaskiert.
»Besser?« fragte er.
Aber er stand hinter ihr. Als sie versuchte, sich umzudrehen, bremste er sie, so daß sie nur seine Schultern und Arme sehen konnte, die sie umfingen. Braune, muskulöse Arme, die zu den Schultern hin blasser wurden. Er mußte mit aufgekrempelten Ärmeln in der Sonne gewesen sein. Vielleicht bei den Pferden.
Sie wünschte, sie könnte ihn so in der Sonne beobachten.
Er zog sie wieder an sich, und etwas Hartes, Heißes drängte sich durch die dünne Seide. An ihrer intimsten Stelle versuchte es, in sie einzudringen.
Ein Schauder der Angst erfaßte sie, aber er wurde schnell von dem überschäumenden Glück des Augenblicks verdrängt.
Wie seltsam, in einer so zarten Umarmung ein solches Glück zu verspüren, denn er schaukelte sie nur in seinen Armen, während sein Kinn auf ihrem Haar lag und er ruhig und kontrolliert wirkte. »Jetzt sag mir ganz offen, Lisette, wie verrucht möchtest du sein?«
Auf diese unmögliche Frage antwortete die Malloren in Elf: »Sehr.«
Er hob erstaunt die Brauen, vielleicht etwas ungläubig. »Dein Wunsch sei mir heute nacht Befehl. Mein Ziel ist es jedoch, dir Vergnügen zu bereiten und nichts als Vergnügen. Wenn es aufhört, angenehm zu sein, mußt du es mir sagen.«
»Werdet Ihr dann aufhören?« Sie glaubte ihm einen Moment lang nicht.
»Ja, dann werde ich aufhören«, sagte er, während er sie immer noch in einem beruhigenden Rhythmus wiegte. »Ich werde mit allem aufhören, das du nicht magst. Ich bin sicher, daß ich etwas finde, das dir gefällt, meine kleine Abenteurerin.«
Elf war sich da auch ganz sicher. Sie liebte etwa seine Um-

armung, sein Wiegen. Vor einer Woche hätte sie noch nicht geglaubt, daß Fort ein so zärtlicher Liebhaber sein könnte. Sowenig sie von diesen Dingen wußte, so nahm sie doch an, daß die meisten Männer eher schnell zur Sache kamen.
Jetzt wußte sie nicht, was sie erwartete, und das ängstigte und erregte sie zugleich. Auf alle Fälle war es ein Abenteuer!
»Schaue weiterhin in den Spiegel«, sagte er und verschwand dann aus ihrem Blickfeld.
Obwohl sie versucht war, sich umzudrehen, gehorchte Elf, bis er wieder im Spiegel erschien und eine gepolsterte Bank neben sie stellte. Sie sah verwirrt darauf herab, aber schon umfingen seine Arme sie wieder und wiegten sie.
Er streichelte sie wieder sehr sanft. Seine rechte Hand wanderte zu ihrem Schenkel hinab. Sie blickte von seiner Hand zu seinen lächelnden, wachsamen Augen. Dann schob er seine Hand in ihre Kniekehle, hob ihr Bein und setzte ihren beschuhten Fuß auf die Bank. Elf schnappte nach Luft, als ihr Unterkleid bis zu ihrer Leiste hinaufrutschte und ihren ganzen Oberschenkel sehen ließ.
Ihr Instinkt schrie: *Bedeck dich!*, aber sie ignorierte ihn, lehnte sich wieder entspannt zurück und wartete auf die nächste Bewegung.
Mit einem Finger fuhr er an ihrem Strumpfband entlang, ohne Anstalten zu machen, es zu lösen. Statt dessen begann er, ihren Schenkel hinaufzustreichen, seine braune Hand auf ihrer weißen Haut. »Wenn du dich erinnerst, habe ich schon vom Genuß cremeweißer, seidiger Frauenschenkel gesprochen.«
Elf beobachtete fasziniert seine Hand, die so viele Empfindungen bei ihr auslöste.
»Das ist ein Bild, das ich genieße«, flüsterte er ihr ins Ohr. »Eine ganz entspannte, sinnliche Frau. Und dazu noch das Gefühl, sie mit meinen Fingern zu berühren.« Diese langen

braunen Finger tanzten die Innenseite ihres Schenkels hinauf. »Besonders hier.«
Elf rang nach Luft und wollte ihn schon fast bremsen, aber er schlang seine freie Hand um ihre. »Tu es nicht. Kämpf nicht dagegen an, außer du willst, daß ich wirklich aufhöre. Fühl, wie sich das anfühlt, Lisette.«
Wie ein verruchter Tanz an ihrer empfindlichsten Stelle, so fühlte sich das an.
Sie hätte sich losreißen können, aber sie entspannte sich in seinen Armen und beobachtete, wie seine Finger zärtlich mit ihr spielten. Jede Bewegung wurde durch den Spiegel vervielfacht.
»Wie fühlt sich das an?« fragte er.
Elf war sich nicht sicher, ob es Worte dafür gab. Wundervoll, sündig, gefährlich, verheißungsvoll.
»Verrucht«, flüsterte sie.
»Genau.« Er liebkoste ihr Ohr, während seine Finger hinüber zu ihrem anderen Schenkel und zurück wanderten. Dabei beobachtete er sie. »Fühlst du es?«
»Was?« Er hatte gerade an ihrem Ohrläppchen geknabbert, und sie ertrank beinahe in diesem wohligen Gefühl.
»Den Ort, wo du willst, daß ich dich berühre. Wo du mich schon in dir haben willst.«
Sie konzentrierte sich auf diesen Ort, und die Begierde dort wuchs. »Ja. Aber ...«
Seine Finger setzten ihre wunderbare Reise fort. »Aber?«
Sie drängte sich mit ihrem ganzen Körper sehnsüchtig an ihn. »Aber jetzt noch nicht. Ich weiß nicht, warum ...«
»Weil es dann vorüber wäre, kluges Mädchen. Du hast einen guten Instinkt für dieses Spiel. Es ist drängend, fordernd. Doch paradoxerweise macht es am meisten Spaß, wenn man es besonders lange hinausschiebt.« Er ließ ihre zarten Hände los und berührte ihre Brustwarzen, erst die eine, dann die andere.

Elf sah ihre eigenen Hände herumirren, auf der Suche nach etwas, woran sie sich festhalten konnten.
»Halt dich an mir fest.«
Ihre Hände berührten seinen heißen Körper, seine Schenkel. Diese Position ließ ihre Brüste hervorstehen. Er löste ein Band an ihrem Unterkleid und zog die Seide herunter, um sie freizulegen, mit rosafarbenen Brustwarzen, die größer waren, als sie sie je gesehen hatte.
»Mein Mund will deine Brüste, will sie schmecken. Ich will deine Lust sehen und hören, wenn ich an ihnen sauge. Und sie wollen doch, daß ich das tue, oder?«
Elf nickte leidenschaftlich.
»Aber so komme ich nicht an sie heran. Also verschieben wir das. Wir haben noch die ganze Nacht Zeit dafür.« Sanft spielte er mit ihren Brustwarzen und zog an ihnen. »Ich kann warten.«
»Nein. Ich will ...«
»Geduld, Lisette. Wir können jedes Vergnügen, jeden Geschmack, jede Berührung vollziehen. Aber manchmal ist Warten das beste Aphrodisiakum. Weißt du, was ein Aphrodisiakum ist?«
Kaum fähig zu sprechen, schüttelte sie den Kopf.
»Etwas, das das körperliche Verlangen erregt oder verstärkt.« Seine rechte Hand verschwand zwischen ihren gespreizten Beinen und drückte sich gegen diesen liebeshungrigen Ort. Als er sie langsam bewegte, rief das eine ganze Palette neuer aufregender Empfindungen hervor.
Und Begierde.
Konnte diese Frau im Spiegel – die stöhnte, sich bewegte und bis in die Zehenspitzen streckte – wirklich Elf Malloren sein?
»Ich glaube nicht, daß ich so etwas brauche ... Bitte!«
War das ihre stöhnende Stimme?
Es war mit Sicherheit ihre Stimme, die protestierte, als er seine Hand wegnahm.

»Nur eine kleine Verbesserung«, besänftigte er sie und setzte sich vor sie auf die Bank, so daß ihr angehobenes Bein sich wie eine Brücke über seinem wölbte und von seiner Hand an ihrem Knöchel gehalten wurde.
»Leg deine Hände auf meine Schultern.«
Sie gehorchte und war froh um den Halt. Sie liebte die warme Festigkeit seines Körpers.
»Jetzt sieh dir selbst beim Verruchtsein zu, Lisette.«
Elf spürte die Berührung zwischen den Schenkeln nur, weil sein Rücken ihr die Sicht versperrte, aber sie konnte seinen Kopf an ihren Brüsten sehen und seine Zunge spüren, seine neckenden Zähne und Lippen, die sie liebkosten, bis ein fiebriges Gefühl ihr fast das Bewußtsein nahm.
»Schau!« Er sagte es streng, um ihre schwindende Aufmerksamkeit zu wecken.
Elf zwang sich, ihre Augen zu öffnen. Ein wildes Geschöpf packte seine Schultern mit festem Griff, der Mund geöffnet vor Begierde, die Brüste rosig von seinen Liebkosungen. »Habt Erbarmen mit mir«, flüsterte sie und ließ ihre Augen wieder zufallen, als sie sich wie ein Bogen spannte und sich ihm wie einem unerreichbaren Schatz entgegenwandte.
Er war jedoch keineswegs unerreichbar, als er fortfuhr, mit seiner Hand feste Kreise zwischen ihren Beinen zu beschreiben, und sein Mund wieder mit ihren Brustwarzen spielte. Die Wirklichkeit verschwand, fortgespült von etwas, das man, so nahm sie an, wohl Lust nannte.
Grenzenlose Lust.
Er schob sie ein wenig zurück, um sie anzusehen, und zog sie dann herunter, so daß sie mit gespreizten Beinen über seinen Hüften stand. Die ganze Zeit über beruhigte er sie mit zärtlichen Berührungen.
Aber als sie sich entspannte und ihn dankbar anlächelte, fragte er: »Mehr?«

Ein Teil von ihr wollte verneinen, wollte einen Tag, eine Woche, einen Monat lang diese neue Erfahrung genießen und sich erholen, bevor er irgend etwas Neues ausprobierte.
Aber es würde kein nächstes Mal geben.
»Ja, mehr«, sagte Lisette, das schamlose Flittchen, und räkelte sich auf seinem Schoß.
»Welch süße Worte«, murmelte er und schob sie so zurecht, daß seine Erektion zwischen ihre Beine drückte, auf Stellen, die noch so empfindlich waren, daß sie sich krümmte.
»Kämpf nicht dagegen an.« Es waren nicht seine Worte, die ihren Widerstand brachen, sondern der Ausdruck von Rastlosigkeit, von Verlangen. Sie sah das Verlangen, zurückgenommen zwar, das ihn trieb, und es beflügelte ihre Sinne, wie seine Hände ihre Haut beflügelt hatten.
»Du willst mich doch, oder?« fragte er fast verträumt, als sie sein Drängen an der Stelle spürte, die ihn wirklich wollte. Trotz all der Lust, die er ihr schon bereitet hatte, wollte diese Stelle immer noch.
Dann bemerkte sie, daß sie ihm das sagen mußte. Vielleicht mußte sie ihm sogar noch mehr sagen. Die Plaudertasche Elf war fast die ganze Zeit über stumm geblieben.
»Ja«, sagte sie heiser, als hätte sie ihre Stimme schon jahrelang nicht mehr benutzt. Sie räusperte sich. »Ja. Ich will dich. Was wir bis jetzt getan haben ... Es war wunderschön, aber nicht ...«
»Red weiter«, flüsterte er und drängte sich noch ein bißchen stärker an sie. Sie leckte ihre Lippen. Sie konnte sich immer noch im Spiegel sehen, zerzaust und rosig und lüstern auf seinem Schoß. Sie sah auch seinen breiten Rücken. Einen herrlichen Rücken. Sie ließ ihre blassen Hände rastlos darüberstreichen.
»Es ist wie ein Schmerz«, flüsterte sie. »Nein, wie ein Jucken, gegen das man sich nicht kratzen kann. In mir drin. Ja!«

Sie fühlte ihn in sich, nicht sehr tief.
Sie wünschte, er würde tiefer eindringen, aber es schien ihr albern, sich zu beschweren.
»Red weiter«, sagte er, »und ich werde mich weiter bewegen.«
Als sie ihn anblickte, sah sie eine neckende Herausforderung in seinen halbgeschlossenen Augen und lachte laut auf.
»Ich könnte Euch zwingen, Farbe zu bekennen.«
Er schob sich tiefer. »Eines Tages mußt du mir erzählen, woher ein unschuldiges Mädchen so viel weiß. Ja, wenn du mich zwingst, würdest du gewinnen. Aber ich möchte lieber von dir hören, wie sich das anfühlt. Nehmen wir an, deine Worte würden mich steuern.«
Plötzlich fehlten ihr die Worte, und nur eine Folge unzusammenhängender Bitten kam aus ihrem Mund. »Was Ihr vorhin gemacht habt«, sagte sie verzweifelt. »Das mochte ich sehr!«
»Du überraschst mich.« Es war nur ein Flüstern an ihrer Brust, aber er lachte dabei.
»Es liegt daran, daß Ihr mich beobachtet. Ich dachte immer, diese Dinge würden im Dunkeln passieren, aber sie zu sehen scheint mir fast genauso aufregend ... Oh!« Er hatte sich ein wenig tiefer geschoben. »Ja! ... Das war kein Protest, Mylord.«
»Ich glaube auch nicht, daß es das war. Nenn mich Fort.«
»Fort.«
Elf erinnerte sich daran, wie sie sich vorgestellt hatte, seinen Namen in der geheimnisvollen Dunkelheit des Bettes auszusprechen. Sie waren weder im Bett noch im Dunkeln, aber sie hatte trotzdem Lust, seinen Namen auszusprechen. Sie sagte ihn nochmals und zog seinen Kopf an sich, küßte ihn, bedrängte ihn mit der tiefen Begierde, die immer noch in ihrem Inneren pulsierte, gesteigert durch seine Nähe.
Er erwiderte ihren Kuß, aber als sie ihn beendeten, war er kaum tiefer vorgedrungen.
»Du bist ein Schuft, eine Lady so zu quälen!«

»Du bist ein Schuft, weil du aufhörst zu sprechen.« Ein Schaudern durchlief ihn. »Hab Mitleid, Lisette, erzähl mir, wie du dich fühlst.«

»Als ob ich dich kratzen wollte«, sagte sie, fast ärgerlich. »Heiß, klebrig, schmerzend.« Sie übernahm die Kontrolle und rutschte auf seinem Schoß näher. »Autsch!« Schnell zog sie sich etwas zurück.

Feste Hände packte ihre Hüften und zogen sie wieder zurück. Schmerz durchschoß sie, und sie schrie auf, als er sie ganz ausfüllte.

Jetzt wußte sie, wie tief es gehen sollte.

Voller überraschender Empfindungen, von denen manche eindeutig unangenehm waren, setzte sie sich gerade auf. »Ich nehme an, jetzt bin ich keine Jungfrau mehr.«

»Wenn du jetzt anfängst, dich darüber zu beschweren, dreh ich dir den Hals um.« Eine Spannung in ihm, fast ein Vibrieren, ließ sie seine Begierde spüren. Fühlte er sich, wie sie sich gefühlt hatte, am Abgrund taumelnd, nach Erlösung lechzend?

Sie zwang sich zur Entspannung. »Keine Beschwerden, außer darüber, daß die Natur die Frauen so gemacht hat.« Es fühlte sich schon besser an. Der Schmerz ließ nach, und ihn so groß und tief in sich zu spüren war ... war wieder unbeschreiblich. Seine Lippen wandten sich wieder ihren Brüsten zu, was sehr angenehm war, und ihre Finger spielten mit seinem Haar. »Ich denke, daß mir das tatsächlich sehr gut gefällt, Mylord. Fort. Mein Geliebter ... Mein erster Geliebter. Ich frage mich, ob es dir gefällt, zu wissen, daß ich das hier nie vergessen werde.«

Mit einem seufzenden Schaudern sah er zu ihr auf. »Du bist eine bemerkenswerte Frau, Lisette. Trotz deines Wunsches nach Konvention werde ich dich vielleicht nicht gehen lassen ...« Seine Hüften spannten sich, und er bewegte sich in ihr, so daß auch sie erschauerte.

Sie küßte ihn mit weichen, hungrigen Lippen. »Du kannst mich nicht halten.«
»Vielleicht wirst du gar nicht gehen wollen. Sag mir, wie sich das anfühlt.«
»Sag mir, wie du dich fühlst.«
»Als ob ich jeden Moment explodieren und in tausend kleine Stücke zerspringen würde. Aber auch so, als würde ich sehr bald sehr glücklich sein. Du bist eng und heiß, genau die richtige Größe und sehr sensibel. Ich bin ein glücklicher Mann. Oder werde es sein, wenn du nur weiter mit mir sprichst.«
»Du bist unmöglich! Tu einfach, was du tun mußt.« Aber als er das nicht tat, fügte sie hinzu. »Es tut weh, aber nicht zu schlimm, es ist eher wie ein Angefülltsein.« Sie bewegte ihre Hüften, versuchte, sich um ihn herum zu bewegen, als eine neue Welle der Lust sie erfaßte.
Er stöhnte, und das gefiel ihr. Sie wünschte, sie wüßte, was sie zu tun hatte, um ihn noch mal so zum Stöhnen zu bringen.
»Es ist ein seltsames Gefühl«, flüsterte sie, fast zu sich selbst. »Aber ich glaube, daß es gut ist ...« Er bewegte sie beide, und sie keuchte. »Du meine Güte!«
Er hielt wieder still, um fest an ihren Brüsten zu saugen, was neue Feuerwerke in ihre überreizten Nerven schickte.
»Erbarmen!« keuchte sie und drängte ihre ruhelosen Hüften gegen seine. Er stöhnte wieder, also tat sie es noch mal. Er hielt sich immer noch ganz still, mit zusammengebissenen Zähnen.
»Ich will mich ausstrecken«, murmelte sie. »Es ist, als ob ich den Rand der Welt berühren könnte ... Es ist wie ein Hunger. Ein maßloser Hunger. Als würde ich zum ersten Mal essen und könnte nicht satt werden ...« Sie packte ihn bei den Haaren und drehte sein verzerrtes Gesicht zu sich. »Ich könnte fast böse darüber werden, Mylord.«
»Fort. Ich verlange, daß du mich Fort nennst.«

Elf sah in seine vor Leidenschaft dunklen, verzweifelten Augen. »Es würde dir recht geschehen, wenn ... Fort, also. Fort. Fort. Fort!«

Sie rief seinen Namen, als er sie, noch immer in ihr, hochhob und sie beide auf den Teppich legte. Sie sang ihn im Rhythmus seiner Stöße, bis es ihr den Atem verschlug. Sie sang ihn in Gedanken, als sie sich nur fester und fester an ihn klammern konnte, aus Angst, ausgelöscht zu werden.

Dann seufzte sie »Fort« in verträumter Kapitulation und dachte immerhin noch daran, »Danke« zu sagen.

Er lachte, als ob er kaum Luft dazu hätte. »Du kannst dir nicht vorstellen, wie froh ich bin, daß ich Ihnen zu Diensten sein durfte, verehrte Dame.«

Er hatte ihren Körper verlassen, aber sie spürte ihn noch überall. Flach auf dem Rücken lag sie auf dem Teppich, streckte sich und lächelte ihm zu. »Ihr habt mein Vorstellungsvermögen unterschätzt, Mylord. Fort.«

Irgendwie unruhig zog er sie auf die Füße, schloß sie in die Arme und trug sie zu seinem unberührten Bett. Er setzte sie ab, um die Decken zurückzuschlagen. Als er sich zu ihr umdrehte, lächelte er und berührte ihre Lippen mit einem Finger. »Ich mag das.«

»Was?«

»Dieses Lächeln. Du siehst sehr zufrieden mit dir aus.«

Ihr Lächeln wurde breiter. »Das bin ich auch. Und zufrieden mit dir, Fort.« Keß fügte sie hinzu: »Falls du jemals eine benötigst, werde ich dir gerne eine Empfehlung schreiben!«

Er lachte, hob sie hoch und warf sie in die Kissen. Sie bemerkte, daß sie immer noch halb angezogen war. Wenn man ein oben geöffnetes Unterkleid, Spitzenstrümpfe und einen Schuh so bezeichnen konnte. Er streifte ihr den Schuh ab und warf ihn auf den Boden.

Sie machte Anstalten, das Unterkleid auszuziehen, aber er sagte »Nicht.«
Sie sah auf den fleckigen, verschwitzten Stoff hinunter. »Warum nicht?«
»Eine Frau ist in lustvoller Auflösung am schönsten.«
Elf hatte sich noch nie schöner gefühlt als in jenem Augenblick, im Spiegel seiner Augen. »Und was ist mit dir?«
»Wie hättest du mich gern?«
Sie überlegte, ihn zu bitten, den schwarzen Morgenmantel anzuziehen, aber der Anblick seines nackten Körpers gefiel ihr zu sehr, so daß sie ihn nicht verhüllt wollte. Ein kräftiger Körper, zerzaustes Haar und ein Gesicht, das so entspannt war, daß sie ihn kaum erkannte.
»Woran denkst du?« fragte er. »Du kannst mich fragen, was du willst.«
»Daß Männer so geschaffen wurden, um den Augen einer Frau zu gefallen.«
Er grinste, und sie meinte, ihn sogar ein bißchen rot werden zu sehen. »Männer glauben, daß es genau andersherum funktioniert.«
»Was nur beweist, wie perfekt Gott beide Geschlechter geschaffen hat.«
Er beugte sich herüber, um sie zu küssen. »Zieh Gott da nicht mit hinein, Herzchen. Vergiß nicht, daß ich versprochen habe, dir den Weg zur Hölle zu zeigen.«
Sie bemerkte, daß sein Gesäß in Reichweite ihrer Hände war, und erforschte seine festen Rundungen. »Ich werde nie mehr so wie früher an die Hölle denken ...«
Er drückte sie mit starkem Griff aufs Bett, aber Elf entspannte sich unter ihm. Es war kein gefährlicher Augenblick, nur ein lustvoller. Sie würde diesem Mann ihr Leben anvertrauen.
Dieser Gedanke überraschte sie.
Volles Vertrauen.

War das die Wahrheit, von der er gesprochen hatte? Sie wünschte, sie könnte sich die Maske herunterreißen und ehrlich zu ihm sein.
Entschlossen konzentrierte sie ihre Gedanken wieder auf die pure Lust. Sie leckte sich die Lippen. »Hast du noch etwas anderes Verruchtes im Sinn, Fort?«
Er lachte laut, und plötzlich geriet ihre Welt aus den Fugen.
Einfach so, dachte Elf. Verliebte man sich einfach so? Oder war es eine Erkenntnis, die einen wie Amors Pfeil traf?
Ihr Herz schlug in einem neuen Rhythmus. Einem Rhythmus, der nichts mit Lust zu tun hatte, nur mit Liebe, mit einem starken Beschützerinstinkt und einem so heftigen Wunsch nach Nähe, daß es fast schon weh tat.
Weil sie ihn nicht haben konnte. Wenn er wüßte, wer sie war, würde er sie nicht wollen.
Ihr würde für immer nur diese eine Nacht bleiben.
Aber in dieser Nacht wenigstens hatte sie einen lachenden Geliebten.
Als er sich neben ihr entspannte, kuschelte sie sich an ihn und genoß den vielleicht wertvollsten Moment überhaupt: Nähe, völlig entspannt, ohne jegliche Schranken.
Das war es, was sie in dieser Nacht wirklich gesucht hatte.
Wenn sie nur Elfled Malloren und alles, was mit ihr zusammenhing, hinter sich lassen und Lisette sein könnte. Sie würde es sofort tun, um diesem Mann nahe zu sein, ihn zum Lachen zu bringen und ihm Tag und Nacht Vergnügen zu bereiten und im Gegenzug selbst verwöhnt zu werden. Allein der Gedanke an eine Ehe, an diese Nähe bis in alle Ewigkeit, fügte ihr den Schmerz unterdrückter Tränen zu – weil es nicht sein konnte.
Oder doch? Sie war eine Kämpfernatur, eine Malloren. Und für eine Malloren war nichts unmöglich …
Fort zog die Decke über sie beide und legte seine Arme um sie.

»Schlaf ein bißchen, Lisette. Ich verspreche, daß ich dich später wecken werde, um deine Ausbildung in Verruchtheit fortzusetzen, aber jetzt brauchen wir beide ein bißchen Ruhe.«
Sie hätte sich nie vorstellen können, wie schön es war, in seinen Armen in den Schlaf zu sinken.
Er hielt sein Versprechen, weckte sie mit Küssen und Zärtlichkeiten und glühenden Berührungen. Als sie ihn darum bat, zeigte er ihr, wie sie ihn berühren mußte, damit er stöhnte und sich aufbäumte. Obwohl das Beobachten im Spiegel aufregend gewesen war, erschien ihr das hier vielleicht noch lustvoller. Die Kerzen waren verloschen, und in der Dunkelheit waren Berührungen, Geschmack, Geruch und Geräusche unglaublich intensiv.
Er drang nicht noch mal in sie ein, aber sie teilten dennoch ihre Lust auf erfindungsreiche Weise, bevor sie wieder in einen Schlummer der Erschöpfung sanken.
Als sie erwachte, fühlte sie, daß sie in dunklen Stoff gewickelt war und von starken Armen umfangen. Elf dachte zunächst, er hätte sich noch etwas Verruchteres überlegt. Aber das war nicht nach ihrem Geschmack. Sie wand sich und versuchte, zu protestieren, aber eine Hand drückte den Stoff in ihren Mund und nahm ihr die wenige Luft, die sie zum Atmen hatte.
Verdammt, was machte er da mit ihr?
Als die Hand sich bewegte, nahm sie einen tiefen Atemzug durch den schweren, staubigen Stoff und fing an zu husten.
»Hör auf damit, oder ich schneid dir die Gurgel durch«, drohte eine Stimme, die definitiv nicht Fort gehörte.
Eine Stimme mit schottischem Akzent.

Zehntes Kapitel

Die Angst wich panischer Wut. O Gott, dachte Elf, und es war ein Stoßgebet.
Sie schwankte, und irgendwas schlug ihr in den Bauch. Nein, sie war über die Schulter eines Mannes geworfen worden und hing jetzt kopfüber. Es drückte sie in der Kehle, aber sie schaffte es, sich nicht zu übergeben, aus Angst, sich zu Tode zu verschlucken. Oder der Mann würde seine Drohung wahr machen und ihr den Hals durchschneiden.
Was war passiert?
Wo brachte man sie hin?
Wo war Fort?
Schwankende Bewegungen zeigten ihr an, daß der Mann die Treppe hinuntereilte. In die feuchte Decke geschnürt, konnte Elf kaum atmen und schon gar nicht schreien, und durch das Auf und Ab wurde ihr erneut schlecht.
Sie betete, schweigende, unzusammenhängende Bitten an welche Gottheit auch immer.
Plötzlich wurde sie herumgewirbelt und achtlos auf einen Holzboden geworfen, so daß sie unwillkürlich aufschrie. Die Decke wurde heruntergezogen, und sie schnappte nach Luft. Sie war draußen, in der wolkigen Nacht und in einer Art Kiste. Schatten beugten sich über sie ...
Eine Laterne, die ihr ans Gesicht gehalten wurde, blendete sie.
»Sie trägt eine Maske. Laßt mal sehen, wer sie ist.«
Mit einem Messer wurde die Maske aufgeschnitten und weggerissen.

»Kenn' ich nich'.«
Die Laterne verschwand, und es wurde wieder dunkel. Bevor Elf versuchen konnte, sich zu bewegen, wurde etwas Schweres auf sie geworfen. Sie schrie auf, und ein Faustschlag auf den Kopf machte sie benommen. »Hab' ich nicht gesagt, du sollst ruhig sein?«
Ein lautes Rumpeln, und sie bekam plötzlich kaum noch Luft. Sie befand sich jetzt in einer geschlossenen Kiste. Einer langen, schmalen Kiste.
Einem Sarg?
Schockiert von diesem Gedanken, griff sie nach dem Gewicht auf ihr. Stoff. Haut.
Ein *Körper?* Ein Körper in einem *Leichentuch?*
Sie in einem Sarg mit einer Leiche?
O Gott!
Während sie versuchte, der Leiche auszuweichen, konnte sie ein Jammern nicht unterdrücken. »Nein. Bitte, Hilfe. Aufhören ...«
Egal, wie sie sich wand, es gab kein Entrinnen.
Schlaffe, kalte Arme und Beine streiften sie ...
Nein, nicht kalt.
Sie hielt inne. Es lebte.
Sie fuhr mit ihren Händen über Gesicht und Haar.
»Fort?« In ihrer Panik hätte sie wahrscheinlich sowieso nichts anderes als flüstern können. Einen Moment später dankte sie dafür.
Er rührte sich nicht. Sie schüttelte ihn. »Fort!«
Seine Reglosigkeit sagte ihr, daß er bewußtlos war. Hastig faßte sie nach seinem Hals, suchte seinen Puls. Sie fand ihn und seufzte erleichtert.
Sie steckte in einem Sarg in den Händen ihrer Feinde, aber immerhin war Fort bei ihr, und er war nicht tot.
Elf holte ein paarmal tief Luft und versuchte nachzudenken.

Sie waren von den Schotten entführt worden, aber immerhin nicht ermordet.
Das war gut. Hoffte sie.
Sie konnte sich ein paar schlimme Gründe ausmalen, weshalb sie sie lebend haben wollten, aber die trafen nicht auf Fort zu. Sie wurden irgendwohin gebracht. Die Kiste bewegte sich. Oder zumindest der Wagen, auf dem die Kiste stand. Sie konnte das Knirschen der Räder und das Klappern der Hufe hören. Sie befühlte das rauhe Holz und dessen Form um sie herum. Schaudernd erkannte sie, daß es wirklich ein Sarg war, in der traditionellen Sargform.
Ein Stöhnen entrang sich ihr, aber sie biß sich auf die Lippen und drückte gegen den Deckel. Sie hatte nicht viel Hoffnung, und wie erwartet, bewegte er sich nicht.
Sollten sie lebendig begraben werden?
Ihr Herz klopfte sowieso schon wild, aber jetzt begann es, panisch zu rasen. Sie wollte gegen die Kiste hämmern, schreien, aber sie hielt sich zurück, indem sie sich in die Hand biß. Schreien würde nichts nützen.
Sicher würden ihre Entführer sie nicht einfach in ein Grab werfen und Erde darüberschaufeln. Warum sollten sie das tun?
Weil es eine ausgezeichnete Methode ist, unerwünschte Körper zu beseitigen, sagte eine Stimme in ihrem Kopf. Ein ermordeter Earl würde das Land in Unruhe versetzen. Ein verschwundener wäre nur ein unbedeutendes Rätsel.
Wie lange würde es wohl dauern, bis die Leute bemerkten, daß eine Schwester des Marquis zum gleichen Zeitpunkt verschwunden war? Der Gedanke an den unvermeidlichen Skandal erschütterte sie, obwohl sie annahm, daß ihr das dann nichts mehr ausmachen würde.
Ihrer Familie aber sehr wohl. Wie schockiert und traurig sie über ihr Verschwinden wären.

Rothgar! Er würde von ihrem Tod zerstört sein. Wieder drückte sie erfolglos gegen den Sargdeckel und weinte jetzt aus Verzweiflung. Wie hatte sie nur so selbstsüchtig sein können und sich in Gefahr bringen, wo sie wußte, wie sehr das ihren Bruder treffen würde?

Ihre Tränen verwandelten sich in Wut.

Die verdammten Schotten! Sie würde sich Strumpfbänder aus ihren Kehlen machen, für das, was sie hier anrichteten.

Und verdammter Fort, der sie in diese furchtbare Lage gebracht hatte. Es war alles seine Schuld ...

Plötzlich bemerkte sie, daß sie ihm unrecht tat. Obwohl sie sich immer noch über seine Dummheit beklagte, kuschelte sie sich an ihn und fühlte noch einmal seinen Puls.

Er war ruhiger als ihrer, aber ihr Herz raste ja auch immer noch in Panik. Oder vielleicht wurde auch die Luft schon knapp. Wie war das, wenn man erstickte?

Sie schüttelte Fort und versuchte, ihn aufzuwecken. Er stöhnte leise, aber rührte sich nicht weiter.

Elf schmiegte sich an ihn, legte einen Arm um seinen Leib, um ihn zu schützen und sich selbst beschützt zu fühlen. Nach einem Moment drängte sie sich noch näher an ihn und lauschte auf seinen Herzschlag. Natürlich schlug sein Herz, aber sie wollte es hören.

Sie wischte sich die Tränen ab und küßte seine Brust.

Ihr Liebhaber. Seltsam, so von ihm zu denken, aber es stimmte ja.

Ihr Geliebter.

Ein noch seltsamerer Gedanke, aber er war ebenso zutreffend. Sie erinnerte sich wieder an diese wunderschönen Stunden zurück. Ja, was auch immer Liebe war, sie empfand sie für diesen Mann. Sie sorgte sich um ihn, mehr als um jeden anderen, sogar mehr als um ihre Brüder. Sie brauchte seine Gegenwart. Ein Leben ohne ihn wäre sinnlos. Sie sehnte sich nach seinem Körper. Nicht nur nach den erotischen Spielen, die sie gespielt hatten – obwohl sie sie genossen hatte –, sondern nach der Nähe. Sie fühlte sich, als wäre sie allein kein ganzer Mensch mehr.

Es war auch kein ganz neues Gefühl, sie hatte sich von ihrer ersten Begegnung an zu ihm hingezogen gefühlt.

Solche Einsichten hätten sie zu einem anderen Zeitpunkt vielleicht schockiert, aber im Angesicht des Todes konnte sie nur ehrlich zu sich selbst sein.

Mit forschenden Fingern tastete sie seine Gesichtszüge ab. Sie küßte seine Lider, seine Wange, seine Lippen.

»Mmmmm.« Dann wurde das zufriedene Brummen zu einem Stöhnen, und er wurde steif.

»Schhh!« flüsterte sie schnell. »Mach keinen Lärm.«

»Was ...«

Elf legte ihre Hand auf seine Lippen. Sie wollte verhindern, daß er laut aufschrie. Wenn die Entführer aus irgendeinem Grund den Sarg öffnen würden, um nach ihnen zu sehen, wäre es gut, wenn sie glaubten, er wäre immer noch bewußtlos.

Er entspannte sich nicht, aber irgend etwas an seinem Körper gab ihr den Eindruck, daß er sich ihrer Situation bewußt war. Vorsichtig zog sie ihre Hand weg.

»Was ist passiert?« flüsterte er und zog eine Hand unter sich hervor. »Wo zum Teufel sind wir? Mein Kopf ...«

»Es ist ein Sarg«, flüsterte sie zurück. Sie konnte ihre Angst nicht in Worte fassen, aber eine besondere Spannung in seinem Körper schien ihr zu sagen, daß er sie teilte.

»Wer?« flüsterte er. »Warum?«

»Die einzige Stimme, die ich gehört habe, klang schottisch.« Sie wartete auf seine Reaktion.

Er blieb still.

Das beantwortete alle Zweifel, die sie an seiner Beteiligung gehabt hatte.

Wo, dachte Elf plötzlich, waren Roberts und ihre Leute? Dann erinnerte sie sich, daß es mitten in der Nacht war. Sie waren vermutlich alle nach Hause gegangen.
Elf begann sich vorzuwerfen, daß sie ein fürchterliches Chaos angerichtet hatte und dafür vielleicht mit ihrem Leben bezahlen mußte. Natürlich traf Fort ein Teil der Schuld, aber sie schmiegte sich trotzdem wieder an ihn.
Da entdeckte sie plötzlich, daß sie nackt war, oder so gut wie. Man hatte sie nur in Unterkleid und Strümpfen mitgenommen!
Der Gedanke daran, daß dieser Mann sie so getragen hatte, trieb sie fast zu Tränen. Es war eine lächerliche Reaktion, aber sie konnte nichts dagegen tun. Einen Augenblick lang schien ihr das das Schlimmste an der ganzen Angelegenheit zu sein. Sie stellte fest, daß sie ihr nacktes Bein gegen seines preßte. Sie fühlte die stacheligen Haare an seinen Waden. Obwohl sie keine Möglichkeit hatte, es irgendwo anders hinzulegen, versuchte sie, sich von ihm wegzubiegen. Es war völlig unsinnig, nachdem sie einander so nah gewesen waren, aber aus irgendeinem Grund schien ihr die jetzige Situation unanständig.
Ein- oder zweimal hatte sie davon geträumt, an einem öffentlichen Ort plötzlich nackt zu sein. Sie fühlte sich jetzt so schrecklich wie in einem solchen Traum. Sie hätte sich lieber vor ihrem Tod fürchten sollen, aber sie ängstigte sich mehr davor, daß der Deckel geöffnet und Licht auf sie in ihrer Nacktheit fallen würde.
Mit einem unterdrückten Stöhnen drehte er sich und nahm ihren Oberschenkel zwischen seine, um etwas mehr Platz zu schaffen, und legte seinen Arm fester um sie.
Elf wurde steif.
»Was ist?«
»Nichts.«
Seine Hand strich leicht über ihren Körper. »Der Blitz soll sie

treffen! Sie haben dich nur in deinem Unterkleid mitgenommen?«
Sie war schon wieder den Tränen nahe, unterdrückte sie aber tapfer. »Ich habe immer noch meine Strümpfe an.«
Er drückte sie fester an sich, murmelte weitere Verwünschungen, und plötzlich fühlte sich sein Griff wieder sehr angenehm an. »Ich glaube, ich bin in diese verdammte Mönchskutte gewickelt. Sobald wir uns rühren können, kannst du sie haben. Glaubst du, daß dein Verfolger von Vauxhall dahintersteckt?«
»Wer sonst?«
»Du könntest rachedurstige Verwandte haben.« Er drehte sich wieder und zog sie ein Stückchen auf sich. »Ich hoffe sehr, daß das keine Geschichte im Stil von Abélard und Héloise wird.«
»Von wem?« Sie schmiegte ihren Kopf an seine Schulter, die dafür wie gemacht zu sein schien.
»Ein mittelalterliches Liebespaar.«
»Ein romantisches Märchen?«
»Nicht wirklich. Ihre Verwandten haben ihn kastriert.«
»O Gott.«
»Ja. Und es ist eine wahre Geschichte.«
»Ich kann dir versichern, daß meine Verwandten nicht dahinterstecken.« Obwohl sie sich fragte, ob sie nicht ähnliche Rachegelüste entwickeln würden, wenn sie davon erfuhren. Sie hatte vorgehabt, zum Frühstück wieder bei Amanda zu sein. Jetzt konnte, selbst wenn sie überlebte, die ganze Geschichte auffliegen.
Sie dachte an Chastity, die mit einem Mann in ihrem Bett erwischt und geächtet worden war. Obszöne Bilder von ihr hatten im Schaufenster jeder Druckerei gehangen, und selbst nach ihrer Rehabilitation hatten manche Leute »die berüchtigte Chastity Ware« noch schief angesehen.
Und Chastity war unschuldig gewesen!
Der Wagen hielt.

Elf umklammerte Fort, Skandal und Anstand spielten plötzlich keine Rolle mehr. Während sie ihrem Schicksal entgegensahen, hielt Fort sie in der Illusion von Schutz an sich gepreßt. Mit einem Ruck und unter hörbarem Ächzen wurde der Sarg angehoben.
Ein Stöhnen entrang sich Elfs Brust. Sie konnte nicht anders, als zu flüstern: »Ein Grab. Ich glaube, sie werden uns lebendig begraben!«
»Ruhig.«
Sie klammerten sich aneinander, als die Kiste schwankte und aufschlug. Aber sicher nicht in einem tiefen Loch.
Elf erinnerte sich daran, weiterzuatmen.
Eine schottische Stimme sagte: »Bind das Seil drum, Mack.«
Ließ man Särge nicht mit Seilen in Gräber hinab?
»Nein!« stöhnte Elf in Forts Schulter. Er bewegte sich plötzlich und schlug wieder und wieder gegen den Deckel.
»Ich glaub', die da drin sind aufgewacht, Kenny.«
»Egal. Mach weiter.«
Während Fort immer noch gegen den Deckel schlug, kam die Kiste ins Rutschen, rumpelte geräuschvoll irgendwo entlang und blieb schließlich aufgestellt liegen. Der Schlag ließ Elfs Zähne aufeinanderschlagen und Fort wegen der Beule an seinem Kopf grunzen.
Sie mußten in einem Grab gelandet sein, obwohl man ja eigentlich annehmen würde, daß ein Sarg gerade hineingesenkt würde. Die Kiste schwankte und fiel mit einem letzten Schlag gerade hin. Fort fluchte, dann war es still.
Das war es also. Das Ende des Abenteuers.
Eine plötzliche Ruhe erfaßte Elf. Sie wurden lebendig begraben. Niemand wußte von ihnen, deshalb konnte ihnen auch niemand helfen. Vielleicht würde nie jemand erfahren, was aus ihnen geworden war. Es schien töricht und tragisch zugleich, aber ohne Aussicht auf Rettung.

Sie begann, um einen schnellen Tod zu beten, und darum, daß ihre Brüder ihrer Dummheit wegen nicht zu sehr leiden würden.
Sie hörte ein Poltern in einiger Entfernung, dann ein Rumpeln auf dem Sarg. Schlugen schon die ersten Steine auf den Deckel?
Metall auf Metall, aber in der Ferne. Schaufeln? Sie versuchte, sich die Szene jenseits der völligen Dunkelheit vorzustellen, die jetzt ihre Welt war, beschloß aber dann, sich auf das Sterben zu konzentrieren.
»Es tut mir leid«, sagte sie zu Fort, weil sie annahm, daß das alles ihre Schuld war.
»Warum? Mit tut es nur leid, daß ich keinen Ausweg aus dieser Situation weiß.«
Elf fragte sich, ob sie ihm die Wahrheit sagen sollte, als plötzlich alle Geräusche verstummten. Nur ihr eigener Atem, laut auf so engem Raum, unterbrach die Stille.
Nach einem Augenblick fragte sie: »Was glaubst du?«
»Vielleicht sind sie fortgegangen, um sich Werkzeug zu holen ...«
Sie wartete, lauschte auf jeden Atemzug und hatte das Gefühl, mit jedem weniger Sauerstoff zu bekommen.
»Sie werden warten, bis wir erstickt sind!« Bei diesem Gedanken stemmte sie beide Arme gegen den Deckel.
Er bewegte sich.
Sie konnte es kaum glauben, setzte sich auf und drückte weiter. Der Deckel hob sich. Sie hätte ihn ganz beiseite geschoben, aber Fort griff danach und setzte ihn vorsichtig ab. »Ich glaube nicht, daß das ein Zufall ist«, flüsterte er. »Aber sei vorsichtig, es muß ja nicht gleich jeder merken, daß wir frei sind.«
Frei war ein relativer Ausdruck. Sie hatten mehr Platz und frischere Luft, aber absolut kein Licht, nicht einmal einen

bewölkten Himmel über sich. Offensichtlich befanden sie sich irgendwo drinnen.
»Wo sind wir?« flüsterte sie.
»In einer Gruft?«
Sie schauderte bei dem Gedanken, sagte dann aber: »Eigentlich riecht es hier nach abgestandenem Bier ...«
»Ein Keller?«
Sie saßen jetzt beide aufrecht in dem Sarg und drehten einander die Gesichter zu, ihre Beine waren immer noch ineinander verschlungen.
»Ich kann gar nichts sehen«, sagte sie. »Die Wände könnten nah oder fern sein. Es könnten sogar andere Leute hier drin sein, die uns beobachten und lauschen.«
»Das würden wir merken.«
»Wenigstens haben wir Luft. Und wir sind am Leben ...«
Plötzlich warf sie sich auf ihn, in seine Arme, und sie küßten einander und lachten in wilder Freude über ihr Überleben.
»Wir leben!« keuchte sie. »Leben! Leben!«
»Und wie.« Er packte ihre Hüften und spießte sie auf seine steinharte Erektion.
Elf schnappte schockiert und wegen eines leichten Schmerzes nach Luft, aber er schien sie nicht zu hören, und es war ihr auch egal. Sie teilte seinen Drang, das Leben auf seine ursprünglichste, wildeste Art zu feiern, und kam ihm Stoß um Stoß entgegen. Sie fand ihre Erfüllung noch schneller als er.
Danach klammerten sie sich schaudernd und verschwitzt aneinander. »Das«, sagte er atemlos, »war nicht Teil des Plans für diese Nacht.«
»Bist du sicher?« neckte sie ihn. »Du hast mir Unvergeßliches versprochen.«
»Ich habe dir auch die Hölle versprochen, aber das war nicht ganz das, was ich mir vorgestellt hatte.« Er hielt sie an sich

gedrückt und küßte ihre Wange. »Ist alles in Ordnung? Du mußt immer noch wund sein.«
»Ein bißchen, aber es geht mir gut.« Sein zärtlicher Kuß brachte sie fast aus der Fassung. Sie hätte beinah *»Ich liebe dich!«* gesagt.
»Nicht das kleinste Bedauern?«
»Was würde mir das noch helfen?«
»Du bist eine Frau, wie es nur eine unter einer Million gibt, Lisette.«
»Willst du damit sagen, daß Frauen mit Schocks und Herausforderungen schlechter fertig werden als Männer?« Sie scherzte, es war ihr aber zugleich ernst.
»Sag mir nicht, daß du eine von den Frauen bist, die keinen Unterschied zwischen den Geschlechtern sehen!«
»Oh, ich erkenne ein paar Unterschiede.« Sie fühlte sich sicher genug, seine jetzt weichen Genitalien zu berühren. »Aber nicht überall.«
Er packte ihre Hand und zog sie an seinen Mund, um sie zu küssen. »Spiel nicht mit dem Höllenfeuer, Liebling, oder du wirst morgen früh nicht mehr gehen können.« Er rieb ihre verschlungenen Hände an ihrer Wange und hielt plötzlich inne. »Was ist mit deiner Maske passiert?«
Ach du lieber Himmel. »Sie haben sie abgeschnitten.«
»Ich bin froh darüber.« Er fuhr ihre Züge mit seinen Fingern nach, als ob er mit ihnen sehen könnte. Sie hoffte, daß das nicht der Fall wäre. »Wir sind beide fast so nackt wie am Tag unserer Geburt. Ich könnte mich an diesen Ort gewöhnen.«
Elf schob ihn weg. »Sei nicht dumm. Wir müssen fliehen.« Das erinnerte sie daran, daß sie vor Morgengrauen zu Hause sein mußte, um das völlige Chaos zu verhindern. Sie standen in dem Sarg und hielten einander an den Händen.
»Du sprichst ausgezeichnetes Englisch«, bemerkte er.
O Schreck!

Elf realisierte, daß sie seit dem Beginn der Entführung instinktiv in ihre Muttersprache verfallen war. Sie hatten die meiste Zeit geflüstert, und so hatte er offensichtlich ihre Stimme noch nicht erkannt.
In derartiger Gefahr spielte es keine Rolle, und sie hatten hier etwas Wertvolles entdeckt, eine innige Verbundenheit durch gemeinsam erlebte Gefahr. Sie könnte es nicht ertragen, die mit ihren Familienproblemen zu zerstören.
»Merci«, sagte sie und fuhr in akzentreichem Englisch fort. »Ich bin gut unterrichtet worden, glaube ich.«
»Du bist sehr gut unterrichtet worden, aber in welcher Sprache, Liebling? Ich glaube, daß Menschen in Extremsituationen ihre Muttersprache sprechen.« Seine Finger tasteten nach ihrer Wange, dann küßte er sie leicht auf die Lippen. »Behalt deine Geheimnisse vorläufig für dich, Lisette«, sagte er auf französisch. »Das wichtigste ist, daß wir hier rauskommen.«
Elf schickte ein Dankgebet zum Himmel, obwohl das »vorläufig« wie eine Warnung klang.
Leider bedeutete es, daß Lisette nach dieser Nacht verschwinden mußte. Sie hatte für dieses Abenteuer nur eine Nacht eingeplant, aber jetzt konnte sie es kaum ertragen, daß es zu Ende ging.
Was würde passieren, wenn sie ihm die Wahrheit gestand? Würde er sie verstehen? Könnte er seinen Groll und Haß beiseite schieben?
Dieser Mann, den sie heute nacht kennengelernt hatte, hatte nichts mit solchen negativen Gefühlen zu tun.
Er ließ ihre Hand los, und sie hörte, wie er sich bewegte. »Der Boden ist mit Steinplatten belegt.«
Sie verabschiedete sich von ihren Träumen und kletterte aus dem Sarg, alle Sinne auf irgendwelche Informationen gerichtet. »Ich hasse diese Dunkelheit. Schon ein Streifen Nachthimmel durch eine Fensterscheibe würde helfen.«

»Oder Lärm. Wenn das hier ein Wirtshaus ist, dann ein seltsam stilles.«
»Es ist mitten in der Nacht.«
»Trotzdem.«
Elf richtete sich auf. Einer ihrer Strümpfe rutschte hinunter und erinnerte sie schmerzvoll an ihre Nacktheit. Sie tastete in der Kiste nach ihrem Strumpfband und stieß mit seinem Körper zusammen.
»Entschuldigung.«
Sie suchte das Gleichgewicht und berührte etwas Weiches.
Weich? Rund?
Sie zog die Hand zurück. Es waren seine Geschlechtsteile! Aus irgendeinem Grund schien es ihr unschicklich, sie aus Versehen zu berühren, obwohl das absichtliche Berühren ihr gar nichts ausgemacht hatte.
Er kicherte, und einen Moment später fanden seine tastenden Hände die ihren und führten sie zu ihm zurück.
Er legte etwas in ihre Hände, und sie erkannte die Mönchskutte.
»Brauchst du sie nicht? Ich habe mein Unterkleid.«
»Im Dunkeln brauche ich gar nichts. Zieh sie an.«
Der Gedanke, daß er splitternackt herumwanderte, brachte Elf erneut aus dem Gleichgewicht. Sie kämpfte dagegen an und zog die Kutte über.
Sie schmiegte sich an ihren Körper, warm und verhüllend. Sie bewegte sich wieder zurück, um ihr Strumpfband zu suchen, und stolperte prompt über den Saum.
»Sie ist viel zu lang.«
Er fand sie in der Dunkelheit und tastete nach dem Saum. »Wir haben hier kein Messer, aber mit der Kordel könnten wir ihn hochbinden.« Sie schlüpfte heraus und gab sie ihm zurück. »Es wird auch so gehen.«
Er bewegte sich wieder von ihr weg, aber sie hörte keinen Stoff gegen Haut streifen. »Ziehst du sie nicht an?«

»Warum sollte ich?« Sie konnte ein Lachen in seiner Stimme hören.
»Damit ich nicht wieder aus Versehen an deine intimen Körperteile stoße.«
»Das würde mir nichts ausmachen.«
»Mir aber!«
»Verzeihung, Fräulein Etepetete.« Jetzt hörte sie das Rascheln von Stoff. »So. Ich bin züchtig bedeckt.«
»Danke.« Elf bemerkte selbst ihren lächerlichen prüden Ton, aber sie konnte es nicht ändern. Sie kam wirklich nicht mit der Vorstellung zurecht, daß er nackt um sie herumgeisterte.
»Und du?« fragte er.
»Was?«
»Bist du züchtig bedeckt?«
Sie fand ihr Strumpfband und befestigte ihre Strümpfe rasch. Dann band sie den Ausschnitt ihres Unterkleids wieder zu, damit es nicht ihre halbe Brust freiließ. Sie litt erneut bei dem Gedanken, wie ihre Entführer sie gesehen hatten.
»Soweit als möglich«, murmelte sie und machte sich daran, ihr stockfinsteres Gefängnis Zentimeter für Zentimeter abzusuchen.
»Ich frage mich, warum die sich überhaupt die Mühe mit der Kutte gemacht haben«, sagte er irgendwo am anderen Ende des Raums.
»Vielleicht brauchten sie etwas, um dich zu tragen. Jemand hat mich über seine Schulter geworfen, aber du wärst viel zu schwer dafür.«
»Wahrscheinlich. Ein Rätsel hätten wir gelöst. Der Rest ist natürlich immer noch ein absolutes Mysterium. Was wollen die? Verdammt. Ich kann mich an nichts erinnern. Was ist passiert?«
»Ich erinnere mich auch an nichts. Ich bin aufgewacht, als sie mich packten. Da waren irgendwelche Geräusche, vielleicht ein Kampf.«

»Ich hoffe, daß ich das war.« Einen Moment später sagte er: »Ich bezweifle es aber, denn abgesehen von meinem Kopf habe ich keine Wunden, und auch meine Hände scheinen kein bißchen ramponiert.«

Er klang verbittert. Elf verdrehte die Augen darüber, wie der männliche Verstand funktionierte. »Ich denke, daß das kaum einen Unterschied macht. Aber das mit deinem Kopf tut mir leid. Tut es sehr weh?«

»Ja.« War er verärgert wegen des Schmerzes oder weil er nicht mehr ehrenhafte Wunden davongetragen hatte?

Sie unterdrückte ein Seufzen. »Wir müssen hier raus, bevor die mit uns anstellen, was auch immer sie vorhaben«, erinnerte sie ihn. »Könntest du deine Sinne bitte darauf konzentrieren?«

»Lisette, du hast offensichtlich keine Ahnung davon, wie beunruhigend es für einen Mann ist, sich in sein eigenes Bett schlafen zu legen und als Gefangener ohne eine Spur von Erinnerung aufzuwachen!« Als sie nichts darauf erwiderte, fügte er hinzu: »Na gut. Konzentrieren wir uns jetzt hierauf.«

Elf tastete sich weiter vorwärts und mußte ein Kichern über seine schlechte Laune unterdrücken. »Ich glaube, du wärst gern ein Ritter in strahlender Rüstung gewesen. Oder vielleicht ein Drachentöter?«

»Du bist wirklich zu nett. Ich wünschte nur, ich hätte ein paar Knochen gebrochen.«

»Brr. Wie schrecklich.«

Sie hörte ein *Klonk*, als er irgend etwas auf der anderen Seite des Raumes bewegte.

»Brr. Wie realistisch. Was, glaubst du, passiert, wenn der romantische Ritter in strahlender Rüstung seine Lanze in den Körper seines Feindes rammt?«

Abgelenkt von dieser Unterhaltung lief Elf gegen ein Hindernis. Sie befühlte es und sagte: »Hier steht ein Faß. Es ist groß. Nach Größe und Geruch wahrscheinlich ein Bierfaß.«

»Und ich habe kleinere Fässer gefunden. Wahrscheinlich Weinfässer, aber«, sie hörte ihn tasten, »leer, glaube ich. Also. Lisette, falls wir hier rauskommen und unsere Feinde zu Gesicht bekommen, hättest du mich dann lieber als edlen Ritter oder soll ich ein paar Knochen brechen?«

»Ich würde dir zweifellos helfen, ein paar Knochen zu brechen.« Sie betastete das Faß vor sich. »Das hier ist auch leer. Und kaputt. Glaubst du ...«

»Ah.«

»Was?« Sie drehte sich zu seiner Stimme um, obwohl das sinnlos war, weil sie ja nichts sehen konnte.

»Ich habe die Tür gefunden. Sie ist natürlich abgeschlossen.« Sie hörte ein paar dumpfe Schläge. »Und massiv, ich glaube nicht, daß wir sie mit unseren bloßen Händen öffnen können.«

»Hast du immer noch diese Kutte an?« fragte sie.

»Ja. Wenn auch nicht wegen der Schicklichkeit, aber es ist verdammt kalt hier drin. Bist du sicher, daß du sie nicht willst?«

Er hatte recht. Trotz der Jahreszeit war der Keller kalt und muffig. An ihren bestrumpften Füßen und nackten Armen fror sie schon, und der Rest war nicht weit davon entfernt.

»Nein, danke«, sagte sie und freute sich über seine Zuvorkommenheit.

Seltsamerweise fühlte sie sich Fortitude Harleigh Ware hier im Dunkeln näher als beim Sex.

»Noch irgendwas anderes?« fragte er und erinnerte sie daran, ihre Erkundung fortzusetzen.

Ihr Fuß stieß gegen einen hölzernen, leeren Kübel. Er berichtete ihr von ein paar Lumpen und Stricken. »Nicht genug, um irgendwas damit anfangen zu können«, sagte er, »selbst wenn mir etwas einfallen würde. Das ist ein verdammt gut durchdachtes Gefängnis.«

Dann kam Elf an die Rampe. »Natürlich«, sagte sie. »Sie rollen die Bierfässer hier hinunter. So haben sie auch unsere Kiste hier hereingebracht.«
Er kam zu ihr herüber, streifte mit seiner Hand die ihre, bevor er sie ergriff. Sie konnte nicht widerstehen, sich in seine Arme fallen zu lassen.
Er rieb ihre Schultern. »Du frierst ja.«
»Da kann man nichts machen.«
»Ein weiterer Grund, hier herauszukommen. Wann werden deine nachsichtigen Verwandten anfangen, Alarm zu schlagen?«
Er dachte also auch an den Skandal. »Am Morgen, nehme ich an.«
»Und was werden sie dann machen?«
»Ich habe keine Ahnung.« Sie versuchte, so ehrlich wie möglich zu sein, und fügte hinzu: »Sie werden vielleicht noch ein bißchen zögern, mein Verschwinden zu melden, aber sicher nicht allzulange.«
Er küßte sie sanft auf die Stirn. »Dann sollten wir am besten versuchen, vor Morgengrauen hier herauszukommen. Ich klettere mal die Rampe hinauf.«
Sie hörte ihn hinaufkrabbeln und dann ein Rütteln. »Natürlich von außen verschlossen und fast so massiv wie die Tür. Wir könnten versuchen, sie aufzustemmen, aber dafür brauchen wir immer noch irgendeine Art Werkzeug.«
Er stand wieder neben ihr, sie hatten sich wieder im Dunkeln gefunden.
»Hast du Angst?« fragte er.
Überraschenderweise mußte sie darüber erst nachdenken. »Ja, aber nicht so viel, wie wenn ich allein hier drin wäre. Und du? Hast du Angst?«
»Ja.« Seine Hände rieben beruhigend über ihren Rücken, und sie tat bei ihm dasselbe. »Sollte ich das nicht zugeben? Hier im

Dunkeln scheint es lächerlich, etwas vorzuspielen. Ich habe keine Lust, jetzt schon zu sterben, und auf keinen Fall so würdelos in den Händen solcher Strolche.«
Da schnitt er ein interessantes Thema an. »Glaubst du, daß deine schottischen Freunde uns entführt haben?«
Seine Hand hielt einen Moment lang inne. »Vielleicht.«
»Aber warum? Und wenn sie mich töten wollten, warum sind sie dann nachts in das Haus eines Earls eingebrochen und haben uns beide mitgenommen?« Sie betete um eine ehrliche Antwort.
»Ich habe keine Ahnung, was mir ziemliche Sorgen ...«
»Besonders, wo das doch deine Verbündeten sind«, schnitt sie ihm das Wort ab.
»Zieh deine Krallen ein, Kätzchen. Ich habe wirklich keine Ahnung, was dahintersteckt. Im Moment stehen wir, glaube ich, auf derselben Seite, und unsere wichtigste Aufgabe ist, hier herauszukommen. Ich fürchte, das bedeutet, auf dem Boden herumzukrabbeln und nach einem Werkzeug zu suchen, das wir bisher übersehen haben.«
Er hätte sich abgewendet, aber sie hielt ihn an seiner Kutte fest. »Ich will alles über das wissen, was hier vorgeht.«
»Das würde nichts nützen.«
»Wie kannst du das wissen?«
»Du bist nur neugierig, eine typisch weibliche Eigenschaft.«
»Neugierig? Mein Leben ist in Gefahr ...«
»Und du vergeudest unsere Zeit mit sinnlosen Streitereien.«
Er machte sich los und ging weg.
»Eine weibliche Eigenschaft, in der Tat.« Elf ließ sich auf die Knie herab und fing an, sich durch den Raum zu tasten. Ihr Unterkleid riß weiter auf, so daß sie es fluchend in der Taille zusammenknotete. Wenn jetzt ein Licht auftauchte und sie so zeigte, würde sie vor Scham vergehen. »Wenn du nicht wüßtest, um was es geht«, beklagte sie sich, »hättest du auch viele Fragen.«

»Ich *weiß* nicht, was hier vor sich geht. Zum Beispiel weiß ich nicht einmal, wer du bist, obwohl deine Stimme mir verdammt bekannt vorkommt, wenn du Englisch sprichst. Warum fangen wir nicht mit deinem richtigen Namen an?«

»Wer ich bin, spielt keine Rolle.« Sie tastete vorsichtig unter das große Faß – der Himmel wußte, was dort sein konnte. Sie fand aber nur zerbrochene Bodenplatten.

»Dann spielt es ja genausowenig eine Rolle, was hier vorgeht«, sagte er. »Ich habe einen kurzen Stock gefunden – ein abgebrochener Besenstiel, glaube ich –, aber ich weiß nicht, was er uns nützen könnte.«

Sie flüchteten sich in düsteres Schweigen, das nur vom Tasten und Scharren gestört wurde.

Elftes Kapitel

Nach und nach erkannte Elf, wie absurd ihrer beider Verhalten war, und machte ihm ein Friedensangebot. »Es wäre ärgerlich«, sagte sie, »irgendwann zu merken, daß Äxte und andere Werkzeuge an der Decke hängen.«
Sie stand auf, zog ihr Hemd zurecht und ging zurück in Richtung Sarg. Sie stieß mit dem Fuß gegen einen Stein und fiel vornüber auf die Knie.
Als sie aufschrie, rief er: »Was ist los?«
»Ich habe mir nur den Fuß angestoßen.« Sie setzte sich hin, um die schmerzenden Stellen zu befühlen, und untersuchte dann das Hindernis. Sie hatte nur mit einer schiefen Steinplatte gerechnet, aber das Hindernis war ziemlich dick und mit Metallgriffen versehen. Trotzdem würde es ihnen sicher nicht weiterhelfen.
»Ich hasse diese Dunkelheit«, sagte sie, als sie sich wieder auf die Füße rappelte.
»Reibst du dir auch immer wieder die Augen, in der Hoffnung, dann besser zu sehen?«
»Ja. Und hast du manchmal Angst, wirklich blind zu sein?«
»Die hätte ich, wenn ich allein wäre. Hast du irgendwas gefunden?«
»Nein. Komm und setz dich auf unseren Sarg.«
Sie tastete sich vorsichtig vorwärts, und ihre anderen Sinne waren schon ziemlich geschärft. Ein dumpfes Geräusch zeigte ihr an, daß er den Deckel heruntergenommen hatte. Als sie zu ihm kam und sich daraufsetzte, legte er die Kutte um ihre Schulter.

Das bedeutete, daß wenn er seinen Arm um sie legte und sie zu sich heranzog, sie sich gegen seinen nackten Körper lehnen würde. Sie beklagte sich nicht darüber. Der warme Stoff war angenehm, und er wickelte sie beide darin ein.
»Was nun?« fragte sie.
»Wir müssen uns überlegen, ob wir versuchen sollen, die Tür oben an der Rampe aufzubrechen. Ich glaube, sie geht nach außen auf, und vielleicht ist das Schloß schwach. Möglicherweise kann ich es aufsprengen, aber ich bin mir nicht sicher. Ich kann nicht dagegen anrennen, da es dort nur einen guten Meter hoch ist, so daß ich mich kaum dagegen werfen kann.«
»Wie auch immer, du würdest dich verletzen.«
»Für Sie, meine Dame, jederzeit.«
Sie lachte und schmiegte sich enger an ihn. »Es kränkt dich wirklich, keine Heldentat vollbringen zu können, oder?«
»Sicher. Und es kränkt mich sogar noch mehr, hier nur herumzusitzen und zu warten, daß etwas passiert.«
»Denkst du, daß jemand diese Tür bewacht?« fragte sie.
»Das hängt von verschiedenen Faktoren ab. Wenn sie mit uns noch etwas Bestimmtes vorhaben, dann ja. Und dann haben sie sicher auch schon bemerkt, daß wir hier drinnen herumgeistern. Wenn sie uns aber nur für eine Weile aus dem Verkehr ziehen wollten, dann eher nicht. Und offensichtlich ist dieser Ort gut geeignet, uns mehrere Stunden festzuhalten.«
»Warum würden sie das tun?« Wieder bat sie ihn, ehrlich zu sein und ihr etwas über die Verschwörung zu erzählen.
»Da gäbe es Gründe, aber es wäre nicht gut für dich, davon zu wissen.«
Da erinnerte sie sich daran, daß Lisette behauptet hatte, in Vauxhall nichts verstanden zu haben. Der galante Herr versuchte, sie zu schützen. Das zwang sie zu einem Lächeln, das sehr dumm ausgesehen hätte, wenn jemand es hätte sehen können.

»Wenn uns niemand bewacht«, schlug sie vor, »könnten wir Lärm machen. Um Hilfe rufen.«

»Nach meinen Vermutungen ist es etwa drei Uhr morgens, und dieses Haus, was immer es sein mag, ist verlassen. Wer sollte uns hören?«

»Laß es uns trotzdem versuchen.« Elf rutschte vom Sargdeckel herunter. »Ich schlage mit dem Stock gegen die untere Tür, und du rüttelst an der oberen Tür.«

»Stürmische Lisette.« Sie hörte, wie er sich bewegte. »Tut es dir leid, mich verführt zu haben?«

»Dich verführt zu haben?« Elf erstarrte. »Das habe ich ja wohl nicht getan!«

»Hast du nicht? Wenn ein Gentleman, dem der Sinn überhaupt nicht nach Geschäker steht, angefleht wird, eine Dame zu befriedigen, wie würdest du das dann nennen?«

Angefleht! »Ihr habt mich auf dem Boot verführt, Mylord.« Elf stieß auf die Tür, packte den Stock und ließ ihre Wut am Holz aus.

»Ah, ich sehe, jetzt bin ich wieder ›Mylord‹.« Er rüttelte an der Tür oberhalb der Rampe. »*Hilfe! Hallo!* Wenn ich dich verführt habe, Lisette, war ich ziemlich unfähig.«

»Warst du das?« Sie bearbeitete weiter das Holz. »Du hast mich dazu gebracht, meine Entscheidung zu überdenken.«

»Ah. Du baust meinen Glauben an mich selbst wieder auf. *He da! Hilfe! Hier im Keller! Hundert Guineen Belohnung für jeden, der uns herausläßt!*«

»Hundert? Wie kleinlich! *Hilfe!*« kreischte Elf. »*Tausend Guineen für meinen Retter! Hilfe!*«

»Geizhals. *Zehntausend Guineen für den, der mich von diesem unbesonnenen, extravaganten Frauenzimmer befreit!*«

»Ich fürchte, Ihr seid ein Mann mit begrenzten Mitteln. *Hilfe! Hierher! Einhunderttausend Guineen für den, der mich vor diesem gemeinen Halunken beschützt!*«

»Warum glaubst du, daß ich deine Schulden bezahlen werde? *Zu Hilfe! Zu Hilfe! Mein Earltum für meine Rettung!*«
Sie schwiegen, aber Elf hörte ihn lachen. Er keuchte. Ach, wie gern sie ihn gesehen hätte, vom Lachen überwältigt.
Seine Stimme schwankte immer noch, als er sagte: »Einhunderttausend! Du verruchtes, maßloses Geschöpf! Aber wenn uns bis jetzt keiner gehört hat, ist da auch niemand, der uns hören könnte.«
Elf ließ den Stock fallen und lehnte sich an die Tür.
»Und jetzt ... Werden sie uns einfach hier verrotten lassen? Sicher werden wir nicht mitten in London verhungern.«
»Das wäre sicher möglich, aber ich werde es nicht so weit kommen lassen.«
»Wirst du nicht? Du hast doch schon zugegeben, ein armseliger Held zu sein.«
»Und du zeigst Anzeichen einer scharfzüngigen Xanthippe! Laß das lieber. Hier sind ein paar kleine Ritzen in der Tür, und bei Tageslicht wird hier sicher jemand vorbeikommen. Wir werden uns was überlegen.«
»Tut mir leid.« Elf stolperte zurück zum Sarg. »Ich bin es einfach nicht gewohnt, so hilflos zu sein.«
»Und du denkst, ich bin das? Du hast offensichtlich keine Ahnung, was es heißt, ein Earl zu sein.«
Er setzte sich neben sie und nahm sie in die Arme, dann zog er sie herab, so daß sie halb auf ihm lag, und breitete die Kutte über sie beide. »Mach die Augen zu, und versuch zu schlafen.«
»Glaubst du, ich kann hier schlafen?«
»Nein, aber wenn du die Augen zumachst, ist die Dunkelheit nicht mehr so schlimm.«
Es war besser, und sie fühlte sich sogar wohlig und geborgen in seinen Armen. Sie fürchtete nur, er hätte es auf dem harten Holz nicht allzu bequem.
»Du bist sehr nett, Fort.«

»Bin ich das? Das würde viele überraschen.«
»Warum sagst du das?«
Seine Hand streichelte ihren Rücken, aber sie erwartete nicht, daß er darauf antworten würde. »Ich war in letzter Zeit nicht besonders nett.«
»Warum warst du nicht besonders nett?« fragte sie. »Das scheint doch in deiner Natur zu liegen.«
»Ach ja? Ich bin nicht sicher, ob ich mich noch daran erinnere, was meine Natur ist. Ja, vielleicht war ich früher nett, wenn es mich nicht allzuviel Mühe kostete.«
»Ich glaube, du bist zu streng mit dir. Du warst doch auch gut zu mir.«
»Männer sind oft gut zu Frauen, mit denen sie Sex haben wollen.«
»Aha!« Elf setzte sich kerzengerade auf, obwohl sie nichts sehen konnte. »Du gibst also zu, daß du es wolltest!«
Er kicherte. »Ja. Ich wollte es. Um genau zu sein, ich wollte dich. Gott weiß, warum.«
»Du kannst sehr gemein sein.«
»Ich dachte, du hättest gesagt, ich sei gut zu dir gewesen.«
»Du hast die bemerkenswerte Fähigkeit, gleichzeitig beides zu sein, gut und gemein.«
»Sprichst du von meiner Natur oder von meinen sexuellen Fähigkeiten?« Er tastete nach ihr, fand sie und zog sie auf sich herab. Er deckte die Kutte wieder über sie. »Mir ist kalt.«
»Du ... du willst schon wieder.« Sie konnte diese Deutlichkeit kaum mißverstehen.
»Wild vor Lust wäre doch ein guter Ausdruck. Aber mach dir keine Sorgen, ich bin noch nicht verzweifelt.«
Elf schob sich auf ihm zurecht, um nicht zu schwer zu sein. »Warum willst du mich dann?« fragte sie ihn und ließ eine Hand über seine Brust wandern.

»Ah, die ewig gleiche Frage. Vielleicht, Lisette, hatte ich einfach schon lange keine Frau mehr gehabt.«

»Hatte?« neckte sie ihn. »Das kann für das letzte Mal aber nicht mehr zutreffen.«

Er klopfte ihr aufs Hinterteil. »Biest. Das war nur der Ausdruck wilder Freude darüber, noch am Leben zu sein.«

»Na gut. Und warum willst du mich jetzt?«

»Gefahr macht manche Männer groß.«

»Groß?« sagte sie mit einem Kichern. »Was für interessante Ausdrücke du verwendest. Warum hast du schon lange niemand mehr geliebt? Ich bin sicher, es liegt nicht an fehlenden Gelegenheiten.«

»Vielleicht bin ich des unablässigen Geschwätzes der Frauen müde geworden.«

Er tat sein Bestes, sie mit Worten abzuwehren, aber Elf brannte vor Verlangen, diesen Mann zu verstehen. »Ich bin überzeugt, daß du eine Hure dafür bezahlen kannst, den Mund zu halten.«

Er zog sie näher an sich heran und griff fest nach ihrem Po. »Ich bin überzeugt davon, daß du zu klug für das unschuldige Dummchen bist, das du spielst. Und doch warst du unberührt. Willst du das Rätsel nicht lösen, Lisette?«

Eng an ihn gepreßt, spürte sie, wie er zwischen ihren Schenkeln größer und fester wurde. Er fuhr neue Waffen auf, im Kampf, sie zum Schweigen zu bringen.

Eine Malloren bringt man aber nicht so leicht zum Verstummen.

»Meine Familie ist nicht so geheimnisvoll«, sagte sie. »Warum hattest du so lange keine Frau?«

Er drehte sich und zog ihren Kopf zu sich, um sie mit einem Kuß zum Schweigen zu bringen. Elf erwiderte seinen Kuß, verwandelte ihn von einer Waffe in ein Vergnügen, bis sie spürte, daß sein Griff lockerer wurde und seine Anspannung

nachließ. Als ihre Lippen sich trennten, flüsterte sie trotzdem noch einmal. »Warum hast du so lange keine Frau gehabt?«
Sie mußte einen Schrei unterdrücken, weil er ihre Schultern so fest gepackt hatte, doch dann ließ er sie los. »Weil«, sagte er sanft, »ich ihnen weh getan habe.«
»Weh getan?« Sie wünschte, sie könnte sein Gesicht sehen.
»So wie ich dir weh getan habe.« Er streichelte sie an den Stellen, wo er zugepackt hatte.
»Du hast mir aber bis jetzt nicht weh getan.«
»Bei dir scheint es anders zu sein. Deshalb habe ich zugestimmt, mit dir Liebe zu machen.«
Elf ließ sich wieder auf ihn herab und schmiegte ihren Kopf an seinen Hals. »Ich bin froh.«
»Worüber?«
»Daß ich anders bin.«
»Wenigstens gehörst du nicht zu denen, die Bisse und Schläge mögen.«
»Gibt es solche Frauen?«
»Ah, wenigstens eine Spur von Unschuld. Ja, manche Frauen mögen Schmerzen beim Sex. Manche Männer mögen das auch.«
Sie drehte sich und küßte ihn aufs Kinn. »Aber du nicht.«
Er drehte seinen Kopf, so daß er ihre Lippen küssen konnte. »Nein, ich nicht. Wenn du also eine Vorliebe für rauhere Spielarten der Liebe hast, mußt du dir einen anderen suchen.«
Sie drehte ihren Kopf weg. »Du magst vielleicht niemand schlagen, aber du zögerst nicht, mit Worten auszuteilen!«
Er lag einen Moment lang still, dann tastete seine Hand nach ihrem Haar. »Es tut mir leid, aber ich habe dir ja gesagt, daß ich nicht nett bin.«
»Ich glaube nicht, daß das deine wahre Natur ist. Warum bist du so ... so bitter?«

Sie hatte ihm die Kernfrage gestellt, und als das Schweigen andauerte, dachte sie schon, er würde nicht antworten.
»Ich hatte ein Schockerlebnis«, sagte er schließlich. »Das hat mich wütend gemacht.«
Das sagte ihr wenig, aber es war ein ungeheures Eingeständnis von seiner Seite. Sie streichelte seine Brust. »Es tut mir leid, daß du Schmerzen erlitten hast.«
»Schmerzen? Ja, das trifft es wohl.«
»Ein Todesfall?« fragte sie und riskierte damit eine gewagte Frage.
Sie wollte, daß er ihr die Ursache seiner Bitterkeit erzählte. Vielleicht hatte er noch nie mit jemand darüber gesprochen. Sie wußte von ihren Brüdern, besonders von Bryght und Rothgar, wie schwer es ihnen fiel, von ihren tiefsten Gefühlen zu sprechen.
»Kluge Lisette. Ja, ein Todesfall.«
Er verfiel wieder in Schweigen, und sie wartete, unsicher, wie sehr sie ihn drängen durfte.
»Mein Vater.«
Elf versuchte, nicht zu reagieren. Er hatte so lange gebraucht, um diese zwei Worte auszusprechen, daß sie wußte, wie schwer ihm das gefallen sein mußte.
»Es kann sehr weh tun, einen Elternteil zu verlieren«, sagte sie. »Mein Vater starb, als ich noch ein Kind war.«
»Wie alt warst du da?«
Was wußte er von den Mallorens? Sicherheitshalber gab sie ein paar Jahre dazu. »Ich war neun.«
»Fast zu jung, um sich daran zu erinnern.«
»Ja. Ich wünschte, ich hätte mehr von ihm gehabt. Mehr Bilder, mehr Briefe. Als er im Sterben lag, diktierte er Briefe an jeden von uns, aber sie sind eher streng. Ratschläge, Ermahnungen. Dabei hat man mir erzählt, daß er sehr lebenslustig war.«

»Ich nehme an, der Tod ist eine sehr ernüchternde Erfahrung. Also hast du noch Brüder und Schwestern?«
»Ja. Und Ihr, Mylord?«
»Du mußt mich Fort nennen, sonst werde ich dir nie meine Geheimnisse anvertrauen.«
Die neckende Bemerkung brachte sie zum Lächeln. Sie zeigte ihr auch an, daß sie den Durchbruch geschafft, daß er mit ihr reden würde. Ihre Bedenken meldeten sich wieder, aber sie schob sie beiseite. Es würde ihm guttun zu reden. »Also Fort.«
»Ich habe zwei Schwestern und einen Bruder.«
»Und deine Mutter? Lebt sie noch?«
»Sie starb, als ich noch recht klein war.«
»Aber wenigstens hast du deine Geschwister.«
»Wir stehen uns nicht so nahe.«
Elf wollte protestieren. Chastity liebte Fort, genauso wie seine andere Schwester, Verity. Sie würden ihm in allem zur Seite stehen, aber er schien davon nichts zu bemerken. Nur weil er glaubte, ihnen gegenüber versagt zu haben, dachte er, sie könnten ihn nicht lieben.
»Das ist schade«, sagte sie.
»Dann stehst du deiner Familie nahe.«
»Ja, sehr nahe.«
»Da hast du Glück.«
»Wohl schon, obwohl es auch bedeutet, daß sich alle bemüßigt fühlen, sich in mein Leben einzumischen.«
»Tatsächlich? Ich hatte eher den Eindruck, daß nicht gut auf dich aufgepaßt würde.«
Elf wußte, daß sie der gefährlichen Wahrheit zu nahe kam, aber sie konnte nicht umhin, so ehrlich zu sein wie möglich.
»Es ist nur so, daß ich im Moment nicht in ihrer Nähe bin.«
»Ah ja. Du wohnst bei deiner nachsichtigen Freundin.«
»Du mußt sie nicht tadeln. Sie heißt ja mein Verhalten nicht gut.«

»Dann sollte sie dich daran hindern.«
»Vielleicht kann man mich nicht hindern.«
»Sicher, so habe ich dich ja auch kennengelernt. Zu meiner Freude.« Er drückte sie fester an sich. »Es würde mich außerordentlich glücklich machen, Lisette, wenn du meine Mätresse werden würdest. Ich mag dich, und es besteht wohl kein Zweifel daran, daß ich deinen Körper wirklich begehre.«
»Ich wünschte, das wäre möglich«, sagte Elf. »Aber wenn meine Familie es herausfände, wäre sie dagegen.«
»Dann hast du mich in die Irre geführt«, er klang etwas verärgert, und das mit Recht. »Hast du dir überlegt, was sie zu einem Kind sagen würden? Es muß nicht passieren, aber es ist möglich.«
Elf hatte darüber nachgedacht. Ja, das hatte sie wirklich. »Sie wären enttäuscht, aber sie würden mir helfen. Ich würde das Kind diskret zur Welt bringen und es von geeigneten Pflegeeltern aufziehen lassen. Das ist ja nichts Ungewöhnliches.«
»Was für einen kühlen Kopf du hast. Ich hoffe, deine Familie ist so verständnisvoll, wie du sagst.«
Das hoffte Elf auch, und »kühl« traf auf ihre momentane Gefühlslage nicht unbedingt zu. Der Gedanke, schwanger zu sein, versetzte sie in Unruhe. Die Vorstellung, ein Kind, Forts Kind, fremden Leuten zu überlassen, schockierte sie. Warum hatte sie nicht vorher daran gedacht, daß das vollkommen unmöglich wäre?
Seine Stimme riß sie aus ihren Gedanken. »Versprich mir etwas.«
»Was?«
»Wenn du ein Kind bekommst, laß es mich wissen. Ich habe zwei Bastarde, von denen ich weiß, und ich habe ein Auge auf sie. Ich denke nicht, daß solche Kinder davon profitieren, wenn sie zu früh erfahren, daß sie adeliger Herkunft sind, aber

ich werde dafür sorgen, daß sie einen guten Start ins Leben haben.«
Sie umfaßte sein Gesicht und suchte seinen Mund mit ihren Lippen. An seinem entspannten Mund spürte sie, daß er in sanfter Stimmung war. Sie glaubte fast, seine weichen Züge vor sich zu sehen. »Ich habe dir gesagt, daß du ein netter Mann bist.«
»Ist das nett? Sie könnten mir eines Tages von Nutzen sein.«
Aber sie spürte, wie sich seine Lippen zu einem Lächeln verzogen.
»Warum bemühst du dich so darum, herzlos zu erscheinen?«
»Du bist eine Romantikerin. Ich versuche nur, ehrlich zu sein.«
»Du schätzt dich falsch ein. Beschreib mir doch mal, wie du den Earl of Walgrave siehst.«
Er drehte sie plötzlich um und rieb seine Erektion an ihrer Scham. »Wild vor Lust.«
Lust regte sich auch in Elf, aber sie fragte: »Warum versuchst du die ganze Zeit, mich abzulenken?«
»Weil du die ganze Zeit an meine Wunden rührst.«
»Was für Wunden?«
Er stöhnte und brachte sie mit einem Kuß zum Schweigen. Sie genoß es und vergaß keinen Moment lang den heißen Eindringling zwischen ihren Schenkeln, aber als er eine Pause machte, fragte sie wieder: »Was für Wunden?«
»Sei still.« Er zog sie unter sich, spreizte ihre Beine und stieß in sie hinein. Sie wurde steif vor Schreck und Schmerz.
Er erstarrte, zog sich dann aus ihr zurück und zitterte. »Da siehst du, wie ich bin, sogar bei dir.«
Sie packte ihn bei den Haaren, bevor er in der Dunkelheit verschwinden konnte. »Und siehst du, wie ich bin? Wie ein Jagdhund, wenn ich hinter der Wahrheit oder einem Mann her bin.«

Grob zog sie ihn zurück und öffnete seine Beine. »Ich will dich.« Sie tastete im Dunkeln, fand seine Erektion, und trotz eines gemurmelten Protests, der sehr halbherzig klang, machte sie es sich vorsichtig auf ihm bequem. Sie genoß es, ihn so stark und groß in sich zu spüren, auch wenn sie noch etwas empfindlich war. »Mache ich das richtig?« flüsterte sie.
Ein wildes Lachen durchlief ihn wie eine Welle. »Perfekt. Sitzt du bequem?«
Elf drehte sich noch ein bißchen, von ihm ausgefüllt und mit weit geöffnetem Becken. »Was für eine ungewöhnliche Frage. Mir tut nichts weh.«
Sie bewegte sich und versuchte, im Gleichgewicht zu bleiben. Zwischen ihren Beinen reagierte er darauf. Sie erinnerte sich daran, wie er sie gebeten hatte, mit ihm zu reden, während sie sich liebten.
»Was für Wunden?« fragte sie, während sie sanft mit ihren Hüften schaukelte.
»Was?« Sie brauchte ihn nicht zu sehen, um zu wissen, daß sie ihn vollkommen überrumpelt hatte.
Sie biß sich auf die Lippen, um ein Kichern zu unterdrücken. »Was für Wunden? Erzähl mir ein bißchen von deinen Wunden, und ich werde mich ein bißchen bewegen.«
»Das ist die gemeinste Hurenmethode.«
»So wirst du mich jedenfalls nicht ablenken. Was für Wunden?«
»Nicht. Nicht ...«
»Sag es mir. Wunden müssen geöffnet werden, damit sie heilen können.« Im Rhythmus ihrer Schaukelbewegung sang sie: »Sag's mir, sag's mir, sag's mir ...«
Er packte sie, rollte sie unter sich, hielt sie brutal fest. »Ich habe meinen Vater getötet«, sagte er, bevor er ihren Körper benutzte, um zu vergessen.
Erschüttert von seinen Worten, geschüttelt von seinem wil-

den Rhythmus, konnte Elf sich nur hilflos mit ihm bewegen, bis er über ihr zusammensank, immer noch zitternd. Sie hob eine bebende Hand, um seinen Rücken zu streicheln, über den kalter Schweiß rann.

Was sollte sie sagen, was? Er hatte seinen Vater getötet. *Er*, nicht einer ihrer Brüder, hatte den Schuß abgefeuert.

Dann bemerkte sie, daß er weinte. Hilflos, gebrochen weinte er in ihren beruhigenden Armen, während sie ihre eigenen stillen Tränen weinte.

Sie war schuld daran. Sie hatte alle Schranken niedergerissen, ohne daran zu denken, wie sie mit dem umgehen würde, was dahinter lag.

Sie dachte zurück an die schreckliche Nacht auf Rothgar Abbey. Ihre Brüder waren alle bewaffnet gewesen. Sie war sich sicher, daß einer von ihnen den alten Earl hätte töten können. Statt dessen hatten sie – hatte Rothgar – ihn gezwungen, das schlimmste aller Verbrechen zu begehen, Vatermord. Zum ersten Mal schämte sie sich für etwas, das ihre Familie getan hatte.

Er lag jetzt still und mit Sicherheit verlegen. Das war sie auch. Was konnte man in so einer Situation sagen? Was würde Lisette sagen? Elf sprach in festem, forschem Ton. »Ich bin sicher, daß dein Vater seinen Tod dann auch verdient hat.«

Er lachte mit zittriger Stimme. »Oh, sicher. Aber das tun viele. Es ist unverzeihlich.« Er lag immer noch zwischen ihren Beinen.

»Sicher weiß niemand von deinem Verbrechen, sonst wärst du ja bestraft worden.«

»Ein paar wissen es, aber es wird nicht herauskommen. Bist du nicht schockiert?«

»Nein.« Sie kannte jetzt die Gefahr, aber sie mußte noch ein bißchen weiter in ihn dringen, um zu kitten, was sie zerbrochen hatte. »Warum schmerzt es dich so sehr?«

»Warum?« Er schien erschöpft von Sex und Trauer und lag mit seinem schweren Körper halb auf ihr, aber das machte ihr nichts aus. »Gott weiß es. Vielleicht weil er der einzige Mensch ist, den ich je getötet habe. Das muß ja eine Narbe hinterlassen.«
Sie ließ die Stille zu und hoffte auf mehr Informationen.
»Wahrscheinlich weil ich ihn gehaßt habe.« Er sprach so leise, daß sie ihn kaum verstehen konnte. »Ich haßte, verabscheute und fürchtete ihn mein ganzes Leben lang. Ich könnte mir sagen, daß ich ihn getötet habe, weil er dabei war, andere zu töten. Das sagen meine Schwestern. Aber ich habe ihn getötet, weil ich ihn gehaßt habe, weil ich ihn töten wollte, seit ich ein kleines Kind war, und schließlich die Gelegenheit dazu hatte.«
Er stützte sich auf seine Unterarme, und die Worte sprudelten nur so aus ihm heraus. »Als Kind wollte ich ihn aus machtloser Angst heraus töten. Es waren nicht nur die Schläge, es waren seine unerreichbaren Ansprüche. Nichts, was ich tat, war gut genug. Jeder Fehler wurde aufgespießt und mir unter die Nase gerieben. Wenn er mich mit der Peitsche schlug, ließ er vorher die Dienerschaft zum Zuschauen antreten. Er sagte, das würde meinen Stolz brechen. Er, der stolzeste Mann aller Zeiten.
Aber als ich erwachsen wurde, war ich ihn los. Er ließ mich in Ruhe, und ich wich ihm aus, als hätte er die Pest. Ich war ein totaler Feigling. Ich tat nichts, um meinen Schwestern zu helfen. Nichts, um seinen Grausamkeiten gegenüber den Dienern und Untergebenen Einhalt zu gebieten. Ich hatte zu große Angst davor, mich mit ihm einzulassen. Und so habe ich ihn schließlich umgebracht.«
Selbst erschüttert von diesen Enthüllungen, streichelte Elf seine feuchten Arme. »Das klingt, als wäre er ein Ungeheuer gewesen.«
»Das war er. Aber ich hätte ihn von Angesicht zu Angesicht töten sollen.«

»Nein, das hättest du nie tun können. Ja, vielleicht hättest du denen helfen sollen, über die er Macht hatte. Aber vielleicht kanntest du nicht das ganze Ausmaß seiner Grausamkeit.«

»Weil ich mich entschlossen hatte, es nicht kennen zu wollen.« Seine Stimme hatte jetzt schon wieder einen normaleren Ton angenommen, und er schob eine Hand zwischen ihre Beine.

Sie packte ihn am Handgelenk. »Nein.«

»Nein? Ich glaube, du hast beim letzten Mal nicht viel Spaß gehabt.«

»Ich denke, ich hatte das, was mir für hundert Guineen zustand.«

»Vergiß nicht, *ich* bezahle *dich*.« Als sie nicht aufhörte, sich zu sträuben, gab er auf und setzte sich auf. »Vielleicht hast du jetzt vor, es mit Erpressung zu versuchen.«

Sie setzte sich neben ihn. »Selbst wenn es so wäre, hätte ich keine Beweise.«

»Da habe ich ja Glück gehabt.« Obwohl sie noch nebeneinandersaßen, merkte sie, wie er sich von ihr entfernte. »Bist du stolz auf dich, Lisette?«

Elf zog die Kutte um sich, sie fror, aber nicht nur deshalb. »Nein. Jetzt wirst du mich nie mehr sehen wollen, oder?«

»Ich bin nie davon ausgegangen, daß wir von einer längeren Beziehung sprechen.«

»Du hast mich gebeten, deine Mätresse zu werden.«

»Ah ja. Stimmt. Aber ich bedaure, daß ich dieses Angebot jetzt zurückziehen muß.«

Sie schluckte. »Haß mich nicht.«

»Das werde ich nicht. Das tue ich nicht. Ich will nur versuchen, dich zu vergessen.«

Elf preßte ihre Lippen aufeinander, um nicht zu weinen. »Was, wenn wir uns je wiedersehen?«

»Lisette«, sagte er scharf, »du verstehst, was passiert ist. Laß

es auf sich beruhen. Das war eine seltsame Nacht, und wenn wir sie überleben, wird wohl keiner von uns beiden sie je völlig vergessen. Aber ich bin sicher, daß wir beide das versuchen werden.«
Sie bemerkte, daß sie die Kutte genommen hatte. Sie zog sie aus und streckte sie ihm entgegen, bis sie seinen Körper berührte. »Nimm sie. Dir muß kalt sein.«
Aber er war schon weg, und seine Stimme kam aus der Ferne. »Behalt sie. Versuch, ein bißchen zu schlafen.«
Sie schluckte die Tränen hinunter, die er nicht hören durfte, und rollte sich in der Kutte, die nach ihm und Sex roch, zusammen und versuchte, mit dem Vergessen anzufangen.

Es war eine lange Nacht gewesen, mit wenig Schlaf, aber Elf mußte eingedöst sein, denn sie erwachte von lautem Krach. Sie wühlte sich aus der Kutte zum Sitzen hoch und hörte Stimmen.
»Die haben was ins Schlüsselloch gesteckt«, brummte jemand.
Eine Berührung ließ sie zusammenfahren. Fort machte: »Scht!«
»Wer ist das?«
»Ich weiß es nicht, aber nicht unsere Entführer. Mit Glück sind es Leute, die mich suchen.«
Oder meine Leute, die nach mir suchen, dachte sie. Dann erinnerte sie sich daran, daß er nackt war. Sie glitt von der Kiste und gab ihm die Kutte in die Hand.
»Ich denke, ich sollte etwas anziehen«, sagte er und nahm sie. »Ich wünschte, wir hätten etwas, um sie in zwei Stücke schneiden zu können. Dein Unterkleid wird nicht viel verhüllen.«
Elf bemerkte einen Lichtschimmer um die Tür herum. Es war noch nicht Tag, aber es dämmerte schon. »Sollten wir nicht etwas rufen?« schlug sie vor. »Wenn es unsere Entführer sind,

wissen sie sowieso, daß wir hier drin sind. Wenn nicht, geben sie vielleicht auf, wenn sie nichts hören.«
»Stimmt. Ich gehe hin und rede mit ihnen.« Sie hörte Klopfgeräusche und dann seine Stimme. »Hallo, ihr da draußen.« Das Klopfen hörte auf. »Sir?«
Elf hob den Sargdeckel hoch. Sie würden gleich gerettet sein, aber sie mußte versuchen, ihre Identität zu verbergen. Vielleicht war die Katastrophe unvermeidlich, aber wenn sie ihre Maske wieder aufsetzen konnte, war es vielleicht denkbar, daß Fort nie die wahre Identität seiner nächtlichen Vertrauten erfahren mußte.
Das würde ihm wenigstens die ständige Erinnerung an seine Geständnisse ersparen.
»Ich bin der Earl of Walgrave. Eine hübsche Summe für den Mann, der mich hier rausholt.«
Der Deckel war schwer, aber sie schaffte es, ihn aufzuheben, während sie mit einer Hand im Sarg herumtastete.
»Verzeiht, Mylord, aber ist da auch eine Dame bei Euch?«
Sie hatte die Maske gefunden!
»Ja, hier ist eine. Sucht Ihr sie?«
Elf ließ den Deckel wieder herab und hörte das Erstaunen in Forts Stimme. Oh, auf ihn warteten noch ganz andere Überraschungen. Besonders weil die Befestigung der Maske durchgeschnitten war. Zum Teufel mit den verdammten Schotten!
»Ähm, ist sie unversehrt?« Elf erkannte Roberts' Stimme.
»Ja!« rief sie. »Um Himmels willen, holt uns hier endlich raus!«
Ihre Hauptsorge galt aber immer noch der Maske. Zur Hölle damit. Sie hatten das Band zwei Zentimeter vom Rand entfernt durchgeschnitten. Mit zitternden Fingern versuchte sie, es wieder zusammenzuknoten, aber es war hoffnungslos.
Konnte sie sich die Maske einfach vors Gesicht halten? Nein, das würde wirklich lächerlich aussehen.

Schläge gegen die Tür ließen jeden Moment ihre Befreiung befürchten, verbunden mit Licht und Offenbarung!
Sie warf das nutzlose Ding in die Ecke und zog an ihren gepuderten Locken, um sie sich ins Gesicht zu streichen.
»Was ist das Problem da draußen?« schrie Fort.
»Wir haben hier einen Mann, der Schlösser öffnen kann, Mylord, aber jemand hat ein Stückchen Holz ins Schloß gerammt. Und weil die Tür nach außen aufgeht, können wir sie auch nur schwer einschlagen.«
»Es gibt hier drin noch eine andere Tür. Wo sind wir hier überhaupt?«
»Es ist die Ruine einer Taverne in der Nähe der Docks, Mylord. Hier hat es vor nicht allzu langer Zeit gebrannt, scheint es. Die Gebäude rundherum sind alle abgebrannt, und das hier war wohl so beschädigt, daß man es aufgegeben hat. Wir suchen nach der anderen Tür.«
Elf hörte, wie Fort wieder die Rampe herunterkrabbelte.
»Wo bist du?« fragte er.
»Bei der Kiste.«
Einen Moment später spürte sie ihn neben sich. Er berührte sanft ihre Hand. »Ich habe mich heute nacht wie ein Schuft benommen, Lisette. Bitte nimm meine Entschuldigung an.«
Elf nahm seine Hand und schluckte die Tränen hinunter, die ihr bei dem Gedanken kamen, was hätte sein können, wenn sie andere wären oder sie seine Mauern nicht eingerissen hätte.
»Ich habe nach Antworten auf Fragen gefragt, die du nicht gestellt haben wolltest.«
Er umarmte sie beinahe brüderlich. »Vielleicht war ich einfach nur reif dafür, Schande über mich zu bringen.«
»Ich sehe keine Schande. Und ich wollte dir nur helfen. Vergib mir.«
»Natürlich vergebe ich dir.« Er schaukelte sie sanft und erinnerte sie damit an die erste Umarmung in dieser Nacht,

dieses wundervolle, zärtliche Schwingen in seinen Armen, das zu Ereignissen führte, die nie wieder passieren dürften.
Nie mehr, nie mehr, klang es wie ein Klagelied in ihrem Kopf.
»Du bist eine gute Frau, Lisette.« Schwache Stimmen wurden hinter der Tür hörbar. Im nächsten Moment würde alles vorbei sein. »Wirst du mir deinen wahren Namen verraten?«
Elf wollte nichts lieber, aber sie flüsterte: »Ich wage es nicht.« Sie klammerte sich an die winzige Chance, unerkannt zu entkommen. Vielleicht würde dann Elf Malloren einen Weg finden, mit Fort Ware zusammenzusein.
Er wiegte ihren Kopf, fuhr ihre Züge mit den Händen nach. »Ich frage mich, wovor du Angst hast...?«
Da öffnete sich mit einem Klicken die Tür, und das Licht einer Fackel fiel herein.
Als Elf ihr Gesicht an seiner Brust verbarg, wollte sie einfach nur ihre Augen gegen das Licht schützen. Sie erkannte jedoch, daß sie eine perfekte Position gefunden hatte.
»Der Schlüssel steckte im Schloß, Mylord. My ... My ... meine Güte.«
Roberts hatte es gerade noch geschafft, nicht *Mylady* zu sagen. Was wußte er? Und wie sah sie aus?
»Gebt mir etwas, um die Lady zu bedecken«, sagte Fort streng. »Gebt schon her, einen Mantel oder so etwas.«
Elf wurde in einen Wollmantel gewickelt, der leicht feucht von Schweiß war. Als sie ihre Arme in die zu langen Ärmel schob, hielt sie ihren Kopf gesenkt und wünschte sich einen Kragen, den sie vor ihr Gesicht schlagen konnte. Dann nahm Fort sie auf seine Arme und trug sie durch die Tür, so daß sie ihr Gesicht wieder an seiner Schulter verstecken konnte.
»Ich kann gehen«, sagte sie.
»Der Boden ist ziemlich uneben.«
»Du bist doch auch barfuß.«

»Das scheint meine Chance zu sein, den edlen Ritter zu spielen. Mach sie mir nicht kaputt.«
Noch ein paar Augenblicke ungetrübter Nähe.
Elf entspannte sich in seinen Armen, während er sie über die schmale Treppe und durch die Ruinen des Schankraums trug. Hier roch es nach abgestandenem Bier und verbranntem Holz, aber die frische Luft, die sie an ihren Beinen spürte, trug schon den Geruch des Flusses mit sich. Als sie ihren Kopf vorsichtig drehte, sah Elf die graue Dämmerung durch die geschwärzten, zerbrochenen Scheiben.
Dann trug er sie durch einen Flur in eine öde Umgebung voller ausgebrannter Gebäude. Wie schön es trotzdem war, nach der langen Finsternis etwas zu sehen.
»Habt Ihr ein Fahrzeug?« fragte Fort.
»Jawohl, Mylord.«
»Wer zum Teufel seid Ihr?«
Elf riskierte einen Blick und zuckte zusammen. Sie hatten den Einspänner gebracht, den sie immer benutzte, meist mit einem Diener hinten auf dem Wagen. Glänzend blau mit weißgoldenen Verzierungen war dies kein gewöhnliches Gefährt. Und das war auch Bianca nicht, ihr weißes Kutschpony.
Sie bereitete sich innerlich darauf vor, daß die Wahrheit nun ans Licht kam.
»Mein Name ist Roberts, Mylord«, sagte ihr Diener zögerlich. »Man hat mich geschickt, die Lady zu suchen.«
Fort ging der Frage nicht weiter nach, er fragte nur: »Und wie zum Teufel hast du sie gefunden?«
»Verzeihung, Mylord, aber können wir uns vielleicht an einem anderen Ort unterhalten? Wenn die anderen zurückkommen, sind wir nicht genug Leute, um mit ihnen fertig zu werden.«
Elf zählte. Da waren nur Roberts und zwei andere Männer, von denen einer das Pferd hielt. Sie konnte verstehen, warum

sie die beiden Frauen nicht mitgebracht hatten, aber es gehörten ja noch zwei andere Männer zu ihren Leuten.
Nach einem Moment der Spannung sagte Fort: »Sehr gut. Aber ich muß mir von einem von euch ein Paar Schuhe ausleihen. Der Spender kann sich ja hier irgendwo verstecken, bis man ihm andere bringt. Du, bring die Kutsche her!«
Der Mann brachte den offenen Wagen herüber, und Fort setzte Elf in den Sitz. Dann drehte er sich um, um sich ein Paar Schuhe auszusuchen.
Als sie die Zügel ergriff, schöpfte Elf wieder Hoffnung, daß sie trotz allem mit ihrer Täuschung davonkommen könnte. Jetzt standen die Männer zwischen ihr und der offensichtlich einzigen Straße hier, und sie kannte diesen Teil Londons kaum. Aber sobald sie in einen Stadtteil käme, den sie kannte, würde sie Bianca antreiben und Fort noch einmal entkommen.
Die arme Lisette würde verschwinden müssen, aber wenigstens wäre sie in der Lage, ihn als Elf Malloren weiterhin zu sehen und zu necken.
Er wählte die Schuhe des Mannes, der das Pferd gehalten hatte, und schickte ihn an die nächste Ecke, wo er sie ausziehen sollte. Dann schickte er Roberts hin, ihm die Schuhe zu bringen.
Und das war nett, erkannte sie.
Er hatte die Schuhe zwar eingefordert, als hätte er ein Recht darauf, aber er hatte den Mann nicht barfuß über die Steine und Scherben humpeln lassen.
Roberts kam mit den Schuhen zurück, und Fort zog sie an. »Jetzt«, sagte er, »laßt uns als erstes die Dame nach Hause bringen, wo auch immer das ist. Und unterwegs erzählst du mir, was passiert ist und wie du uns gefunden hast.«
Er drehte sich zum Wagen um, während er sprach, und Roberts, mit der brennenden Fackel in der Hand, drehte sich ebenfalls um. Bevor sie ausweichen konnte, griff Fort hinauf, um ihr die zerzausten Haare aus der Stirn zu streichen.

Er lächelte noch ganz zärtlich.
Sie versuchte, sich abzuwenden, aber er faßte sie am Kinn, und sein Lächeln erstarb.
Er blinzelte, als traute er seinen Augen nicht, und drehte dann ihr Gesicht ganz ins Licht. »*Elf Malloren?*«

Zwölftes Kapitel

»Es tut mir leid.« Elf zwang sich, in seine schockierten Augen zu sehen, und versuchte, ihm eine Botschaft der Liebe zu schicken.

Er ließ sie los, als hätte er sich verbrannt. »Kein Wunder, daß mir deine Stimme so vertraut schien! Was für eine wunderbare Nacht müßt Ihr gehabt haben, Mylady. Ihr habt mich nicht nur dazu gebracht, Euch zu Diensten zu sein, wie die letzte Hafenhure, Ihr habt mich auch noch dazu gebracht, meine Geheimnisse auszuplaudern wie ein weinerlicher kleiner Junge!«

Er wollte sich auf sie stürzen. Zwei Männer packten ihn und warfen ihn zu Boden.

Arme und Beine wirbelten im flackernden Licht von Roberts' heruntergefallener Fackel.

Flüche und Schreie kamen von dem Knäuel aus Männern.

Elf erzitterte bei dem Geräusch von Faustschlägen.

»Hört auf!« schrie sie sie an, aber sie schenkten ihr keinerlei Beachtung.

Sie schlug mit ihrer Peitsche dazwischen, aber keiner von ihnen schien das auch nur zu bemerken. Sie würden sich noch gegenseitig umbringen!

Dann kam der barfüßige Diener herbeigerannt, und bald hatten sie Fort überwältigt, obwohl er sich immer noch wie ein Verrückter wand. Flüche schwirrten durch die Luft, als Roberts Fort mit Gürteln und Streifen, die er mit seinem Messer von der Kutte abschnitt, fesselte.

Er kam schwankend wieder auf die Füße, mit geschwollenen Lippen, blutend und halbnackt. »Und jetzt, Mylady?« Er klang, als würde er sie am liebsten erwürgen.
Zitternd ließ Elf ihren Kopf in ihre Hände sinken. Sie hatte keine Ahnung.
Sie fühlte sich so erschöpft und zerschlagen, wie die Männer sein mußten, und in ihrem Kopf war kein einziger vernünftiger Gedanke.
Sie hätte ihn bei seinem Haus abliefern und den Rest dem Schicksal überlassen können. Aber sie erinnerte sich an den Blick in seinen Augen. Der Himmel wußte, welches Unheil er anrichten würde.
Und dann war da ja auch noch die Verschwörung. Bei all ihrem Forschen hatte sie vergessen, in dieser Angelegenheit nachzubohren.
Sie holte tief Luft und richtete sich auf. »Was ist mit den Schotten?«
»Das ist eine lange Geschichte, Mylady, und wir sollten hier besser keine Zeit verlieren.«
»Wohl wahr.« Elf brauchte dringend Zeit zum Nachdenken. »Setzt ihn hier rauf, und führt mich zu Lady Lessington.«
Obwohl er kein Wort sagte, wehrte Fort sich gegen jeden Versuch, ihn in den Sitz zu setzen, so daß sie ihn schließlich zu ihren Füßen hineinlegen mußten. Elf mußte sogar ihre Füße auf ihn stellen. »Und es geschieht dir recht«, schimpfte sie, während sie Bianca antrieb. »Was für eine lächerliche Vorstellung.«
Er sagte nichts.
Sie kamen aus der verlassenen Gegend in eine üble, schmale Straße. Roberts ging mit der Fackel voraus, die anderen Männer folgten mit gezogenen Pistolen der Kutsche. Da Fort die Schuhe jetzt ja nicht mehr brauchte, hatte der Diener sie wieder angezogen.

Durch den Kampf geweckt, schauten ein paar Leute hinter zerrissenen Vorhängen hervor, aber niemand belästigte sie.
Elf sah hinab auf das verschnürte Bündel unter ihren Füßen und kämpfte mit den Tränen. Schon wieder hatte sie ein Problem geschaffen und mußte jetzt zusehen, wie sie es löste.
»Ich habe dir nie etwas Schlechtes gewollt«, sagte sie sanft zu ihrem gefesselten Zuhörer. »Es war ein absoluter Zufall, das Treffen in Vauxhall. Aber ich habe dort etwas von deinen Plänen erlauscht. Das konnte ich nicht einfach auf sich beruhen lassen.«
Er hätte auch tot sein können, so wenig reagierte er. Sie fuhr unbeirrt fort.
»Ich habe diese Maskerade heute nacht nur veranstaltet, weil ich herausfinden wollte, was du in deinem Keller versteckt hast. Und ich hoffte, Murray und seine Leute hervorzulocken. Ich dachte, sie würden versuchen, mich anzugreifen, wenn sie mich sähen, oder mir zumindest folgen. Vielleicht haben sie das gemacht, und das ist der Grund, warum wir entführt wurden. Aber ich weiß nicht, warum sie mich nicht getötet haben ...«
»Roberts«, sagte sie matt, »erzähl mir, was heute nacht passiert ist.«
Während das Pferd die schmutzige Straße entlangklapperte, erzählte Roberts seine Geschichte.
»Also, Mylady, wir haben Euch im Auge behalten, als Ihr den Ball verließt und zum Haus des Earls gingt. Nichts geschah, und niemand schien sich besonders für Euch zu interessieren. Obwohl Sally, Gott segne sie, ein paar Straßenkinder bemerkt hatte, die Euch gefolgt waren.
Also haben wir versucht, ein paar von ihnen zu erwischen. Aber mit diesen kleinen Biestern ist es so, als wollten man einen Aal fangen. Schließlich hat uns aber doch einer von ihnen erzählt, daß sie von einem Geistlichen aus dem Peahen

in der Cow Cross Street angeworben wurden, Lord Walgrave zu beobachten. Da sonst nichts passierte, ging ich dorthin, um zu sehen, was ich herausfinden konnte. Und da, das muß ich zugeben, haben wir das Haus nicht mehr so beobachtet, weil wir dachten ...«

Er brach hier ab und schickte ihr einen verlegenen Blick. Elf konnte nur beten, daß das dämmrige Licht ihre glühenden Wangen nicht offenbarte.

»Auf alle Fälle«, fuhr er fort, »erwarteten wir nicht, daß in den nächsten Stunden jemand raus- oder reingehen würde. Als ich zurückkam, war ich ziemlich schockiert über das Chaos dort.«

»Kamt Ihr, als wir gerade fortgeschafft wurden?«

»O nein, Mylady. Dann hätten wir sicher versucht, sie aufzuhalten! Nein, es war schon alles vorüber, als ich zurückkam. Sally und Ella hatten sich in der Nähe des Hauses versteckt – weiblicher Instinkt, meinte Ella – und sahen, daß im Haus etwas vor sich ging. Also blieb Sally, um die Sache zu beobachten, und Ella rannte Hilfe holen. Bis Ella mit Roger zurückkam, war alles in Aufruhr.«

»O nein.« Vielleicht war alles sogar noch schlimmer, als sie angenommen hatte. Es war schon schrecklich, daß Fort ihre Identität jetzt kannte, aber es wäre nicht auszudenken, wenn die ganze Welt es wüßte.

»Die Leute dachten, es wäre nur eingebrochen worden, Mylady. Die Dienerschaft des Earls war aufgewacht und hatte die Halunken entdeckt. Die meisten im Keller.«

Er legte keine besondere Betonung auf den letzten Satz, aber Elf registrierte ihn. Wenn die Schotten im Keller gewesen waren, so, um zu stehlen, was auch immer Fort dort aufbewahrt hatte. Sie starrte auf ihn hinab, bemerkte aber keine Reaktion, außer vielleicht eine noch stärkere Anspannung.

»Haben sie es mitgenommen?« fragte sie.

»Ich glaube schon, Mylady.«

Fort zuckte zusammen, und Elf dachte schon, er würde endlich sein Schweigen brechen, aber das tat er nicht. Was war dieses wichtige Ding? Und wenn die Schotten es hatten, was würden sie damit tun?
»Der Mann, der es bewachte, wurde schwer verletzt«, fuhr Roberts fort. »Er hat aber gut gekämpft. Am Schluß gab es einen Toten, vermutlich einer der Verbrecher. Aber schließlich machten sie sich mit allem, was auch immer in diesen Kellern gewesen war, aus dem Staub, und mit Euch und dem Earl natürlich. Die Diener des Earls rannten herum wie Hühner, denen man die Köpfe abgeschnitten hat!«
Elf versuchte immer noch, aus der Geschichte klug zu werden, als Roberts schon weitersprach.
»Wir haben Sally im Garten gefunden, Mylady. Niedergestochen.«
Elf drehte sich zu ihm: »Tot?«
»Tot.«
Alle anderen Gedanken waren plötzlich unwichtig. Eine der Frauen, mit denen sie noch vor ein paar Tagen im Büro gesprochen hatte, war tot.
Wegen ihr.
So mußte sich ein Offizier fühlen, dachte sie, der erfährt, daß die Soldaten, die er in die Schlacht geschickt hat, tot sind. Sie wünschte, Cyn wäre hier, um ihr zu sagen, wie man mit so einer drückenden Verantwortung zurechtkam.
»Das tut mir leid«, sagte sie unbehaglich.
»Wir haben sie von dort weggebracht«, sagte Roberts schroff. »Schien uns nicht klug, wenn man sie dort gefunden hätte.«
»Das glaube ich auch.« Elf hatte das Gefühl, daß sie ihre Tränen nicht länger unterdrücken konnte. Es zerriß ihr fast die Brust, und ihr Gesicht schmerzte, aber sie durfte jetzt noch nicht weinen. Wenn das passieren würde, würde sie zusammenbrechen, und es gab noch einiges zu erledigen. Einiges,

damit Sallys Tod nicht umsonst gewesen sein sollte. »Was geschah dann?«
Roberts räusperte sich. »Also, Roger und Lon versuchten, die Spur der Schurken zu finden, während Ella zurückblieb, um mir Bericht zu erstatten. Sobald ich alles gehört hatte, holte ich noch ein paar unserer Leute, und wir verteilten uns, um Euch zu suchen. Ich sag's Euch ehrlich, Mylady, wir haben ganz schön um Euch gezittert.«
Und davor, was meine Brüder gesagt hätten, dachte Elf.
»Ich bin sicher, daß du richtig gehandelt hast, Roberts«, sagte sie, weil es Aufgabe eines Kommandanten war, seine Truppen zu ermutigen.
Sie kamen auf eine breitere Straße, und sie betete, daß es nicht mehr weit bis zur Warwick Street wäre. Der Himmel wurde heller, und es waren auch schon ein paar Leute auf den Beinen. Früher oder später würde jemand den gefesselten Mönch bemerken, der zu beiden Seiten aus ihrer Kutsche heraushing. Gar nicht zu reden davon, daß sie keine Schuhe trug und nicht viel mehr als einen Männermantel anhatte.
»Ich habe es versucht, Mylady«, sagte Roberts. »Wir haben nichts Besonderes gefunden, aber dann habe ich mich an diese Straßenkinder erinnert. Ich habe noch ein paar von ihnen aufgestöbert, und glitzerndes Gold brachte noch mehr Informationen aus ihnen heraus. Sie waren neugierig, wer der Kirchenmann war, der sie angeheuert hatte. Ein schottischer Pfarrer, ein Reverend Archibald Campbell. Sehr steif und fromm, aber sie waren skeptisch. Weil sie nichts anderes zu tun hatten, folgten sie ihm. Er ging oft nach Westminster Abbey, was ja auch nicht weiter auffällig war. Er ging auch in die Bruchbude eines alten Weibes, aber sie war zu alt, um seine Frau zu sein. Aber er ging außerdem in eine abgebrannte Gegend in der Nähe der Docks, und das kam ihnen komisch vor. Sie folgten ihm und hofften, ihn beim Huren

oder irgendwas zu erwischen, so daß sie mehr Geld von ihm verlangen konnten, damit sie es nicht ausplauderten. Egal, so sind wir jedenfalls auf die Idee gekommen, hier nach Euch zu suchen.«

»Aber was ist mit Murray?« sagte Elf mehr zu sich selbst. »Und wer ist dieser schottische Pfarrer? Westminster Abbey? Könnten sie planen, den König dort zu ermorden?«

Roberts' Kopf fuhr herum, er starrte sie an. »Den König ermorden?«

Sie konnte das jetzt unmöglich weiter erörtern. »Ach, ich weiß nicht. Dem Himmel sei Dank, Warwick Street! Wir müssen den Hintereingang nehmen.«

Immer noch den Kopf schüttelnd, führte Roberts den Wagen auf den Weg hinter Amandas Haus. Alles war ruhig. Aber als Elf den Wagen an einer versteckten Stelle anhielt, sah sie, daß die Küchentür offenstand und ein verstrubbelter, gähnender Küchenjunge Schmutzwasser hinausleerte.

Sie würde Amanda brauchen, um Fort hineinzuschmuggeln und ihn festzuhalten. Sie wünschte sich verzweifelt einen Rock, als sie vom Wagen sprang. »Laßt ihn nicht entkommen«, sagte sie und lief durch den Garten auf das Haus zu.

Der Küchenjunge – ein Kind von vielleicht zehn Jahren – starrte sie an.

Elf sagte: »Ich bin Lady Elfled Malloren. Ich gehe jetzt in mein Zimmer hinauf.« Die strengen Worte schienen ihn so zu beeindrucken, daß er keine Anstalten machte, sie aufzuhalten, als sie durch die Küche ins Haus ging.

Sie benutzte die Personaltreppe, um in den ersten Stock zu gelangen, und rannte dann den Flur zu Amandas Zimmer entlang. Sie stürzte hinein und stand schon neben ihrem Bett, als sie bemerkte, daß da zwei Leute im Bett lagen.

Amanda!

Dann sah sie, daß es sich um Stephen handelte, Amandas

Ehemann. Sie mußten eine fröhliche Wiedersehensfeier gehabt haben.
Elf wich zurück, blieb dann aber stehen. Sie brauchte immer noch Amandas Hilfe, aber wenn sie sie in diesem Aufzug weckte, würde Amanda schreien. Und wenn Stephen sie sehen würde, wäre alles aus.
Leise vor sich hin jammernd, stürzte sie in ihr Zimmer und riß sich ihren seltsamen Aufzug vom Leib. Sie wollte sich waschen. Nein, sie wollte ein ausgedehntes, heißes Bad nehmen. Sie hatte aber nur Zeit, nach einem neuen Unterkleid und einem schlichten Kleid zu greifen. Es fiel ohne Mieder nicht richtig, aber das einfache Kleid brauchte keine Kurven.
Schuhe! Wo bewahrte Chantal ihre Schuhe auf?
Sie fand sie in einer Schublade und wollte schon ein Paar anziehen, als sie auf die Lumpen blickte, die einmal ihre wunderschönen Spitzenstrümpfe gewesen waren.
Verflixt und zugenäht.
Wütend wischte sie ein paar Tränen weg und riß sich die Lumpen von den Beinen. Sie wühlte durch noch ein paar Schubladen, bis sie einfache Baumwollstrümpfe fand.
Sie stopfte die schmutzigen Kleider unten in eine Schublade und warf dann einen Blick in den hohen Spiegel.
Welch ein Fehler! Ihre Haare sahen aus wie ein gepudertes Rattennest, Gesicht und Hände waren dreckig, und sie sah ... Sie sah einfach anders aus.
Das war sie ja auch, aber sie wollte nicht, daß man ihr das ansah.
Sie schnitt eine Grimasse wegen der zusätzlich nötigen Zeit und versuchte, Gesicht und Hände mit dem kalten Wasser auf dem Waschtisch zu reinigen. Sie bürstete ihr gepudertes Haar in eine Art Ordnung und stopfte es unter ein Spitzenhäubchen.
Der Spiegel sagte ihr, daß die Verbesserung nur gering war,

aber es würde gehen. Sie eilte zurück zu Amandas Zimmer und öffnete behutsam die Tür.
Sie schliefen immer noch.
Elf schlich auf Zehenspitzen auf Amandas Seite vom Bett und schüttelte sie vorsichtig. »Amanda«, flüsterte sie, »wach auf.«
Amanda blinzelte, erwachte und wollte schon etwas sagen. Aber Elf legte ihre Hand auf ihren Mund, und Amanda verschluckte ihre Worte. Sie schlüpfte aus dem Bett, zog sich einen Morgenmantel über und eilte mit Elf auf den Korridor hinaus.
»Was ist passiert?« flüsterte Amanda. »Du siehst fürchterlich aus! Ich war so ...«
»Das ist eine lange Geschichte«, unterbrach Elf sie. »Schau, ich habe Fort – Walgrave – gefesselt da draußen und muß ihn irgendwo verstecken.«
»Gefesselt ...?« Amanda sank an eine Wand. »Elf, was hast du jetzt schon wieder angestellt?«
»Ein großes Durcheinander. Du kannst später mit mir schimpfen. Jetzt brauche ich einen Keller oder Dachboden ...«
»Elf, das hier ist keine Villa wie Malloren House. Jeder Zentimeter ist mit Dienstbotenzimmern ausgenutzt. Es gibt ein leeres Schlafzimmer, aber wie sollten wir ihn vor Stephen verbergen?«
Elf suchte krampfhaft nach einem Ausweg, als Amanda hinzufügte: »Und ich habe ihm sowieso gesagt, daß du bei Sappho wärst.«
»Bei Sappho?« Elf starrte sie an. »Warum das denn?«
Amanda schnitt ein Gesicht und zog sie weiter den Korridor entlang. »Stephen tauchte bei Lady Yardley auf, um mich abzuholen. Ich war natürlich froh, daß er früher zurückgekommen war. Erst als wir beschlossen, schon früh nach Hause zu gehen« – sie wurde rot –, »bemerkten wir, daß du nicht da warst. Er wollte schon einen großen Wirbel veranstalten, also

sagte ich, du hättest den Ball mit einer Freundin verlassen. Als er mich fragte, mit wem, war die einzige Person, die mir einfiel, die sicher nicht auf dem Maskenball gewesen war, Sappho!«

Jetzt war es an Elf, gegen die Wand zu sinken. »Wenn ich mir die Haare ausreißen und anfangen würde zu kichern, könntest du mir dann ein nettes Plätzchen im Irrenhaus von Bedlam besorgen, bitte?«

»Du hast kein Recht, mir einen Vorwurf zu machen!« sagte Amanda. »Ich habe getan, was ich tun konnte. Du bist ja schließlich verschwunden, wohl mit Walgrave. Ich dachte, Ihr hättet viel Spaß miteinander gehabt, und jetzt erzählst du mir, daß du ihn gefesselt hast! Du steckst wieder in Schwierigkeiten, oder?«

»Tiefer, als du dir vorstellen kannst«, sagte Elf mit einem Seufzen. Sie fiel ihrer Freundin in die Arme. »Du hast recht. Du hast getan, was du konntest. Und vielleicht ist Sappho ja die Lösung. Wenn nicht, nehm' ich ihn einfach mit nach Malloren House und lasse den Dingen ihren Lauf.«

Amanda drückte sie an sich. »Du siehst erschöpft aus, und nicht so, als hättest du viel Spaß gehabt. Gibt es noch irgendwas, das ich für dich tun kann?«

»Nein, meine Liebe. Und«, fügte sie hinzu, während sie schon auf der Treppe war, »ein bißchen was davon war schon Spaß, sehr großer Spaß ...«

Zwei weitere Bedienstete waren inzwischen in der Küche, als Elf sie durchquerte, aber so einigermaßen normal gekleidet, erntete sie nur einen schläfrigen Blick und ein »Guten Morgen, Ma'am.«

Am Ende des Gartens fand sie Roberts, der seine Pistole in Forts Kniekehle preßte. »Er wollte Schwierigkeiten machen, Mylady. Ich habe ihm gesagt, daß selbst wenn er ein zerschossenes Knie überlebt, ihm das Leben danach keinen Spaß mehr machen wird.«

Elf hätte am liebsten mit dem Diener geschimpft und Fort in die Arme genommen, ihn getröstet und beruhigt. Aber ihr Verstand siegte, also drückte sie nur Roberts seinen Mantel in die Hand und stieg in den Wagen. Sie fuhren zu Sapphos Haus.

Es war nicht weit entfernt und London immer noch still, als sie den Weg hinter dem Haus einschlugen. Sie sprang vom Wagen und sagte zu Fort: »Mach keine Dummheiten. Es ist es nicht wert. Wir werden alles aufklären, wenn wir die Zeit dazu haben.«

Wieder blieb er still, als wäre er taub. Sie wünschte wirklich, sie könnte ihn stechen, wie die Wespe, als die er sie einmal bezeichnet hatte. Das würde vielleicht wenigstens irgendeine Reaktion hervorrufen!

Sie klopfte an die Küchentür. Zu ihrer Überraschung öffnete ihr die Dichterin selbst. Sie trug ein einfaches Kleid und hatte ihre Haare zu einem lockeren Knoten im Nacken aufgesteckt.

»Lady Elfled?« Selbst eine Frau wie Sappho schien erstaunt.

»Ich brauche Eure Hilfe.«

Sappho machte die Tür weit auf: »Natürlich.«

Die ehrliche und offene Reaktion rührte Elf fast zu Tränen. »Ich habe Fort – Lord Walgrave – gefesselt draußen. Ich weiß nicht, was ich mit ihm tun soll, und Amanda hat gesagt, daß ich hier sei. Ich habe ihm alles zu erklären versucht. Das mit den Schotten und dem König, und uns. Der Keller. Ich habe nicht ...«

Da befand sie sich schon in Sapphos Armen. »Schsch, mein Kind, schsch ... Cassie! Süßen Tee mit Brandy.« Sie führte Elf zu einem Stuhl am Tisch. »Regt Euch nicht auf. Ich werde Walgrave hereinbringen lassen, und dann können wir über alles reden.«

»Laßt ihn nicht los!« sagte Elf und sprang auf.

Sappho drückte sie wieder in den Stuhl. »Er ist wild, was? Das überrascht mich nicht, und es wird ihm zweifellos guttun, für eine Weile gezähmt zu sein.«

Plötzlich verließ Elfs Körper alle Kraft, und sie sackte in dem Stuhl zusammen. Sie sah verschwommen, wie ein Mädchen Tee eingoß, einen großen Brocken Zucker dazugab und einen Schuß Brandy. Als sie ihr die Tasse in die Hand drückte, fühlte die Wärme sich gut an.

»Trinken Sie das, Ma'am«, sagte das Mädchen und führte ihr die Tasse an die Lippen. Der Tee war stark, heiß und süß, und dann schoß ihr der Brandy in den Magen, so daß sie nach Luft schnappte. Ohne Hilfe nahm sie noch einen Schluck und fühlte, wie ihr Verstand wieder klar wurde und ihre Kräfte zurückkehrten. Als Roberts und einer der anderen Männer mit Fort hereinstolperten, war sie wieder bereit, den Herausforderungen ins Auge zu sehen.

Sappho befahl den Männern, Fort an einem freien Platz auf den Boden zu legen, und entließ sie dann. »Oder braucht Ihr sie noch, Lady Elf?«

»Nein. Ich glaube nicht. Roberts, können wir die Sache noch eine Weile geheimhalten?«

Er rieb sich die Nase. »Vielleicht, Mylady. Von uns wird keiner reden. Aber bei allem, was rund ums Haus des Earls passiert ist, Tote usw., wird bald ganz London in Aufruhr sein.«

»Ja, das glaube ich auch. Gott, ich wünschte, meine Brüder kämen zurück! Tu dein Bestes, Roberts.« Als der Mann gegangen war, wandte sie sich Sappho zu. »Das muß Euch alles vollkommen verrückt erscheinen.«

Sappho setzte sich ihr gegenüber an den Tisch und schenkte sich auch Tee ein. »Sagen wir, faszinierend. Ich kann es kaum erwarten, die ganze Geschichte zu hören. Ich hoffe«, sagte sie, »der Earl ist nicht schuld an den Toten. Es wäre eine Schande, ihn hängen zu sehen.«

»Man würde einen Earl nicht hängen.«

»Vor kurzem haben sie Ferrers gehängt.«

Das stimmte. Lord Ferrers war durchgedreht und hatte seinen Diener ermordet. Elf sah zu Fort hinüber, der zwar nicht verrückt war, aber momentan sicher fähig zu einem Mord.

Für einen schmutzigen Mann mit zerzaustem Haar in einer zerfetzten Mönchskutte, die an den Knien abgeschnitten war, und gefesselt an Ellbogen, Händen und Füßen, sah er erstaunlich gut aus.

Sogar trotz seiner Prellungen und der geschwollenen Lippe.

Sie rutschte von ihrem Stuhl, kniete sich neben ihn und strich sanft über seine blutigen Knöchel.

»Ach, du ...! Wenigstens hast du endlich jemand gefunden, den du schlagen konntest, ja?«

»Aber leider nicht dich.« Seine Augen waren hart und kalt wie Stein, und er blickte zur Decke.

Elf biß sich auf die Lippen und wandte sich dann an das Mädchen. »Könnte ich bitte ein bißchen Wasser haben, um seine Wunden zu säubern.«

»Wenn ich auch eine Bitte äußern darf: Ich möchte nicht, daß du mich anrührst.«

Seine Kälte traf sie wie ein Schlag. Sie hatte damit gerechnet, daß seine Wut nachlassen würde, aber dieser kalte Haß konnte ewig währen. Worte lagen ihr auf den Lippen – Erklärungen, Widersprüche, Entschuldigungen. Sie würden an seinem Haß abprallen wie Blumen, die man gegen einen Fels warf.

Sappho tauchte mit einer Waschschüssel und einem Tuch an seiner anderen Seite auf. »Dann werdet Ihr mit mir vorliebnehmen müssen, Mylord. Ich kann doch einen Gast nicht in so einem Zustand belassen.« Sie drehte seinen Kopf zu sich und wischte sanft den Schmutz ab. Sie sah sich auch sein Auge an: »Das ist nicht so schlimm.« Sie wusch sein Gesicht und seine Hände und verlangte dann nach einer Pinzette, um die kleinen Steinchen entfernen zu können.

Elf kniete daneben und hätte am liebsten seine Hand genommen oder ihm die Haare aus dem Gesicht gestrichen. Aber er hatte darum gebeten, daß sie ihn nicht berührte. Jetzt ließ er sich matt und widerstandslos von Sappho behandeln.
»Ihr habt da einen Schnitt im Fuß, Mylord«, sagte Sappho. »Ich habe die Glasscherbe schon heraus. Aber ich werde ein bißchen Brandy draufgeben, um die Wunde zu reinigen. Es wird etwas weh tun.«
Sie preßte ein mit Brandy getränktes Tüchlein auf den Schnitt, und Fort stöhnte mit geballten Fäusten auf. Das war aber auch schon alles. Als Sappho den Schnitt verband, entspannte er sich wieder stumm mit geschlossenen Augen.
Elf sah zu ihrer Gastgeberin hinüber, die ihrem Blick begegnete und die Brauen hob. Ihr Ausdruck war rätselhaft, aber schien beruhigend, als ob sie das Ganze nicht als große Tragödie betrachten würde. Elf erhob sich wieder und hoffte, daß die Dichterin sich nicht irrte.
Sappho stand ebenfalls auf und gab dem Mädchen Lappen und Schüssel. »So, Mylord, jetzt müssen wir irgendwas mit Euch anfangen. Wo Ihr hier seid, liegt Ihr im Weg. Werdet Ihr vernünftig sein und versprechen, keinen Ärger zu machen?«
Er öffnete die Augen und lächelte ein bißchen, aber eiskalt. »Im Gegenteil. Ich beabsichtige, so viel Ärger zu machen, wie ich kann.«
»Auch den König zu töten?« fragte Elf schnippisch.
Seine Augen streiften sie. »Kaum.«
»Dann sag mir, was hier vorgeht, damit ich etwas dagegen unternehmen kann!«
»Aber ich will nicht, daß etwas dagegen unternommen wird. Nicht mehr.«
Sie war schwer versucht, ihn zu treten.
Bevor Elf noch etwas sagen konnte, legte Sappho ihr beruhigend die Hand auf den Arm. »Als erstes müssen wir einen

etwas würdigeren Platz für ihn finden. Kein Mann wird zu Füßen seiner Feinde Vernunft annehmen. Und Sie, Mylady, sollten etwas essen. Lord Walgrave kann auch etwas bekommen, wenn er möchte. Das wird ihn sicher beruhigen. Dann können wir die verworrene Lage weiter besprechen.«

»Ich bin nicht sicher, ob wir Zeit für Nettigkeiten haben!« Aber Elf erkannte, daß Sappho recht hatte. Sie zerrte einen Holzstuhl herbei und ließ ihn knapp neben seinem Kopf aufschlagen. »Setzen wir ihn hier rein.«

Sappho schüttelte den Kopf. »So wie er dreinschaut, wäre das erste, was er täte, sich herausstürzen. Das würde uns nicht weiterbringen. Nein, ich denke eher an das Sofa. Cassie, hol John und Margaret.«

Einen Moment später tauchten ein knorriger alter Mann und ein drahtiges Mädchen auf. Zusammen mit ihren drei Dienstboten hob Sappho Fort auf. Sie schleppten ihn aus der Küche, einen Flur entlang und hinauf in den eleganten Salon, wo Elf ihn bei der Lesung getroffen hatte.

War das wirklich erst vier Nächte her?

Eines der Sofas hatte eine verschnörkelte geschnitzte Lehne. Die ächzenden Träger ließen Fort darauffallen und schoben seine Beine vorne wieder herunter. Dann banden sie ihn mit Seilen und Gürteln am Holz fest.

Einen Moment lang schien er sich zu überlegen, Widerstand zu leisten, aber dann sackte er zusammen. Das war nicht weiter überraschend. Zusätzlich zu seinen neuen Kratzern und Wunden mußte er auch noch unter dem Schlag leiden, der ihn vor ein paar Stunden außer Gefecht gesetzt hatte.

Auf Sapphos Anweisung lösten die Diener die meisten seiner Fesseln, so daß nur noch seine Arme über den Ellbogen zusammengebunden waren. Sein Oberkörper blieb jedoch fest an die Sofalehne gefesselt.

Sappho setzte sich ihm in einem Sessel gegenüber, als handele

es sich um eine ganz normale gesellschaftliche Zusammenkunft. »Ich denke, so ist es leichter für uns alle. Cassie, wir nehmen das Frühstück hier ein, bitte.«
Als die Diener gegangen waren, sank Elf in einen anderen Sessel. Ihre Augen und ihr Magen taten weh. Ebenso wie ein anderer Teil ihres Körpers, dessen sie sich bis zur letzten Nacht kaum bewußt gewesen war. Sie wollte ein Bad nehmen. Sie sehnte sich nach Schlaf. Sicher mußte er sich genauso fühlen.
»Nun«, sagte Sappho, »was hat es auf sich mit der Ermordung des Königs? Ich dachte, er wäre ein friedfertiger junger Mann.«
Elf ordnete ihre Gedanken. »Lord Walgrave hat eine Verbindung zu einer Bande jakobitischer Verrückter, die den König töten wollen. Innerhalb einer Woche, haben sie gesagt. Und die Woche ist fast verstrichen.«
Sappho drehte sich um und starrte Fort an. »Mylord! Ihr überrascht mich.«
»Sie ist verrückt. Wir sollten sie sofort in Bedlam einliefern.«
»Wenn ich verrückt bin«, fragte Elf, »wer hat uns dann aus deinem Haus entführt und einen deiner Diener verletzt und einen meiner Leute getötet?«
Er sah ihr in die Augen. »Eifersüchtige Geliebte?«
»Dann müssen das deine gewesen sein, weil ich vor der letzten Nacht noch nie einen hatte.«
Er zuckte zusammen, blieb aber spöttisch. »Das, meine Liebe, war nicht Liebe. Es war eine Unterhaltung, so geschmacklos wie eine Bärendressur.«
Ihr Bemühen, nicht zu weinen, gestaltete sich immer schwieriger.
»Der König«, erinnerte Sappho ruhig.
Ja, der König, die Verschwörung. Elf konnte sich darauf konzentrieren, um nicht vor Verzweiflung in Stücke gerissen zu

werden. »Du kannst das Zusammentreffen mit dem Schotten in Vauxhall nicht leugnen, ich habe dich gehört, dich gesehen.«

»Du bist wahnsinnig. Außer du planst vielleicht eine Verschwörung und versuchst nur, mir die Schuld in die Schuhe zu schieben. Das wäre ein typischer Malloren-Trick.«

Bevor Elf über diese Bemerkung explodieren konnte, kam Cassie mit einem großen Tablett herein. Sappho half ihr Brioches, Butter, Marmelade, Kaffee und Schokolade auf dem Tisch zu verteilen. Als das Dienstmädchen fertig war, wandte sich Sappho an Fort. »Darf ich Euch mit irgend etwas füttern, Mylord? Das dürfte Eure Stimmung etwas versüßen.«

»Ich bevorzuge meine bittere Stimmung.«

»Wie Ihr wollt.« Sappho drehte sich wieder weg. »Kaffee oder Schokolade, Lady Elf?«

Elf ließ sich von Sappho mit Schokolade und Brioches versorgen. Offensichtlich war Fort nicht in der Stimmung, Vernunft anzunehmen, nicht einmal was die Bedrohung des Königs anging. Statt dessen würde er Streit suchen und soviel Schaden wie möglich anrichten, dabei verrann gnadenlos die Zeit bis zur drohenden Katastrophe.

Es war alles ihre Schuld, und sie hatte keine Ahnung, wie sie die Dinge wieder in Ordnung bringen sollte.

Sie knabberte an einer Brioche, die genausogut aus Sägemehl hätte sein können, und rang verzweifelt um einen Einfall.

Joseph Grainger hatte Malloren House nur für eine Stunde verlassen, aber Probleme und Sorgen häuften sich schon wieder auf seinem Schreibtisch. Dann ging die Tür auf, und ein weiteres trat herein.

Grainger sprang auf die Füße. »Mylord!«

Marquis Rothgar hob die Brauen. »Ich weiß, daß ich verfrüht bin, Mr. Grainger. Aber bietet mein Erscheinen Anlaß zur

Panik?« Er sah auf seine schlichte, dunkle Reitkleidung und seine Stiefel hinab, als suchte er etwas Außergewöhnliches.
Hitze stieg Grainger in die Wangen. »Nein, Mylord. Ich bitte um Verzeihung. Es sind nur so viele Dinge ...«
»Das ist immer so.« Rothgar ließ sich auf einen Stuhl fallen und bedeutete auch Grainger, sich wieder zu setzen. »Jetzt erzählt mir, was anliegt.«
Grainger sah seinen gelassenen Arbeitgeber an und wußte, daß diese Ruhe nichts zu bedeuten hatte. Er fragte sich, was er ihm erzählen sollte. Es war gefährlich, zu versuchen, etwas vor Lord Rothgar zu verheimlichen, aber warum sollte man etwas ausplaudern, das ohnehin nie ans Licht käme?
Er begann mit einer unwichtigeren Sache. »Ich habe gerade Nachricht aus Rothgar Abbey erhalten, Mylord, daß ein mechanisches Spielzeug von dort vor einer Woche geholt wurde. Launceston schien zu glauben, das geschähe auf Eure Anordnung, aber ich erinnere mich nicht an eine solche Anordnung.«
»Ein mechanisches Spielzeug?«
»Die chinesische Pagode, Mylord. Der Automat.«
Rothgar runzelte die Stirn: »Geholt? Gestohlen?«
»Nicht direkt, Mylord. Sie wurde von Männern mitgenommen, die behaupteten, von Jonas Grimes, dem Uhrmacher, zu kommen. Sie hatten einen Brief von Euch dabei, der besagte, das Spielzeug sollte gereinigt und kontrolliert werden, bevor es Seiner Majestät geschenkt würde. Ich war gerade dabei, eine Nachricht an Grimes zu schicken, um ihn dazu zu befragen, aber ich fürchte, daß er nichts davon weiß. Ich frage mich, warum jemand sich soviel Mühe macht, um an ein Spielzeug zu kommen.«
»Das ist in der Tat seltsam. Und ist das das einzige, was Euch bedrückt?«
Grainger räusperte sich. »Nein, Mylord. Das andere ist sogar

noch seltsamer. Ich habe Nachricht von einem Eurer privaten Informanten aus Regierungskreisen. Es scheint, daß der Stein von Scone aus Westminster Abbey verschwunden ist.«
»Der Stein von Scone«, wiederholte Rothgar. »Wenn ich mich richtig erinnere, ist das ein großer, ziemlich häßlicher Sandsteinbrocken. Kein Wunder, daß Ihr so durcheinander seid, Mr. Grainger. Vielleicht ist gerade Vollmond.«
»Nein, Mylord. Es ist gerade abnehmender Mond.«
»Ah, danke. Ich kann mich in diesen Details immer auf Sie verlassen. Also«, sagte er und zählte mit seinen langen blassen Fingern, »wir haben ein fehlendes Spielzeug und einen fehlenden Stein. Hat sich noch irgendein seltsamer Gegenstand von selbst absentiert?«
Grainger schob ängstlich seine Papiere zusammen. »Keine Sache, Mylord. Ein Earl.«
Rothgar hob erstaunt die Augenbrauen: »Ein Earl?«
»Lord Walgrave. Er ist verschwunden.«
Jetzt war der Marquis plötzlich sehr aufmerksam. »Hat er das Land verlassen?«
»Soweit man weiß, nicht, Mylord. Er ist aus seinem Bett verschwunden, ohne einen Faden am Leib, und hat einen Toten und einen verletzten Diener zurückgelassen.«
Rothgars Augen zeigten keine besondere Besorgnis, aber Grainger wußte, daß er am gefährlichsten war, wenn er so ruhig wirkte. »Weiß man, wer der Tote und der Diener sind?«
Grainger schluckte. Jetzt kam der riskanteste Teil, aber er wußte nicht, wie er ihn geheimhalten sollte. Er dankte dem Himmel für die Notiz von Lady Elfled. »Die Identität des Toten ist ungeklärt, Mylord, und der Diener ist keiner von unseren Leuten. Aber« – er räusperte sich – »es ist noch etwas anderes Schlimmes passiert. Sally Parsons, ein Mädchen in Euren Diensten.«
Rothgar hob einen langen blassen Finger an sein Kinn, und,

wie bestellt, blieb ein Strahl der Morgensonne auf dem roten Siegelring hängen und ließ ihn blutrot aufleuchten. »War sie vielleicht dem Earl zu Diensten?«

»Ähm, nein, Mylord. Der Earl hatte eine andere Frau in seinem Bett, und sie ist ebenfalls verschwunden. Sally war dort ... Sie war im Auftrag von Lady Elfled dort.«

»Ich glaube, Ihr erzählt mir jetzt am besten die ganze Geschichte, und zwar schnell.«

So angetrieben, raste Grainger durch die Geschichte, die sowieso nicht besonders lang war. In das folgende ominöse Schweigen hielt er die rettende Notiz.

Rothgar streckte die Hand danach aus, und Grainger eilte um den Schreibtisch herum, um sie ihm zu überreichen. Er dankte dem Himmel, daß er so weitsichtig gewesen war, sie sich geben zu lassen.

Rothgar las und sah dann auf. »Habt das hier von ihr verlangt, Mr. Grainger?«

Grainger räusperte sich erneut. »Ich hielt es für das klügste, Mylord.«

Rothgar erhob sich. »Mr. Grainger, wenn Ihr noch einmal irgendeine Anordnung irgendeines Mitglieds meiner Familie in Frage stellt, werde ich Euch auf der Stelle entlassen. Fahrt mit Eurer Arbeit fort.«

Erschrocken beobachtete Grainger, wie der Marquis in seinem Büro verschwand, und fragte sich, ob er je verstehen würde, wie der Verstand seines Arbeitgebers funktionierte.

In seinem Privatbüro schob Rothgar Elfs Notiz in eine Schublade und stand dann einen Moment nachdenklich im Zimmer. Er hatte den Verdacht, daß Gott es gut mit ihnen gemeint hatte, als er Cyns und Chastitys Abreise verzögert hatte. Er läutete die Silberglocke auf seinem Schreibtisch, die einen Diener aus der Halle herbeirief.

»Mylord?«
»Ruf bitte sofort Lord und Lady Cynric zu mir.«
Cyn und Chastity kamen unverzüglich.
»Mein Gott, Rothgar«, klagte Chastity und deutete auf ihr Reisekostüm. »Ich hatte noch nicht einmal Zeit, mich umzuziehen.«
»Entschuldige.« Der Marquis setzte sich in einen bequemen Sessel. »Es haben sich Dinge ereignet, die schnelles Handeln erfordern.«
»Probleme?« fragte Cyn und ließ sich auf der Lehne des Sessels seiner Frau nieder.
»Ich fürchte, ja. Und es scheint, daß Elf darin verwickelt ist.«
»Elf? Sie war nicht mehr in Schwierigkeiten, seit sie Pfeffer in Großonkel Favershams Schnupftabaksdose getan hat!«
»Du vergißt Scottsdale.«
Cyn erhob sich mit der Hand am Schwert. »Willst du damit sagen, daß sie wieder in die Hände eines solchen Abenteurers gefallen ist?«
»Ich weiß nicht, in was sie gefallen ist. Aber ich werde umgehend Lady Lessington besuchen, um das herauszufinden. Ich dachte, Du und Chastity würdet vielleicht mitkommen wollen.«
»Natürlich. Was für Gründe hast du denn, anzunehmen, daß etwas nicht in Ordnung ist?«
Rothgar ging zur Tür. »Nur die Tatsache, daß einer unserer Leute letzte Nacht bei Walgraves House ermordet wurde und daß Elf sie dorthin geschickt hatte.«
»Teufel!«
»Oh, und ich vergaß zu erwähnen, daß der Earl seit heute morgen verschwunden ist, zusammen mit einer unbekannten Frau, die bei ihm war.«
In dem Schweigen, das danach eintrat, blickte Chastity zwischen den Brüdern hin und her. »Ihr glaubt doch nicht ... Wo sie ihn doch überhaupt nicht leiden kann!«

Cyn faßte den Griff seines Schwertes fester. »Aber er haßt die Mallorens genug, um uns über unsere Frauen anzugreifen. Ich werde ...«

»Du wirst mit mir zu Lady Lessington kommen«, sagte Rothgar.

»Beten wir zu Gott, daß Elf dort ist«, fügte Cyn grimmig hinzu.

Amanda versuchte, trotz ihrer Sorge um Elf das Frühstück mit ihrem geliebten Ehemann zu genießen. Sie hatte eine Nachricht von Sappho erhalten, die besagte, daß Elf in Sicherheit wäre, aber keine der Fragen beantwortete, die in Amandas Kopf kreisten.

Elf hatte Walgrave gefesselt. Was, um Himmels willen, hatte das zu bedeuten?

Und würde es ihrer Freundin gelingen, einen Skandal zu vermeiden?

Als ein Diener die Ankunft des Marquis von Rothgar, der nach seiner Schwester fragte, meldete, ließ Amanda fast ihre Tasse fallen.

Stephen stand sofort auf, um den Gast zu begrüßen, und Amanda folgte ihm eilig. Sie dankte dem Himmel, daß jetzt der tüchtige Marquis hier war, um die verworrene Angelegenheit in die Hand zu nehmen, aber sie zitterte auch um die arme Elf. Was würde Rothgar mit ihr machen, wenn die Wahrheit ans Licht käme?

Als sie ihr bestes Empfangszimmer betrat, sah sie, daß der Marquis nicht allein gekommen war. »Cyn? Gütiger Himmel, ich dachte, ihr wärt schon auf dem Wasser!«

Cyn zuckte mit den Schultern. »Ungünstige Winde, und dann gab es Probleme mit dem Schiff. Man beschloß, die Abfahrt um einen Monat zu verschieben, und da schien es uns nicht sinnvoll, uns die Zeit in Portsmouth zu vertreiben.« Obwohl

er einigermaßen freundlich war, entging Amanda der düstere Unterton in seiner Stimme nicht. »Wir sind hier, um mit Elf zu sprechen.«
Stephen drehte sich zu Rothgar um. »Ich bin erst letzte Nacht heimgekehrt, Mylord, aber soviel ich weiß, hat Lady Elfled sich entschlossen, ein paar Tage bei einer Dichterin namens Sappho zu verbringen.«
»Habt Ihr irgendeine Idee, Lady Lessington, warum sie dorthin umgezogen ist?«
Fixiert von seinem durchdringenden Blick gab Amanda ihr Bestes. »Oh, sie ist nicht umgezogen, Mylord! Alle ihre Kleider sind noch hier. Ich meine natürlich«, verbesserte sie sich schnell, »fast alle ihre Kleider. Wir haben Sappho besucht, wissen Sie. Vor ein paar Tagen ...« Je durchdringender diese dunklen Augen sie anblickten, desto mehr verhedderten sich ihre Gedanken und ihre Zunge. »Eine Dichterlesung. Ganz hervorragend! Elf muß an der Dame großen Gefallen gefunden haben ...«
»Und wann ist sie von hier weg?«
»Äh ... letzte Nacht, um genau zu sein.«
Stephen drehte sich zu ihr um: »Letzte Nacht? Ich dachte ...«
Amanda zwang sich zu einem Lächeln. »Es war ein spontaner Entschluß. Ihr kennt ja Elf.«
»Ich dachte, daß ich sie kenne«, sagte Cyn. »Was zum Teufel mag sie vorhaben?«
Stephen kräuselte die Stirn. »Aber Ihr wart doch letzte Nacht bei Lady Yardleys Maskenball.«
»Natürlich waren wir das, Liebling. Dort hast du mich doch abgeholt!« Amanda bemühte sich um eine zusammenhängende Geschichte. »Elf hat Sappho dort getroffen, wißt ihr, und – spontan – ihre Einladung angenommen.« Sie lächelte Rothgar verkrampft an. »Dort werdet Ihr sie auch finden, Mylord.«
Rothgar lächelte, als glaubte er ihr jedes Wort. Und war nicht

das meiste davon sogar wahr? Er küßte ihre Hand. »Dann werden wir uns dorthin begeben. Entschuldigen Sie, daß wir Sie beim Frühstück gestört haben, Mylady, Mylord.«

Amanda sah den Mallorens nach und wandte sich dann ihrem Mann zu.

»Amanda, meine Liebe, ich denke, du hättest mir besser die ganze Geschichte erzählen sollen.«

In der Kutsche schwiegen die drei Mallorens. Rothgar gab dem Kutscher Anweisung, sie in die Harlow Street zu bringen. Dann sagte Cyn: »Seltsame Geschichte.«

»Sehr seltsam«, stimmte ihm Rothgar zu. »Besonders weil Sappho Maskenbälle haßt und angeblich noch nie einen besucht hat. Und Lady Yardley ist außerdem Walgraves Tante.«

In Sapphos Haus fühlte Elf sich ein bißchen belebt durch das Essen und den Kaffee. Jetzt beobachtete sie Fort und suchte nach einem Riß in seiner Marmorfassade. Während des Frühstücks zeigte er nicht das geringste Interesse am Essen, dabei mußte er doch zumindest hungrig sein. War dieser Mann noch ein Mensch?

Er mußte sich verletzt und unbehaglich fühlen, aber er saß kerzengerade.

Sie wußte, daß ihr Blick ihn irritieren mußte, obwohl er seinen starr auf die Wand über ihrem Kopf gerichtet hatte. Sie hoffte das. Sie wollte ihn irritieren. Jede Reaktion war besser als gar keine.

Sappho war mit dem Tablett hinausgegangen, so daß sie einen Moment lang allein waren.

Sie erhob sich und ging vor ihm auf und ab. »Willst du andeuten, daß der König nicht in Gefahr ist?«

Als er nicht antwortete, hielt sie ihr Gesicht ganz nahe vor seines. »Red mit mir! Das ist wichtiger als unsere kleinen Differenzen!«

Er fixierte sie und hob langsam und verächtlich die Brauen. »Fast alles ist wichtiger als das. Aber, ja. Du kannst mit deiner Wichtigtuerei aufhören. Der König ist schon gewarnt worden.«

»Gott sei Dank!« rief sie aus und streckte sich. »Das heißt also, daß du gar nicht in diese Verschwörung verwickelt warst.« Sie drehte sich um und sah ihn wieder an. »Murray hatte recht. Du warst ein Agent provocateur.«

»Überhaupt nicht. Ein Agent provocateur verführt Leute zu kriminellen Handlungen, um sie dann den Behörden auszuliefern. Ich habe niemanden verführt. Im Gegensatz zu dir.«

Heiße Erinnerungen – einschließlich der, daß sie ihn zu einer gemeinsamen Nacht überredet hatte – überkamen sie. Aber sie wußte, daß er genau das beabsichtigte, damit sie sich schlecht fühlen sollte. »Du meine Güte«, sagte sie mit in die Hüften gestemmten Händen, »willst du damit sagen, ich hätte mich wie ein Agent provocateur verhalten und dich zur Unzucht verführt? Aber wenigstens habe ich nicht die Absicht, dich den Behörden auszuliefern.«

»Nein? Ich dachte, du würdest es genießen, deine Brüder zur Rache anzustiften.«

»Das verdiene ich nicht.«

»Du verdienst alles, was passieren wird. Wenn du nicht vorhast, einen Skandal daraus zu machen, sei dir sicher, daß ich es tun werde.«

Sie starrte ihn an. »Was meinst du damit?«

Er lächelte und erinnerte sie so wieder daran, wie schön er war. »Ich habe vor, der Welt von unserem Abenteuer zu berichten. Im Detail. Stell dir das mal vor. Ein gefundenes Fressen für die Klatschpresse. Anekdoten in den Clubs. Karikaturen zum Amüsement von Krethi und Plethi. Das dürfte alles sehr amüsant werden.«

»Bis Rothgar dich dafür tötet.«

»Darauf zähle ich, außer ich habe Glück, und es gelingt mir, ihn zu töten.«

Alles Gute, was sie erreicht hatte, war zunichte gemacht, und sie hatte sogar noch eine Menge neuer Wunden hinzugefügt, so daß er kaum noch bei Verstand war. »O hör auf damit«, bat sie. »Hör auf, daran auch nur zu denken!«

In diesem Moment ging die Tür auf, und sie hörten Sappho sagen: »Sie sind da drin, Mylord.«

Elf drehte sich um, und ihr Magen krampfte sich zusammen, als sie nicht nur Rothgar, sondern auch Cyn und Chastity hereinkommen sah.

Bevor sie die Gelegenheit hatte, irgend etwas zu sagen, wandte Fort den Kopf zur Tür: »Ah, die Familie! Elf und ich diskutieren gerade darüber, wie wir der Welt von unserer Nacht lasterhafter Leidenschaft berichten können.«

Dreizehntes Kapitel

Elf drehte sich zu ihm um: »Du Narr!«

Sofort preßte Cyn die Klinge seines Schwerts an Forts Hals, die Rothgar entschieden wegschob. »Er ist gefesselt, Cyn. Vielleicht später.«

Chastity kam auf Elf zugelaufen: »Ist das wahr?«

Elf zog eine Grimasse. »Anders als in deinem Fall, ja. Irgendwelche Vorschläge?«

»Gott, nein. Ich habe im Umgang mit einem Skandal damals ziemlich versagt, aber ich werde ihnen nicht erlauben, dich zu schlagen. Versprochen.«

Elf sah in Chastitys Augen, daß selbst die Monate der Freiheit und der Ehe mit Cyn ihr noch nicht alle Angst genommen hatten.

»Das würden sie nicht tun«, beruhigte sie sie sanft. »Sie werden ihn aber umbringen wollen.«

Chastity wurde blaß, und Elf kam zu Bewußtsein, daß Fort ja ihr Bruder war. »Ich werde das nicht zulassen«, versprach sie und nahm Chastitys Hände. Sie meinte, was sie sagte, aber sie unterschätzte deshalb die damit verbundenen Schwierigkeiten nicht. Sie hatte die Scottsdale-Affäre noch allzugut in Erinnerung.

»Das werde ich auch nicht«, sagte Chastity, stellte sich neben ihren Bruder und sah ihren Mann und Rothgar an.

Elf überlegte, sich zu ihr zu stellen, ließ dann aber davon ab, weil es ohnehin nichts nützen würde und sie sich ihrer letztendlichen Sympathie auch nicht sicher war. Sie erinnerte sich, wie sie Sappho gesagt hatte, sie würde eher zu ihren Brüdern als zu Fort halten. Jetzt konnte sie nur hoffen, nicht auf die Probe gestellt zu werden.

»Hier geht es um ernste Angelegenheiten«, sagte sie zu Rothgar.

Er drehte sich zu ihr um: »Das nehme ich an, wenn Leichen den Weg säumen.« Er war nicht erkennbar wütend, aber sie wußte um seine Fähigkeit, auch die stärksten Gefühle zu verbergen.

»Es geht um eine jakobitische Verschwörung zur Ermordung des Königs.«

»In Walgraves Bett?« Er war also doch wütender, als man hätte meinen können.

»Nein«, sagte sie scharf. »Das ist eine Nebensache, um die wir uns später kümmern können.«

»Eine Nebensache«, sagte Fort klagend, »das mußt du aber noch anders gesehen haben, als du nach mir geheult hast.«

Cyn machte einen Schritt vorwärts. Chastity hielt ihn am Ärmel fest, aber es war Rothgar, der ihn mit einer Handbewegung stoppte. »Später«, sagte er wieder.

Elf registrierte, daß er diesmal das »vielleicht« wegließ. Sie wünschte, sie hätten Fort nicht nur gefesselt, sondern auch geknebelt.

Rothgar wandte sich an Fort: »Da wir jetzt wichtige Dinge zu besprechen haben, könnt Ihr Euren Selbstmordversuch vielleicht bitte auf später verschieben, Walgrave. Um was geht es bei dieser Verschwörung?«

»Bindet mich los.«

»Das glaube ich kaum. Es rettet Euer Leben. Erzählt mir von dieser Verschwörung.«

Fort preßte die Lippen zusammen, fing dann aber doch an zu reden: »Ein Mann namens Murray hat den verrückten Plan, den König zu töten und die Stuarts wieder einzusetzen. Er plant, ein Geschenk mit Schießpulver zu füllen und es in

Gegenwart des Königs in die Luft zu sprengen. Es besteht aber keine echte Gefahr. Grenville weiß Bescheid, und auch der Hof wurde gewarnt.«

»Aber den Übeltätern wurde freie Hand gelassen?«

»Grenville wollte sie auf frischer Tat ertappen.«

»Warum?«

Fort zögerte einen Moment und sagte dann: »Weil Murray ein entfernter Verwandter von Bute ist und momentan in seinem Haus lebt.«

»Ah. Und ein auf frischer Tat ertappter Murray würde Bute zu Fall bringen und für Grenville den Weg zum Amt des Premierministers freimachen.« Er musterte Fort. »Ich wußte gar nicht, daß Ihr auf Grenvilles Seite steht. Wie seid Ihr da hineingeraten?«

»Das geht Euch einen verdammten Dreck an!«

»Zweifellos die Verbindungen Eures Vaters. Seid Ihr Euch bewußt, daß in Eurem Haus letzte Nacht ein Mord begangen wurde?«

»Das ist mir nicht entgangen.« Obwohl er gefesselt und zerlumpt war, gab Fort ein exzellentes Bild eines gelangweilten Earls ab.

»Eines der Opfer gehörte zu meinen Bediensteten.«

»Wollte wohl ein bißchen was klauen?« Fort hob demonstrativ die Brauen. »Auf Eure Anweisung?«

»Was solltet Ihr schon haben, das ich begehren würde?« fragte Rothgar genauso ironisch zurück. »Außer vielleicht ein mechanisches Spielzeug.«

Spielzeug? Das schien Elf zwar absurd, aber Fort ließ eine gewisse Anspannung merken. Seine Wangen bekamen Farbe, und er hob trotzig das Kinn. »Ja, ich habe es für Murray aus Rothgar Abbey stehlen lassen, um es für diese Geschichte zu verwenden. Und ich hoffte, dadurch einen Verdacht auf Euch fallen zu lassen.«

»Und dieses Instrument macht Euch jetzt keinerlei Sorgen?«

»Warum zum Teufel sollte es das?«

»Weil es letzte Nacht verschwunden ist.«

Fort wurde plötzlich blaß. »Gott, ich habe vergessen ...!« Einen Moment lang sah er zu Elf hinüber, zuckte aber zusammen, als ob er ihren Anblick nicht ertragen könnte. »Aber es kann noch nicht soweit sein. Sie mußten erst noch irgendeinen mystischen Stein beschaffen.«

»Den Stein von Scone«, sagte Rothgar und hielt sich jetzt nicht mehr zurück. »Was genau wurde dem Hof mitgeteilt?«

»Der Stein von ... Der *Krönungsstein?* Ist er *weg?*«

»*Was wurde dem Hof mitgeteilt?*«

Angesichts dieses Tons gab Fort klein bei. »Daß man vor unerwarteten Geschenken auf der Hut sein sollte.« Und er fügte noch hinzu: »Grenville wollte nichts Genaueres sagen, weil er fürchtete, der König würde es Bute erzählen und der würde es ausplaudern.«

»Und für Euch selbst erhofftet Ihr, daß der Verdacht auf mich fallen würde. Wenn es so aussähe, als käme das Geschenk von mir, wäre es nicht vollkommen unerwartet.« Er wandte sich an Cyn: »Nach Malloren House und mit unserem schnellsten Pferd nach Schloß Windsor, um den König zu warnen. Chastity, du gehst mit ihm und beauftragst Grainger, sofort Leute in Bereitschaft zu bringen. Laß auch eine Nachricht an Grenville schicken.«

Als die beiden hinausgeeilt waren, wandte sich Rothgar wieder an Fort, der gegen seine Fesseln ankämpfte: »Der König war, wie Ihr wißt, damals von diesem Spielzeug sehr angetan. Ich hatte geplant, es ihm zur Geburt seines Kindes zu schenken, und er wußte das. Glaubt Ihr ernsthaft, er wird sich von seinen Bediensteten davon abhalten lassen, es aufzuziehen und sich anzusehen, wie es funktioniert?«

»Sie sind gewarnt worden. Verdammt noch mal. Bindet mich los!«

»Es gibt nichts, das Ihr tun könntet, das nicht auch von anderen erledigt werden könnte.«
Elf unterbrach den Streit. »Da war ein großer Stein in dem Keller, wo sie uns eingesperrt hatten.«
Fort starrte sie an. »Was? Du hast kein Wort davon gesagt.«
»Er hätte uns kaum geholfen, da herauszukommen. Er war etwa so groß wie ein Kissen.« Sie wandte sich an Rothgar. »So sieht doch der Stein aus, oder? Nur ein flacher Klotz.«
»Der Blitz soll dich treffen, mach mich los!«
Rothgar ignorierte ihn. »Also haben sie erst den Stein gestohlen und dann Walgrave außer Gefecht gesetzt. Ich frage mich, warum die euch beide nicht getötet haben.«
»Weil ein toter Earl mehr Aufsehen erregt als ein verschwundener.« Er hatte den Kampf aufgegeben und ließ sich schlaff gegen die Sofalehne sinken. »Ich bin sicher, sie wollten sowenig Unruhe wie möglich auslösen. Das Blutvergießen ist wahrscheinlich nur die Schuld Eurer Schwester.«
»Tatsächlich!« rief Elf. »Und wie sollte das vor sich gegangen sein?«
Er drehte sich zu ihr. »Weil du dich in typischer Malloren-Manier eingemischt hast. Murray wußte nicht, was er mit dir anfangen sollte, und das hat seine Nervosität zur Panik gesteigert. Außerdem hast du noch deine eigenen Leute hingeschickt, und so ist es offensichtlich zur gewaltsamen Auseinandersetzung gekommen.«
»Da könnte etwas dran sein«, sagte Rothgar ruhig. »Aber nachdem der Mann, den Ihr zur Bewachung des Spielzeugs abgestellt hattet, jetzt halb tot ist, könnt Ihr nicht das ganze Blut vor unsere Tür kippen. Wißt Ihr, wie lange es dauern würde, das Spielzeug zu einer tödlichen Waffe umzubauen?«
»Ich bin nicht über alles informiert«, giftete Fort. »Sie planten, den inneren Hohlraum mit Schießpulver und Metall-

stückchen zu füllen, so daß es, wenn es explodiert, in alle Richtungen schießt.«
»Das erhöht die Chancen, das Opfer zu töten, auch wenn der Treffer an sich nicht tödlich ist – durch eine spätere Infektion.«
Fort riß noch einmal an seinen Fesseln, wurde dann aber ruhig und sagte mit starrem Gesicht: »Ich nehme an, daß Ihr mich damit vernichten wollt.«
»Ich? Ich bin ein extrem friedliebender Mensch. Aber trotzdem möchte ich ein paar Worte mit Euch unter vier Augen sprechen. Elf, laß uns allein.«
Elf blickte zwischen den beiden hin und her. »Nicht, wenn du ihm weh tun willst.«
Rothgar drehte sich erstaunt zu ihr um: »Er ist gefesselt. Ich würde nicht im Traum daran denken. Aber ich wüßte gern, warum du dich so für ihn engagierst.«
Sie tat sich überraschend schwer, eine ehrliche Antwort darauf zu geben. »Ich ... Ich sorge mich um ihn. Er hat mich zu nichts gezwungen oder mich verführt ...«
»Lisette!« rief Fort maliziös. »Hast du vergessen, wie ich dich gefangengenommen und an mein Bett gefesselt habe?«
»Oh, sei still! Ich erinnere mich genau, daß du mir in keinster Weise zu nahe getreten bist, nachdem du mich gefesselt hattest. Und letzte Nacht war es ziemlich schwierig, dich dazu zu bringen, dem zuzustimmen ... was wir gemacht haben.«
»Sex auf dem Fußboden«, ergänzte Fort. »Sex im Bett. Sex auf einem Sarg ...«
Mit flammend roten Wangen ballte Elf die Hände zu Fäusten und stieß einen Schrei der Empörung aus.
»... jetzt erinnere ich mich, Sex *in* dem Sarg.« Er drehte sich mit einem gespielt freundlichen Gesicht zu ihr um. »Ich bin wirklich überrascht, daß du überhaupt gehen kannst.«
Elf wandte sich ab. »Ich denke, vielleicht hasse ich ihn.«

»Ich denke, vielleicht tust du das nicht«, sagte Rothgar und berührte sanft ihre Schulter. »Leider fürchte ich, daß er dich haßt, sonst würde er nicht versuchen, dich so zu kränken.«
Sie warf sich in seine Arme, und er hielt sie an sich gedrückt, wobei er ihr wie immer ohne Worte mitteilte, daß all seine Stärke und Liebe ihr gehörten. Sie hätte am liebsten geweint vor Scham über das, was sie getan hatte.
»Ich bin überrascht«, sagte er, »ich hätte Euch für den letzten Menschen auf dieser Welt gehalten, der soviel Bitterkeit verbreitet.«
»Er hat seine Gründe. Keine guten, aber Gründe.« Sie wand sich aus den Armen ihres Bruders und sah Fort in seine zynischen Augen. »Ich war verkleidet, so daß er nicht wußte, wer ich war. Und als er verletzlich war, habe ich Antworten auf schmerzhafte Fragen gefordert. Ich habe es gut gemeint, aber er hat mir mehr erzählt, als er je einem Mitglied unserer Familie erzählen wollte. Ich hoffe, daß er mir das eines Tages verzeihen wird.«
»Meine liebe Elf«, sagte Fort, »ich glaube, die Aufregung ist dir zu Kopf gestiegen. Es wird kein ›eines Tages‹ geben. Cyn wird mich töten. Ich muß zugeben, daß ich nicht auf ihn gezählt hatte. Wie du dich erinnerst, haben wir schon einmal miteinander gefochten, und ich habe seither hart daran gearbeitet, aber ich bin sicher, daß ich in ihm trotzdem noch meinen Meister finde.«
»Keiner meiner Brüder wird dich töten, wenn ich nicht die Erlaubnis dazu gebe.« Sie wandte sich an Rothgar. »Oder?«
Nach einem kurzen Zögern sagte er: »Nicht für diese Beleidigung.«
Jetzt sah auch Fort Rothgar an. »Ich bin erstaunt über Eure übermenschliche Ruhe. Kann ich mich wenigstens darauf freuen, daß Ihr sie schlagen werdet?«
»Das bezweifle ich. Und Ihr könnt das auslegen, wie Ihr wollt. Elf, geh jetzt.«

Weil sie keine Worte mehr wußte, die die Sache hätten besser machen können, verließ sie schweigend das Zimmer.
Sappho wartete in der Halle, mit einem Stapel schwarzer Männerkleider über dem Arm. »Wird Walgrave die noch brauchen?« fragte sie. »Ich habe in sein Haus nach ihnen geschickt, aber vielleicht braucht er nur noch ein Laken zum Einwickeln.«
»Ich glaube nicht, daß er sterben wird.« Mit bebenden Lippen berührte Elf die Jacke und erinnerte sich beim Anblick der Knöpfe an die Mittsommernacht auf seinem Boot. »O Gott, ich habe eine Katastrophe angerichtet!«
»Überhaupt nicht.« Sappho legte ihr einen Arm um die Schulter. »Meine Philosophie ist, solche Katastrophen allesamt den Männern anzurechnen und es auch ihnen zu überlassen, sie auszubügeln.«

* * *

Rothgar beobachtete, wie seine Schwester den Raum verließ, und sah noch einen Moment lang auf die geschlossene Tür, bevor er sich Fort zuwandte. »Keine Sorge, ich habe nicht vor, Euch anzurühren.«
Fort lehnte mit geschlossenen Augen seinen Kopf zurück. »Dann soll ich wohl nur mit Worten geschlagen werden. Glaubt Ihr nicht, daß ich bei so einem Vater eine Hornhaut gegen so etwas entwickelt habe?«
»Es würde mich wundern zu hören, daß er sich nur auf Worte beschränkt hätte. Tatsächlich, Walgrave, muß ich Euch um Entschuldigung bitten.«
Fort machte die Augen wieder auf und sah den Mann an, der älter war als er. »Jetzt überrascht Ihr mich.«
»Das dachte ich mir fast. Meine Einstellung zu dem Verhältnis zwischen Euch und meiner Schwester wird sich vor allem auf

zukünftige Ereignisse stützen. Das hat aber wenig mit meiner Verfehlung zu tun: Ich habe Euch falsch eingeschätzt.«

»Ich bin geschmeichelt und entzückt. Fahrt fort.«

Rothgar setzte sich in einen Sessel in der Nähe des Sofas. »Vor Cyns Beziehung zu Chastity wart Ihr für mich nicht mehr als ein Name und nur von Interesse als der Erbe eines Mannes, der mein Feind geworden war. Ich hatte Euch für den typischen jungen Hallodri gehalten, nur interessiert an Waffen, Weibern und Wein.«

»Ja, damals ...«

Rothgar fuhr fort. »Weil ich meine jetzige Position schon so früh eingenommen habe, fehlt mir die Erfahrung des öden Lebens im Schatten eines Vaters, der seinem Sohn keine Aufgabe gibt. Unsere Begegnungen in Chastitys Angelegenheiten haben nur meine Vermutung bestätigt, daß Ihr uninteressiert wäret. Außer vielleicht damals nach dem Fechten.«

»Ihr wart beeindruckt, weil ich nach meiner Niederlage nicht schmollte?«

»Genau.«

Fort musterte den Marquis einen Moment lang. »Ich kann mich nicht erinnern, daß Ihr danach herzlicher zu mir gewesen wärt.«

»Das bemerken nur wenige jemals. Und ich bin auch nicht herzlicher geworden. Ich habe es nur registriert und in der Folge vergessen, es zu berücksichtigen. Ihr habt recht, wenn Ihr glaubt, ich hätte mein Bestes getan. Um Euch für den Tod Eures Vaters zu benutzen.«

Fort schnappte nach Luft. »Und jetzt glaubt Ihr, eine Entschuldigung würde alles wiedergutmachen?«

»Überhaupt nicht. Entschuldigungen ändern selten irgendwas. Ich entschuldige mich, um mein Gewissen zu erleichtern und in der schwachen Hoffnung, daß Euch das helfen könnte, mit Eurer Situation besser fertig zu werden. Und ich entschuldige mich nicht dafür, Euch benutzt zu haben. Das war eine ganz logische Strategie.«

»Oh, bitte erzählt mir, warum.«

»Genau das habe ich vor. Ich hatte in jener Nacht keinen bestimmten Plan, außer daß ich Eurem Vater seinen Verrat nachweisen und ihn so zwingen wollte, Chastitys Hochzeit zuzustimmen. Ich kannte das Temperament Eures Vater und hoffte, ihn dazu zu bringen, sich selbst umzubringen, denn er war wirklich gefährlich. Ich rechnete aber nicht damit, daß er versuchen würde, jemand anderen zu töten. Das hätte ich allerdings tun sollen. Selbstmord ist vielleicht der größte Akt der Selbstbezichtigung. Ihr Vater hat sich selbst jedoch nie für irgend etwas beschuldigt.«

»Wieder eine Fehleinschätzung. Ihr müßt ja schon krank vor Selbstbezichtigung gewesen sein. Das tut mir aber leid.«

»Ich habe mich aber nicht selbst getötet.« Rothgar lächelte. »Ich habe gelernt, mit Schuld umzugehen. Ich habe mir aber auch Vorwürfe gemacht, weil ich Euch falsch eingeschätzt habe. Als Euer Vater in der Halle tobte und mit seiner Pistole herumfuchtelte, wart Ihr und waren Bryght und ich alle bewaffnet in der Nähe. Ich beschloß sofort, daß Euer Vater sterben mußte, aber es wäre nicht gut gewesen, wenn ein Malloren es getan hätte. Die Fehde zwischen mir und Eurem Vater war bekannt, und in seiner Raserei gab er Lügen über mich und eine Verschwörung von sich. Ich wartete bis zum letzten Moment, in der Hoffnung, Ihr würdet Euch so hitzig und gedankenlos verhalten, wie ich Euch einschätzte.«

Fort zuckte lässig mit den Schultern. »So bin ich. Ich habe ihn getötet.«

»Ihr hättet ihn auch nur verwunden können. Ihr hättet ihm wahrscheinlich auch die Pistole aus der Hand schießen können. Ihr seid ein guter Schütze und wart nah genug dran.«

Fort biß die Zähne zusammen. »Ich dachte, das sollte eine Entschuldigung werden und keine Inquisition.«
»Pardon«, Rothgar beugte sein Haupt. »Natürlich mußtet Ihr ihn töten, um Eure Familie vor dem Ruin zu bewahren. Die Entschuldigung bezieht sich darauf, Euch falsch eingeschätzt und mich danach nicht mehr um Euch gekümmert zu haben. Ich hielt Euch für einen groben Klotz, der seinen Vater – und erst recht seinen gehaßten Vater – töten kann, ohne eine Narbe davonzutragen. Ich bin zu der Einsicht gekommen, daß dem nicht so ist. Soweit ich es beurteilen kann, sind seither Eure Entscheidungen als Earl verantwortungsbewußt und reif gewesen, außer wenn sie meine Familie betrafen. Ich habe Grund anzunehmen, daß – wie Euer Vater seinen Selbsthaß gegen mich und Prinzessin Augusta richtete – Ihr Euren jetzt auf alle Mallorens lenkt.«
»Ihr glaubt also, daß ich verrückt bin. Das sagt ja gerade der Richtige.«
»Es ist wirklich sinnlos, mich da treffen zu wollen, Walgrave. Ja, in meinen Adern fließt das Blut einer verrückten Mutter, aber Euer Vater war nicht verrückt, außer am Schluß. Er war ein Mann, der die Macht zu sehr liebte und die Auswirkungen seines Handelns zuwenig beachtete. Er war auch blind vor Stolz, einem jähzornigen Gemüt und der Unfähigkeit zu akzeptieren, daß er geschlagen war.«
Der Marquis erhob sich und zupfte an einem seiner Spitzenärmel. »Ich entschuldige mich dafür, Euch falsch eingeschätzt und in eine Lage gebracht zu haben, die Euch Schmerzen bereitete, ohne Euch anschließend zu helfen.«
»Ihr glaubt, ich hätte Eure Hilfe angenommen?«
Rothgar fuhr unbeirrt fort: »Euer Schmerz zeigt aber, daß Ihr eine Seele habt. Ich würde Euch als Bewerber um Elfs Hand nicht zurückweisen.«
Fort lachte. »Sind wir dann vielleicht fertig? Ich hab's hier verdammt unbequem!«

»Ja, wir sind fertig.« Rothgar ging aus dem Zimmer.
Einen Moment später kam Sappho herein und schnitt seine Fesseln durch. Er bewegte seine Arme und stand mit einem Stöhnen auf.
»Möchtet Ihr vielleicht ein heißes Bad nehmen, bevor Ihr Euch anzieht, Mylord?« fragte sie.
»Oh, nennt mich Fort.« Er rieb sich mit seinen lädierten Händen übers Gesicht. »Nach dieser Nacht erscheint mir jeder Versuch, meine Würde zu wahren, absurd. Aber ich muß Euer freundliches Angebot ablehnen. Es gibt Dinge, die ich zu erledigen habe.«

Elf lief in der Halle auf und ab und lauschte, hörte aber kein Schreien oder sonstigen Lärm. Als Rothgar auftauchte, sah er völlig ruhig aus, aber das tat er eigentlich immer.
Ihr Mund wurde trocken. Sie nahm an, er würde sie jetzt mit den Folgen ihrer Dummheit konfrontieren. Aber er sagte nur: »Ich nehme an, du möchtest jetzt nach Hause.«
»Ja, bitte.«
Es war ihr nie in den Sinn gekommen, ihre Rückkehr nach Malloren House in Frage zu stellen, doch es gab viele Familien, die einer gefallenen Frau die Tür gewiesen hätten. Was würde Rothgar tun?
Er nahm einfach ihre Hand und führte sie zu ihrer Kutsche hinaus, die zurückgekommen war, um sie abzuholen. In der Kutsche sagte er dann: »Ich muß mit dir reden.«
»Ja?« Schmerz erfaßte sie und Angst, aber nicht vor Strafe, sondern vor seiner Enttäuschung.
»Ich habe dich einmal vor Walgrave gewarnt.«
»Ich hatte nichts Böses im Sinn«, sagte sie.
»Das, meine Liebe, sind die verhängnisvollsten Worte unserer Sprache. Du hättest die Empfindlichkeit seiner Gefühle berücksichtigen und ihm Zeit zur Heilung geben müssen. Statt

dessen hast du dich auf ihn gestürzt und eine Antwort von ihm verlangt, zu der er noch nicht in der Lage war.«

»Habe ich das getan? Er hat mich Vespa genannt.«

»Na, wenigstens nicht Torquemada.«

»Wer ist das?«

»Jemand, der für seine Folterungen bekannt ist.«

»Ich fange an, mich ziemlich ungebildet zu fühlen!«

»Dafür kannst du nicht mich verantwortlich machen. Du wurdest zusammen mit Cyn erzogen, warst aber schon immer eher unbeständig. Diese offensichtliche Veränderung hätte mir auffallen müssen.«

»Oh, du ...« Bei dieser Spur von Ironie in seiner Stimme wischte Elf sich die Tränen ab. Sie war sich nicht sicher, ob sie sein Verständnis verdiente, und wollte verzweifelt seinen Eindruck von Fort verbessern.

»Er ist ein ganz anderer Mensch, wenn er nicht mit Mallorens zu tun hat, weißt du. Das ist der Grund für meinen Fehler. Obwohl ich mir jetzt nicht mehr sicher bin, ob dieser andere Mensch für mich jemals existieren wird.«

»Diesmal wirst du ihm die Zeit geben müssen, seine Wunden verheilen zu lassen.«

»Ich habe gemerkt, daß ich nicht besonders geduldig bin.« Elf blickte auf die kleinen Krusten, die von der ersten Etappe ihres Abenteuers stammten. »Ich fürchte mich vor dem, was er tun wird.« Sie hatte genausoviel Angst davor, ihrem Bruder von Forts Drohung zu erzählen, die ganze Geschichte publik zu machen.

Rothgar nahm ihre Hand und sah sich die Schnitte an, sagte aber nichts dazu. »Ich sage nicht, daß du ihn dir aus dem Kopf schlagen mußt. Ich bin kein Orakel für diese Angelegenheiten. Sei nur vorsichtig, und verlang nicht mehr, als er zu geben bereit ist.«

»Und was ist, wenn ich schwanger bin?«

»Du mußt doch schon vorher darüber nachgedacht haben.«
»Das habe ich. Ich weiß, daß so etwas passieren kann. Ich kann verreisen ... Aber es wird ja auch sein Kind sein.«
»Dann denke ich, wirst du mit ihm reden müssen. Aber ich werde nicht auf einer Ehe bestehen. Das wäre sicher nur der Beginn einer Tragödie.«
»Glaubst du? Ich hatte gehofft, daß du das tun würdest.«
»Ach was, wo du so unabhängig bist! Wenn du ihn willst, meine Liebe, mußt du ihn schon selbst gewinnen. Sei nur vorsichtig und bedachtsam. Aber jetzt genug davon. Wir sind zu Hause, und du mußt mir deine Rolle in dieser Geschichte erzählen.«
Er scheuchte sie ins Malloren House und überschüttete die wartenden Untergebenen mit Fragen und Anweisungen. Roberts, der grimmig um die getötete Sally trauerte, wurde mit einem Trupp zu der alten Taverne geschickt, um nachzusehen, ob der Stein noch dort wäre, und eventuell sich dort herumtreibende Schotten aufzustöbern. Eine Nachricht an Grenville stellte sicher, daß auch ein paar Soldaten hingeschickt würden. Außerdem würden alle Schiffe, die flußabwärts segelten, angehalten und durchsucht.
Mitten in dieser Aufregung tauchte Bryght auf. »Ich rieche Ärger, und nachdem ich diese dringende Nachricht erhalten habe ...«
Er war groß, dunkel und freundlich, und seine Augen glitzerten neugierig.
»Du kommst fast zu spät, um etwas tun zu können«, sagte Rothgar und gab ihm eine Kurzfassung der Geschichte. Bryght riß die Augen auf, besonders weil Rothgar kein Geheimnis aus Elfs Aktivitäten machte.
»Himmel, Elf! Und wir sollen diesen Schuft nicht umlegen?«
»Nicht, bis sie uns die Erlaubnis dazu gibt. Und das, fürchte ich, ist ziemlich unwahrscheinlich.«

»Hör zu, Bryght«, sagte Elf und blieb genau vor ihm stehen. »*Ich* hatte beschlossen, daß ich mich von Fort lieben lassen wollte. *Ich* habe ihm nachgestellt und darauf bestanden. Er gab mir mehrere Gelegenheiten, meine Meinung zu ändern. Und als wir es taten« – sie verfluchte die Röte ihrer Wangen –, »war er sehr, sehr gut zu mir. Wenn ich in der Lage gewesen wäre, ihm zu sagen, wer ich war, würde ich gar nichts bedauern. Ich weiß nicht, warum mir jede Erfahrung, jedes Abenteuer vorenthalten bleiben soll, nur weil ich eine Frau bin!«

»Du solltest deine Erfahrungen in der Ehe machen«, bemerkte Bryght.

»So wie du, nehme ich an.«

»Das ist nicht dasselbe. Du könntest schwanger werden.«

»Und du hättest dir die Pocken holen können!«

»Ich war vorsichtig.«

»Da es offensichtlich keine Möglichkeit gibt, in Sachen Schwangerschaft vorsichtig zu sein ...«

»Nun ja, ein paar Möglichkeiten gibt es schon.«

»Was?« Elf starrte ihre Brüder an. »Wollt ihr damit sagen, daß es Dinge gibt, die eine Frau tun kann, um eine Empfängnis zu verhindern, von denen ich nichts weiß?«

»Warum solltest du?« fragte Bryght. »Das sind Hurentricks.«

Elf packte eine große, wertvolle chinesische Vase und schleuderte sie auf den Boden. »Die Welt muß sich ändern.«

»Wahrscheinlich«, sagte Rothgar amüsiert. »Im Moment aber müssen wir mit ein paar mordlustigen Verrätern fertig werden, ohne daß der Ruf unserer Familie Schaden nimmt. Ich traue Grenville nicht ganz. Ich werde mich auf den Weg zum Hof machen. Bryght, du gehst mit Roberts nach diesem Stein und irgendwelchen Halunken sehen, die dort auftauchen könnten. Ich nehme an, du hast Portia nicht mitgebracht.«

»Nein«, sagte Bryght und starrte immer noch Elf an, als wären

ihr plötzlich Hörner gewachsen. »Ich habe sie in Candleford gelassen. In ihrem Zustand strengt das Reisen sie zu sehr an.«
»Elf«, sagte Rothgar, »du solltest dich ausruhen.«
»Ich komme mit Bryght.«
»Warum?«
»Weil das mein Abenteuer ist und ich bis zum Schluß dabeisein will. Laßt Tressia für mich satteln.« Sie rauschte hinauf in ihr Zimmer und rief nach jemand, der die Scherben wegräumte, und nach einem Mädchen, irgendeinem, das ihr beim Umziehen helfen sollte.
Auf der Treppe kochte sie noch vor Wut, aber in ihrem Zimmer ließen Erschöpfung und Selbstmitleid sie erst einmal in einen Sessel sinken. O Gott, das ging alles so schnell, daß sie kaum noch mithalten konnte.
Und was sollte in Zukunft aus ihr werden? Es war eine Sache, ihren Brüdern gegenüber so forsch aufzutreten. Und es war eine andere Sache, der Welt so gegenüberzutreten. Was, wenn Fort seine Drohung wahr machte und die Geschichte von ihrer Verdorbenheit verbreitete? Sie könnte sich nie mehr in der Öffentlichkeit sehen lassen, und selbst wenn ihre Brüder ihn nicht töteten, würden sie es tun wollen.
Jeden Tag.
Nach ruhigem Überlegen würde er es sicher nicht tun. Sie hoffte nur, daß er sich die Zeit nahm, ruhig zu überlegen, bevor er handelte!
Sie sah auf ihr Bett. So weich und einladend, war es sehr verlockend, zwischen die Laken zu schlüpfen, einzuschlafen und den anderen alles zu überlassen. Aber das wäre feige. Sie wollte es bis zum Ende durchstehen.
Noch bevor ein Mädchen erschien, hatte sie sich bis aufs Hemd ausgezogen und stand bereit für Korsett, Unterrock und ihr feinstes graues Reitkostüm mit den silbernen Borten.
Da sie so schnell mit ihrem gepuderten Haar nichts anfangen

konnte, setzte sie einfach ihren passenden grauen Dreispitz mit der flotten Feder darauf. Mit Stiefeln und Reitpeitsche sah sie im Spiegel aus wie das Bild einer anständigen Lady. Aber sie war blaß, weshalb sie hastig etwas Rot auf Lippen und Wangen auftrug.
Gott, jetzt sah sie aus wie ein Flittchen!
Aber zur Hölle damit. Sie sagte sich, daß es ihr egal wäre, was andere von ihr dachten, und eilte die Treppe hinunter.
Bryght sah sie immer noch befremdet an. »Wir nehmen das Boot. Roberts sagt, euer Gefängnis wäre in Wapping, unten im Hafen gewesen. Er glaubt, Alderman Parson's Steg wäre nah genug dran.«
»Sehr gut«, sagte Elf. »Also los.«

Sie ritten zum Fluß hinunter, die Diener rannten neben ihnen her. Dort erwartete sie Rothgars Barke bereits, acht kräftige livrierte Männer saßen an den Rudern. Als sie sich unter der Überdachung niedergelassen hatten, legte das Boot ab und schoß flußabwärts in Richtung Port of London.
Die Vorhänge um den überdachten Bereich herum waren alle hochgezogen, um ihnen den Blick auf das geschäftige Treiben auf dem Fluß zu gewähren. Aufgrund der Anweisung, so schnell wie möglich zu fahren, schlängelten die Bootsleute ihr Gefährt durch schmale Lücken und tauschten deftige Bemerkungen mit ihren Kollegen auf anderen Booten.
Elf wußte nicht, ob sie kichern oder in Ohnmacht fallen sollte. Das war sicher nicht die übliche Weise, sich mit einer solchen Barke fortzubewegen, aber sie vermutete, daß es auch den Bootsleuten Spaß machte.
Als sie zu ihrem Bruder hinübersah, lächelte auch er vergnüglich. Er fing ihren Blick auf, und sie lächelten sich voller Aufregung und Kameradschaft an. Plötzlich streckte er eine Hand aus, und sie legte ihre hinein, während sie mit den

Tränen kämpfte, besonders als er ihre Hand aufmunternd drückte.
Sie hatte wirklich die besten Brüder der Welt, obwohl sie fürchtete, daß ihr Zwilling bereits über eine lange und geschliffene Standpauke für sie nachdachte.
Dann sah sie geradeaus und erblickte die London Bridge, auf die sie zurasten. Die meisten Häuser, die sie seit dem Mittelalter eingerahmt hatten, waren abgerissen worden, aber die Brücke selbst stand unangetastet. Die neunzehn mächtigen Bögen wurden von breiten Pfeilerköpfen gestützt, die nur schmale Durchfahrten freiließen.
»Wir werden nicht unter der Brücke hindurchschießen, oder?«
»Du wolltest ein Abenteuer«, sagte Bryght. »Halt dich fest!«
Seine Augen leuchteten voller Vorfreude, aber Elf sah, wie alle Diener blaß wurden und manche zu beten anfingen. Immer wieder waren Leute beim Versuch, unter der Brücke hindurchzuschießen, ertrunken. Deshalb verließen viele vorher ihre Boote, gingen ein Stück zu Fuß und überließen die schwierige Passage professionellen Bootsleuten.
Ihre Geschwindigkeit war beängstigend, und die Lücke, auf die sie zusteuerten, unglaublich schmal. Mit den Rudern war es offensichtlich unmöglich. Sie mußten in einen der Pfeilerköpfe krachen.
Sie schrie und duckte sich. Die Ruder stießen sie ab und in den Strudel hinein. Über das Brüllen des Wassers hinweg hörte Elf nicht einmal mehr ihre eigene Stimme.
Hinein in das dunkle Brüllen.
Das Boot knirscht am Stein entlang.
Wildes Schaukeln. Bryght packt sie.
Aneinanderklammern, während das Boot wild kreiselt ...
Hinaus ins Sonnenlicht und immer noch brausende Wasser.
Das Boot schaukelt und schwankt.

Die Ruder stechen wieder ins Wasser.
Die Bootsleute schreien.
Der Lärm läßt nach.
Das Wasser wird ruhiger.
Gelächter.
Alle – Bootsleute, Dienerschaft und Adelige – brechen aus Freude über das bloße Überleben in wildes Gelächter aus.
Dann legen sich die Ruderer wieder ins Zeug und steuern Parson's Steg an.
Elf bemerkte, daß eine Seite ihres Kostüms naß geworden war.
»Ich habe eine Entdeckung gemacht«, sagte sie und zog sich den nassen Stoff von der Haut weg. »Abenteuer und Eitelkeit passen nicht zusammen.«
»Ah«, meinte Bryght, der seine Jacke auszog, um einen Ärmel auszuwringen, »es ist aber so etwas verdammt Attraktives an Leuten, die aus dem vollen leben.«
»Ach ja?«
Er lächelte sie an. »Zumindest für jemand mit derselben Neigung. Ich habe den seltsamen Verdacht, daß du ganz anders bist als unsere Schwester Hilda. Sie scheint mit einem langweiligen Ehemann und idyllischer Ruhe zufrieden zu sein.«
»Du hast doch jetzt auch monatelang auf dem Land festgesessen.«
»Aber mit Portia. Und die ist nie langweilig.«
Sie kamen jetzt langsamer voran, als sie auf die geschäftigen Kaianlagen zusteuerten, die hier den Fluß säumten. Die Bootsleute wichen Sandbänken und Untiefen geschickt aus. Der Steg vor ihnen mußte Parson's sein.
»So oder so«, sagte Elf, »bezweifle ich, daß ich bei einem langweiligen, friedlichen Ehemann, wie Hilda einen hat, landen werde. Hast du deine Pistolen dabei?«
»Natürlich.«

»Dann hoffe ich, daß sie nicht naß geworden sind. Gib mir bitte eine.«
»Warum?«
»Ich würde es einfach vorziehen, bewaffnet zu sein.«
Mit einem Seufzer gab Bryght einem Diener ein Zeichen, der ein in Wachstuch gewickeltes Päckchen hielt, in dem sich ein glänzender Pistolenkasten befand. Bryght öffnete ihn und nahm zwei hübsche Waffen heraus.
»O Schreck!« rief Elf aus. »Ich habe Fort seine Pistole nicht zurückgegeben. Er wird mich sicherlich ...«
»Das kannst du ihm später erklären.« Bryght gab ihr eine Waffe in die Hand. »Sie ist geladen und gespannt, sei also vorsichtig. Und erschieß niemand, wenn es nicht unbedingt nötig ist.«
»Ich bin hier die sanfte Lady, oder nicht?«
»Ich glaube, der Grund, warum wir Frauen keine Waffen geben, ist, daß sie auch ohne schon gefährlich genug sind.«
»Ah, das erinnert mich an etwas anderes, worüber ich mich noch beschweren muß ...«
»Ich zittere schon, aber laß uns jetzt lieber hoffen, daß Murray und der Stein hier sind. Wenn sie ein Schiff nehmen wollen, könnte es sein, daß sie versuchen, den Rest der Flut noch zu nutzen.«
Das Boot mußte einen Augenblick warten, bis eine Fähre ihre Passagiere hatte aussteigen lassen, dann legte es am Steg an, und Bryght half Elf beim Aussteigen. Die Szenerie wirkte ganz normal.
Der Alderman-Parson's-Steg lag zwischen Lagerhäusern eingekeilt, die gefüllt waren mit Gütern. Die Arbeiter riefen sich anzügliche Bemerkungen zu.
Elf war fasziniert vom Anblick eines Krans, der ein riesiges Faß hochhob, doch Bryght drängte: »Roberts, wo ist diese Taverne?«

»Hier entlang, Mylord.« Roberts führte sie vom Fluß weg und in ein Gewirr von Straßen hinein, das Elf bekannt vorkam. Aber wahrscheinlich sahen diese Straßen alle gleich aus, gesäumt von schmalen Häusern mit offenen Türen und Fenstern, um frische Luft hereinzulassen. Schmutzige Kinder blieben stehen, um die Gruppe von Fremden anzustarren, die an ihnen vorbeizog. Frauen mit Schürzen traten aus Neugier und um nach ihren Kindern zu sehen vor die Türen.

Elf hatte mit Betteleien gerechnet, aber das hier war kein Elendsviertel. Für ihre Verhältnisse waren diese Leute sogar einigermaßen wohlhabend. Die Männer arbeiteten alle unten im florierenden Hafen.

Dann bogen sie um eine Ecke und fanden sich auf dem kleinen Ödland wieder, das ein Feuer geschaffen hatte. Es war nicht verlassen, denn ein paar Leute stöberten in den Ruinen herum. Die halbverfallene Taverne stand etwas schief, aber noch mit Wänden und einem fast intakten Dach. Nur die Scheiben waren alle zerbrochen. Offensichtlich war das hier auch vor dem Unglück keine gute Gegend gewesen.

Elf konnte sich nicht vorstellen, daß es hier jemals romantisch gewesen war. Vielleicht war an einem solchen Ort die Finsternis eher ein Segen.

Bryght befahl seinen Leuten, auszuschwärmen und das Gebäude zu umstellen. Elf hieß er, bei ihm zu bleiben. Auch als sie auf die Ruine zugingen, bemerkte Elf ein paar neugierige Kinder und Erwachsene in der Nähe. Sie betete, daß nicht geschossen würde und nicht noch mehr Unschuldige dieser Geschichte zum Opfer fielen.

Vierzehntes Kapitel

Der Marquis von Rothgar verlor keine Zeit damit, sich besonders herauszuputzen, bevor er in der Kutsche nach Windsor aufbrach. Das war kein Anlaß für Glanz und Glitzer. Mit Gottes Hilfe hatte Cyn den König inzwischen vor der Gefahr gewarnt. Jetzt ging es darum, den Ruf der Familie zu schützen.

Selbst mit sechs seiner besten Pferde brauchte er über eine Stunde bis zum Landsitz des Königs. Der Palast erhob sich majestätisch über eine Vielzahl von Gebäuden, die die Monarchen im Laufe von Jahrhunderten dazugebaut hatten.

Fast jeder mußte eine Reihe von Räumen passieren, um zum König zu gelangen. Rothgar jedoch durchquerte diese Räume in erstaunlicher Geschwindigkeit. Er wurde von allen Wachen mit Verbeugungen durchgelassen; es schien also keine besondere Wachsamkeit zu herrschen. Dann eskortierte ihn ein Diener durch den Repräsentations- und Audienzsaal, vorbei an einer Menge hoffnungsvoller Menschen, die sich die Zeit mit dem Betrachten von Verrios wundervoller Deckenbemalung vertrieben, bis zu dem leeren geschnitzten Thronsessel.

Ein paar Männer versuchten, ihn anzusprechen, aber er bedeutete ihnen, daß seine Geschäfte keinen Aufschub duldeten. Er sah den Neid in den Augen, hatte aber wenig Sympathie für solche Bittsteller. Die meisten von ihnen wollten nur Pfründe vom König, um damit ihre teuren Laster zu finanzieren.

An der großen verzierten Tür des königlichen Salons wichen die Wachen zurück, um ihn passieren zu lassen.

George, mit rotem Gesicht und Kulleraugen, ging im Zimmer auf und ab, als Rothgar angemeldet wurde. Er drehte sich gereizt zu ihm um. »Lord Rothgar!« rief er aus. »Welch ein Durcheinander!«
Rothgar sah auf einen Blick, daß weder das Spielzeug noch sein Bruder anwesend waren, und verbeugte sich tief vor dem König und der hochschwangeren Königin, die mit einem Schoßhündchen spielte. Dann begrüßte er Lord Bute und Lord Grenville.
»Ihr kommt wirklich im richtigen Moment«, sagte Grenville mit gespielter Freundlichkeit. »Wir glaubten Euch außer Landes und fürchteten schon um Euren Ruf.«
»Gott schickte ungünstige Winde, und so bin ich hier, um alles in Ordnung zu bringen. Das mechanische Spielzeug?«
»Wurde gebracht. Aber Lord Cynric war rechtzeitig zur Stelle.«
»Er hat mich mißhandelt!« schimpfte George.
»Ich entschuldige mich in seinem Namen, Eure Majestät, aber ich bin sicher, es war nötig.«
»Der Meinung bin ich nicht! Und wenn das Spielzeug so gefährlich ist, wie ist es dann möglich, daß ich es als Geschenk von Euch bekommen habe? Könnt Ihr mir diese Geschichte erklären? Grenville sagt, ein Verwandter von Lord Bute sei darin verwickelt, aber Lord Bute leugnet jede Mitwisserschaft. Das Spielzeug kam aus Eurem Haus, Mylord, aber Ihr wißt nichts davon. Lord Walgrave hat mit der Sache zu tun, handelte aber auf Geheiß meines Ersten Sekretärs und ist unschuldig. Und niemand hielt es für nötig, mich zu informieren. Ich bin äußerst ungehalten!«
Der König wischte sich mit einem verzierten und mit Monogramm versehenen Seidentaschentuch den Schweiß von der Stirn.
»Das ist nur zu verständlich, Eure Majestät«, sagte Rothgar

beruhigend. »Ich versichere Euch, daß, wenn ich etwas von diesen Vorgängen gewußt hätte, ich Euch auf der Stelle und in vollem Ausmaß informiert hätte. Lord Walgrave jedoch könnt Ihr vielleicht verzeihen. Er ist jung und hat auf den Rat Älterer gehört.«

»Ich bin etwas überrascht, daß Ihr ihn verteidigt, Rothgar«, sagte Grenville und lächelte jetzt nicht mehr. »Ihr seid doch kein Freund dieser Familie.«

»Ich versuche, mich nicht von meinen Vorurteilen leiten zu lassen, Grenville, und außerdem sind unsere Familien inzwischen verwandt. Walgraves Ziel war, soweit ich weiß, nur, dabei zu helfen, diese Verschwörung gegen Seine Majestät auszurotten.«

»Und sobald wir Michael Murray gefunden haben«, sagte Bute, »wird uns das auch gelungen sein. Ich bin unglaublich schockiert, daß ich eine solche Natter an meinem Busen genährt habe.«

»So nah standet Ihr ihm?« fragte Rothgar lächelnd.

Der Earl wurde rot. »Das ist doch nur so eine Redensart, Mylord.«

»Ach so.« Rothgar wandte sich wieder dem König zu. »Ich habe ein paar Männer an einen Ort geschickt, wo sie Murray finden könnten, Eure Majestät. Gleichzeitig habe ich Mr. Grenville eine Nachricht zukommen lassen und den Vorschlag, Soldaten dorthin zu schicken und auch die Schiffe, die flußabwärts fahren, zu kontrollieren. Ich hätte nicht gedacht, daß es ihm wichtiger erscheinen würde, herzukommen.«

Grenville errötete. »Ich habe fähige Männer dorthin gesandt, Eure Majestät. Und Lord Walgrave zu ihrer Unterstützung, da er, aus verständlichen Gründen, besorgt war, daß alles seine Richtigkeit hat. Ich kam her, weil ich das Bedürfnis hatte, Eure Majestät so schnell als möglich zu informieren.«

»Was jedoch offensichtlich nicht geschehen ist.« Rothgar

wandte sich wieder dem König zu. »Mit Eurer Erlaubnis, Majestät, sollten wir uns vielleicht alle setzen, und ich erzähle die ganze Geschichte, so gut ich kann. Ich bin sicher, Lord Bute und Mr. Grenville werden das Ihre dazu beitragen.«

»Ich weiß von nichts«, erklärte Bute ängstlich. »Gar nichts.«

Aber als der König sein Einverständnis bekundete, setzte auch er sich zu den anderen, offensichtlich, um herauszufinden, wo bei dieser ganzen Geschichte die Bedrohung seiner Position lag.

Die alte Taverne schien verlassen, aber als Elf sah, daß die Tür zur Rampe hinunter offenstand, wußte sie, daß jemand dagewesen war. Das Schloß war aufgebrochen. Trotz Bryghts warnender Hand auf ihrem Arm beugte sie sich vor, um den Kopf hineinzustecken. Selbst am hellichten Tag war der Raum dämmrig. Aber sie konnte genug sehen, um zu erkennen, daß er, abgesehen von den alten Fässern, leer war.

Der Sarg war entfernt worden.

Kein besonderer Stein lag mehr auf dem Boden.

»Er ist weg«, flüsterte sie.

»Ja, in der Tat«, sagte eine vertraute Stimme, und Elf streckte sich, um Fort ins Gesicht zu sehen. Er stand im Flur der Ruine, in tiefes Schwarz gekleidet, und trotz der Wunden in seinem Gesicht hatte er seine aristokratische Würde wiedergewonnen.

Ihre widerstreitenden Gefühle unterdrückend fragte sie: »Wo ist er?«

Jetzt bemerkte sie die Soldaten hinter ihm und daß sich die Atmosphäre verändert hatte. Als sie sich umdrehte, kamen noch mehr aus der Umgebung herbei und betrachteten die Diener der Mallorens mißtrauisch.

Ein paar der umstehenden Mütter griffen sich ihre neugierigen Kinder.

»Ich habe keine Ahnung«, sagte Fort, »ich bin selbst gerade erst hergekommen.«
Elf sah, daß Forts ganze Aufmerksamkeit sich auf Bryght konzentrierte. Und wäre er ein Hund gewesen, hätte er seine Lefzen hochgezogen. Sie war sich sicher, daß ihr Bruder genauso empfand. Sie waren wegen Portia alte Feinde. Weiß der Himmel, zu was für einer Dummheit sich die beiden hinreißen lassen würden, wenn sie könnten.
Sie drehte ihnen den Rücken zu und lief auf eine der Schaulustigen zu, eine zahnlose Alte, in Lumpen gekleidet.
»Entschuldigen Sie, Ma'am, ist heute morgen irgend jemand hier gewesen und hat etwas aus diesem Gebäude geholt?«
Die Frau kniff die Augen zusammen, preßte ihr Schultertuch an die Brust, wich ein paar Schritte zurück und beteuerte: »Ich habe nichts weggenommen, was mir nicht zusteht, ehrlich!«
»Natürlich nicht«, sagte Elf mit dem wärmsten Lächeln, das sie hatte. »Niemand will Euch etwas anhängen. Es ist nur so, daß wir etwas in diesem Keller zu finden hofften, nur einen großen Stein. Und er ist nicht mehr dort. Wahrscheinlich waren unsere Freunde schon vor uns hier.«
Die Frau schaute mißtrauisch: »Freunde? Und Rotröcke, die sie fangen sollen? Ich will keinen Ärger bekommen.«
Elf hörte Schritte hinter sich und wußte, daß das nicht Fort sein würde. »Bryght, hast du mal eine Münze?«
Er legte ein Sixpencestück in ihre Hand, und sie hielt es der Frau hin. »Hier. Nehmt das. Ihr müßt dafür gar nichts tun. Aber wenn Ihr etwas wißt, wäre es sehr nett, uns das zu sagen.«
Die Alte schnappte nach dem Geldstück, und ihr Blick huschte umher. »Na gut, Ihr scheint eine ehrliche, gute Lady zu sein, also werd ich's Euch sagen. Vor einer Weile kamen ein paar Männer mit einem Wagen und brachen die Tür da auf. Und das ist komisch, weil gestern war sie noch sperrangelweit

offen. Dann holten sie einen verdammt großen Klotz raus! Ich hab' das nicht kapiert«, sagte sie und geriet in Aufregung über die ganze Geschichte. »Gibt doch, weiß Gott, genug Steine auf der Welt, wenn man welche haben will. Aber dieser Pfarrer mit Perücke machte ein Theater darum und sagte, sie sollten ihn nicht verkratzen. So was hab' ich mein Lebtag noch nicht geseh'n.«

Pfarrer mit Perücke? Elf erinnerte sich daran, daß die Straßenjungs Roberts erzählt hatten, sie wären von einem schottischen Pfarrer angeheuert worden. Murray in Verkleidung?

»Das klingt ungewöhnlich«, sagte sie mit mäßigem Interesse. »Was haben die mit dem Stein gemacht?«

»Sie haben ihn in eine Kiste gelegt, die sie vorher raufgebracht hatten.« Sie lachte meckernd. »Ein Sarg war das und ein komisches Bild. Der Pfarrer tat so wichtig, als wär's 'ne Leiche. Er beschwerte sich, daß sie den Stein nicht in den Sarg gelegt hätten, bevor sie ihn raufbrachten. Wo er ja recht hatte, wenn er ihn nicht verkratzt haben wollte. ›Der Stein‹, sagte er die ganze Zeit. Dabei war's gar kein Stein, sondern nur ein großer Klotz.«

»Und dieser Pfarrer. Der war noch nicht da, als die anderen kamen?«

»Nee, der kam erst später dazu.«

»Und ich nehme an, sie haben den Sarg auf den Wagen gestellt und sind damit weggefahren.«

»Stimmt genau!« sagte die Alte, als ob das eine außergewöhnlich schlau kombinierte Aussage wäre. »Genau das haben die gemacht, Fräulein.«

Elf blickte in Richtung Fluß. »Wie Sie vermutet haben, Ma'am, ist dieser arme Pfarrer nicht ganz richtig im Kopf. Er glaubt, der Klotz sei sehr wertvoll, und will ihn mit einem Schiff nach Frankreich bringen und dem König zum Geschenk machen ...«

Die Frau lachte wieder: »Na, das würd' ich ja gern mal sehen!«
»Es wäre weniger peinlich, wenn wir ihn stoppen könnten, bevor er lossegelt. Ich frage mich, welchen Kai die wohl am ehesten benutzt haben.«
Die Frau kniff wieder ihre Augen zusammen. »Soldaten und alles«, murmelte sie, »ich glaub' ja nicht, daß Ihr mir die Wahrheit sagen, aber Ihr seht wie jemand Anständiges aus. Ich hab' sie Harrison's Wharf sagen hör'n. Das ist ganz nah.«
»Wann war das alles?«
»Ist noch nich' lang her. Die können noch nich' weit sein, würd' ich mal sagen.«
Elf nahm ihre vernarbte, schmutzige Hand: »Wie heißt Ihr?«
Die Frau sah sie schüchtern an und sagte dann: »Dibby Cutlow, Mistress.«
»Danke für Ihre Hilfe, Mrs. Cutlow. Und wenn Sie jemals Hilfe brauchen, kommen Sie zum Malloren House am Marlborough Square.« Dann drehte sie sich zu Bryght um. »Der Pfarrer ist wahrscheinlich der verkleidete Murray. Los, schnell!«
Sie sah Fort, der in einiger Entfernung, aber in Hörweite stand, sich zu den Soldaten umdrehen. Sie marschierte zu ihm hinüber. »Das ist eine ernste Angelegenheit und nicht die Zeit für Rivalitäten. Wenn wir gegeneinander arbeiten, könnten wir alles verderben.«
Sie konnte nicht sagen, ob seine Augen eiskalt waren oder vor Wut glühten. Vielleicht war es eine eisige Glut. Sie hatte nur einen Moment Zeit, ihn zu studieren, denn er drehte sich abrupt zu Bryght um. »Was habt Ihr vor?«
Elf hätte ihn schlagen mögen dafür, daß er sie so demonstrativ übersah, aber auch dafür war jetzt keine Zeit.
Später, tröstete sie sich selbst und erinnerte sich, daß Rothgar dasselbe zu Cyn gesagt hatte. Sie hatten jedoch nicht an eine Möglichkeit zur Aussprache oder Erklärung gedacht.

Ach, der Teufel sollte alle Männer und ihre komischen Verhaltensregeln holen.

»Wir sollten uns dem Kai von beiden Seiten nähern«, sagte Bryght. »Von drei, um genau zu sein. Ein paar der Soldaten können auf unser Boot kommen und sich damit auf dem Wasser postieren, für den Fall, daß sie die Ladung schon an Bord haben.«

»Ihr seid mit einem Boot gekommen?«

»Das ging am schnellsten.«

»Ihr seid unter der Brücke durchgeschossen?« Einen Moment lang sah Fort Elf an, und sie entschloß sich zu glauben, daß seine Wut von seiner Sorge um sie herrührte. Sofort drehte er sich jedoch wieder zu seinen Männern um. »Corporal, schikken Sie vier Männer mit Lord Bryghts Leuten mit, um Position auf dem Fluß zu beziehen.«

»Aye-Aye, Mylord! Weitere Instruktionen, Mylord?«

»Stoppt jedes verdächtige Boot. Nein, verdammt. Der Fluß ist zu voll ...«

»Ich werde mit auf das Boot kommen«, sagte Elf. »Ich kann Murray erkennen.«

»Das ist zu gefährlich«, herrschte Fort sie an.

»Das finde ich auch«, stimmte Bryght zu.

»Welch wunderbare Einigkeit!« Sie zog ihre Waffe. »Ich werde jeden erschießen, der versucht, mich aufzuhalten.«

Fort und Bryght starrten sie an und tauschten dann einen Blick, der fast mitleidig war.

Ohne ein weiteres Wort wandte sich Elf an die vier ausgewählten Soldaten: »Folgt mir.« Als sie mit ihnen Richtung Fluß ging, hörte sie Bryght noch sagen: »Ich wußte, daß es gefährlich ist, Frauen zu bewaffnen.«

Sie hörte sogar noch Forts Antwort. »Natürlich, richtige Ladys werden jedoch von Geburt an dazu erzogen, sich zu benehmen.«

Sie erinnerte sich an eine ähnliche Unterhaltung auf Bryghts Verlobungsball, eine, bei der es fast zum Eklat gekommen wäre. Im Moment wäre es ihr fast am liebsten gewesen, die beiden hätten sich darüber die Köpfe eingeschlagen.
Das Boot mit den acht Ruderern lag etwas abseits vom Landungssteg. Aber auf ihr Zeichen hin kamen sie näher, so daß sie einsteigen konnten. Elf gab Woodham, dem Bootsführer, eine kurze Erklärung der Lage.
»Also«, sagte sie schließlich, »wir müssen die Stellung auf dem Fluß gegenüber von Harrison's Wharf halten. Könnt Ihr das?«
Der kräftige, mittelaltrige Mann musterte die überfüllte Wasserstraße. »Ja, ich denke schon, Mylady, aber es wird nicht einfach sein. Andere Boote werden uns nicht ausweichen wollen.«
»Tut Euer Bestes.«

* * *

Wie Woodham es vorausgesehen hatte, war es nicht allzu schwer, mit acht Ruderern in die Mitte des Flusses zu kommen, auch wenn sie mit Frachtkähnen, die Waren von und zu den Schiffen brachten, um den besten Weg konkurrieren mußten. In dem schnell fließenden Wasser auf der Stelle zu bleiben, ohne mit anderen Booten zu kollidieren, war dagegen schon schwieriger, aber es gelang.
Elf suchte den überfüllten Fluß mit den Augen ab, auf der Suche nach einem Boot mit einem Sarg und einem Pfarrer mit Perücke oder Murray mit seinem blonden Haar. Sie sah jedoch kein einziges, das diesen Kriterien entsprach.
Sie drehte sich um und betrachtete die Kaianlage.
Sie wünschte, sie hätte ein Fernglas, denn das Ufer war ein Durcheinander aus Anlegestellen, Lagerhäusern und Kränen

und wimmelte nur so von Arbeitern. Dann sah sie etwas Rotes aufblitzen – das mußten die Soldaten sein. Im gleichen Augenblick entdeckte sie, wie Fort und Bryght sich aus verschiedenen Richtungen näherten. Sie konnte ihr Herannahen auch am Menschenstrom deutlich erkennen, weil die Arbeiter vor den Soldaten zurückwichen.

Sie musterte den Rand der Kaianlage, wo Waren auf Boote geladen wurden. Es war schwer, eine Person zu erkennen, aber sie sah, daß ein Kran etwas von einem Wagen hob.

Ein Sarg?

»Da!« sagte sie zu den Soldaten. »Seht ihr diese Kiste?«

Es dauerte ein bißchen, aber dann sahen sie sie auch. Der Kran schwenkte den Sarg über einem Prahm. Unten auf dem Kai tanzte ein Mensch mit weißer Perücke fast vor Aufregung über die Aktion.

»Das ist unser Objekt«, sagte sie zu den Soldaten. »Wir müssen verhindern, daß es an Bord eines Schiffes gelangt.«

»Verzeihung, Mylady«, sagte einer der Soldaten, »aber auf dem Fluß könnte das gefährlich werden.« Sie konnte daran, wie er sich an den Bootsrand klammerte, sehen, daß er sich auf dem Wasser nicht besonders wohl fühlte. »Wenn es auf einem Schiff ist, macht das keine großen Probleme. Das Schiff kann auf seinem Weg flußabwärts angehalten und durchsucht werden.«

Das stimmte. Es konnte Tage dauern, die Themse hinunter bis zur Nordsee zu segeln, und Schiffe wurden ständig wegen irgendwelcher Vorschriften aufgehalten.

»Vielleicht doch nicht, Mylady«, sagte Woodham. »Seht Ihr das Schiff dort?« Er zeigte auf den verwirrenden Wald aus Schiffsmasten. »Das mit der Lilien-Flagge?«

Elf beschattete ihre Augen mit der Hand. »Was bedeutet das?«

»Ich glaube, das ist das Schiff, das den französischen Botschaf-

ter zurückbringt, und es scheint das einzige zu sein, das fertig zum Ablegen ist. Solche Schiffe werden üblicherweise nicht angehalten.«
»Natürlich«, murmelte Elf. »Deshalb mußte alles letzte Nacht passieren, um mit diesem Schiff reisen zu können. Ihr sagt, es sei ablegefertig?«
Er sah zu dem großen Schiff hinüber. »Ja, Mylady. Ich würde sagen, sie wollen unbedingt versuchen, die Flut noch auszunutzen.«
Die Aufregung hatte Elf bisher angetrieben, aber in diesem wichtigen Moment fiel sie plötzlich von ihr ab, und sie konnte sich kaum zu einer Entscheidung durchringen. Wenn und Aber schwirrten ihr durch den Kopf. Sie schüttelte sie ab. »Versperrt diesem Boot den Weg«, ordnete sie an.
»Aye-aye, Mylady«, sagte Woodham, aber er fügte hinzu: »Das ist ein Prahm, auf den sie den Sarg laden. Ein Prahm ist ein großes Boot. Wenn es versucht, uns zu rammen, werden wir kentern.«
Elf verstand, was das bedeutete, aber sie durfte nicht nachgeben. »Dann werden wir es aufhalten müssen, bevor es uns rammt, ja?«
Der Sarg befand sich jetzt auf dem Prahm und machte nur einen Bruchteil der Ladung aus, die ein so großer Kahn hätte aufnehmen können. Forts und Bryghts Leute waren in der Nähe. An einer plötzlichen Bewegung in der Menge – einem Zurückweichen der Leute vom Rand des Kais – erkannte Elf, daß dort etwas geschah. Wie Spielzeugsoldaten legten die Rotröcke ihre Musketen an.
Auf wen?
Auf einen Mann mit einer Pistole.
Gerade als sie sah, daß der Mann mit der Pistole nicht Murray war, schoß Feuer aus der Mündung seiner Waffe, und die Musketen feuerten zurück.

Der Pistolenträger taumelte rückwärts in den Fluß. Auf dem Kai brach auch jemand zusammen.

Wer? Mein Gott, wer?

Elf klammerte sich an einen der Pfosten und beobachtete, wie sich der Prahm langsam in die Flußmitte bewegte. Aber er fuhr weg von ihnen, weg von dem französischen Schiff!

»Was macht er da?« schrie Elf und versuchte, nicht an Tote zu denken. »Wo fährt er hin? Geht näher ran!«

»Nein, Mylady«, sagte Woodham ruhig. »Er steuert das französische Schiff an. Aber Prahme sind schwerfällige Boote. Mit nur einem Mann und einem Ruder manövriert man nicht so leicht. Er muß die Strömung ausnutzen. Prahmfahrer kennen den Fluß so gut wie Ihr Eure Hand, und deshalb wird er auch bei dem französischen Schiff ankommen. Das heißt aber auch, daß selbst wenn er uns nicht frontal rammen will, er nicht viel tun kann, um es zu verhindern.«

»O Gott«, flüsterte Elf.

Sie warf einen verstohlenen Blick auf den Kai, sah aber nur eine dichte Menge. Die Soldaten stellten sich jedoch plötzlich wieder in Formation auf und feuerten eine Salve auf das Boot, verfehlten es allerdings. Sie betete zu Gott, daß sie keine unschuldigen Menschen treffen würden und daß Bryght und Fort sie davon abhalten würden, noch mal zu schießen.

Wenn Bryght und Fort überhaupt noch in der Lage waren, Kommandos zu geben.

Wer war auf dem Kai gefallen?

Vielleicht keiner von den beiden.

Warum war sie sich so sicher, daß es Fort gewesen war?

Sie zwang ihre Aufmerksamkeit und ihren Blick wieder zu dem Prahm zurück.

Er überquerte schaukelnd den Fluß und steuerte jetzt eindeutig das französische Schiff an. Was bedeutete, daß er auch auf sie zukam.

Da erkannte sie Murray.
Er stand, eine Hand schützend auf den Sarg gelegt, und sah begierig zu seinem Ziel hin. Er trug eine Pfarrerskutte, aber Elf erkannte ihn trotzdem. Eine Pistole in seiner freien Hand war auf den Bootsmann gerichtet, so daß er sich offensichtlich doch nicht allein auf den Anblick des französischen Schiffs konzentrierte. Er würde dem Bootsmann keinesfalls erlauben, abzudrehen, selbst wenn der das wollte.
Es gab nur eines, was zu tun war.
Elf sprach mit den Soldaten: »Wer von euch ist der beste Schütze?«
Einer trat vor. »Ich, Mylady. Ich heiße Pickett.«
»Gut, Soldat Pickett, glaubt Ihr, Ihr könntet den Mann treffen, der dort drüben auf dem Boot steht?«
Er sah mit zusammengekniffenen Augen hinüber. »Wenn sich unser Boot nicht allzusehr bewegt, ist das ein leichter Schuß, Mylady.«
»Woodham, haltet das Boot so ruhig wie möglich.«
»Aye-aye, Mylady.«
Es schockierte sie, wie ruhig sie einen kaltblütigen Mord plante, aber sie mußte das Boot aufhalten. Elf erinnerte sich an Vauxhall und daran, wie Murray sie mit einem Messer in der Hand verfolgt hatte. Sie wußte, er würde den unschuldigen Bootsmann bei dem geringsten Anlaß erschießen. Und er war auch für alle bisherigen Opfer, einschließlich Sally, verantwortlich.
Einschließlich Fort?
Sie konnte nicht wissen, daß Fort derjenige gewesen war, der am Kai gefallen war, und doch wußte sie es, und eine eisige Kälte breitete sich in ihrem Inneren aus.
Sie warf einen letzten Blick auf das entfernte Ufer, holte tief Luft und sagte: »Wann immer Euch der Augenblick günstig erscheint, Soldat Pickett.«

Der Mann kniete sich auf einen der samtbezogenen Sitze, benutzte die Lehne als Stütze für seine lange Muskete und musterte das Boot scharf. Mit einem lauten Klick spannte er sie und entfernte die Zündkappe. Mit trockenem Mund sah Elf, wie sein Finger sich an den Abzug legte.
Da schob sich ein anderer Prahm zwischen sie, verhinderte den Schuß und sorgte für eine Welle.
Pickett murmelte etwas und sagte dann: »Bob, schaust du bitte danach?«
»Ist gut, Billy«, sagte ein anderer Soldat, »für die nächsten paar Minuten sieht es gut aus.«
Pickett wartete, bis die Welle verebbte, und ließ den Prahm näher und näher kommen. Das würde die Treffsicherheit erhöhen, aber Murray mußte nur seinen Blick von seinem Bootsmann und dem französischen Schiff abwenden, und ihm würde die Barke eines Adeligen zwischen all diesen Arbeitsschiffen auffallen. Dann würde er sicher auch die Soldaten in ihren roten Röcken wahrnehmen, besonders den einen, der auf ihn zielte.
Sie waren jetzt so nahe dran, daß Elf den Namen des Prahms lesen konnte: Troll Tilbury. Kein besonders passender Name für ein so schwerfälliges Gefährt.
Los! Los! drängte Elf Pickett schweigend, obwohl sie wußte, daß er erst die richtige Position abwarten mußte. Dann bewegte Murray sich und warf einen Blick zurück auf den Kai. Als er sich umdrehte, streifte sein Blick Elfs Boot. Sein Mund öffnete sich, als ob er schreien wollte, aber der Donner von Picketts Muskete brachte ihn zum Schweigen. Als der Rauch sich verzogen hatte, sah Elf, daß der Schotte rücklings auf den Sarg gefallen war, in dem sich sein wertvoller Stein befand.
Die Unmittelbarkeit des Todes ließ sie erstarren, aber dann sah sie, wie der Troll Tilbury immer näher kam, der Bootsmann daraufhin schrie, Woodham sie etwas fragte ...

»Ja!« schrie sie. »Abdrehn! Dreht ab!«
Acht kräftige Ruderer brachten sie aus der Fahrlinie des Prahms, aber nur ganz knapp, so daß der blutüberströmte Haufen, der vor einigen Augenblicken noch ein Mann gewesen war, dicht an ihnen vorbeifuhr.
Jeder auf dem Boot starrte die Leiche an, und Elf dachte, daß vielleicht nicht einmal die Soldaten gegen so einen Anblick abgestumpft waren. Plötzlich erinnerte sie sich wieder, daß sie hier das Kommando hatte. Also handelte sie danach, gab Anweisungen, übernahm Verantwortung. Aber sie wußte, daß hier noch mehr zu tun war. Sie mußte dafür sorgen, daß die Männer den Vorfall richtig einordneten.
Während sie sich wünschte, ihre Hände würden aufhören zu zittern, sagte sie: »Gut gerudert, Woodham. Können Sie dem Steuermann auf dem Prahm zurufen, daß er zum Kai zurückkehren soll?«
»Natürlich, Mylady. Aber er wird eine Weile dafür brauchen.«
»Das macht nichts, solange seine Fracht nicht auf diesem französischen Schiff landet.«
Als das Zurufen zwischen den beiden, begleitet von wütenden Beschimpfungen des verärgerten Steuermanns auf dem Prahm, begann, wandte Elf sich an die Soldaten. »Gut gemacht, Soldat Pickett. Ein sauberer Schuß. Und zweifellos habt Ihr damit dem armen Steuermann das Leben gerettet.«
Sie sah ihn sich zum ersten Mal näher an und stellte fest, daß er nicht älter als zwanzig sein konnte und ganz blaß vor Aufregung war. Bei ihren Worten jedoch nahm er wieder Farbe an und wurde etwas verlegen: »Das war doch gar nichts, Mylady.«
»Im Gegenteil. Es war sehr wichtig, und Ihr habt Eure Sache gut gemacht.«
Woodham war mit dem Steuermann fertig, also wendete Elf

sich wieder ihm zu: »Bringt Sie uns bitte wieder zum Kai zurück.«
Schließlich fiel sie erschöpft auf einen Sessel. Unglücklicherweise bewirkte das Nachlassen der Spannung, daß die Angst um Fort wie eine Flutwelle über sie hereinbrach.
Auf dem Kai war eine Kutsche eingetroffen. Ein Arzt? Oder nur ein Transportmittel, um jemand zum Arzt zu bringen? Man würde doch für eine Leiche keine Kutsche rufen, oder?
Für die Leiche eines Earls wohl schon.
Vielleicht war es nicht Fort, der gefallen war.
Sie war sich sicher, daß er es war.
Vielleicht war er nur gestolpert und hingefallen.
Sie wußte instinktiv, daß er es gewesen war, daß er getroffen und schwer verletzt worden war.
Sie hätte es auch gewußt, wenn er tot gewesen wäre.
Sie erinnerte sich an Sapphos Salon, wo Fort gefesselt und ihre Brüder so wütend gewesen waren. Dort hatte sie nicht gewußt, wo ihre größeren Sympathien lagen. Jetzt wußte sie es.
Die Hände vor ihrem Mund verkrampft, betete sie, wie sie noch nie gebetet hatte. Sie betete um sein Leben und um eine zweite Chance, Glück in sein Leben zu bringen.
Dann bemerkte sie die besorgten Blicke der Soldaten, nahm schnell die Hände herunter und bemühte sich, wieder normal zu wirken. Sie hatte noch eine andere Rolle zu spielen – die einer Malloren, einer kühlen Kommandeurin über Tod und Zerstörung.
Bryght erwartete sie am Steg, allein.
Er war nicht verletzt. Sie war natürlich erleichtert, aber ihre größte Sorge bestand weiter.
Sie sah keine Spur von Fort oder den Soldaten, die bei ihm gewesen waren. Auf den Holzplanken glänzte es rot.
Blut.
Mit rasendem Puls sprang sie auf die Füße, verzweifelt darauf

bedacht, die erste zu sein, die von Bord ging. Als die Ruderer das Boot beigedreht hatten, packte sie Bryghts Hand und kletterte über die Bordwand.

»Gut gemacht!« sagte er.

»Fort?« fragte sie.

Er wurde ernst. »Er hat eine Kugel ins Bein bekommen. Ich glaube nicht, daß es lebensgefährlich ist.«

Alle Kraft verließ Elf, und sie brach in seinen Armen zusammen. Sie weinte aus Trauer, Erleichterung und vielleicht auch aus tiefster Erschöpfung.

Sie spürte, wie sie hochgehoben und fortgetragen wurde, war aber schon eingeschlafen, bevor er etwas fand, worin er sie nach Hause bringen konnte.

Nach zwei Stunden voller Erklärungen, Fragen und Entschuldigungen verließ Rothgar den königlichen Salon durch einen Seiteneingang und fragte einen Diener nach seinem Bruder. Er fand Cyn bewacht in einem kleinen Raum im Erdgeschoß, jedoch in ziemlich entspannter Atmosphäre bei einem Becher Ale.

Als Rothgar eintrat, hob er seinen Becher: »Wie lange darf ich meinen Kopf noch behalten?«

»Auf unbestimmte Zeit, obwohl Seine Majestät noch nicht vollständig überzeugt ist. Glückwunsch, daß du ihn so effektiv eingesetzt hast.«

Cyn lachte und sprang auf die Füße: »Es war verdammt knapp, Brüderchen! Die Teufelsmaschine stand dort, mitten auf dem großen verzierten Tisch im Salon. Sie schien gerade mit einer freundlichen Nachricht von dir eingetroffen zu sein, und der König hatte verlangt, sie sofort zu sehen. Seine Umgebung versuchte zwar, ihn davon abzuhalten, aber niemand traute sich, ihm zu verbieten, das Ding auszuprobieren. Der einzige Grund, warum er es noch nicht aufgezogen hatte, war, daß er

nach der Königin geschickt hatte, die sich das Schauspiel mit ansehen sollte. Ich habe ihn da rausgeschafft.«
»Bewundernswerte militärische Leistung.«
»Ja, gut, beim Rückzug habe ich wahrscheinlich alle Arten von Majestätsbeleidigung begangen, und nach den Reaktionen zu schließen, sind meine Chancen auf einen Major- oder gar Colonel-Posten jetzt ziemlich gesunken.«
»Vielleicht sollten wir ihn von deinem Wert überzeugen. Wo ist diese Teufelsmaschine?«
»Nebenan. Ich habe darauf bestanden, daß sie in meiner Nähe bleibt, damit ich ein Auge drauf haben kann.«
Rothgar öffnete eine Tür. Die hübsche chinesische Pagode stand auf einem kleinen Tisch, ihre Figuren schienen nur darauf zu warten, zu todbringendem Leben zu erwachen.
»Zu schade, wirklich«, sagte er. »Sie ist so intelligent gebaut.«
»Sollen wir sie in die Luft jagen?«
»Ich nehme an, bei der richtigen Gelegenheit wird sie das von selbst tun. Der Trick ist nur, es gefahrlos zu machen. Krempel die Ärmel auf. Wir tragen sie.«
»Wir?«
»Wer sonst? Sie scheint ja auch problemlos treppauf, treppab getragen worden zu sein. Aber selbst wenn, sollten wir dann andere dem Risiko ausliefern?«
»Verdammt. Wenn ich es nicht besser wüßte, würde ich glauben, du bist voller Reue.«
»Du glaubst, dazu wäre ich gar nicht fähig?«
Cyn schüttelte den Kopf. »Ich denke, du bist in einer verdammt seltsamen Stimmung. Also gut, packen wir das Ding.«
Es war nicht schwer, aber sperrig, vor allem weil sie es sehr vorsichtig behandelten. Schließlich stellten sie es draußen vor dem Schloß auf eine Wiese nahe am Fluß. Cyn zog ein Taschentuch hervor, um sich den Schweiß abzuwischen.
Rothgar strich seine Kleider glatt und ordnete dann den Die-

nern an, alte Matratzen und eine Muskete zu bringen sowie den König zu benachrichtigen, sich das Spektakel aus sicherer Entfernung, von einem Balkon herab, anzusehen, wenn er wollte.

»Warum?« fragte Cyn.

»Für deine militärische Laufbahn, natürlich.«

Sobald der König und die Königin erschienen waren, gab Rothgar den Dienern Anweisungen, wie sie die Matratzen anordnen sollten. Dann ließ er jeden sich in sichere Entfernung begeben und drückte Cyn die Muskete in die Hand. »Ich bin sicher, du bist in solchen Sachen geübter als ich. Versuch, in die Lücke zu treffen, die wir zwischen den Matratzen gelassen haben.«

Cyn lud das Gewehr, hob es und zielte. Mit einem Klicken spannte er es. Sein Finger drückte auf den Abzug, und mit einem lauten Knall und einer Flamme schoß die Kugel heraus.

Einen Augenblick später flogen mit einem noch viel lauteren Knall Stoffetzen und Metallteilchen in alle Himmelsrichtungen.

»Verdammt«, sagte Cyn und ließ sich hinterrücks in die Wiese fallen. »Stell dir das mal ohne Matratzen in einem geschlossenen Raum vor.«

»In der Tat«, sagte Rothgar und drehte sich zu dem Balkon um, aber der König und die Königin waren bereits verschwunden.

Als die Diener herbeieilten, um ihnen die Muskete wieder abzunehmen und das Durcheinander zu beseitigen, sagte er: »Die Frage ist, ob eine genaue Replik dieses Spielzeugs ein geschätztes Geschenk wäre oder den König vollkommen wahnsinnig machen würde.«

Cyn platzte fast vor Lachen.

Als sie zum Schloß zurückkehrten, erwartete sie nicht nur

ihre Kutsche, sondern auch eine Nachricht vom König, der Lord Cynrik sofort zu sehen wünschte.

»Sieh an«, sagte Rothgar. »Er hat nicht vergessen, daß er dich wegen Majestätsbeleidigung köpfen wollte. Möchtest du die Kutsche nehmen und aus dem Land fliehen?«

Im ersten Moment sah Cyn erschrocken drein. »Himmel, Brüderchen, was glaubst du, daß er von mir will?«

»Ich würde vorschlagen, du gehst hin und findest es raus. Schließlich«, fügte er wohlwollend hinzu, »wolltest du dein Leben doch schon immer selbst in die Hand nehmen.«

Fünfzehntes Kapitel

Als Elf erwachte, fühlte sie sich, als wäre sie von der mächtigen Themse geschlagen und gegen die Pfeilerköpfe der London Bridge geschleudert worden. Nach den verschwommenen Erinnerungen ihrer Träume war sie sich nicht ganz sicher, daß das nicht passiert war.

Dann erinnerte sie sich an Bilder von Fort, blutig hingestreckt auf den Sarg, auf dem sie sich geliebt hatten. Er mußte sterben, weil sie ihn erschossen hatte ...

Nein! Sie kämpfte ums Erwachen. Das war Murray gewesen, nicht Fort, und sie hatte nicht geschossen. Aber sie hatte es befohlen, also lief es auf dasselbe hinaus.

Dann wurde ihr Verstand völlig klar, und sie erinnerte sich, daß Fort wirklich verwundet worden war. Am Bein.

Sie zwang ihre Augen, sich zu öffnen, und setzte sich auf.

Eine Beinverletzung konnte von einem geringen Blutverlust bis zur Amputation alles bedeuten, in jedem Fall drohten aber Infektion und Tod. Erst letztes Jahr war der junge Sir Francis Cornhallows an einer kleinen Wunde gestorben, die sich infiziert hatte, weil er die Wunde nicht gründlich vom Arzt hatte säubern lassen, so daß kleine Stoffpartikel darin geblieben waren.

Ihre zitternden Finger faßten nach dem Gürtel ihres Morgenrocks und knoteten ihn auf und zu, während sie darum flehte, daß Chantal sich beeilte.

Sie kletterte aus dem Bett und konnte sich gut vorstellen, wie der arrogante Earl of Walgrave seine Ärzte verjagte. Und er hatte doch niemand, der nach ihm schaute. Außer ihr. Ein schmaler Streifen Sonnenlicht fiel durch einen Spalt in den ansonsten geschlossenen Vorhängen. Vielleicht war es noch nicht zu spät, ihn zur Vernunft zu bringen.

Chantal stürzte ins Zimmer, Chastity nur einen Schritt hinter ihr.

»Mylady! Ihr seid wach!«

»Elf, wie fühlst du dich?«

Elf hielt sich am Bettpfosten fest, gepackt von einem leichten Schwindel. »Schrecklich.« Sie konnte kaum sprechen, so trokken war ihr Mund. »Wasser. Das würde helfen.«

»Ihr braucht mehr, Mylady«, sagte Chantal und rauschte schon wieder hinaus.

Chastity goß Wasser aus einer Karaffe in ein Glas und brachte es ihr. »Ich glaube, ich muß den guten Vorschlag, den du mir einmal gemacht hast, wiederholen: Ich bin sicher, ein Bad würde dir guttun.«

»Gott, ja.« Elf trank das ganze Glas aus und befühlte dann ihre Haare. »Bin ich immer noch gepudert? Ich muß ja schrecklich aussehen. Aber ich habe keine Zeit. Ich muß zu Fort ...«

Chastity hielt sie sanft zurück, so daß sie sich wieder auf das Bett setzte. »Das ist nicht nötig. Er ist nicht in Gefahr.«

Elf starrte in die Augen ihrer Schwägerin. »Ist er richtig behandelt worden? Wurde die Wunde gereinigt?«

»Aber ja. Ich versichere dir, ich stand über ihn gebeugt und habe ihn genauso zurechtgewiesen, wie du es getan haben würdest.«

»Wird er durchkommen?«

»Das liegt, wie alles, in Gottes Hand. Er hat Schmerzen und fiebert. Aber er scheint auf dem Weg der Besserung zu sein.«

Die Vorstellung des fiebernden Fort in Schmerzen ließ Elf wieder vom Bett aufspringen. »Sicher ist es noch zu früh, zu sagen, ob er durchkommt. Warum bist du hier und nicht dort? Du bist seine Schwester!«

Chastity schob sie wieder zurück aufs Bett. »Elf, du hast eineinhalb Tage geschlafen. Es ist Sonntagnachmittag.« Sie ging ans Fenster und zog die Vorhänge zurück, so daß der Raum von Licht durchflutet wurde und Elf ihre schmerzenden Augen bedeckte.

»Eineinhalb Tage«, murmelte sie, »und alles ist ohne mich weitergegangen. Der König?«

»Ist in Sicherheit.« Chastity füllte das Glas noch einmal mit Wasser und brachte es ihr. »Cyn kam rechtzeitig.«

»Gott sei Dank. Und der Stein?«

»Wurde ganz im stillen nach Westminster Abbey zurückgebracht, mit irgendeiner Geschichte, daß er kurzfristig entfernt werden mußte, um den Thron zu reparieren. Ich muß zugeben, mir ist er dort auch noch nie aufgefallen. Glaubst du daran, daß er dem König eine mystische Macht verleiht?«

Elf trank ein bißchen von dem Wasser und erhob sich wieder, diesmal jedoch vorsichtiger. Der Schwindel schien vorüber, also ging sie ein bißchen im Zimmer herum. Sie fühlte sich an den unmöglichsten Stellen steif und wund.

Das erinnerte sie an eine Menge Probleme. Sie hätte sich lieber mit dem Stein von Scone beschäftigt. »Ich weiß nicht. Er scheint den Stuarts nicht viel genützt zu haben. Sie wurden darauf gekrönt.«

»Stimmt. Weißt du das von Cyn schon?«

»Was?« Eine Vielzahl schrecklicher Möglichkeiten kam ihr in den Sinn. »Was ist passiert?«

»Oh, nichts Schlimmes ...«

Aber da kam Chantal mit einer Kaffeekanne, einer filetierten Orange und verschiedenen Gebäckstücken herein. Auf Anweisung verschwand sie wieder, um sich um das Bad zu kümmern.

Elf besah sich das elegante Tablett. »Da fragt man nach Wasser und bekommt gleich eine ganze Mahlzeit. Bitte bedien dich, und erzähl mir, was es mit Cyn auf sich hat.«

Chastity nahm sich ein Stückchen Orange. »Er und Rothgar haben das mechanische Spielzeug zum Explodieren gebracht, sicher und außerhalb des Schlosses, natürlich. Aber Cyn ist vorher wie der Teufel geritten, um den König zu warnen. Kannst du dir vorstellen, daß er ihn direkt neben dem Spielzeug stehend antraf? Der König hatte es nur deshalb noch nicht laufen lassen, weil er auf die Königin wartete.«

»Welch ein Glück!«

»In diesem Fall war Cyn der Retter. Er drängte den König mit ziemlich militärischer Ruppigkeit aus der Gefahrenzone. Zu diesem Zeitpunkt zweifelte der König noch an Cyns Geschichte. Aber als er das Spielzeug in tausend todbringende Stückchen explodieren sah, ließ George Cyn zurückrufen, drückte ihn an die königliche Brust und ernannte ihn zu Lord Raymore!«

Elf starrte Chastity an. »Aber warum Raymore?«

Chastity rang um ihre Fassung. »Offensichtlich ist das der Name des Lieblingspferds Seiner Majestät!«

Sie brachen beide in Gelächter aus.

»Und Rothgar«, keuchte Chastity, »hat wohl nur gesagt, einem geschenkten Gaul schaue man nicht ins Maul! Besonders wenn mit dem Titel ein Besitz verbunden ist, um den Rang eines Vicomte zu unterstreichen.«

»Ein Vicomte! Damit übertrifft er Bryght und Brand. Was sagt Cyn dazu?«

Chastity grinste. »Ach, du kennst ihn doch. Vor allem ist es ihm peinlich, dafür belohnt zu werden, daß er nur seine Pflicht getan hat. Er ist auch ein bißchen mißtrauisch, ob Rothgar das vielleicht alles eingefädelt hat. Du weißt ja, wie er sich immer ziert, wenn es um Unterstützung durch die Familie geht.«

»Er übertreibt da ein bißchen.«

»Das stimmt, aber du weißt ja, wie die Männer sind.«

Elf dachte an Fort und Sappho. »Ich fange gerade damit an.«

Sie sah ihrer Schwägerin direkt ins Gesicht. »Du weißt, daß Fort und ich miteinander geschlafen haben.«
Chastitys Wangen färbten sich rosa. »Ja, und ich werde sicher nicht den ersten Stein werfen.«
»Aber du hast Cyn damals geliebt.«
»Stimmt. Aber liebst du Fort denn nicht?«
Elf wandte sich ab und sah aus dem Fenster auf den ruhigen Marlborough Square. »Ja. Obwohl es vollkommen verrückt ist, mein Herz an einen unerreichbaren Mann zu hängen.«
»Vielleicht sind alle Männer unerreichbar. Als Cyn und ich damals miteinander geschlafen haben, glaubte ich, eine Ehe zwischen uns wäre unmöglich. Ich war auch verkleidet, aber wie sich später herausstellte, hatte er mich erkannt. Ich glaube, Fort dagegen hat dich wirklich nicht erkannt.«
»Warum hätte er an etwas so Unwahrscheinliches auch nur denken sollen? Und wir haben fast die ganze Zeit über Französisch gesprochen.« Sie drehte sich wieder zu Chastity um: »Ich habe große Angst, ein Kind zu bekommen.«
»Daran mußt du doch vorher gedacht haben.«
»Irgendwie schon.« Ein nervöses Lachen kam aus ihrem Mund, und sie hielt sich rasch die Hände davor. »Theoretisch schien es auch ganz einfach. Aber jetzt ...«
Chastity wurde sehr ernst: »Selbst wenn du ein Kind bekommst, glaube ich nicht, daß er dich heiraten wird.«
Das traf sie wie ein Schlag, obwohl sie es herunterspielte. »Es wäre auch unfair, das von ihm zu erwarten. Wir hatten eine klare Abmachung.«
»Eine Abmachung?«
Elf wehrte die Frage mit einer Handbewegung ab und ging ruhelos im Zimmer auf und ab. »Einen Augenblick lang wünschte ich mir gestern abend, daß Rothgar ihn zu einer Ehe zwingen würde. Aber das war verrückt, denn Fort würde lieber

sterben. Aber trotzdem sollte man kein Kind zusammen machen, ohne für die Konsequenzen einzustehen ...«
Chastity fing sie ab und hielt sie fest: »Schau dem Problem ins Auge, wenn es soweit ist, nicht vorher. Ein Rat von Cyn. Ein guter Rat.«
Elf fiel in ihre Arme. »Das stimmt schon, aber es wird Wochen dauern, bevor ich Gewißheit habe. Inzwischen kann alles mögliche passieren.« Forts Tod an Wundfieber eingeschlossen. Oder – falls er seine Drohung wahr machte und einen Skandal auslöste – sein Tod durch die Hand von einem ihrer Brüder. Sie würde sie dann nicht aufhalten können.
»Zu dumm, daß du nicht irgendwelche Vorkehrungen getroffen hast«, sagte Chastity und zog Elf zu sich auf ein Sofa.
Das erinnerte Elf an die Diskussion mit ihren Brüdern. »Ah ja, die Hurentricks! Ich nehme an, daß du sie anwendest, weil du nach sechs Monaten Ehe noch nicht schwanger bist.«
Chastity wurde rot. »O ja. Seit wir wußten, daß wir nach Nova Scotia gehen, wollten wir verhindern, daß ich auf dem Schiff gebären oder auch nur schwanger die Überfahrt durchstehen müßte.«
»Aber wie geht denn das?«
»Ein in Essig getauchter Schwamm soll den Samen daran hindern, sich einzunisten.«
»Ein in Essig getauchter Schwamm?« wiederholte Elf verwirrt. Dann fragte sie noch: »Du meinst innen?«
Chastity nickte und war jetzt ganz rot geworden.
»Du meine Güte. Aber wie ... Wie bekommt man den dorthin? Steckst du ihn da rein?«
»Oder Cyn.« Chastity drehte sich um und nahm sich ein Stück Brot vom Tablett. »Ich weiß nicht genau, was zwischen dir und Fort passiert ist«, sagte sie und spielte damit herum. »Aber es ist nicht ungewöhnlich, daß ein Mann eine Frau berührt ... dort.«

Sie drehte sich abrupt wieder um: »Während sie sich lieben, meine ich.«
»Ja, verstehe. Sehr gut«, sagte Elf.
»So würden die meisten Leute das nicht nennen. Viele bezeichnen es als verdorben, Gottes Plan zu vereiteln.«
»Ich kann nicht glauben, daß es Gottes Plan ist, eine hochschwangere Frau über den Ozean zu schicken oder gar ihr Kind darauf gebären zu lassen. Danke, daß du es mir erzählt hast. Ich finde, das müßten alle Frauen erfahren.«
»Frauen und Männer sagen es weiter. Aber es ist nicht völlig sicher. Der Drang der Natur, sich fortzupflanzen, ist nicht so leicht zu unterdrücken. In der Tat«, sagte sie reuevoll, »frage ich mich, ob bei mir die Natur nicht schon gewonnen hat. Aber sag Cyn nichts. Er würde vielleicht versuchen, unsere Reise zu verschieben, und ich bin doch schon genauso gespannt auf die Neue Welt wie er.«
Ob aus Trauer über den erneuten Abschied von ihrem Zwillingsbruder, aus Angst vor einer Empfängnis oder aus Sehnsucht nach einem Kind, traten Elf Tränen in die Augen. »Oh, ich beneide dich!«
»Wegen des Kindes oder der Neuen Welt?«
»Wegen des ganzen Abenteuers!«
Chastity umarmte sie. »Wenn dir das Leben hier zu langweilig wird, so nimm dir einfach ein Segelboot und besuch uns dort in den Wäldern bei den Indianern. Wir werden dann schon das richtige Abenteuer für dich finden!«
»Ah, aber wird es auch verwegen genug für mich sein?«
Sie tauschten ein Lächeln unter Tränen, wußten sie doch beide, daß Fort das einzige Abenteuer war, nachdem Elf sich wirklich sehnte. Dann kam Chantal aus dem Ankleidezimmer herüber.
Chastity stand auf. »Dein Bad ist fertig, Liebes, deshalb gehe ich jetzt.«

Elf nahm nachdenklich ein langes Bad. Sie zählte ihre Kratzer und Blessuren, war aber am meisten außer sich bei dem Gedanken, schwanger zu sein. Was sollte dann werden?
Es war schön und gut, sich zu überlegen, ein uneheliches Kind im Ausland zur Welt zu bringen und es Pflegeeltern zu überlassen, aber sie würde ihr Kind selbst aufziehen wollen. Sie würde es selbst stillen und in den Schlaf wiegen wollen, seine ersten Schritte und Worte begleiten und es bei jedem seiner kleinen Fortschritte anfeuern wollen.
Sie hatte geglaubt, auch ein Vater würde sich diese Nähe wünschen. Er hatte von zwei solchen Kindern gesprochen, von denen er wußte, und daß er für sie sorgte und ein Auge auf sie hätte.
Sicher würde er auch für ein Kind von ihr soviel tun. Aber Elf wußte, daß sie mehr wollte. Sie wollte ihn heiraten und sich mit ihm zusammen an dem Kind erfreuen.
Was, wenn es ein Sohn wäre? Er würde Forts Erbe sein, aber nur wenn sie vor seiner Geburt heirateten.
Wenn sie es verlangte, würden ihre Brüder Fort zwingen, sie zu heiraten, aber sie konnte sich nichts Schlimmeres vorstellen, als einen Mann gegen seinen Willen lebenslang an sich zu binden.
O Gott, Chastity hatte recht. Warum jetzt schon an einen Kampf denken, der vielleicht nie stattfinden würde?
Eine Sache duldete jedoch keinen Aufschub. Forts Drohung, einen öffentlichen Skandal zu veranstalten, hatte ernst geklungen. Sie hatte ihren Brüdern nichts davon erzählt, weil sie Angst davor hatte, wie sie reagieren würden. Und jetzt war Fort verwundet und vielleicht gar nicht in der Lage, etwas anzustellen. Aber es wäre dumm, keinerlei Schritte zu unternehmen, um eine Katastrophe zu verhindern.
Elf klingelte nach Chantal, damit diese ihr Haar wusch. Während es trocknete, trank sie Kaffee und aß ein etwas üppigeres

Mahl. Nach dem langen Fasten konnte ihr Magen jedoch nicht viel aufnehmen.

Sie hoffte, daß das kein erstes Anzeichen einer Schwangerschaft wäre. Sie vermutete, daß es vor allem von ihrer Angst um Fort herrührte. Trotz Chastitys Versicherungen wäre sie am liebsten zu ihm gestürzt, um selbst zu sehen, daß er nicht auf der Schwelle zum Tod stand. Sie wollte ihm die Haare aus der Stirn streichen und ihm eine stärkende Brühe einflößen.

Wahrscheinlich würde er ihr die höchstens ins Gesicht spukken.

Obwohl da dieser Moment gewesen war, als er vom Durchschießen unter der Brücke gehört und sich vielleicht um sie gesorgt hatte.

Sie schnitt eine Grimasse. Es war so leicht, sich in solchen Dingen etwas vorzumachen. Jetzt wo ihr Haar trocken war, mußte sie sich dringlicheren Fragen zuwenden.

Sie rief nach Chantal, damit diese ihren üblichen Zauber vollbrachte. Bald war Lady Elfled Malloren wieder in der Lage, der Welt entgegenzutreten, mit glänzendem Haar, das unter einem Spitzenhäubchen steckte, in Mieder und Reifröcken und darüber einem cremefarbenen Kleid, das mit Vergißmeinnicht und Perlen bestickt war. Ein Blick in den Spiegel versicherte ihr, daß keine Spur von der lüsternen Lisette zurückgeblieben war.

Dann fiel ihr ein, daß sie genauso gekleidet gewesen war, als sie Cyn verabschiedet und der ganze Wahnsinn begonnen hatte. Jetzt kam ihr ihre eigene Erscheinung wie eine Verkleidung vor, noch absurder als der scharlachrote Domino von Lisette.

Von einem Bediensteten erfuhr sie, daß Cyn und Chastity im Garten waren und Bryght und Rothgar im Büro.

Nach einem Moment des Nachdenkens entschied sie sich für letzteres, betrat das Büro aber durch den Privateingang.

Rothgar und Bryght arbeiteten am selben Tisch, über Papiere gebeugt, die wahrscheinlich nichts mit ihrem Abenteuer zu tun hatten. So schnell hatte sich der Rauch der Explosion verzogen.
Beide sahen auf und erhoben sich ohne ein Zeichen von Ärger oder Mißbilligung. Sie wußte, daß ihre Wangen gerötet waren, aber sie hoffte, daß sie nicht aufflammten.
»Ich hoffe, ich störe nicht.«
»Nichts Wichtiges«, sagte Rothgar, nahm ihre Hand und führte sie zu einem Sessel. »Du siehst sehr viel besser aus.«
»Danke. Ich glaube, ich habe ewig geschlafen.«
»Das hast du wohl auch gebraucht. Obwohl wir Cyn nur mit Mühe davon abhalten konnten, jeden Arzt in der Stadt zu alarmieren.«
»Wenn ich daran denke, wie ich mich jahrelang um ihn gesorgt habe, ist es nur fair, daß es ihm auch einmal so ergangen ist.«
»Das sehe ich genauso. Also bist du wieder ganz in Ordnung?«
Elf spürte, wie sie noch röter wurde. Ein zerrissenes Jungfernhäutchen verheilte nicht wieder. »Ich denke schon. Ein paar Schrammen und Kratzer, das ist alles. Chastity hat mir ein bißchen erzählt. Sind die Schotten alle gefaßt worden?«
»Soweit wir wissen, ja.« Rothgar nahm wieder hinter dem verschnörkelten Schreibtisch Platz. »Murray ist auf dem Prahm gestorben. Du hast dich dort übrigens sehr tapfer geschlagen. Einer seiner Leute wurde am Kai erschossen. Wahrscheinlich gehörte der Tote in Walgraves Garten auch zu ihnen. Eine vierte Leiche wurde im Peahen Inn gefunden, mit einer Loyalitätserklärung für die Stuarts in der Hand. Wahrscheinlich hat er Selbstmord begangen, als er begriff, daß die Sache für ihn verloren war. Das scheinen die einzigen vier gewesen zu sein, die wirklich in die ganze Verschwörung eingeweiht waren. Obwohl sie natürlich auch noch andere

angeheuert haben. Die zum Beispiel, die das Spielzeug nach Windsor gebracht haben, waren einfach dumm. Sie glaubten wirklich, in meinem Auftrag zu handeln. Der König will übrigens die Sache so geheim wie möglich halten.«

»Und Forts Rolle darin? Hat der König Verständnis für ihn?«

»Ich denke schon. Als ich George verließ, war er ärgerlich über Grenville, der ihn so lange im dunkeln gelassen hatte, und ein wenig mißtrauisch gegenüber Bute. Aber nicht wegen Zweifeln an seiner Ergebenheit, sondern an seiner Klugheit und seinem Urteilsvermögen.«

Elf sah stirnrunzelnd ihren Bruder an: »Du hast aber keine politischen Ambitionen, oder?«

»Nein«, sagte er lächelnd, »ich habe genug damit zu tun, meine chaotische Familie zu dirigieren. Aber ich werde natürlich nicht mit ansehen, daß mein Land in die Hände von Narren fällt. Ja, wenn Cyn den Weg eingeschlagen hätte, den ich für ihn vorbereitet hatte, hätte er vielleicht eines Tages die Geschicke unseres Landes gelenkt. Jetzt wird vielleicht Bryght Geschmack daran finden, Schatzmeister zu werden.«

»O nein«, wehrte Bryght ab. »Die Finanzen einer Regierung sind viel zu kompliziert für mich. Ich werde in einem Monat wieder in Bedlam sein. Deshalb haben wir uns übrigens gefragt, ob du mir etwas von meiner Last abnehmen könntest ...«

»Redest du von Bedlam oder vom Geschäft?« fragte Rothgar.

Bryght sah ihn an: »Vom Geschäft.« Dann wandte er sich wieder Elf zu. »Ich muß zugeben, daß es mir schwerfällt, alles im Auge zu behalten, jetzt wo ich mehr Zeit unten in Candleford verbringen möchte. Der Seidenhandel zum Beispiel könnte wahrscheinlich von deinen Kenntnissen profitieren.«

Elfs Blick verschwamm, und sie spürte, wie ihr die Tränen kamen. Nicht nur, daß ihre Brüder ihr keine Vorwürfe wegen ihres lasterhaften Verhaltens machten, sie hatten auch die

teilweise Ursache für ihre Unruhe erkannt und versuchten, ihr zu helfen.
Bryght räusperte sich verlegen: »Wenn es dir natürlich zuviel ist ...«
»Ihr seid die besten Brüder der Welt.« Sie zog ein Taschentuch hervor und putzte sich die Nase. »Ich würde es sehr gern versuchen. Aber ...«
»Aber?« fragte Rothgar.
»Was ist, wenn ich heirate?«
»Bryght hat auch geheiratet, und obwohl die Ehe sicherlich einen Teil seiner Zeit und Aufmerksamkeit in Anspruch nimmt, scheint er weiterhin zu unserem Wohlstand beitragen zu wollen und hat unser Geschäft bis jetzt noch nicht ruiniert.«
»Und wenn ich Fort heirate?«
»Wen auch immer du heiratest, wir würden sicherstellen, daß dein Ehevertrag deinen Besitz und deine wirtschaftliche Unabhängigkeit nicht berührt.«
Wie immer ließ ihr Bruder sich nichts von seinen wirklichen Gefühlen anmerken. Außerdem war es sowieso unwahrscheinlich, und sie empfand es als Schwäche, daß sie es erwähnt hatte. Das erinnerte sie aber an ein anderes Problem, wegen dem sie überhaupt hergekommen war. »Er hat gedroht, einen Skandal zu veranstalten. Aller Welt von uns zu berichten. Artikel, Bilder und so weiter ...«
Rothgar schien nicht besonders beunruhigt. »Im Zorn dahingesprochene Worte. Aber wir haben Leute in seinem Haus, die uns vor solchen Aktionen warnen würden.«
»Das erscheint mir aber nicht richtig.«
»Aber sehr praktisch. Und im Moment ist er sowieso zu krank für irgendwelche Rachepläne.«
Das brachte Elf auf ihr Hauptanliegen: »Oh, ich wünschte ...«
»Nein«, sagten ihre Brüder unisono.

»Elf«, sagte Bryght, »es wäre seiner Genesung sicher nicht zuträglich, wenn du versuchen würdest, ihn zu pflegen. Glaub uns.«

»Männer sind unmöglich!«

Rothgar sagte: »Wir schlagen dir doch nur vor, ihm ein paar Tage Erholung zu gönnen, bevor du ihm wieder nachstellst. Das ist nur fair, meine Liebe.«

»Ich habe ihm nie nachgestellt!« Aber man konnte darunter sowohl körperliche als auch seelische Attacken verstehen, so daß sie vielleicht recht hatten.

Sie setzte sich wieder und strich ihr blasses Kleid glatt. »Na gut, ich werde auf euch hören, aber sobald der Kampf wieder fair ist, werde ich mit ihm reden. Ich werde ihn nicht so verrückt sein lassen.«

Bryght sah skeptisch aus, aber er schob einen Stapel Unterlagen in ihre Richtung: »Laß uns dich inzwischen mit Seide ablenken ...«

Als sie nach einer Stunde aus dem Büro kam, schwirrte ihr der Kopf vor lauter Informationen und neuen Ideen. Es war verlockend für sie, jetzt auf ihr Zimmer zu gehen und in den beiden Büchern zu lesen, die Bryght ihr gegeben hatte, aber das würde nur ihre Zusammenkunft mit ihrem besorgten Zwillingsbruder verzögern.

Sie fand Cyn und Chastity beim Kartenspielen, aber er sprang sofort auf, als er sie kommen sah. »Ich habe dich gesucht!«

»Ich war bei Rothgar und Bryght. Sie haben mir eine Arbeit gegeben.«

»Eine Arbeit?«

»Ja, einen Teil des Geschäfts.«

»Du glühst ja vor Begeisterung. Arme Elf, du mußt dich vorher zu Tode gelangweilt haben.«

Sie konnte die Schuldgefühle in seinen besorgten Augen sehen. »So schlimm war es nicht, aber ein Leben ohne Pflichten wird irgendwann schal ...«

»Und führt in die Katastrophe.«
»Ich hoffe, daß es nicht so weit kommen wird.« Elf wandte sich an Chastity. »Dürfte ich dich bitten, Fort regelmäßig zu besuchen und mir Bericht zu erstatten, wie es ihm geht?«
Chastity verstand den Wink und erhob sich: »Natürlich. Eigentlich könnte ich auch gleich gehen und ihm mal die Kissen aufschütteln.« Mit einem Augenzwinkern sagte sie noch: »Ich bin froh, daß unsere Abreise sich verschoben hat. Es wäre schrecklich gewesen, erst Monate später zu erfahren, was sich hier ereignet hat!«
Sie ging, und die Zwillinge sahen einander an.
»Ich fühle mich dir gegenüber in vielerlei Hinsicht schuldig«, sagte er.
»Ich weiß, aber das brauchst du nicht.«
»Aber wenn ich nicht meinen Kopf durchgesetzt hätte und weggegangen wäre, hätte ich hier bei dir sein können.«
»Das bezweifle ich, denn dann hättest du nach Rothgars Wunsch Jura studiert und wärst in die Politik gegangen.«
»Aber ich wäre in der Nähe gewesen.«
»Und unglücklich.«
»Statt dessen bist du unglücklich gewesen. Wenn ich nur Rothgars Pläne nicht so kategorisch abgelehnt hätte, hätte er dir vielleicht auch eine Aufgabe anvertraut.«
»Unsinn. Ich bin eine Frau, und er hat nie daran gedacht. Er hat erwartet, daß ich wie Hilda früh heirate. Er tut sich immer noch ein bißchen schwer mit der neuen Situation. Aber meine Brüder sind ja bekannt für ihre geistige Beweglichkeit.«
Cyn, der bis jetzt aufgeregt auf und ab gelaufen war, blieb genau vor ihr stehen. »In Ordnung. Aber was ist mit Walgrave? Sein Verhalten seinen Schwestern gegenüber war geprägt von Starrsinn. Würdest du dich in seine Hand geben wollen?«
Sie krampfte ihre Hände ineinander und wußte, daß seine

Erregung mehr aus Chastitys Leid entsprang als ihrem eigenen. »Bitte, haß ihn nicht, Cyn. Und versuch nicht, ihn zu töten. Unser Fall ist nicht schlechter als eurer damals.«

»Ich habe gesehen, wie er dich bei Sappho behandelt hat.«

»Da stand er noch unter Schock. Und es geht alles darauf zurück, daß er seinen Vater getötet hat. Damit läßt es sich nicht leicht leben, besonders weil er sich sowieso nie mit ihm verstanden hat. Cyn, sein Vater war ein Ungeheuer. Viel schlimmer, als wir dachten ...«

»Ich kenne die Geschichten über den alten Earl, die Chastity mir erzählt hat. Man kann sich kaum vorstellen, was sie mit diesem Vater durchgemacht haben. Er tyrannisierte seine Töchter, und den Söhnen erging es wahrscheinlich nicht besser.«

»Schlimmer. Sein Vater hat ihn vor dem Personal ausgepeitscht, um seinen Stolz zu brechen. Es muß schwer sein, solche Ängste abzulegen, selbst wenn man erwachsen ist.«

»Stimmt. Und keiner hat sich Gedanken gemacht, wie sich das Töten des eigenen Vaters auf ihn ausgewirkt hat. Selbst Chastity nicht. Natürlich war sie auch so froh, daß wir endlich heiraten konnten. Da tanzten wir also praktisch auf seiner Leiche, und niemand hat sich gefragt, wie Fort sich fühlte. Das war grausam und verdammt verantwortungslos. Aber es läßt sich jetzt nicht mehr ändern. Es haßt alle Mallorens und wird sie immer hassen.«

Sie befürchtete, Cyn könnte recht haben, sagte aber trotzdem: »Die Zeit könnte die Wunden heilen. Wir werden es nie erfahren, wenn du ihn tötest.«

»Ich fürchte, dafür bräuchte ich deine Erlaubnis.« Er zog eine Grimasse. »Mir tut dieser Mann leid, aber ich werde nicht tatenlos zusehen, wie er dir weh tut.«

»Dann ist es ja gut, daß du bereits wieder auf dem Wasser sein wirst, wenn er kampffähig ist. Aber ich denke nicht, daß er noch mal versuchen wird, mir weh zu tun, wenn er sich erst beruhigt hat. Ich habe ihn verletzt. Er hatte einen Panzer um sich herum aufgebaut, um sich selbst zu schützen. Ich habe so lange darauf herumgehämmert, bis er Risse bekam.«

»Und jetzt wird er ihn erneuern, dicker als je zuvor. Menschen ändern sich nicht so grundsätzlich, Elf. Warum zum Teufel mußtest du ausgerechnet an ihn dein Herz und deinen Verstand verlieren?«

»Überrascht es dich, daß wir denselben Geschmack haben?«

Er echauffierte sich sichtlich. »Es gibt keinerlei Ähnlichkeit zwischen Chastity und ihm!«

»Komm, komm. Da muß aber eine sein. Cyn, mein Körper hat auf ihn reagiert, bevor ich überhaupt wußte, daß er ein Mann wäre, den ich mögen könnte. War es nicht bei dir genauso?«

Er versuchte zu widersprechen, zuckte dann aber mit den Schultern. »Vielleicht. Chastity verstellte sich schrecklich, als ich sie das erste Mal sah, trotzdem hat sie mich fasziniert. Sie hat mich sogar an ein Bett gefesselt, was ja, soweit ich weiß, auch in deiner Geschichte vorkommt.«

Elf gefiel es nicht, daß ihre Brüder sich ihre Geschichte selbst zusammenreimten, aber das ging wohl nicht anders. »Es gibt noch mehr Gemeinsamkeiten. Chastity war verkleidet und ich auch. Sie wollte nicht, daß du die berüchtigte Chastity Ware erkennst, weil sie Angst hatte, du würdest dich voller Verachtung abwenden. Ich wollte aus dem gleichen Grund nicht, daß Fort mich erkennt.«

»Der Unterschied ist nur, daß Chastity rein und unschuldig war und man das auch beweisen konnte. Du bist aber tatsächlich eine Malloren und wirst es immer bleiben. Egal, was zwischen euch war, Elf, er wird dich aus diesem Grund immer zurückweisen.«

»Das ist männliche Logik!«

»Nein, das ist seine bösartige Natur! In diesem Fall ist er so stur wie sein verdammter Vater.«
»Nein, da irrst du dich. Hinter seinem Panzer kann er freundlich sein, ein Mensch wie Chastity, der lacht und andere zum Lachen bringt, wenn er sich frei fühlt, das zu tun.«
Das wirkte. Als Cyn seine Frau zum ersten Mal gesehen hatte, war sie wegen der Gemeinheiten ihres Vaters hart und abweisend gewesen. »Vielleicht hast du recht«, sagte er sanft, »aber kann er Elf Malloren gegenüber dieser Mensch sein?«
Er meinte es nicht böse, aber es traf sie wie ein Schlag. »Ich weiß nicht.«
»Wirst du mir etwas versprechen?«
»Wenn ich kann.«
»Wenn er dich nicht so nehmen kann wie du bist, als Elf Malloren, wirst du ihn nicht aus Mitleid heiraten.«
Sie lachte bitter. »Er wird mich sowieso nicht darum bitten.«
»Vielleicht nimmt er wieder Vernunft an und wird vor dir auf den Knien liegen.«
Diese Aussicht erfreute und erschreckte sie gleichermaßen. »Würde das nicht beweisen ...«
»Nein. Es würde nur beweisen, daß er um seine Verwundung wüßte. Nicht daß sie geheilt wäre.«
»Vielleicht könnte ich ihn heilen ...«
Er schüttelte den Kopf. »Versprich es mir, Elf. Versprich es, oder ich werde dieses Land nicht verlassen.«
Sie wollte nicht. Sie wollte die Freiheit haben, Fort auch unter den schrecklichsten, demütigendsten Umständen zu heiraten. Aber sie zwang sich, weil sie wußte, daß Cyn recht hatte.
»Ich verspreche es dir. Es wird schrecklich weh tun, aber ich werde Fort nicht heiraten, außer aus wahrer Liebe und mit Freuden. Das ist ja schließlich auch zu seinem Besten. Er verdient es, jemanden zu finden, mit dem er allezeit glücklich sein kann.«

Sechzehntes Kapitel

Chastity betrat Walgrave House mit dem üblichen Schauder des Widerwillens. Es würde sie immer an ihren verhaßten Vater erinnern, an den Skandal, das Auspeitschen und das schreckliche Gefühl, den Kopf rasiert zu bekommen. Letztes Jahr um diese Zeit war ihr Haar ein Meer von goldbraunen Locken gewesen, die bis zu ihrer Taille herabreichten. Als sie Cyn kennengelernt hatte, waren es kaum mehr als ein paar Stoppeln. Selbst jetzt reichte es erst wieder bis auf ihre Schultern.

Nichts an dieser Katastrophe aber war Forts Fehler gewesen. Er hatte der Gruppe angehört, die sie mit Vernham in ihrem Bett überrascht hatte. Warum sollte er oder irgend jemand anderer annehmen, daß das Ganze nur ein Trick war, um sie in eine ungewollte Ehe zu zwingen. Ein Plan, den ihr eigener Vater ausgeheckt hatte. Während ihres Leids, als ihr Vater seine Rechte als empörter Elternteil mißbrauchte, um ihren Willen zu brechen, hätte sie nie gedacht, daß Fort ihr zu Hilfe kommen würde.

Sie hatten alle schon von klein auf mitbekommen, daß man sich nie gegen den Willen des mächtigen Unbestechlichen auflehnen durfte.

Fort fühlte sich deshalb schuldig, und sie wußte nicht, ob das gut oder schlecht war. Es verkomplizierte auf jeden Fall sein Verhältnis zu den Mallorens.

Gegenseitiger Beistand war die Basis des Kodex, den Rothgar für sich und seine Halbgeschwister aufgestellt hatte. Selbst bei

seinem kurzen Aufenthalt auf Rothgar Abbey mußte Fort das aufgefallen sein, ebenso wie der extreme Unterschied zu ihrem Familienleben.
Aber all das war Vergangenheit, und es half nichts, weiter darüber zu grübeln. Wenn sie ihn doch nur davon überzeugen könnte.
Sie klopfte an Forts Schlafzimmertür und wurde von seinem Kammerdiener, dem seltsamen Dingwall, eingelassen. Er zog sich jedoch zurück, so daß sie mit ihrem Bruder und einem anderen Gast allein blieb.
»Jack Travers«, sagte Fort mit erstaunlich kräftiger Stimme, obwohl er noch fiebrig aussah. »Jack, du kennst meine Schwester Chastity? Lady Cynric Malloren.«
Chastity entging die verlegene Pause nicht, bis Travers sich über ihre ausgestreckte Hand beugte und sie küßte. Obwohl eine Erklärung verbreitet worden war und die Königin und der König sie schon ein paarmal in St. James empfangen hatten, gab es immer noch Leute, die Chastity Ware als die schlimmste Skandalfigur des ganzen Jahrzehnts betrachteten.
»Lady Raymore, um genau zu sein«, sagte sie mit einem Lächeln. »Der König hat Cyn diesen Titel verliehen, weil ...«
Sie biß sich auf die Lippen, weil ihr wieder eingefallen war, daß das Attentat auf den König so geheim wie möglich bleiben sollte.
»Oh, keine Sorge, Plaudertasche«, sagte Fort. »Jack kennt schon einen Großteil der Geschichte. Sie verbreitet sich in der Stadt wie ein Lauffeuer. Sie wird zwar nicht offiziell bekanntgemacht, wird jedoch mit jedem Weitererzählen noch aufregender werden. Hast du einen Vorschlag für den Titel?«
Sie ignorierte den bitteren Unterton in seiner Stimme und beugte sich vor, um ihn auf die Stirn zu küssen. »Der König hat Cyn den Rang eines Vicomte verliehen, weil er ihm das Leben gerettet hat. Ich habe es dir bis jetzt noch nicht erzählt,

weil ich fürchtete, du würdest davon einen Rückfall bekommen.«
Er schnitt ein Gesicht bei ihren Worten, sagte aber nur: »Das hätte ich mir denken können, daß Rothgar daraus Kapital schlagen würde.«
»Dann hätte er sich doch wohl selbst ein Herzogtum gesichert, glaubst du nicht? Und er hat nichts damit zu tun.«
»Rothgar?« Fort lachte höhnisch. »Er tut nie etwas ohne Berechnung. Er hat Cyn auf diese Mission geschickt. Er hätte auch mich freilassen und schicken können.«
»Himmel noch mal! Ich wußte gar nicht, daß es dich nach einem Herzogtum gelüstet!«
Er wurde rot. »Natürlich nicht! Ich will dich nur darauf hinweisen, daß jeder weiß, was mit Leuten passiert, die dem König gute Nachrichten bringen.«
»Ich würde die Nachricht, daß man neben einem todbringenden Objekt steht, nicht gerade gut nennen. Und gibt es nicht auch irgendein Sprichwort über die Überbringer schlechter Nachrichten?«
Fort ließ sich in die Kissen sinken. »Wir streiten uns, liebe Schwester, und das vor einem Gast.«
Travers verneigte sich. »Ich muß sowieso gehen, Fort, so daß ihr in Ruhe weiterstreiten könnt. Ich weiß, wie das ist. Ich habe auch Schwestern. Mylady.«
Damit verließ er das Zimmer.
Chastity erwähnte Travers' offensichtliches Unbehagen aufgrund ihrer Gegenwart nicht, aber Fort sagte: »Tut mir leid.«
»Oh, fang nicht wieder davon an«, sagte sie energisch und zog einen Stuhl an sein Bett. »Nichts von dem, was passiert ist, war deine Schuld. Und wenn du versucht hättest, dich einzumischen, hätte Vater dich vernichtet. Du warst ja schließlich nicht sein einziger männlicher Nachkomme.«
»Ich hätte aber etwas tun müssen.«

»Was denn? Und jetzt läßt sich daran sowieso nichts mehr ändern. Wenn Vernham sich nicht in mein Bett geschlichen hätte, wäre ich außerdem Cyn nie begegnet.«

»Der Quell allen Segens!«

»Du wirst doch nicht neidisch auf Cyn sein?«

»Neidisch? Das wäre nicht nur illegal, sondern auch unmoralisch. Aber ich wünschte, ich hätte dich gerettet.«

Chastity nahm seine Hand und sehnte sich nach einer Möglichkeit, das alles aus der Welt zu schaffen. Es schien so, als wäre Fort der einzige, der noch darunter zu leiden hätte. »Als du die Wahrheit erkannt hattest, hast du mir doch geholfen.«

»Wenn ich mich recht erinnere, habe ich versucht, dich zu erwürgen, als ich herausfand, daß du Cyns Geliebte warst.«

»Die verständliche Reaktion auf einen Schock. Aber wie geht es dir eigentlich heute?«

Er ging auf den Themenwechsel ein. »Besser als gestern. Was aber nicht viel zu sagen hat. Mein Bein fühlt sich wie aufgeblasen an, und unter diesem verdammten Käfig kann ich es auch nicht sehen.« Ein großes Weidengestell bedeckte seinen Unterkörper, damit die Decken nicht auf der Wunde auflagen. »Der Arzt sagt, daß es gut verheilt, aber ich trau diesen Pfuschern nicht. Chas, könntest du dir nicht mal die Wunde ansehen? Ich weiß, das ist unangenehm ...«

Sie freute sich, daß er ihr vertraute, denn seit sie eine Malloren geworden war, hatte eine Mauer zwischen ihnen gestanden.

»Red keinen Unsinn. Natürlich schau ich sie mir an. Glaubst du, sie hat sich infiziert?«

Sie schlug die Decken zurück und löste vorsichtig die Verbände. »Du wirst eine interessante Narbe bekommen. Jetzt ist es noch rot und geschwollen, aber ich sehe nichts Beunruhigendes.«

Er setzte sich auf: »Hol den Spiegel, und zeig's mir.«

Chastity nahm einen ovalen, vergoldeten Spiegel von der Wand und hielt ihn so, daß er sein Bein inspizieren konnte.
»Sieht gar nicht so schlimm aus, oder?« Er lächelte sie fast so offen an, wie er es früher immer getan hatte. »Danke.«
»Sagt der Arzt, ob es steif werden wird?«
»Er sagt nein, aber ich trau ihm nicht. Außerdem kann ich wahrscheinlich froh sein, wenn ich am Leben bleibe und humpeln kann. Vielleicht werde ich sogar dankbar sein, zu einem Duell nicht mehr in der Lage zu sein.«
»Ich wäre sehr böse, wenn du dich mit Cyn schlagen würdest.«
»Ein Krankenlager gibt einem viel Zeit zum Nachdenken. Wenn irgend jemand an der ganzen Sache schuld ist, dann Vater, und er ist inzwischen unerreichbar. Ich bin fertig mit den Mallorens. Statt dessen will ich meine Kräfte und meinen Einfluß lieber darauf verwenden, das wiedergutzumachen, was Vater angerichtet hat.«
Chastity stimmte seinen Plänen und Ideen begeistert zu, litt insgeheim jedoch die ganze Zeit wegen Elf, denn sie war in die generelle Ablehnung der Mallorens sicher eingeschlossen. Es tat ihr auch um Fort leid, der so vielleicht die Art von Liebe, die sie gefunden hatte, nie kennenlernen würde.
Wenn sie irgendeine Möglichkeit sähe, den Konflikt zu lösen, würde sie sogar versuchen, ihre Abreise zu verschieben, aber sie hatte wenig Hoffnung.
Dann redeten sie noch über ein paar allgemeine Dinge, aber er erwähnte Elf mit keinem Wort und schien sich tatsächlich für ihr Wohlergehen nicht zu interessieren.
Dingwall kam mit einem Arzt ins Zimmer, so daß sie aufstand und ihrem Bruder zum Abschied die Hand gab.
Erst als sie schon in der Tür stand, brach es aus ihm hervor: »Lady Elfled geht es wohl gut?«
»Ja, sehr gut«, antworte Chastity und ging mit einem Samenkorn der Hoffnung in ihrem Herzen fort.

Elf begrüßte den Bericht über Forts gesundheitlichen Fortschritte, obwohl eine Aufforderung, ihn zu besuchen, sie noch mehr gefreut hätte. Aber sie wußte, wie unwahrscheinlich das war. Um nicht den Verstand zu verlieren, beschäftigte sie sich anderweitig. Als erstes ließ sie Amanda kommen, um ihr alles zu erzählen.

Die Freundin hörte ihr mit vor Staunen offenem Mund zu.

»Mein Gott, Elf. So etwas kann auch nur dir passieren!«

»Ihm ist es schließlich auch passiert«, schränkte Elf ein und goß Tee nach.

»Du weißt, was ich meine. Du bist noch genauso ungestüm wie als Kind und hast noch dasselbe Glück, mit dem Leben davonzukommen, wie damals!«

Elf seufzte. »Ich fühle mich nicht gerade glücklich.« Sie rührte in ihrer Tasse herum. »Außer was meine Familie betrifft, natürlich.«

Amanda wurde blaß: »Du meinst, sie wissen es? Alles?«

»Natürlich.« Sie zuckte mit den Schultern. »Der Narr hat sich ja eingebildet, es Cyn und Rothgar ins Gesicht sagen zu müssen.«

»Und?«

»Und was?« fragte Elf in völliger Unschuld.

»Und was ist passiert?«

»Sie haben mir eine Arbeit gegeben.«

»Nein! Erzähl mir nicht, daß Rothgar dich jetzt in der Küche schuften läßt.«

Elf brach in Gelächter aus. »Amanda! Natürlich nicht. Ich bin jetzt verantwortlich für einen Teil des Familiengeschäfts. Hättest du Lust, mitzukommen und die Warenhäuser für Seide zu besuchen?«

»Seide? Wie interessant. Aber du meinst, das ist alles, was passiert ist? Du stürzt dich in ein verrücktes Abenteuer, bringst dich in Gefahr und in die Nähe eines Skandals, und sie setzen dich ein, um Seide einzukaufen?«

»Genau.« Elf wollte sich nicht die Mühe machen, ihr die etwas komplizierteren Geschäfte ihrer Familie zu erklären.

»Das ist ja geradezu unfair! Als fast gänzlich Unschuldige habe ich eine strenge Standpauke über meine Dummheit zu hören bekommen.«

»Tut mir leid, daß ich dich da reingezogen habe.«

»Oh, das muß es nicht.« Amanda lächelte. »Im nachhinein hatten wir doch ein ganz schönes Abenteuer, nicht wahr?«

Ein paar Stunden später, nach einer Fahrt zu den größten Londoner Warenhäusern für Seide, brachte Elf Amanda nach Hause und fuhr zu Sapphos Haus weiter.

Diesmal hatte sie einen standesgemäßen Eintritt. Ihr Diener klopfte an der Haupteingangstür, meldete ihren Besuch und kam mit der Nachricht zurück, daß die Hausherrin sie gerne empfange.

Ein Dienstmädchen führte sie die Treppe hinauf, jedoch nicht in den Salon, sondern in ein Arbeitszimmer voller Bücher und Papiere, das von dem Licht aus drei hohen Fenstern überflutet wurde.

Sappho, in einem weiten Gewand und mit locker geflochtenem Zopf, nahm zur Begrüßung ihre Hand: »Meine Liebe! Ihr seht wieder sehr viel besser aus.«

Elf lächelte und war überrascht von ihrer großen Zuneigung für diese seltsame Frau. »Das war nicht ganz einfach. Ich war ja ein ziemliches Wrack, als ich letztens hier eingefallen bin.«

Sappho nahm einen Stapel Papiere von einem Sessel und bat sie, Platz zu nehmen. »Ich freue mich, daß Ihr zu mir gekommen seid.«

»Ich hätte nicht im Traum daran gedacht, wenn Amanda nicht erfunden hätte, daß ich bei Euch wäre.«

»Was ist mit Lord Walgrave? Ich habe gehört, daß er verwundet wurde.«

Elf registrierte die Frage, die in dieser Feststellung steckte.

»Gott behüte, ich habe nicht auf ihn geschossen!« Sie gab ihr eine Kurzfassung der schottischen Verschwörung.
Sappho lehnte sich in ihrem Sessel zurück: »Ich glaube, ich bin ziemlich böse auf Euch und Lord Walgrave, weil keiner von Ihnen auf die Idee gekommen ist, mich zu diesem Abenteuer einzuladen. Ich wäre auch gern mit auf diesem Boot gewesen.«
Elf kicherte. »Ich hätte nie gedacht, daß Ihr Lust auf so was hättet. Tut mir leid.«
Sappho winkte mit einer Hand voller großer, ungewöhnlicher Ringe elegant ab. Elf fragte sich einem Moment lang, ob sie auch mal ausprobieren sollte, sich in wallende Gewänder aus orientalischen Stoffen zu kleiden und ausgefallenen Schmuck zu tragen.
»Ich denke, eher nicht«, sagte Sappho sanft, als könnte sie ihre Gedanken lesen.
Elf merkte, wie sie rot wurde. »Das glaube ich auch. Ich habe weder Eure Figur noch Eure Ausstrahlung. Obwohl ich mir wünschen würde, einen eigenen Stil zu haben.« Sie fingerte an ihren blaßgrünen Röcken herum. »Wann auch immer ich Kleidung aussuche, die mir gefällt, wenden sich alle voll Grausen ab, so daß ich schließlich Sachen wie diese hier trage.«
Sappho neigte den Kopf. »Sehr oft hoffen wir, daß eine äußerliche Veränderung auch die inneren Veränderungen nach sich ziehen wird, die wir uns wünschen.«
»Ihr meint ...?« Elf starrte sie an. »Wollt Ihr damit sagen, daß meine Vorliebe für leuchtende Farben ihre Ursache darin hat, daß ich mir auch mein Leben bunter wünsche? Das klingt irgendwie ...«
»Komisch? Ja, aber es ist etwas Wahres dran. Und ich glaube kaum, daß Ihr Eure Abenteuer in Creme und Blaßgrün bestritten habt.«
Elf rutschte unbehaglich auf ihrem Sessel herum, als sie an ihr

scharlachrotes Kostüm und die Spitzenstrümpfe dachte. »Aber was bedeutet das? Meine Familie und meine Freunde würden sich zu Tode schämen, wenn ich in so schreienden Farben herumlaufen würde.«

»Ja, wir müssen unsere Bedürfnisse immer mit den Erwartungen der Menschen, die wir lieben, in Einklang bringen. Was für Kleidung würdet Ihr Euch denn heute aussuchen?«

Elf überlegte und lachte dann. »Es scheint mir ganz egal zu sein. Ich habe gerade mit Amanda vier Handelshäuser für Seide besucht. Sie hätte am liebsten die ganzen Lager aufgekauft, während ich mich kaum für etwas begeistern konnte, schon gar nicht für Violett und Scharlachrot.«

»Vielleicht habt Ihr Euch dann innerlich verändert?«

Elf dachte darüber nach. »Ja, vielleicht.« Sie war nicht zufrieden, weil die Enttäuschung über Fort an ihr nagte, aber sie spürte eine neue Beständigkeit, eine gewisse Ruhe in sich.

»Aber was würdet Ihr Euch denn heute aussuchen?« beharrte Sappho.

Elf betrachtete ihren Rock genauer. Er war aus grünem Popelin, mit kaum sichtbaren, feinen grauen Streifen und eingestreuten winzigen Blättern. »Ich bin diese kleinen Muster leid. Sie wirken so ... schüchtern. So mädchenhaft, und ich bin kein Mädchen mehr.«

Sappho nickte nur ermutigend.

Elf lehnte sich zurück und schloß die Augen. »Ich glaube, ich habe mich schon lange nicht mehr getraut, etwas Mutiges zu wählen, und meine Zofe geht einfach auf Nummer Sicher.« Sie versuchte, sich im Geiste ein Kleid vorzustellen, das ihr gefiel, aber nach kurzer Zeit machte sie die Augen wieder auf und zuckte mit den Schultern. »Vielleicht habe ich kein Talent dafür.«

»Euer Bruder sagt aber, Ihr würdet die Stoffe für das Haus mit Bedacht und Geschmack auswählen.«

Sie mußte Rothgar meinen. Elf war versucht, sie nach ihm und seiner Rolle in ihrem Leben zu fragen, aber sie hielt sich zurück. »Das scheint auch mit weniger Fallstricken verbunden zu sein.«
»Es zeigt auf jeden Fall, daß Ihr den Umständen angemessen klug zu wählen versteht.«
»Vielleicht sollte ich mir mich selbst als Himmelbett vorstellen und dann entscheiden, welche Vorhänge daran am besten aussehen würden.«
Beide lachten und erhoben sich. »Ich danke Euch für alles«, sagte Elf.
»Ich helfe Frauen gern«, sagte die Dichterin, »aber Ihr seid eher wie eine Schwester für mich.«
Jetzt fühlte Elf sich ermutigt zu fragen: »Wegen Rothgar?«
»Natürlich.«
Es schien, als würde Sappho auf eine weitere Frage warten, also stellte Elf sie: »Was ist er für Euch?«
»Sicher nicht mein Beschützer«, sagte Sappho lächelnd. »Was zwischen uns ist, läßt sich nicht leicht in Worte fassen, aber es ist sehr wertvoll. Wir sind enge Freunde. Manchmal sind wir auch Liebende, aber das ist nur ein Ausdruck unserer Freundschaft, nicht die Kraft, die Euch und Walgrave aneinanderbindet.«
»Aneinanderbindet!« rief Elf mit bitterem Lachen aus. »Eher auseinandertreibt.«
»Nein, das ist eine andere Kraft. Aber das hier klingt alles schon wie ein Vortrag bei der Royal Society.«
Elf kicherte und zog ihre Handschuhe an. Eine letzte Frage quälte sie noch. »Ihr werdet ihn nicht heiraten?«
»Bekümmert Euch das?«
»Nein«, sagte Elf, obwohl das nicht ganz stimmte.
»Wir werden nicht heiraten«, sagte Sappho und geleitete sie die Treppe hinunter. »Unsere Bindung ist stark, aber nicht solcher Art, daß eine gute Ehe daraus würde.«

Elf blieb an der Tür stehen, weil das Thema sie brennend interessierte. »Warum nicht?«
»Seht Euch um.« Sappho zeigte mit ihrer seltsam beringten Hand um sich. »Ich bin hier so zufrieden wie er in seinem Zuhause. Keiner von uns wäre glücklich in dem des anderen. Was wir haben, können wir auch ohne Ehe und Verlust genießen.«
»Bringt denn eine Ehe immer Verlust mit sich?«
»O ja, und man sollte sie nur eingehen, wenn der Gewinn mindestens genauso groß oder größer ist als der Verlust.« Dann lachte sie. »Ich klinge schon wieder so wissenschaftlich, und Liebe verträgt sich nicht mit Wissenschaft. Bitte kommt wieder vorbei, wann immer Ihr möchtet.«
»Das werde ich. Vielen Dank.«
Elf ging zu ihrer Kutsche zurück, den Kopf voll mit noch mehr neuen und herausfordernden Gedanken.

Siebzehntes Kapitel

Geduld gehörte nicht gerade zu Elfs Stärken, und trotz Chastitys regelmäßiger Berichte mußte sie sich Tag für Tag zurückhalten, nicht in Forts Haus einzudringen und ihn zur Rede zu stellen. Selbst wenn er geflucht und Dinge nach ihr geworfen hätte – sie hätte ihn immerhin gesehen. Sie könnte sich mit eigenen Augen von seinem verbesserten Gesundheitszustand überzeugen.

Und sie hatten doch auch miteinander reden können, als sie nur Lisette gewesen war. Warum konnten sie jetzt nicht reden und eine Lösung finden?

Manchmal hatte sie das Gefühl, alles würde gut werden, wenn sie sich nur von Angesicht zu Angesicht sähen. Aber da Chastity sie keineswegs ermutigte, hielt sie sich weiterhin zurück. Wenn ihr nächstes Zusammentreffen nicht wieder vom Rauch und Lärm des offenen Kriegszustands begleitet sein sollte, mußte sie unbedingt warten, bis er wieder auf den Beinen war.

An manchen Tagen wurde sie schwach und schrieb ihm Briefe. Vorläufig war sie aber stark genug, sie zu zerreißen, bevor sie sie abschicken konnte.

Jede Nacht aber lag sie einsam in ihrem Bett und wurde von einem einzigen Gedanken gequält. Konnte es sein, daß sie den Mann gefunden hatte, den sie von ganzem Herzen und für immer lieben würde, nur um durch eine Familienfehde von ihm ferngehalten zu werden?

Es schien wirklich eine Geschichte wie Romeo und Julia zu

sein, und es war deprimierend wahrscheinlich, daß auch ihr Ende traurig sein würde.
Aber sie würde kämpfen. Sie würde um ihr Glück kämpfen. Aber leider mußte sie damit warten, bis er wieder wohlauf war. Um nicht den Verstand zu verlieren, stürzte sie sich in die Arbeit. Die Führung von Rothgars verschiedenen Haushalten nahm einige Zeit in Anspruch, ebenso wie das Geschäft.
Außerdem verfolgte sie die Idee der Selbstverteidigung weiter. Bald waren Chastity und sie recht geübt im Umgang mit einer Pistole. Rothgar hatte nichts dagegen und sogar bei einem Waffenschmied kleine Waffen anfertigen lassen, die besser in ihre Hände paßten, sowie ganz kleine, die man unauffällig in der Kleidung tragen konnte.
Er brachte sie jedoch davon ab, fechten zu lernen. »Das ist eine aussterbende Kunst, Elf, die man nur noch in Duellen gebraucht. Es ist doch eher unwahrscheinlich, daß du gefordert wirst.«
»Vielleicht möchte ich ja jemand fordern.«
Ein Blick in seine Augen sagte ihr, daß er wußte, wen sie meinte. »In diesem Fall solltest du Pistolen wählen. Für den allgemeinen Gebrauch ziehst du aber vielleicht ein Messer vor, das du ja ohnehin als Ergänzung deiner Abendgarderobe schätzt.«
Also wurde ein anderer Lehrer engagiert, Hunot, ein schweigsamer schwarzer Mann, der sie interessante Möglichkeiten lehrte, mit einer kurzen Klinge zu töten oder zu verletzen. Auch Cyn nahm interessiert an diesen Stunden teil, und bald waren sie alle gut geübt im Messerwerfen.
Eines Tages, als sie gerade die zitternde Klinge in das Herz eines Ziels in Menschengröße geschleudert hatte, hörte Elf plötzlich Applaus und sah Rothgar lächelnd hinter ihr stehen.
»Möchtest du es auch mal versuchen?« fragte sie.
Er streckte die Hand aus, und sie gab ihm ein Messer. Im

nächsten Moment zitterte es neben ihrem. »Was glaubst du, woher ich Hunot kenne, meine Liebe? Ich bin gerne so gut als möglich bewaffnet, ohne daß es auffällt. Cyn hat diese Fähigkeiten nur deshalb nicht erlernt, weil er sich für das plumpere Militär entschieden hat.«

Cyn lachte. »Ich fordere dich! Pistolen auf zwanzig Fuß.«

Rothgar verbeugte sich leicht. »Ich bedaure, daß ich ablehnen muß. Elf, es sind Unterlagen aus Lyon eingetroffen.«

Sofort eilte Elf zu der anderen Beschäftigung, die ihre Tage ausfüllte – ihrer Aufgabe in den Geschäften der Mallorens.

Sie begann zu verstehen, was Bryght daran so faszinierte. Cyn fand das alles langweilig. Er brauchte frische Luft und körperliche Aktivitäten. Rothgar, so schien es ihr, betrachtete Handel und Finanzen als Mittel zu einem einzigen Zweck: Einfluß und Sicherheit für seine Familie. Aber Bryght und jetzt auch sie sahen es als Herausforderung, als ein großes Spiel.

Bryght war früher eine Spielernatur gewesen und fand den gleichen Reiz im Geschäft. Sie hatte sich nie viel aus Würfel- oder Kartenspielen gemacht, aber Geld zu investieren oder Schiffe auf eine profitable Mission zu schicken – das fand sie aufregend.

Und Wissen. Wissen war schon ein Vergnügen an sich.

Als sie gemeinsam das Büro betreten hatten, sagte Rothgar wie beiläufig: »Chastity meint, Fort wird bald das Bett verlassen können.«

Sie drehte sich um und schob nervös Papiere zu einem Stapel zusammen. »Ich werde ihn nicht einfach so davonkommen lassen.«

»Ich wäre enttäuscht, wenn du das tätest.«

Sie drehte sich um und sah ihn erstaunt an: »Du wärst nicht böse?«

»Wenn du ihn an den Haaren in unsere Familie ziehst? Ich werde es überleben.« Die Tür schloß sich leise hinter ihm.

Elf lächelte, und wie jeden Tag pries sie sich glücklich wegen ihrer Familie. Dabei fiel ihr plötzlich die alte Frau unten bei den Docks ein. Sie war nie vorstellig geworden, aber jetzt kam es ihr in den Sinn, daß sie sich vielleicht nicht traute oder der Weg zu Fuß quer durch London ihr zu beschwerlich war.
Elf übergab Grainger, der sich ihr gegenüber noch immer etwas distanziert verhielt, die Dokumente und ließ dann ihre Kutsche vorfahren. Als Chastity ihr über den Weg lief, lud sie sie ein, mitzukommen. Bald waren sie, eskortiert von zwei bewaffneten Dienern und dem Kutscher, unterwegs. Elf hatte aufgehört, um solche Sachen noch zu streiten.
Sie ließ die Kutsche am Rand des Ödlands anhalten. In den Ruinen stöberten immer noch ein paar Leute herum, vor allem spielten aber heute Kinder hier. Elf ließ sich die Tür öffnen und stieg mit gerafften Röcken aus. Sie ging auf eines der Kinder zu, das sie erstaunt und furchtsam ansah.
»Hab keine Angst«, sagte sie. »Ich suche nur eine alte Frau, die ich hier mal getroffen habe. Sie sagte mir, sie heiße Dibby Cutlow. Kennst du sie?«
Das Mädchen, das etwa acht Jahre alt sein mußte, nickte.
»Weißt du, wo sie wohnt?«
Das Mädchen nickte wieder.
»Wenn du sie herholst, geb' ich dir einen Penny.«
Die Augen des Mädchens verengten sich zweifelnd: »Zeig mir erst den Penny.«
Elf kramte in der Tasche ihres Rocks nach einem Penny und zeigte ihn ihr.
»Ist gut.« Das Mädchen sauste auf dem unebenen Boden davon wie ein stolperndes Lämmchen.
Elf sah ihr nach – so jung, so stark, so gesund – und fragte sich, wer als erster behauptet hatte, das weibliche Geschlecht sei zerbrechlich. Als Kinder waren Jungen wie Mädchen so aktiv und stark, wie man sie sein ließ. Frauen waren sicher für mehr

Arbeiten geeignet, als man ihnen zugestand, und dann würden sie auch nicht so leicht der Armut oder Prostitution verfallen.

Das mußte sie in ihre Überlegungen unbedingt mit einbeziehen.

Kaum zu glauben, daß sie vor ein paar Wochen noch ruhelos und zugleich gelangweilt gewesen war. Jetzt hatte der Tag kaum genug Stunden für all das, was sie erreichen wollte. Sie stolperte zurück zur Kutsche und befahl, in die Richtung, in der das Mädchen verschwunden war, zu fahren, um der alten Frau den Weg zu verkürzen.

Chastity betrachtete die verfallene Taverne. »Hat man euch hier eingesperrt?«

»Ja. Im Keller. Ist es nicht seltsam, wie liebevoll man sich an einen so trostlosen Ort erinnern kann?«

»Ich selbst habe die besten Erinnerungen an einen staubigen Dachboden.«

Sie lächelten beide, und dann sagte Elf: »Läßt das Gefühl mit der Zeit nach?«

»Welches Gefühl meinst du?«

»Das Gefühl, mit jemand zusammensein zu müssen.«

»Ich denke, das muß es, sonst würden wir alle wie aneinandergekettet leben. Aber zum Teil läßt es bestimmt auch wegen der Sicherheit nach. Wenn ich mir nicht so sicher wäre, daß Cyn für mich da ist, würde ich mich wahrscheinlich auch stärker an ihn klammern.«

»Wenn ich nur eine Gelegenheit zum Klammern hätte!« Elf lächelte selbst über ihre Verzweiflung. »Ich denke so oft darüber nach, ob ich irgend etwas hätte anders machen können. Besser. Es war gewagt und verrückt von mir, Lisette Belhardi zu erfinden, aber ohne sie hätte ich den wahren Fort nie kennengelernt.«

»Bist du sicher, daß du nun den wahren Fort kennst?«

»Willst du mich jetzt auch davon abbringen?«
»Nein, das nicht. Aber es ist leicht, einen geliebten Menschen durch einen Schleier der Illusion zu betrachten. Ich erinnere mich noch, wie du gelacht hast, als ich Cyn einmal als sensibel bezeichnet habe.«
»Es war einfach ein überraschender Gedanke. Aber wahrscheinlich ist er es, im Vergleich zu anderen Männern, sogar.«
»In der Tat. Aber er ist auch so gnadenlos pragmatisch und zäh wie gekochtes Leder, was ich mir bei einem Soldaten ja auch hätte denken können.«
»Macht es dir etwas aus?«
»Jetzt nicht mehr, aber es dauert, bis man alle Dimensionen eines Menschen kennenlernt. Fort ist der Sohn seines Vaters.«
»Fort ist überhaupt nicht wie sein Vater!«
»Doch, das ist er, und er weiß es. Das ist auch eine der Tatsachen, die ihn so bitter machen. Er ist übertrieben stolz, haßt es, einen Fehler zuzugeben, und glaubt an sein gottgegebenes Recht, zu tun, was ihm gefällt.«
»Über letzteres kann sich eine Malloren ja wohl kaum beschweren.«
Chastity zuckte mit den Schultern: »Ich wollte dich nur warnen, dem echten Mann hinterherzujagen und nicht einer Erinnerung, die hier entstanden ist. Ist das die alte Frau?«
Elf sah Dibby Cutlow einen holprigen Weg herunterkommen. Sie schien in etwas besserer Verfassung zu sein und trug neue Stiefel und eine Schürze, die nicht zerrissen war. Konnten Sixpence all das bewirkt haben?
Elf ging ihr ein Stückchen entgegen. »Mrs. Cutlow, ich wollte nur sicher sein, daß es Ihnen gutgeht.«
Die Augen der alten Frau huschten immer noch ängstlich und wachsam umher. »Bedeutend besser, Ma'am.«

»Ich dachte, vielleicht ist es Ihnen ein bißchen zu weit, mich am Marlborough Square zu besuchen, wenn Sie etwas brauchen.«

»Wär ein ganz schönes Stück, Ma'am. Aber mir geht's ganz gut. Ihre Lordschaft schaut darauf.«

»Ihre Lordschaft?« Hatte Rothgar sich der Sache für sie angenommen?

»Lord Woolgive oder so«, sagte Dibby. »Ich glaub', der war damals auch dabei. Hat mir eine Krone geschickt und versprochen, jede Woche wieder eine zu schicken. Hat er auch gemacht, Gott segne ihn.«

Fort! Wie kam er dazu, ihren Wohltätigkeitsfall an sich zu reißen! Elf beschloß, ihn sich zurückzuholen.

»Und habt Ihr einen guten Platz zum Leben, Mrs. Cutlow?«

»Ein Zimmer halt.«

»Wärt Ihr lieber auf dem Land? Weit weg von hier?«

Die alte Frau trat einen Schritt zurück. »Nein, bringt mich hier nicht weg. Ich will hier nicht weg, Ma'am.« Ihre krummen Finger verkrallten sich in ihrer Schürze, und es sah aus, als würde sie gleich anfangen zu weinen.

»Nein, nein. Natürlich nicht. Niemand wird etwas mit Euch machen, was Ihr nicht wollt ...« Elf war selbst zum Heulen zumute. Sie wollte dieser armen Frau doch nur helfen und machte anscheinend alles falsch.

So wie mit Fort. Vielleicht war sie wirklich ungeschickt und mischte sich zu sehr ein.

Sie sah sich um und hatte plötzlich eine Idee. Sie tätschelte Dibby eine Hand. »Es freut mich, daß Lord Walgrave sich um Euer Wohlergehen kümmert. Macht Euch ansonsten keine Sorgen. Aber mein Angebot bleibt bestehen. Wenn Ihr ein Problem habt oder etwas braucht, schickt einfach jemand mit einer Nachricht zum Malloren House am Marlborough Square, und ich werde tun, was ich kann.«

Dann gab sie dem ungeduldigen Mädchen seinen Penny und ging wieder zu ihrer Kutsche zurück.
Als sie bereits wieder auf dem Rückweg waren, fragte Chastity: »Dann braucht sie also nichts?«
»Offensichtlich nicht. Wahrscheinlich weil dein Bruder ihr eine Pension von einer Krone wöchentlich ausgesetzt hat.«
»Du klingst ziemlich verärgert.«
»Ich denke, er hat das nur getan, um mich auszustechen!«
»Vielleicht ein bißchen. Aber er ist eigentlich gut, weißt du. Und er hat Fortschritte gemacht, seit er Earl geworden ist. Die Dienstboten werden besser behandelt und bezahlt. Ich glaube, er hat alle Güter besucht und sich um die schon lange anstehenden Probleme der Pächter gekümmert. Unser Vater war nicht gut, und weil man ihn erpreßt hat, ist er erst recht hart geworden.«
»Es freut mich zu hören, daß er verantwortungsvoll ist.« Elf meinte, was sie sagte. Sie liebte es, von Forts Vorzügen zu hören. Sie war aber trotzdem verärgert, daß er sich in ihre Angelegenheiten mischte. »Ich habe einen Plan ...«
Chastity sah sie fragend an: »Was denn?«
Elf kicherte. »Oh, nichts Schlimmes.«
»Bist du sicher?«
Irritiert durch irgend etwas in Chastitys Stimme sagte Elf: »Ja, warum?«
»Weil ich Fort heute morgen besucht habe und ihn nicht mehr im Bett, sondern in einem Sessel sitzend vorgefunden habe. Er weigert sich zwar, sich herumtragen zu lassen, aber offensichtlich kann er schon mit einer Krücke durchs Zimmer humpeln. Du hast doch gesagt, daß du ihm erneut nachstellen wirst, wenn er sich wieder in der Senkrechten befindet.«
»In einem Sessel befindet man sich nicht in der Senkrechten!«
»Ich bin sicher, er würde sich auf die Füße rappeln, wenn du den Raum beträtest.«

»Und sich zweifellos weh tun.«
»Elf, hast du Angst?«
Elf sah Chastity an. »Ja, natürlich.«
»Er wird dir nicht weh tun, da bin ich mir sicher. Er hat ein gewisses seelisches Gleichgewicht wiedergefunden.«
»Das könnte ich wieder durcheinanderbringen, sowohl geistig als auch körperlich. Was, wenn ich ihn in seine Verbitterung zurückstoße und er doch alles öffentlich macht? Jetzt ist er wieder auf und ...«
»Er wäre nicht so dumm.«
»Bist du sicher?«
»Nein«, gab Chastity zu. »Aber er scheint das wirklich alles hinter sich gelassen zu haben. Er ähnelt wieder viel mehr dem Bruder, den ich vor Vaters Tod kannte. Nur reifer.«
»Und was heißt das für mich?«
Chastity seufzte. »Ich bin nicht sicher, ob es da noch Hoffnung gibt. Er scheint dich auch hinter sich gelassen zu haben.«
»Aus den Augen, aus dem Sinn?« Elf versuchte, sich den Schmerz nicht anmerken zu lassen. »Vielleicht in die Augen, in den Sinn ... Aber das macht mir angst. Jetzt kann ich hoffen, kann davon träumen, daß alles gut wird. Sobald ich es ausprobiert habe, könnte ich entdecken, daß du recht hast ... Auf jeden Fall ist es nicht fair, ihn zu stechen, wenn er nicht weglaufen kann.«
»Er könnte dich ja hinauswerfen lassen. Ich denke, du solltest es ausprobieren. Er redet davon, nach Walgrave Towers hinauszuziehen, sobald er wieder bei Kräften ist.«
Das versetzte Elf in Panik. Es hatte sie getröstet, zu wissen, daß Fort nur ein paar Straßen von ihr entfernt war. »Und wir werden bald nach Abbey hinausgehen. Niemand bleibt den Sommer über in London. Gott, alles mögliche kann passieren, wenn ich Monate verstreichen lasse. Oh, das ist schlimmer als ein Besuch beim Bader zum Zähneziehen!«

Chastity lachte. »Das klingt doch sehr romantisch. Sollen wir ihn besuchen fahren?«
»Jetzt? O nein, das glaube ich nicht ...«
Elf tastete nach ihrer Frisur und betrachtete ihre Kleidung. Sie trug schon wieder das langweilige Vergißmeinnichtkleid und einen einfachen Umhang, und ein flacher, blumengeschmückter Hut rettete auch nicht viel.
Langweilig wie eine alte Jungfer. Warum hatte sie sich nicht schon längst um neue, gewagtere Kleider gekümmert? Schon in ein paar Tagen konnte sie etwas Neues, Besseres haben.
»Er würde mich ohnehin nicht sehen wollen ...«
»Ich hoffe, er wäre nicht so unhöflich, aber wir werden es nie wissen, wenn wir es nicht ausprobieren.«
»Gott!« Elfs Herz raste in Panik und vor Sehnsucht. Ihre Hände hatten die Baumwolle ihrer Handschuhe schon durchweicht.
»Nur Mut«, sagte Chastity. »Wo ist der Geist der Mallorens?«
Elf verdrehte die Augen, aber die Aussicht, Fort nach über zwei Wochen wiederzusehen, war zu verlockend, selbst wenn alles, was sie sah, ein kalter, harter Earl war.
Als sie in den besseren Teil der Stadt kamen, ließ sie bei einer Blumenhändlerin anhalten und kaufte einen hübschen Strauß duftender Rosen.
»Für wen sind die?« fragte Chastity. »Ich versichere dir, daß die Luft in seinem Krankenzimmer nicht so schlecht ist.«
»Soll man nicht Blumen mitbringen, wenn man um jemand werben geht?«

Fort war erfreut, zu hören, daß seine Schwester gekommen war, denn die Rekonvaleszenz war so verdammt langweilig. Es kamen zwar verschiedene Freunde zum Kartenspielen und Plaudern, aber sie konnten nicht alle Stunden des Tages füllen. Er hatte auch Bücher, die er lesen sollte, und sein Sekretär

Jellicoe brachte ihm immer wieder Papiere, die mit den Angelegenheiten des Earltums oder dem Haus zu tun hatten. Aus irgendeinem Grund hatte er aber Probleme, sich auf diese Angelegenheiten zu konzentrieren.

Und sein eigensinniger Geist wanderte oft zu Elf Malloren. Oder eher zu Lisette, wie sie hier in diesem Zimmer gewesen war, maskiert, halb entkleidet, und unter seinen Berührungen dahingeschmolzen war und ihn gemeinsam mit ihr zur Ekstase gebracht hatte.

Er fand es verdammt schwer, dieses reizende Geschöpf mit Mylady Elf, ihrem scharfen Verstand und ihrer scharfen Zunge in Einklang zu bringen. Und doch, die Vorstellung, mit Elf unmaskiert hier die Dinge zu tun, die er mit Lisette gemacht hatte ...

Zur Hölle damit!

Wenn er gewußt hätte, mit welcher Begründung, wäre er schon längst in ein anderes Zimmer gezogen. Er sah sich mißmutig die schweren Möbel und düsteren Vorhänge an. Er könnte behaupten, in dem Raum spuke es. Das wäre gar nicht weit von der Wahrheit entfernt. Der Geist seines Vaters und der von Lisette waren ja wirklich seltsame Bettgenossen.

Er lächelte noch über diesen Gedanken, als Chastity ins Zimmer trat, mit einem Blumenstrauß. »Rosen? Wie nett, aber ein ungewöhnliches Geschenk für einen Mann.«

Sie beugte sich herab, um ihn auf die Wange zu küssen. »Ich weiß nicht, warum Frauen die einzigen sein sollen, die Blumen bekommen. Und sie sind sowieso von Elf.« Sie versuchte, die Worte so nebensächlich klingen zu lassen wie möglich, beobachtete ihn dabei jedoch scharf.

Er wußte nicht, wie er reagieren sollte, und sah weg. »Wie ... seltsam.«

Die Rosen fielen in seinen Schoß, und ihr süßer Duft überfiel ihn.

»Gentlemen bedanken sich normalerweise für Geschenke.« Er besah sich den schlichten Strauß aus rosa-, cremefarbenen und gelben Rosen. »Aber nur beim Schenker«, sagte er ironisch.
»Sie ist unten. Soll ich sie heraufbitten?«
»Gott, nein.« Sein Herz schlug plötzlich in Panik.
»Hast du Angst, sie zu sehen?« Chastity war so schnippisch und schroff wie in ihren schlimmsten Zeiten, und er lastete das Elf Malloren an.
»Vielleicht möchte ich nicht wegen Mordes gehängt werden.« Er wußte, daß die dazu passende Geste eigentlich gewesen wäre, das Bukett auf den Boden zu schleudern, aber wie gegen seinen Willen strichen seine Finger über die kühlen, weichen Blütenblätter.
Weich wie Lisettes Haut.
Wie Elfs Haut.
Zum Donnerwetter, die meisten Frauen hatten weiche Haut. Das eine oder das andere Flittchen, was machte das schon für einen Unterschied?
»Du verletzt ihre Gefühle.«
Seine Schwester klang schon etwas weniger erzürnt, so daß er aufblickte und sich zwang, ruhig und vernünftig zu antworten. »Chastity, es wäre nicht klug. Wenn Lady Elfled zu einem vernünftigen Gedanken fähig ist, wird sie einsehen, daß es auch zu ihrem Besten ist.«
Sie verdrehte die Augen. »Gott, du klingst genau wie Vater. Stur und unerträglich!«
»Du machst dafür unserer lamentierenden Mutter alle Ehre.« Er bemerkte, daß er die Blumen an die Nase gehoben hatte und ihren Duft tief einsog. Er begegnete dem Blick seiner Schwester.
»Für wen kämpfst du diesen Kampf, Fort?« fragte sie sanft.
»Vielleicht habe ich mich gegen die Selbstzerstörung genauso entschieden wie gegen Mord.«

»Und dich statt dessen der Melodramatik und Verrücktheit verschrieben!« Sie biß sich auf die Lippen.
»Keine Angst, meine Liebe. Ich fürchte nicht mehr, den Wahnsinn geerbt zu haben. Man hat mir versichert, daß Vater nicht krank war, außer krank nach Macht, eine Sucht, die keiner von uns geerbt zu haben scheint. Wenn man ihm zu sehr zusetzt, kann man sicher jeden Menschen in den Wahnsinn treiben, aber das ist nicht dasselbe, wie es im Blut zu haben.« Absichtlich fügte er noch hinzu: »Wie die Mallorens.«
Mit einem Ruck ließ sich Chastity auf einen Stuhl neben ihm fallen. »Die Mallorens sind nicht so, das weißt du genau. Nur Rothgar trägt dieses Risiko, die anderen haben eine andere, gesunde Mutter gehabt.«
Er roch wieder an den Rosen und dachte, daß so ein Duft vielleicht auch heilen konnte. Was für eine herzlose Welt, die sie nur Frauen gönnte und Männern vorenthielt.
Die Stimme seiner Schwester unterbrach diese komischen Gedanken. »Wie stehst du jetzt zu Rothgar?«
Er ließ die Rosen sinken und sah sie an. »Ich habe Elf versprochen, die Fehde zu beenden, ich habe dir dasselbe gesagt. Solange er mich in Ruhe läßt, kann er verdammt noch mal tun und lassen, was er will.«
»Was, wenn er dich nötigt, seine Schwester zu heiraten?«
»Das würde ich als Einmischung der schlimmsten Sorte verstehen.«
»Fort, was ist, wenn sie ein Kind bekommt?«
Diese Möglichkeit quälte ihn auch, aber er würde sich nichts davon anmerken lassen. »Darüber haben wir vor unserem charmanten Beisammensein gesprochen. Ich habe zugesichert, falls nötig, für finanzielle Unterstützung zu sorgen, aber ich habe deutlich gesagt, daß ich sie nicht heiraten würde.«
»Dann tust du wohl gut daran, die Geschichte für dich zu behalten, sonst würdest du Rothgar zum Handeln zwingen.«

Es dauerte einen Moment, bis er ihre Worte begriff, so fern war ihm dieser Gedanke. Dann lachte er. »Teufel, Teufel, macht sie sich darüber Sorgen? Sag ihr, daß ich Vernunft angenommen habe. Sie braucht sich nicht vor einer Veröffentlichung ihrer Abenteuer zu fürchten. Ich habe dir gesagt, daß ich mir nicht länger den Tod herbeiwünsche. Aber genausowenig wünsche ich, eine Malloren zu heiraten.«

Seine Schwester sah ihn fast mitleidig an. »Du machst einen schrecklichen Fehler, Fort.«

Er zog eine cremefarbene Rose aus dem Bukett und hielt sie ihr hin. »Ich danke dir für deine Anteilnahme, Chas. Aber ich kenne meinen Weg am besten. Meine Entschuldigungen an Lady Elf, aber ich sehe mich heute nicht in der Lage, sie zu empfangen.«

Sie nahm die Rose. »Tu nur nichts Unüberlegtes.«

»Was zum Teufel meinst du?«

»Ich weiß nicht, aber es ist familientypisch.«

»Für die Mallorens oder die Wares?«

»Für beide.«

Elf war ruhig im Besuchszimmer sitzen geblieben, auch als schon so viel Zeit vergangen war, daß sie wußte, Fort würde sie nicht empfangen. Sie war versucht, hinaufzugehen und sich ihm aufzuzwingen – den Weg kannte sie schließlich –, aber Gewalt würde kaum ein Wunder bewirken.

Außerdem überlegte sie sich, daß es vielleicht sowieso zuviel für ihre Nerven gewesen wäre, ihn in diesem Zimmer, mit diesem Bett, dieser Bank und diesem Spiegel zu treffen.

Deshalb war sie gar nicht so unglücklich, als Chastity mit einer Rose in der Hand zurückkam.

»Er hat sie also nicht aus dem Fenster geworfen?«

»Er ist immer noch ziemlich an seinen Sessel gefesselt.« Chastity zuckte mit den Schultern und gab ihr die Rose. »Es war nicht ganz klar, aber ich glaube, er wollte, daß ich sie dir gebe. Er will dich aber nicht sehen. Er scheint da sehr entschlossen.«

Elf stand auf und inhalierte den Blütenduft. »Hat er gesagt, warum?«

»Nicht sehr zusammenhängend, aber er erwähnte, weder Mord noch Selbstmord begehen zu wollen. Vielleicht mit der Zeit ...«

»Nein, nicht mit der Zeit«, sagte Elf, als sie das Haus verließen. »Die Zeit läßt manche Dinge nur verhärten.«

Sie hatten die Kutsche schon nach Hause geschickt und gingen die paar Straßen bis zum Marlborough Square zu Fuß.

»Aber was willst du tun?« fragte Chastity. »Ich glaube nicht, daß es helfen würde, dich ihm aufzudrängen.«

»Ihn stechen«, sagte Elf.

Und als sie an einem Spielzeuggeschäft vorbeikamen, ging sie hinein und kaufte einen Ball und einen Becher, an dem der Ball mit einer langen Schnur befestigt war. Sie ließ das Ganze mit Grüßen von Mademoiselle Lisette ins Walgrave House schicken.

Achtzehntes Kapitel

Jack Travers fand seinen Freund beim Spielen mit einem Ball und einem Becher.

»Was zum Teufel ist das?«

»Ein Spielzeug.«

»Ja, das sehe ich, aber wozu?«

Fort sah seinen Freund an. »Vielleicht ist es eine Botschaft. Will der Ball in den Becher, oder will er ihn fliehen? Ist die Schnur eine Fessel oder eine Führung?«

Jack sah ihn irritiert an. »Hat dieser verdammte Kurpfuscher dir eine neue Medizin gegeben?«

»Keineswegs.« Fort legte das Spiel zur Seite und nahm das Rosenbukett zur Hand. »Mir ist aufgefallen, daß niemand auf die Idee gekommen ist, mir mein Gefängnis mit Blumen zu versüßen.«

»Blumen? Schau mal, mein lieber Freund, vielleicht sollten wir den Doktor doch noch mal kommen lassen ... Wo ist Dingwall?«

»Ich habe ihn entlassen.«

»Das ist gut.« Jack lächelte. »Dann hast du vielleicht doch nicht ganz den Verstand verloren.«

»Nicht ganz. Ich komme nur auf dumme Gedanken, weil ich mich hier drin zu Tode langweile. Komm, laß uns würfeln.«

»Ja, gut«, sagte Jack entspannt. »Ich weiß, es muß tödlich sein, hier nur so herumzuliegen.« Er zog einen Sessel und einen kleinen Tisch herüber. »Mit ein paar Freunden haben wir sogar überlegt, hier ein Fest zu feiern, wenn du nichts dagegen hast. Wein, Weib und ein paar Spielchen.«

»Klingt verlockend, aber laß die Frauen weg. Ich bin dazu noch nicht in der Lage und habe keine Lust, zuzusehen, wie ihr euch zu Narren macht.«

»Oh, natürlich.« Jack wurde ein bißchen rot, und Fort fiel ein, daß er sich in den Augen des Freundes immer noch in dieser seltsamen Apathie Frauen gegenüber befand.

Diesen Eindruck mußte er auch korrigieren.

Fort würfelte. »Wenn ich wieder auf dem Damm bin, veranstalten wir mal wieder eine richtige Orgie.«

Jack grinste erleichtert. »So kenn' ich dich wieder!«

Am nächsten Tag, einem Dienstag, nicht lang nach dem Frühstück, traf eine Schriftrolle ein, hübsches rosafarbenes Papier, von Silberband zusammengehalten und mit kleinen silbernen Seidenrosen verziert. Fort entrollte es und fand ein Gedicht, das Elf selbst geschrieben und mit Blüten und Vögelchen verziert hatte. Er las es und erkannte lachend, daß sie ein bekanntes Liebesgedicht an eine Dame abgewandelt hatte.

Er las es noch einmal, und die Säfte »regten« sich tatsächlich in ihm, wie es in dem Gedicht hieß. Beängstigend, daß er schon für ein paar Worte so empfänglich war! Er knüllte das Papier zusammen und warf es quer durchs Zimmer.

Sie war wirklich eine Wespe. Diese verdammte Frau war unmöglich! Wie alle Mallorens glaubte sie, ihr Wille sei Gesetz.

Als der Mittwoch ohne ein weiteres vielsagendes Geschenk verstrich, dachte er, er sei sicher. Er war aber zugleich seltsam enttäuscht, aber das lag sicher nur an seiner Langeweile.

Er hatte sich schon zum Schlafen niedergelegt, als der Gesang begann.

Fluchend tastete er nach seiner Krücke, humpelte zum Fenster und lugte hinter dem Vorhang auf die von einer Fackel beleuchtete Gruppe. Die Musiker unter seinem Fenster waren im venezianischen Stil gekleidet und maskiert – sicher, um ihn an Vauxhall und Lisette zu erinnern.

Er glaubte sogar, in dem Sänger, dessen Stimme wirklich hervorragend war, den Kastraten Gioletto, den derzeitigen Star am Opernhaus, zu erkennen. Zwei Gitarren und eine Flöte begleiteten ihn. Keiner der Musiker sah wie Elf aus.

Verdammt, die Musik rührte seine Seele, obwohl sie irgendeine alberne Geschichte von einem verschmähten Liebhaber sangen.

Er besann sich, stolperte ins Bett zurück und läutete, um Befehl zu geben, der Katzenmusik da draußen ein Ende zu machen.

Am Donnerstag traf eine kleine Schachtel ein, die einen wunderschönen Topas-Ring mit einer eingravierten Wespe enthielt. Er paßte ihm genau.

Er hatte das zerknüllte Gedicht und auch die Rosen behalten, obwohl sie schon anfingen zu welken. Er hätte Lust gehabt, auch dieses Geschenk zu behalten, aber er legte es wieder in die Schachtel zurück und rief nach Papier und Tinte.

Sein Brief war kurz: *Lord Walgrave bedauert, ein so wertvolles Geschenk nicht annehmen zu können.*

Er versiegelte die Nachricht und schickte sie zusammen mit der Schachtel an Lady Elfled Malloren ins Malloren House.

Als der Bote sein Haus gerade erst verlassen hatte, wußte er bereits, daß er einen taktischen Fehler begangen hatte. Er hatte ihre Existenz anerkannt. Außerdem funktionierte ihr Plan, ihn von ihren Geschenken abhängig zu machen, was ihn gleichzeitig von ihr abhängig machte.

Dieses ewige Herumliegen hatte ihn ganz wirr im Kopf gemacht, also packte er mit zusammengebissenen Zähnen seinen Stock und begann im Zimmer herumzuhumpeln. Der Arzt hatte ihm sowieso Bewegung verordnet, allerdings mit einem Diener an seiner Seite, falls sein Bein nachgab. Fort unterdrückte den Schmerz und arbeitete sich bis in den Flur vor, auf die Treppe zu, die ihn hier hinausbringen würde. In die Freiheit.

Er stand oben am Treppenabsatz, klammerte sich an das Geländer und war bereits schweißüberströmt. Alles, was ihm fehlte, war die Welt da draußen.

Er hätte seine Sänfte kommen und sich in einen seiner Clubs bringen lassen können. Vielleicht sogar ins Parlament. Eine öde, langweilige, langatmige Rede über den Sklavenhandel würde ihn wenigstens davon abhalten, an Elf zu denken und daran, was ihr nächstes Geschenk sein würde ...

Aber wie sollte er die Treppe hinunterkommen?

Jemand klopfte an die Haustür und gab ihm so eine hervorragende Ausrede, seinen Plan auf morgen zu verschieben. Es wäre eindeutig unter seiner Würde, dabei erwischt zu werden, wie er auf allen vieren die Stufen hinunterkrabbelte.

Er humpelte wieder zu seinem Zimmer zurück, verharrte aber plötzlich bewegungslos. Vielleicht hatte das Klopfen den Ring angemeldet, der zu ihm zurückkam. Aber es war nur ein livrierter Bote mit ein paar Unterlagen aus dem Parlament. Er eilte in sein Zimmer zurück. Sein Bein tat jetzt schon höllisch weh, außerdem wollte er nicht, daß jemand von der Dienerschaft ihn so sah.

Er ließ sich auf eine Couch fallen. Diese Papiere würde er aufmerksam studieren, das wäre eine Ablenkung. Außerdem hatte er dafür zu sorgen, die Ehre seiner Familie wiederherzustellen, selbst wenn nur wenige wußten, wie sehr sein Vater sie befleckt hatte.

Das war eine einsame Aufgabe. Chastity führte ihr eigenes

Leben und würde bald fort sein. Verity war mit ihrem Ehemann, der bei der Armee war, ins Ausland gezogen. Viktor lebte in Italien.
Er hatte Freunde, aber die konnte er nicht in familiäre oder finanzielle Angelegenheiten hineinziehen. Seine Freunde waren noch die Freunde seiner sorglosen Jugend.
Seltsam, daß das, was einem neuen Freund oder einem Freund seines neuen Selbst am nächsten kam, die scharlachrote Dame gewesen war. Wenn sie nur tatsächlich ein Flittchen namens Lisette gewesen wäre, die nach einem reichen Beschützer suchte. Er hätte sie fürstlich bezahlt und wie seine Frau behandelt ...
Heirate Elf Malloren, sagte eine verführerische Stimme. *Dann kannst du all das haben.*
»Niemals«, sagte er laut. »Niemals.«

Am Freitag kam ein Päckchen mit der regulären Post. Er öffnete es und fand darin eine schmale Schachtel und einen kleinen Brief.
Vespa bedauert, die Grenzen des Zumutbaren überschritten zu haben, und kann als Entschuldigung nur die Macht ihrer Gefühle anführen. Sie betet, daß Lord Walgrave diese Kleinigkeit anstelle des Rings annimmt.
In der schmalen Schachtel befand sich ein silber-schwarzer Fächer. Er nahm ihn heraus und schüttelte den Kopf. Ein paar Lackaffen benutzten Fächer, aber er gehörte sicher nicht dazu. Er wäre jedoch ein außergewöhnliches Geschenk eines Verehrers für eine Dame. Und sie hatte nicht vergessen, daß er immer noch Trauer trug.
Sie konnte nicht wissen, daß er das inzwischen aufgegeben hatte und jetzt wieder farbige Kleidung trug.
Er schlug den Fächer auf und mußte laut lachen. Er war mit einer Reihe von Bildern einer Dame in Scharlachrot verziert,

die langsam ihre Röcke hob, um ihr Strumpfband zu befestigen, und dabei den Betrachter auf die einladendste Weise ansah.
Er drehte ihn und fand auf der Rückseite ein ungewöhnliches Bild von Vauxhall Gardens. Es wäre schön gewesen, wenn es nicht mit diesen Erinnerungen verbunden wäre.
Verdammt, er wurde schon wieder hart, überwältigt von den Erinnerungen an Lisette und die Liebe, die sie in diesem Zimmer gemacht hatten. Der beste Sex, den er je genossen hatte ...
Dann entdeckte er ein Stück Papier am Boden der Schachtel und faltete es auseinander. Es enthielt wieder ein Gedicht, und zwar ein noch viel eindeutiger erotisches als das letzte.

Mein Gott, diese Elf Malloren war nicht gerade schüchtern. Sie bot sich ihm tatsächlich wieder als sein Spielzeug an. Aber wer würde dann mit wem spielen?
Er konnte sich nicht entscheiden, ob er dieses kühne Verhalten verachten oder bewundern sollte. Was würde sie als nächstes tun? Diese Frau war offensichtlich zu allem fähig!
Er betrachtete versonnen die Dame auf dem Fächer, als Jack eintrat.
»Alles ist schon organisiert für heute abend, Fort! Wir kommen natürlich auch gerne hier herauf, aber wäre es nicht bequemer für dich, im Erdgeschoß zu sein, jetzt, wo du schon ein bißchen beweglicher bist?«
Fort schlug schnell den Fächer zu. »Eine ausgezeichnete Idee. Ich werde für eine Weile ein Bett im Studierzimmer aufschlagen lassen. Warum soll ich überhaupt hier oben sein?«
»Genau, so kenne ich dich!«
»Dieses Zimmer steckt voller beunruhigender Erinnerungen.«
»An deinen Vater, oder?« Jack sah sich um. »Warum läßt du es nicht neu möblieren? Ein bißchen moderner? Diese schwere

Eiche und der Samt sind wirklich bedrückend. Ist das ein Fächer?«

Statt zu antworten, zeigte Fort ihm die Seite mit Vauxhall.

»Oho, du kaufst Geschenke für die Damen! Steckt also doch noch ein bißchen Leben in dir?« Er ging an den Tisch mit der Karaffe und den Gläsern. »Bist du sicher, daß wir dir nicht ein paar hübsche Huren mitbringen sollen?«

»Absolut«, antwortete Fort schroff. »Ich überlege nämlich, mich bald zu verheiraten.«

Jack drehte sich mit dem halbvollen Glas zu ihm um. »Heiraten? Ich hatte ja keine Ahnung ...«

»Ich hatte jetzt Zeit genug zum Nachdenken. Lady Lydia North scheint mir recht geeignet.«

Jack starrte ihn an. »Lady Lydia? Ist das nicht dieses alberne Hühnchen mit den großen Augen? Wußte gar nicht, daß du dich für sie interessierst. Ehrlich gesagt, Fort, ich denke, sie wird dich schon nach einer Woche zu Tode langweilen.«

»Man weiß nie, was sich hinter dem Bild einer schüchternen Jungfrau verbirgt. Aber wenigstens würde sie mich vor anderen Damen schützen.«

Jack drückte ihm ein volles Weinglas in die Hand. »Nichts überstürzen, alter Junge. Vertrau mir. Warte, bis du wieder auf den Beinen und unter Leuten bist. Dieses Zimmer macht dich noch verrückt.«

»Sicher ist Lady Lydia genau die Art von Frau, die man von mir erwartet.«

»Ja, und warum willst du plötzlich damit anfangen, das zu tun, was man vor dir erwartet?« Jack ließ sich kopfschüttelnd auf einen Stuhl fallen. »Hast du je von dem Mann gehört, der sich aus Angst vor der Pest selbst erschoß?«

Fort nippte am Wein. »Siehst du denn nicht den Reiz, den es hat, seine Todesart selbst zu bestimmen?«

Cyn kam mit einem Stück Papier in der Hand in den Salon von Malloren House: »Ich habe hier eine seltsame Einladung.«
Elf und Chastity unterbrachen ihre Unterhaltung und sahen von ihren Handarbeiten auf. »Warum seltsam?«
»Sie ist für heute abend, bei Walgrave, zum Kartenspielen.«
»Dann geht es ihm anscheinend besser«, meinte Elf mit leuchtenden Augen.
»Ein wenig zumindest. Aber warum lädt er mich ein?«
»Wirst du hingehen?« fragte Chastity.
»Natürlich nicht. Ich würde ihn am liebsten erwürgen.«
Elf ließ ihre Stickerei sinken. »Wenn wir nur eineiige Zwillinge wären ...«
Er wußte sofort, was sie meinte. »Sei nicht dumm. Ein Mann und eine Frau können ja wohl kaum gleich aussehen.«
Sie schnitt ihm eine Grimasse. »Aber sehr ähnlich, zumindest.«
»Das tut ihr ja auch«, sagte Chastity. »Aber nicht ähnlich genug, als daß man euch miteinander verwechseln könnte, egal, wie ihr angezogen seid.«
»Und Frauen können sich nicht als Männer verkleiden. Das sieht nie überzeugend aus.«
»Na ja ...«, sagte Chastity und zwinkerte ihrem Mann zu.
»Ich habe dich sofort erkannt, Liebes.«
»Das war ja auch, bevor du mir geraten hast, meine Hose vorne etwas auszupolstern. Damit habe ich dann auch diese Schurken in Maidenhead getäuscht.«
Er schnitt eine Grimasse. »Muß ich dich darauf hinweisen, daß du meiner verrückten Schwester Flausen in den Kopf setzt?«
Chastity starrte Elf an. »Das würdest du doch nie tun!«
»Ich glaube nicht ...« Elf ließ die beiden einen Moment lang zappeln. »Aber nur, weil ich erwischt werden würde.« Sie sah ernst zwischen den beiden hin und her. »Es ist so hart ... ihn so lange nicht zu sehen.«

Chastity beugte sich zu ihr hinüber und drückte ihre Hand. »Ich verstehe dich. Aber wenn er schon wieder Leute einlädt, muß er bereits um einiges beweglicher geworden sein. Und dann wird er auch bald wieder ausgehen.«

»Und nach Towers hinausziehen.«

»Wenn er das tut, mußt du dich in Geduld üben. Selbst wenn es Monate dauert, bis du ihn wiedersiehst, wird inzwischen nichts Wichtiges passiert sein.«

»Ich habe bemerkt, daß Geduld nicht gerade zu meinen Stärken zählt!«

Elf wäre zu Forts Einladung gegangen, wenn sie nur einen Moment geglaubt hätte, unerkannt bleiben zu können, aber sie hatte keine Lust, sich selbst zum Narren zu machen.

Statt dessen schickte sie ihm ein Taschentuch aus roter Seide, besetzt mit schwarz-goldener Spitze.

Lord Coalport war offensichtlich erfreut darüber, nach Walgrave House gerufen worden zu sein und zu hören, daß Lord Walgrave um die Hand seiner Tochter anhielt. Zu Forts Erstaunen wollte er sie ihm jedoch nicht sofort zusichern.

Er empfing Coalport in der Bibliothek im Erdgeschoß. Fort saß bequem in einem Sessel, sein Bein auf einen gepolsterten Hocker gelagert. Das war schon eine beträchtliche Verbesserung, aber er fühlte sich wie ein Gichtkranker.

Coalport sah nicht wie ein Gichtkranker aus, er war groß und kräftig, seine Bewegungen entschlossen. Er machte nicht den Eindruck, als würde er je irgend etwas exzessiv betreiben. Kein schlechter Stall für eine Ehefrau.

»Sehen Sie, Mylord«, sagte Coalport und schlug elegant die Beine übereinander, »ich habe meiner Frau versprochen, daß auch unsere kleine Lydia in dieser Sache ein Wörtchen mitreden darf. Ich bin sicher, daß sich alles finden wird, wenn Ihr sie nur ein bißchen hofiert, besonders weil Ihr ein so feiner, gutaussehender Mann seid, vor allem jetzt, wo Ihr die Trauer abgelegt habt. Aber ich kann keine Vorkehrungen treffen, bis Ihr ihr Herz nicht gewonnen habt.«

»Aber ich bin noch die meiste Zeit an einen Sessel gefesselt, Coalport.«

»Gut, aber es besteht ja kein Grund zur Eile.« Coalport beugte sich vor und tätschelte Forts Hand. »Ich versichere Euch, Walgrave, sie wird an niemand anderen gehen, bevor Ihr Eure Chance hattet. Es gibt auch andere Interessenten, das will ich gar nicht leugnen. Zweifellos würdet Ihr mir das ohnehin nicht glauben, denn sie ist wohl die hübscheste Lady des Jahrzehnts. Aber Ihr habt mein Wohlwollen und werdet Eure Chance bekommen.«

Fort hätte den eingebildeten Vater am liebsten verflucht, weil er jetzt eine Verpflichtung eingegangen war. Er konnte jetzt kaum mehr einer anderen den Hof machen, die schneller zu haben war, außerdem war er sowieso noch außerstande dazu.

»Ich gestehe eine gewisse Dringlichkeit«, sagte er und hoffte, dabei wie ein liebestoller Narr auszusehen. »Bald wird alles London verlassen, und Eure Güter sind von meinen sehr weit entfernt.«

Coalport nickte bedächtig. »Wohl wahr, Mylord, wohl wahr. Meine Frau möchte in zwei Wochen reisen.« Er kratzte sich unter seiner grauen Perücke. »Ich könnte Euch zu uns einladen, denn da könnt Ihr genauso sitzen wie hier. Aber ich sage es Euch ehrlich, Walgrave, es würde schon ein bißchen auffallen, wenn Euer erster Weg nach draußen Euch gleich zu Lydia führen würde. Ich möchte sie nämlich nicht drängen.«

»Dann wäre es vielleicht besser, ich würde mich generell wieder ein bißchen in Gesellschaft begeben«, sagte Fort mit einem gezwungenen Lächeln. »Mir geht es ja auch schon viel besser. Natürlich noch nicht so, daß ich tanzen könnte, aber wie Ihr sagt, sitzen kann man in Gesellschaft ebensogut wie allein.«

»Ganz richtig, Mylord! Und wenn Ihr mir sagt, wo Ihr vorhabt zu erscheinen, werde ich mich darum bemühen, daß Lydia auch dort sein wird, falls möglich.«

»Vielen Dank, Mylord. Ich bin sicher, daß sich rasch alles finden wird.«

Coalport ergriff seine Hand und schüttelte sie. »Das glaube ich auch, Walgrave. Ja, wirklich. Und es gibt auf der ganzen Welt kein zweites Mädchen wie meine Lydia.«

Und so ließ sich Fort am Abend, obwohl er das eigentlich haßte, in seiner Sänfte in den Spielsaal bei White's bringen, wo er zu einem Stuhl humpelte.

Er wurde sofort von Freunden und Neugierigen umringt, die die Geschichte von dem Verrückten auf dem Kai hören wollten, der in eine Menge geschossen und unglücklicherweise ihn getroffen hatte. Schon bald amüsierte er sich großartig und beschuldigte im stillen Elf Malloren, die ihn zwei Wochen lang ans Haus gefesselt hatte.

Bis Rothgar auftauchte.

Fort sah ihn argwöhnisch und kühl an. Schließlich war es das erste Mal seit der Begegnung bei Sappho, daß sie sich trafen.

Der Marquis stutzte zunächst und kam dann zu ihm herüber.

»Ich bin erfreut, Euch wieder wohlauf zu sehen, Walgrave.«

»Für mich ist es auch eine Erleichterung. Ich habe mein Leben wieder im Griff.«

»Das freut mich.«

»Ich denke sogar darüber nach«, sagte Fort und entschloß sich, die Katze so schnell wie möglich aus dem Sack zu lassen, »mich zu verheiraten.«

»Tatsächlich.« Rothgar zog eine goldene Schnupftabaksdose hervor und bot ihm daraus an.

Fort nahm eine kleine Prise. »Es ist noch nicht entschieden«,

sagte er und inhalierte den Tabak, »aber der Vater der jungen Lady macht mir Hoffnung.«
Rothgar nahm ebenfalls eine Prise, wischte sich die Finger an einem seidenen Taschentuch ab und lächelte zustimmend. »Meine Glückwünsche im Hinblick auf das freudige Ereignis.«
Damit verneigte er sich und ließ Fort mit plötzlichen Zweifeln zurück. Er hätte wissen müssen, daß Rothgar über eine weitere Verbindung zwischen ihren Familien nicht glücklich wäre, selbst wenn Fort und Elf mit Freuden heiraten würden.
Indem er Elf entkam, tat Fort vermutlich Rothgar noch einen Gefallen.
Für einen Augenblick kam der alte Wunsch zurück, der Wunsch, alles zu tun, um es Rothgar schwerzumachen. Er schob den Gedanken beiseite und konzentrierte sich auf das Spiel. Er hatte es aufgegeben, jede seiner Handlungen in bezug auf ihre Auswirkung auf die Mallorens zu beurteilen.

* * *

Am nächsten Morgen saß Elf gerade über einem Haufen Abrechnungen, als Rothgar in ihr Büro spazierte. Statt ihr Boudoir in einen Geschäftsraum zu verwandeln, hatte sie ein leeres Zimmer als ihr Büro eingerichtet. Es war im Moment fast ihr liebster Aufenthaltsort.
»Immer nur Arbeit, kein Vergnügen ...«, bemerkte ihr Bruder. »Dir geht es wohl nicht anders als mir.«
Elf lächelte zu ihm auf. »Vielleicht ist das für mich ja Vergnügen.«
»Du bist Bryght beunruhigend ähnlich.«
»Ich würde sagen, wir sind alle Mischungen aus den gleichen Zutaten. Wußtest du, daß wenn wir ...«
»Nein, danke«, sagte er und hob abwehrend die Hand. »Ich

habe kein Interesse daran. Besprich das mit Bryght. Ich denke, du solltest übrigens wieder mal ausgehen.«

»Das ist doch langweilig. Die Leute reden nie von interessanten Dingen.«

»Wie Handel und Profit«, sagte er trocken. »Walgrave ist wieder auf dem Parkett erschienen.«

Elf legte ihre Feder nieder und sah ihn gespannt an.

»Ich habe ihn letzte Nacht bei White's getroffen.«

»Konnte er gehen?«

»Mit einem Stock und ein bißchen schwerfällig. Er ließ sich aber fast bis zum Tisch tragen.«

Plötzlich machten sich Schmetterlinge in Elfs Bauch bemerkbar. Nein, keine Schmetterlinge, sondern Wespen. Sie summten herum und wollten sie stechen. Die Zeit zu handeln war gekommen.

Vielleicht könnte sie ihn wenigstens sehen.

»Wie sah er aus?«

»Gut. Alles in allem. Weniger düster.«

»Das ist gut. Ich frage mich ...« Sie fragte sich, wo er wohl als nächstes auftauchen würde, aber sie wollte das nicht laut aussprechen. Innerhalb ihrer Familie war von ihrem Stolz diesbezüglich nicht mehr viel übriggeblieben. Alle wußten von ihrem verzweifelten Sehnen, aber trotzdem wollte sie es nicht aussprechen.

»Ich glaube, er wird Lord Coalports Picknick draußen bei dessen Villa in Chelsea besuchen.«

»Ein Picknick? Einen Besuch bei White's kann ich mir ja noch vorstellen, aber so ein Freiluftessen, das vor allem von Damen besucht wird? Kann eine Pistolenkugel im Bein einen Mann wirklich so verändern?«

»Vielleicht sehnt er sich einfach nur nach frischer Luft.« Mit dieser Bemerkung ging Rothgar, und Elf blieb an ihrer Unterlippe nagend zurück.

Da ihr Bruder offensichtlich nur hergekommen war, um ihr von dem Picknick zu erzählen, hatte er zweifellos Erkundigungen eingeholt und wußte, daß Fort dort sein würde. Das hieße aber nicht zwangsläufig, daß Rothgar der Meinung wäre, sie sollte ebenfalls hingehen.

Sollte sie also?

Sie blickte wieder auf die säuberlichen Zahlenkolonnen, die die Geschichte der Einnahmen und Ausgaben eines bestimmten Warenhauses erzählten. Eigentlich konnte man das Leben auch als so übersichtliche Rechnung betrachten. Wenn sie nicht versuchte, Fort zu sehen, konnte sie sich ebensogut gleich eingestehen, daß es ihr an Mut fehlte, ihr angestrebtes Ziel zu verfolgen. Sie konnte nicht anders, als versuchen, das Schiff des Schicksals selbst zu steuern.

Wie sich herausstellte, wußte auch Chastity von der Absicht ihres Bruders, bei diesem Picknick zu erscheinen.

»Das ist nichts Besonderes«, sagte Chastity. »Er hat solche Anlässe früher öfter besucht, bevor …«

»Bevor er seinen Vater getötet hat.«

»Also«, sagte Chastity und riß sie beide aus ihren Gedanken, »du willst da auch hingehen?«

»Unbedingt. Glaubst du, daß das eine gute Idee ist?«

»Ich weiß es wirklich nicht. Er spricht nie von dir. Aber er hat immer noch die Gedichte, den Fächer, das Spielzeug und dieses schrecklich bunte Taschentuch. Und erst vor ein paar Tagen hat er dem Mädchen erlaubt, die letzten Rosen wegzuwerfen.«

Elf konnte ein Lächeln nicht unterdrücken. Das klang hoffnungsvoll. »Dann laß uns unbedingt hingehen. Wenigstens werde ich ihn sehen.«

Sie stürzte in ihr Zimmer, froh, daß sie sich die Mühe gemacht hatte, ein paar neue Kleider anfertigen zu lassen. Sie war immer noch ziemlich unsicher darin, aber immerhin war

weder der Schneider noch Chantal von ihren Vorstellungen entsetzt gewesen.
Zwei Kleider waren bis jetzt eingetroffen, und das bernsteinfarbene war wohl genau richtig. Der gestreifte Taft war ihr gleich ins Auge gefallen, und sie war sich sicher gewesen, daß es mit ihrer Haarfarbe harmonieren würde. Mit rostbraunen Borten und üppiger cremefarbener Spitze war der Effekt äußerst wirkungsvoll.
Als sie sich fertig angekleidet im Spiegel betrachtete, sah sie, daß das Kleid seinen Zweck erfüllte: Es stellte Elf Malloren dar. Es spiegelte ihren jetzigen Eindruck von sich selbst wieder: Eine selbstbewußte Frau, die sich nicht scheute, die eingeschränkten Erwartungen der Gesellschaft zu übertreffen.
Das Ödland unten am Hafen hatte ihre Familie gekauft. Dort sollten Altenheime entstehen, in denen Menschen wie Dibby Cutlow ihren Lebensabend verbringen konnten. In Zukunft würde sie noch mehr solcher Projekte in ganz London initiieren.
Sie dachte auch immer noch darüber nach, wie man Informationen über Geburtenplanung verbreiten konnte. Versonnen legte sie die Hände auf ihren flachen Bauch. Wenigstens eine ungewollte Mutterschaft drohte ihr nicht mehr. Sie hatte ihre Periode bekommen. Sie war nicht schwanger. Die Vernunft in ihr hatte sich gefreut, aber ein kleiner rebellischer Teil ihres Verstands hatte geweint. Sie konnte sich nicht sicher sein, Fort für sich zu gewinnen, und ein Kind von ihm wäre wenigstens eine kostbare Erinnerung gewesen.

Neunzehntes Kapitel

Elf und Chastity nahmen das Boot flußaufwärts nach Chelsea. Elf bemerkte schnell, daß das keine gute Idee war, denn das Boot belastete sie an einem Tag wie diesem mit viel zu vielen Erinnerungen. Trotzdem gelang es ihr, den ganzen Weg über locker mit Chastity zu plaudern.

Das Boot brachte sie zu Lord Coalports Bootshaus. Von dort stiegen sie die Stufen zu seinem hübschen Garten hinauf, der in voller Sommerblüte stand. Elf sagte sich selbst, daß das ganz anders wäre als die Ankunft in Vauxhall.

Es herrschte ideales Picknickwetter – ein strahlend blauer Himmel und eine angenehme Brise gegen die Hitze. Tische voller Speisen und Getränke standen im Schatten der Bäume, und Damen und Herren promenierten plaudernd auf Wegen und Rasen. Etwas abseits spielte ein kleines Orchester leichte Musik.

Als sie schon in Sichtweite ihrer Gastgeber waren, wedelte Chastity abwehrend mit der Hand: »Wespen. Das ist eben immer das Problem bei Picknicken.«

Elf seufzte, weil sie es als schlechtes Omen verstand.

Sie trug Bernsteinschmuck, der zu ihrem Kleid paßte, und einen Anhänger, in dem ein geflügeltes Insekt wohl schon seit Jahrhunderten eingeschlossen war. Es ähnelte der Wespe, die sie in den Topas hatte eingravieren lassen.

Waren Fort und sie vielleicht auf ähnliche Weise gefangen?

Ihre Malloren-Seele sagte: Wo ein Wille ist, ist auch ein Weg. Aber bringt der Wille auch immer den Sieg?

Sie gingen auf das Haus zu, wo Elf Lord Coalport neben dem Stuhl seiner Frau auf der Terrasse stehen sah.
Plötzlich blieb sie wie angewurzelt stehen.
Chastity drehte sich zu ihr um. »Stimmt was nicht?« Sie folgte Elfs Augen. »Oh, da ist Fort. Was hat dich so schockiert? Du hast doch erwartet, ihn hier zu treffen. Ist es, weil er jetzt wieder farbige Kleidung trägt? Ich muß vergessen haben, das zu erwähnen.«
Natürlich war es eine kleine Überraschung, Fort in blauer Seide zu sehen, aber das war es nicht, was Elf hatte versteinern lassen. Sah Chastity das denn nicht? Neben ihm saß Londons gegenwärtiger Liebling: Lord Coalports Tochter Lydia.
Das Mädchen war diesen Frühling in die Stadt gekommen und hatte eine Sensation bewirkt. Idealisierte Bilder von ihrer engelsgleichen Schönheit waren verbreitet worden. Jeder ihrer Schritte und die Details all ihrer Kleider waren in den Zeitungen zu lesen gewesen. Einmal hatte sogar die berittene Wache eingreifen müssen, als sie spazierenging, weil zu viele Neugierige einen Blick auf sie werfen wollten.
Elf hatte dem Mädchen nicht viel Beachtung geschenkt. Denn solche Schönheiten kamen und gingen. Aber sie konnte nicht leugnen, daß Lydia außergewöhnlich hübsch war: glänzende dunkle Locken, ein perfektes herzförmiges Gesicht und riesige, fast violette Augen. Außerdem war sie noch graziös und von bezaubernder jugendlicher Bescheidenheit.
In einem exquisiten blauen und fliederfarbenen Kleid und mit einem Hut, der nur aus Spitzen und Blumen zu bestehen schien, saß sie neben Fort und lächelte zu ihm auf, als wäre er nicht von dieser Welt. Er lächelte zurück, als wäre sie die faszinierendste Person, der er je begegnet war.
Elf wäre am liebsten zu ihrem Boot zurückgelaufen und nach Hause gefahren.
Das war jedoch undenkbar, also besann sie sich auf ihr jahre-

langes Training auf dem gesellschaftlichen Parkett und näherte sich lächelnd und plaudernd langsam ihrem Gastgeber.
Sie würde auch zu Fort hinübergehen und mit ihm sprechen müssen. Zu dumm, daß sie mit seiner Schwester hier war, denn sonst hätte sie ihn einfach ignorieren können. Aber natürlich hatte sie nicht vor, ihn zu ignorieren, schließlich war sie hergekommen, um um ihn zu werben. Zum Teufel mit seinem schwarzen Herzen!
Dann mußte sie wohl oder übel auch mit Lydia reden, denn es war nicht sehr wahrscheinlich, daß diese sich vom Fleck rühren würde. Es gab kein Entrinnen, also nahm Elf ihren ganzen Malloren-Mut zusammen, um mit Fort und seiner bezaubernden Nachbarin zu plaudern.
»Es freut mich, Euch wohlauf zu sehen, Walgrave.«
Vielleicht, aber auch nur vielleicht hatte er etwas Schwierigkeiten, ihr in die Augen zu sehen. »Danke, Lady Elf. Kennt Ihr Lady Lydia schon?«
Elf lächelte das Mädchen an. »Ein bißchen. Was für einen hübschen Besitz Eure Familie hier hat.«
Das Mädchen errötete, als hätte es ein unbotmäßiges Kompliment bekommen. »Ja, nicht wahr?«
»Besonders jetzt, wo es in der Stadt so heiß und staubig wird.«
»Ja, nicht wahr?«
Elf konnte sich nicht helfen und warf Fort einen ungläubigen Blick zu.
Er antwortete mit einem herausfordernden.
Da verstand sie.
Dies war ein exakter Gegenzug zu ihren unablässigen Sticheleien. Mein Gott, stürzte sie ihn schon wieder ins Unglück?
Elf lächelte ihre Rivalin an: »Das war Euer erster Besuch in London, nicht wahr, Lady Lydia?«
»Ja, Mylady.«
»Und hat es Euch gefallen?«

Das Mädchen sah sich um. »Alle waren sehr freundlich zu mir.«
Statt Konkurrenzgedanken empfand Elf plötzlich Mitleid. Mein Gott, dieses Kind gehörte noch auf die Schulbank! »Vielleicht war es ein bißchen überwältigend?« meinte sie sanft.
In Lydias riesigen Augen schien etwas wie Erleichterung aufzublitzen: »O ja! Überwältigend trifft es genau. Es war wirklich jeder nett zu mir, soviel schmeichelhafte Aufmerksamkeit, aber«, und sie wurde wieder rot, »ich werde froh sein, wieder zu Hause zu sein.«
Elf drückte ermutigend ihre Hand: »Das nächste Mal wird es schon viel einfacher sein. Das verspreche ich Euch.«
»Ja, vielleicht.« Lydia senkte den Blick und spielte mit der Borte ihres bezaubernden Kleids.
»Möchtet Ihr denn nicht wiederkommen?«
Das Mädchen sah auf und schien nach der richtigen Antwort zu suchen. Sie war nicht dumm, nur sehr jung und entsprechend schüchtern: »Ich nehme an, es wird anders sein, als verheiratete Frau zurückzukommen.«
Elfs Mund wurde trocken. »Ist das denn wahrscheinlich?«
Lydia errötete. »Eine Reihe von Gentlemen haben Interesse geäußert.« Ihr Blick wanderte verräterisch zu Fort.
Der Schmerz in ihrem Herzen ließ Elf kaum mehr atmen. Als sie sprach, meinte sie es trotzdem wirklich gut mit Lydia: »Da sollte man nichts überstürzen. Wenn ich Ihr wäre, würde ich die Freiheit noch ein bißchen genießen. Ich versichere Euch, daß es auch in ein, zwei Jahren an Angeboten nicht mangeln wird.«
Lydia lachte – charmant, wie alles, was sie tat. »Das sagt meine Mutter auch, aber nachdem ich so darum gebettelt habe, nach London zu dürfen … und …« Lydia blickte wieder zu Fort hin.

Es führte kein Weg mehr daran vorbei, es offen anzusprechen.
»Lord Walgrave ist ein gutaussehender Mann«, sagte Elf.
»Und einer der interessantesten.«
»In der Tat. Er ist ein angenehmer Gesellschafter.«
»Ja. Er neckt mich und bringt mich zum Lachen.«
Elf hätte heulen mögen. Nur einmal, im Keller, hatte er sie geneckt, und als sie um Hilfe gerufen hatten, hatte sie ihn lachen hören. Aber ansonsten kannte sie diese Seite von ihm kaum. Bei Lydia schien ihm das ganz leichtzufallen.
Sie wußte, daß sie die weiße Fahne hätte hissen müssen und das Schlachtfeld räumen. Das war es doch, was sie ihm gewünscht hatte, jemand, der ihn allzeit glücklich machte. Aber in ihren Augen war Lydia noch zu jung für die Ehe, zu jung, um zu wissen, was sie wollte.
Sie lächelte das Mädchen an, das ihr vielleicht den Mann, den sie liebte, wegnehmen würde. »Laßt mich Euch einen ungefragten Rat geben, meine Liebe. Ihr seid noch sehr jung. Stürzt Euch nicht in eine Ehe, es sei denn aus tiefster Liebe. Wenn Ihr diese Liebe für Lord Walgrave empfindet, nehmt seinen Antrag jetzt an. Ich bezweifle, daß er nächstes Jahr noch zu haben sein wird.«
»Danke, Lady Elf, ich glaube, das ist ein guter Rat.«
Elf hatte den Eindruck, daß sie die Situation vielleicht durchschaute. Aber sie hatte getan, was sie konnte, und in bester Absicht gesprochen. Sie entschuldigte sich, stand auf und mischte sich unter die anderen Gäste. Aber trotz ihrer guten Absichten fragte sie sich, ob Fort allen Ernstes vorhatte, sein Ehebett mit diesem hübschen Kind zu teilen.

Warum, dachte Fort, hatte er geglaubt, ein solches Kind heiraten zu können? Oh, sie war außergewöhnlich schön und charmant. Aber wenn er sie heiratete, würde er sie jahrelang nicht anrühren können. Und selbst wenn, konnte er sich nicht

vorstellen, mit ihr die gleiche wilde Lust zu erleben wie mit Elf Malloren.
Elf sah gut aus. Vielleicht ein bißchen weniger lebhaft als sonst. Er versuchte, zu widerstehen, konnte es sich aber nicht verkneifen, ihr verstohlene Blicke zuzuwerfen, während sie plaudernd von einem zum anderen ging.
Sie war anders gekleidet, bemerkte er. Nicht vom Schnitt her, sondern von den Farben. Kräftiger, aber es stand ihr.
Dann mußte er ein Lachen unterdrücken.
Das war ja die Farbe der Wespen, die sie da trug!
Er hatte sie sofort bemerkt, als sie in den Garten gekommen war. Und er hatte sich schnell Lydia zugewandt, als wäre sie seine einzige Hoffnung auf Rettung.
Und das war sie ja vielleicht auch.
Wie leicht sie alles nahm ... verdammt, er sah schon wieder Elf hinterher.
Lydia dagegen wich nicht von seiner Seite. Aber das war unfair gedacht, denn schließlich war sie nur nett zu einem Invaliden. Elf war acht Jahre älter und von Rothgar dazu erzogen worden, die Dame des Hauses für ihn zu sein. Lydia konnte das mit der Zeit auch lernen.
Oder nicht? Er lenkte seine Aufmerksamkeit wieder zu dem Mädchen zurück, das gerade mit einer Freundin tuschelte und sich kichernd die Hand vor den Mund hielt.
Ein Kind.
Aber Kinder wurden erwachsen.
Elf war auch mal ein Kind gewesen. Ein Wildfang, wie er gehört hatte. Sie hatte schließlich einen Zwillingsbruder, und nach allem, was Chastity erzählt hatte, waren die beiden nahezu von Geburt an auf Abenteuer ausgewesen.
Mit acht waren sie einmal die efeubewachsene Nordseite von Rothgar Abbey hinuntergeklettert und von Rothgar dafür mit der Peitsche bestraft worden. Er war sich sicher, daß Lydia nie

so etwas Unüberlegtes getan hatte und daß ihre Eltern wahrscheinlich nie zu so drastischen disziplinarischen Maßnahmen greifen mußten.

Das sollte eigentlich für sie sprechen.

Er erinnerte sich an »Lisette«, die seine Pistole gestohlen hatte. Er war sich sicher, daß Elf eine Waffe laden und schießen konnte. Und er war überzeugt, daß Lydia schon von dem bloßen Gedanken schockiert gewesen wäre. Das sollte keine Rolle spielen. Seine Frau würde sich nie selbst verteidigen müssen.

Und doch machten ihm die Unterschiede zwischen den Frauen Sorgen. Elf erschien ihm wie eine feiner Degen – beweglicher Stahl, bereit zu handeln und potentiell tödlich.

Lydia ließ ihn eher an ein Seidenkissen denken – hübsch, bequem und willig, sich all seinen Wünschen zu fügen.

Jeder Mann mit Verstand würde das Kissen dem Degen vorziehen.

»Mögt Ihr Lady Elfled nicht, Mylord?«

Er sah Lydia überrascht an. »Mögen? Wieso fragt Ihr?«

»Ihr habt sie so finster angesehen.«

Er zwang sich zu einem Lächeln. »Vielleicht hat mich nur die Sonne geblendet. Lady Elf ist meine Schwägerin. Wir sind also fast miteinander verwandt.«

Es war klar, daß Lydia dieses Ausweichmanöver bemerkt hatte – er freute sich, daß sie nicht dumm war –, aber sie bohrte nicht weiter nach. »Wir haben uns sehr nett unterhalten.«

»Konversation ist eine von Lady Elfs besonderen Stärken.«

»Ich wünschte, es wäre auch eine von meinen«, sagte sie mit einem traurigen Lächeln, das jedem Mann den Atem genommen hätte.

Sie war wirklich außergewöhnlich schön. Und sie würde reifen, könnte lernen, selbstbewußter zu werden, redegewandter, aufgeschlossen für alle Spielarten der Liebe ...

Und wenn nicht, konnte er sich immer noch eine Geliebte nehmen, das war eine allgemein akzeptierte Lösung.

Elf entschied, daß sie dem Picknick lange genug beigewohnt hatte und nun gehen konnte, ohne Aufsehen zu erregen. Sie holte Chastity aus einer angeregten Unterhaltung mit Freunden, die keine Vorbehalte wegen des alten Skandals mehr zu haben schienen.

»Dank Cyns Auszeichnung bin ich nun vollkommen rehabilitiert«, sagte Chastity, während sie zu den Gastgebern hinübergingen, um sich zu verabschieden.

»Nun ist doch noch alles gut geworden, Lady Raymore«, sagte Lord Coalport gönnerhaft. Und mit einem Blick auf Fort und Lydia: »Alles so, wie es sein soll.«

Elf sprach mit Lady Coalport, die leicht die Augen verdrehte: »Die liebe Lydia ist der Augapfel ihres Vaters. Unsere einzige Tochter, müßt Ihr wissen.«

»Sie ist sehr hübsch und charmant.«

»Ja, der liebe Gott hat das arme Kind mit all seinen Gaben gesegnet.«

Elf konnte ein Kichern kaum unterdrücken. Bei dieser Mutter brauchte sie sich über Lydias Redegewandtheit nicht zu wundern. Sie würde sie sicher nichts Überstürztes tun lassen. Das hieß aber nicht, daß man nicht eine Ehe mit einer ein- bis zweijährigen Verlobungszeit vereinbaren würde.

Dann sollte es eben so sein.

Aber sie hatte noch eine letzte Sache zu erledigen.

Heute nacht.

Elf war in der Oper gewesen und danach bei einem Diner der Fürstin von Derby. Sie kam erst nach Mitternacht nach Hause. Ohne Zeit zu verlieren, zog sie sich um. Die Hose und die Jacke hatte sie tagsüber unbemerkt aus Cyns Zimmer »ausgeliehen«.

Sie fühlte sich absolut sicher, als sie durch die Straßen zum Walgrave House ging, denn sie hatte Forts Pistole und ein Messer in der Tasche sowie ein Messer in ihrem rechten Stiefel. Trotzdem war sie nicht glücklich, sondern fürchtete sich vor dem, was sie vorhatte.

Sie wollte Fort freilassen. Vielleicht fühlte er sich ja gar nicht gefangen, aber falls doch, wollte sie ihm seine Freiheit zurückgeben.

Sie suchte wieder den Hintereingang. Es war eine heiße Nacht, und sie hatte sich darauf verlassen, ein offenes Fenster zu finden. Bei der Küche hatte sie Glück und konnte problemlos hineinklettern.

Wieder schliefen ein paar Diener zusammengerollt auf dem Boden, und da war auch wieder die dunkle Katze. Sie streichelte sie und dankte ihr ohne Worte für ihre Mithilfe beim letzten Mal.

Von hier aus war es leicht. Sie kannte den Weg zu Forts Schlafzimmer.

Mit rasendem Herzen öffnete sie behutsam die Tür zu dem Zimmer, in dem es stockdunkel war. Er mußte schlafen. Vorsichtig schlich sie zum Bett und tastete über das Laken. Ihre Finger fanden jedoch nichts. Er war nicht da!

Sie zog die dicken Vorhänge ein Stückchen zurück und entdeckte, daß das Zimmer gänzlich unbenutzt war, auf dem Waschtisch stand kein Wasser, und es gab keine Handtücher. Einen schrecklichen Moment lang glaubte sie, er sei vielleicht gestorben, aber dann kehrte ihr Verstand zurück.

Wo konnte er stecken?

Bei einer Frau?

Eifersucht wallte in ihr auf, wurde aber auch von ihrem Verstand besänftigt. Er war zweifellos noch nicht in dem Zustand, eine Frau zu genießen oder gar sich in der Stadt herumzutreiben.

Also war er in ein anderes Zimmer umgezogen.
Elfs Blick fiel auf den Spiegel. Und sie war überrascht, wie sehr sie in diesen Kleidern ihrem Bruder ähnelte. Dann erinnerte sie sich an andere Bilder, die sie in diesem Spiegel gesehen hatte, und fragte sich, ob Fort vielleicht vor diesen Erinnerungen geflohen war. Aber wohin? Sie schüttelte den Kopf über sich selbst – natürlich ins Erdgeschoß, denn ein Mann mit einem verletzten Bein würde Treppen sicher wo immer möglich vermeiden.
Einen Augenblick später stand sie im Erdgeschoß und versuchte, sich an ihre letzte Expedition hier zu erinnern. Entschlossen ging sie in sein Arbeitszimmer.
Fort lag im Bett und las bei Kerzenlicht.

Er setzte sich erschrocken auf, ließ sich dann aber wieder entspannt in die Kissen sinken. »Willst du mich zu Tode erschrecken? Ich dachte, du wärst Cyn.«
Elfs Herz raste wie verrückt. »Du scheinst nicht überrascht zu sein, mich zu sehen.«
Er schlug das Buch zu und legte es beiseite. »Ich bin überrascht, aber bei dir habe ich mir angewöhnt, mit Überraschungen zu rechnen. Was verschafft mir die Ehre deines Besuchs?«
Er sah gut aus in seinem weißen Spitzennachthemd mit den offenen braunen Haaren. Das Kerzenlicht verlieh ihm eine goldene Aura. Eine Welle von Liebe und Lust packte Elf und brachte ihren Plan in Gefahr.
Dann bemerkte sie das Gestell, das die Decke von seinem Bein weghielt, und wollte sich plötzlich nur noch um ihn kümmern. »Tut dein Bein noch weh?«
»Manchmal. Ich dachte, Chastity erstattet dir regelmäßig Bericht.«
»Regelmäßig, aber nicht genau genug. Tut mir leid, daß du angeschossen wurdest.«

»Es war ja nicht deine Schuld. Oder?«
»Natürlich nicht!«
»Bei einer Malloren ist nichts unmöglich.« Er warf ihr dieses Familienmotto wie ein Messer zu. Es war wie früher, sie zankten sich.
Elf nahm vorsichtig die Pistole heraus und legte sie auf seinen Tisch. »Ich wollte das hier zurückbringen.«
»Danke, aber du hättest es auch schicken können, wie die anderen Sachen.«
»Ich wollte mit dir reden.«
»Wir haben doch heute geredet.«
»Unter vier Augen.«
»Als erstes«, sagte sie, »möchte ich mich für alles entschuldigen, womit ich dich verletzt habe.«
»Angenommen.«
»Zweitens«, sie sah zu den Briefen, dem Fächer und dem Spielzeug, die auf einem Tisch neben dem Bett lagen, »werde ich dich mit keinerlei Geschenken mehr belästigen.«
»Oh, sie haben mir die Langeweile der Rekonvaleszenz vertrieben. Warum jetzt damit aufhören?«
»Damit du nicht aus Rache um Lydia North wirbst.«
»Du hältst mich für so einen Schurken? Du denkst, ich würde das Leben eines bezaubernden Mädchens ruinieren, nur um mich an dir zu rächen?«
Elf schüttelte den Kopf. »Du würdest ihr Leben nicht zerstören. Du wärst ihr ein wundervoller Ehemann.«
»Bist du schwanger von mir?«
Die Frage traf sie unerwartet, obwohl sie mit ihm darüber hatte reden wollen. Sie spürte, wie sie rot wurde. »Nein.«
Er lehnte sich zurück und beobachtete sie aus fast geschlossenen Augen, so daß sie seine Reaktion nicht erkennen konnte. »Da haben wir aber Glück gehabt.«
Wenn er das Spiel so spielen wollte, würde sie mitspielen. Sie

schlug die Beine übereinander. »So, dann hast du also nicht vor, Lady Lydia zu heiraten?«

»Nicht in der nächsten Zeit.« Er zuckte mit den Schultern und sah sie dann mit einem offenen Gesichtsausdruck an. »Elf, ich weiß gar nichts mehr. Ich fühle mich so unreif wie ein Baby.«

Das war zwar schrecklich unbefriedigend, aber ehrlich, so daß sie aufstand und ihre Jacke glattstrich. »Und ich steche dich, während du dich nicht wehren kannst.« Sie war gekommen, um ihn freizulassen, also mußte sie es auch tun. »Hat Chastity dir erzählt, daß ich einen Teil des Familiengeschäfts übernommen habe?«

»Ein Landgut?« Seine Brauen hoben sich überrascht.

»Nein, einen Teil unserer Manufakturen.«

»Ich wußte gar nicht, daß die Mallorens sich noch mit anderen Dingen beschäftigen als damit, mir das Leben schwerzumachen.«

Elf starrte ihn an. »Wie seltsam. Wir gehen damit nicht hausieren, aber wir sind in vielen Bereichen der Produktion und des Handels tätig. Ich bin für Stoffe aller Art zuständig. Angefangen habe ich mit Seide ...« Plötzlich verstummte sie. »Mein Gott, ich plappere ja schon wieder wie ein Wasserfall!«

Er lächelte. »Einfach wie eine Elf. Ich freue mich, daß dir diese Arbeit solchen Spaß macht.«

»Ja, das tut sie. Auch wenn ich weiß, daß mich das vom Ideal der perfekten Lady eher noch weiter entfernt. Genauso wie meine Leidenschaft für das Messerwerfen.« Sie zog das Messer aus ihrem Stiefel hervor. »Halt eines meiner Gedichte an die Wand.«

Nach kurzem Zögern nahm er den rosafarbenen Bogen und hielt ihn mit ausgestrecktem Arm von sich weg. »Denk bitte daran, daß ich schon ein verletztes Bein habe.«

»Wenigstens denkst du nicht daran, daß ich dich auf diese Distanz auch aus Versehen töten könnte.« Sie war vollkom-

men verrückt, aber jetzt gab es kein Zurück mehr. Sie betete um eine ruhige Hand und warf. Die Klinge blieb zitternd an der Wand und in dem Papierbogen stecken.
»Gott sei Dank!« rief sie aus.
»Wenn ich gewußt hätte, daß du dir deiner Fähigkeiten so wenig sicher bist ...«
Sie lächelten beide. Nicht das Lächeln von Liebenden, sondern mehr.
»Freunde?« sagte er.
Sie nickte und kämpfte mit den Tränen. Sie genoß den wertvollen Augenblick, aber damit war alles andere wohl zu Ende. Sie wollte ihn schon fast fragen, ob Freunde hin und wieder auch mal körperliche Nähe genießen könnten, nur so zum Spaß, aber sie hielt sich zurück. Sie könnte das nie nur aus Spaß tun, es würde ihr das Herz zerreißen.
Und wahrscheinlich würde er in ein oder zwei Jahren Lady Lydia heiraten.
Sie ging zur Wand, zog das Messer heraus und schob es wieder in ihren Stiefel.
»Der Kreis scheint sich geschlossen zu haben«, sagte er.
»Nur daß ich jetzt die Hosen trage und du ein Kleid.«
»Bleibt also vielleicht noch ein Halbkreis offen?«
Sie sah auf ihn herab. »Ich weiß es auch nicht.«
Und das war ein seltsames Eingeständnis. Sie war sich so sicher gewesen, daß sie ihn wollte, daß sie zusammengehörten.
Dann war sie sich so sicher gewesen, daß sie ihn loslassen könnte.
Und jetzt wußte sie gar nichts mehr.
Er streckte eine Hand aus. »Küß mich, Elf. Der Earl of Walgrave ist noch nie von Lady Elfled Malloren geküßt worden.«
Sie setzte sich auf die Kante seines schmalen Bettes. »Das wird er auch jetzt nicht, denn ich bin immer noch irgendwie verkleidet.«

»Was ist echt, was verkleidet?«
Elf sah ihn an, wie er in seinem weißen Nachthemd auf den weißen Kissen lag, während seine Locken ihm bis auf die Schultern fielen.
Sie kicherte.
»Was ist?« fragte er ungeduldig, aber mit einem Lächeln in den Augen.
»Ich hier in Männerkleidern, das muß wie eines dieser Skandalbilder aussehen, auf denen der verliebte Werbende gerade dabei ist, die zitternde Jungfrau zu vernaschen.«
Er klapperte mit den Augendeckeln. »Ich bin bereit zu schreien, Sir. Aber vielleicht gestatte ich Euch einen Kuß.«
»Wenn Ihr schreit, wird man mich wahrscheinlich zwingen, Euch zu heiraten.«
Sie beugte sich vor und legte langsam ihre Lippen auf die seinen.
Es stimmte. Sie hatten sich noch nie zuvor so geküßt, ehrlich und ohne Bedrängnis. Sie stützte sich auf einen Arm und fuhr mit der anderen Hand durch seine seidigen Locken, während sie die weiche Festigkeit seiner Lippen und seinen vertrauten Geschmack genoß.
Seine Hände umfaßten ihren Nacken und zogen sie sanft zu ihm herab, während seine Zunge tiefer in ihren Mund eindrang und ihre Zunge wie im Spiel begrüßte.
Beinah hätte sie sich fallen lassen, aber sie zwang sich, zu widerstehen. Selbst wenn er es wollte und dazu in der Lage wäre, war das jetzt nicht der richtige Zeitpunkt. Sie zog sich zurück, streckte sich, stand auf und verbeugte sich formell.
»*Au revoir, Monsieur Le Comte.*«
Damit drehte Elf sich um und ging, bevor ihre eigene Schwäche sie zum Bleiben zwang.

Zwanzigstes Kapitel

Die Schachtel kam kurz vor Weihnachten.

Elf war mitten in den letzten Vorbereitungen für den großen Maskenball, den sie jedes Jahr Mitte Dezember in Rothgar Abbey gaben.

Elf legte die Schachtel beiseite, um den Mädchen Anweisungen zu geben, die die Tannengirlanden am Treppenaufgang befestigten.

Ein Quäken erschreckte sie, und als sie sich umdrehte, sah sie Portia mit ihrem fünf Monate alten Sohn auf dem Arm. Sie streckte die Arme nach ihm aus und erntete ein Lächeln von Mutter und Kind. Sie zeigte ihm die Dekorationen aus grünen Zweigen und roten Bändern.

»Elf«, sagte Portia, »das Paket ist von Fort.«

Elf drehte sich langsam um. Sie hatte gelernt, ihn aus ihren Gedanken zu verbannen. Aber jetzt raste ihr Herz plötzlich wieder.

Kurz nach ihrer letzten Zusammenkunft war er nach Walgrave Towers in Dorset gezogen. Zur gleichen Zeit waren Cyn und Chastity nach Portsmouth gefahren und schließlich auch losgesegelt. Sie waren jetzt schon ein paar Monate in Nova Scotia. Ihr erster Brief hatte begeistert geklungen, auch wenn Cyn sich darüber aufregte, daß er erst auf halben Wege erfahren hatte, daß Chastity schwanger war.

Elfs Abschiedsschmerz war durch einen Aufenthalt bei Bryght, Portia und dem kleinen Francis in Candleford gemildert worden.

Irgendwann hatte sie sich auch eingestanden, daß sie Fort mehr vermißte als Cyn. Er hatte übrigens keinerlei Versuche unternommen, Kontakt zu ihr aufzunehmen.

Da Chastity fort war, hörte Elf auch kaum noch etwas über ihn. Er war bereits abgereist, als sie erfuhr, daß er nach Italien wollte.

Es hätte ihr eigentlich egal sein können, ob er hundert oder fünf Meilen von ihr entfernt war, aber so war es nicht. Elf fiel es schwer, ihre gute Laune zu behalten, aber weil sie ihre Familie nicht beunruhigen wollte, riß sie sich zusammen.

Und jetzt war sie auch mehr oder weniger glücklich.

Ihre Tage waren erfüllt von Arbeit, die ihr nach wie vor Spaß machte, und gelegentlichen Treffen mit Freunden und Verwandten. Sie war eine fürsorgliche Tante. Das Geschäft florierte.

Erst letzte Woche war sie in London gewesen, zu einer vorgezogenen Weihnachtsfeier im Prinz-George-Altenheim, unten beim Harrison's Kai. Der König hatte die Verwendung des Namens seines Erstgeborenen großzügig gestattet.

Überhaupt war der Monarch den Mallorens mehr zugetan denn je. Deshalb weilte er auch gegenwärtig mit Familie und Entourage auf Rothgar Abbey, um an dem Maskenball teilzunehmen.

Elf hatte eigentlich noch viel zu tun, aber sie wollte zuerst einen Blick in die Schachtel werfen. Sie fürchtete um das Gleichgewicht, das sie sich in den letzten Monaten aufgebaut hatte, konnte aber ihre Neugier nicht bezwingen.

Als sie das Band zerschnitt und den Deckel abhob, leuchtete es ihr rot und golden entgegen.

»Oh, ein Kostüm«, sagte Portia.

»Aber ein unpassendes. Du weißt, daß wir heute abend Charaktere darstellen sollen.«

»Du könntest als Hure von Covent Garden gehen.«

Elf errötete und machte die Schachtel wieder zu. Wie hatte sie so etwas nur jemals ansprechend finden können? Aber was noch viel wichtiger war, wieso hatte er es ihr geschickt?
»Das soll wohl heißen, daß Fort zurück ist«, meinte Portia.
Elfs Herz klopfte schneller. Daran hatte sie gar nicht gedacht.
»Hast du ihm eine Einladung geschickt?«
»Ja, bestimmt, glaube ich zumindest ...« Sie verfiel schon fast in Panik. Sicher würde er nicht kommen.
Aber warum nicht?
Vielleicht wollte er kommen.
O nein, sie schob den Gedanken beiseite. Verrückte Hoffnungen und Träume taten einfach zu weh.
»Wenn er kommt, kommt er eben«, sagte sie schroff. Falls heute abend jedoch ein Mönch erscheinen würde, so würde sie ziemlich sicher in Ohnmacht fallen.
Sie trug die Schachtel auf ihr Zimmer und drückte sie Chantal in die Hand. Der Aufschrei des Mädchens amüsierte sie: »O nein, Mylady, bitte!«
»Keine Angst. Aber wirf es nicht weg, es hängen so viele Erinnerungen daran.«
Elf warf einen Blick auf ihr Kostüm für den heutigen Abend. Sie würde als Wespe gehen. Mehrere Lagen feinster Seide schimmerten in Braun und Gelb. Die gewagte Robe war ohne Reifrock und Mieder zu tragen, aber eine Art Harnisch war in die Schulterpartie eingearbeitet, um die durchsichtigen Flügel zu halten. Ihre Maske war ebenfalls gelb und braun und mit feinen goldenen Fühlern versehen.
Als Chantal in einem dunklen Kleid hinter ihr auftauchte, hätte sie vor Schreck fast aufgeschrien.
»Mylady! Was ist Euch?«
Elf preßte eine Hand an ihre Brust. »Nur die Nerven, Chantal. Komm, mach mich fertig, damit ich zustechen kann.«
Sie hatte ihr Kostüm schon vorher ohne eine Spur von Unbe-

hagen anprobiert, aber jetzt, mit Fort im Hinterkopf, kam es ihr viel zu gewagt vor. Keine Dame zeigte ihre Figur in der Öffentlichkeit so unverhüllt. Selbst die verdorbenste Hure trug noch Mieder und Reifrock.

Sie fuhr zweifelnd mit den Händen über Taille und Hüften. Ihre Brüste waren so schamlos rund. Man konnte ihre Brustwarzen durch den Stoff schimmern sehen. »Was meinst du, Chantal?«

Das Mädchen sah sie erstaunt an: »Aber Mylady, es ist zauberhaft. Jeder wird begeistert sein.«

Wieder bedeckte eine Maske ihr halbes Gesicht, aber diesmal war sie an einem filigranen goldenen Käppchen befestigt, an dem auch die Fühler steckten. Als sie noch mal in den Spiegel blickte, lächelte sie sich selbst zu. Es war ein wirklich wunderschönes Kostüm. Die großen schwarzen Augen der Maske ließen sie tatsächlich insektenhaft aussehen. Zusammen mit Fühlern und Flügeln war sie zweifellos als Wespe zu erkennen.

Und plötzlich fühlte es sich richtig an. All das offenbarte einen wichtigen Teil von Elfled Malloren, einen Teil, den sie nicht leugnen wollte.

Natürlich war alles perfekt vorbereitet. Elf wanderte trotzdem ruhelos durch die noch leeren, dekorierten Räume. Die Zahl der Kerzen in den Kronleuchtern war verringert worden, um eine mystische Atmosphäre zu schaffen. Eine Ecke war jedoch hell erleuchtet, die Ecke, in der der neue Automat stand.

Er bestand aus einem silbernen Baum mit emaillierten bunten Blättern. Auf jedem Zweig saßen kleine gefiederte Vögel, manche in Nestern, manche wie zum Abflug bereit. An den Stamm gelehnt saßen ein Schäfer und eine Schäferin Wange an Wange.

Elf schaltete den Automat ein, und plötzlich war die Luft von

Vogelgezwitscher erfüllt. Die Vögel bewegten sich alle. Manche drehten den Kopf oder öffneten den Schnabel, andere flatterten mit den Flügeln. Dann kam auch in das Pärchen Leben. Er legte eine Hand auf ihre Schulter, und beide drehten die Köpfe, so daß ihre Lippen sich sanft berührten.
Dann bewegten sie sich langsam in ihre Ausgangsposition zurück, und der Apparat stand wieder still.
»Glaubst du, sie verfluchen manchmal den Uhrmacher, der ihnen nur einen so kurzen Kuß gewährt hat?«
Elf fuhr herum und sah Fort hinter sich stehen. Einen Moment lang wirkte er fast distanziert, aber dann lächelte er.
Elf musterte ihn begierig. Kein Mönch heute. Bedeutete das etwas? Er trug trotzdem Schwarz, aber das reiche Schwarz eines Herrn der Renaissance, mit viel Satin und Jet.
Was sollte sie dazu sagen? »Ein Mörder?« riet sie und wollte noch viel mehr sagen, wußte aber nicht, wo beginnen.
»Kein bißchen.« Er holte einen Mini-Totenkopf aus seiner weiten Kniehose. »Der düstere Däne.« Das pure Vergnügen blitzte aus seinen Augen, und sie mußte sich ein Lachen verbeißen, weil sie ihrem Glück noch nicht traute.
»Ich hoffe, du siehst in Rothgar nicht deinen schlimmen Onkel.«
»Besser den als den verdrießlichen Laertes oder den aufgeblasenen Pollonius.« Sein Blick glitt schnell und anerkennend über ihre Gestalt. »Ich bin erfreut zu sehen, daß du nicht den Schleier genommen hast, Vespa.«
Elf erblickte Portia, die – verkleidet als Königin Bess – ängstlich um die Ecke schielte. Als Elf sie entdeckte, verschwand sie sofort, und man hörte ein tiefes Lachen. Wahrscheinlich Bryght, der seine Frau wegen ihrer Befürchtungen auslachte. Waren sie alle da draußen, ihre Beschützer, und paßten auf, daß Fort sie nicht ermordete?
Sie nahm seine Hand und zog ihn mit Verschwörerblick hinter

eine Wand aus Tannenzweigen, wo sich eine Geheimtür verbarg. Sie schob ihn hindurch und einen Flur entlang.

»Darf ich eine Frage stellen?«

»Nur eine.«

»Bist du glücklich?«

Elf drehte sich zu ihm um. Was sollte sie antworten? Sagte sie ja, konnte er glauben, sie würde nichts ändern wollen, würde ihn nicht mehr wollen. Aber sie konnte nicht anders als ehrlich sein. »Ja. Im großen und ganzen bin ich das.«

Sie zog ihn die Stufen hinauf. Oben öffnete sie eine Tür zu einem Flur, der zu ihrem Zimmer führte.

»Wohin gehen wir?«

»Eine Frage, haben wir gesagt.«

»Es ist nur, weil ich meinen Degen zu Hause gelassen habe und mich hier auf dem Territorium der Mallorens befinde.«

»Wenigstens ist Cyn jenseits des Ozeans.« Sie öffnete die Tür zu ihrem Schlafzimmer.

»Wofür ich ehrlich dankbar bin.« Er schloß die Tür, blieb aber mit dem Rücken an sie gelehnt stehen. »Ich bin nicht hergekommen, um dich zu verführen, Elf.«

Das tat weh, also schlug sie zurück. »Das habe ich auch nicht erwartet. Die Hurengeschichte haben wir doch schon unten am Hafen erledigt, oder?«

Er schloß die Augen. »Ich sehe, ich habe viel gutzumachen.«

O Gott, wenn sie doch nur ihre Zunge im Zaum halten könnte. Sie nahm seine Hand. »Nein! Ich bin nur so wahnsinnig nervös. Kümmer dich nicht um mich.«

Er lächelte. »Unmöglich. Das ist ein unübersehbares Kostüm. Ich habe bisher gar nicht gewußt, wie erotisch Insekten sind.«

Zum Glück verbarg die Maske ihre flammenden Wangen. »Deins betont deine Beine aber auch vorteilhaft ... Gott!«

Sie hatte endlich seinen Hosenbeutel bemerkt. Diskret verhüllt war er im dämmrigen Licht des Ballsaals zwischen seinen samtenen bauschigen Hosenbeinen nicht aufgefallen. Jetzt erregte die längliche gebogene Ausbuchtung ihre Aufmerksamkeit.

»Unsere Vorfahren waren ganz schöne Angeber, nicht?« bemerkte er, und diesmal verbarg seine Maske flammend rote Wangen. »In der Tat sind diese Hosen recht praktisch. Sie verbergen zum Beispiel die Tatsache, daß ich groß und hart werde, wenn ich dich nur ansehe. Satinhosen können da manchmal verdammt peinlich sein.«

»Aber informativ.« Sie sah ihn durchdringend an. »Ich habe dich vermißt. Es ist nur, daß ich nicht weiß, als wer du zurückgekommen bist.«

Er nahm ihre Hand und küßte sie. »Als besserer Mensch, glaube ich. Aber das mußt du natürlich selbst herausfinden. Hindert uns das an ein, zwei Küssen?«

Sie schüttelte den Kopf. »Das könnte man keinem Gentleman abschlagen.«

»Wirklich? Mir scheint, Ihr seid zu freigebig mit Eurer Gunst, Mylady.« Aber er neckte sie nur, und seine Lippen verschluckten ihre Erwiderung.

Elf entspannte sich in seiner Umarmung und genoß einen Kuß, der ihrem letzten so ähnlich war – sanft und freundlich. Aber es durchfuhr sie auch wieder die Welle der Begierde, die sie bei diesem Mann immer empfand.

Seine Hände glitten rastlos über ihr Seidenkleid. »Das ist ein verdammter Stachel für einen Mann, Vespa. Besonders für einen, der viel zu lange enthaltsam war ...« Seine Hände strichen ihre Rippen hinauf bis zu ihren Brustwarzen, die nur von zwei dünnen Lagen Stoff bedeckt waren.

Elf wurde von einem Schauder der Lust geschüttelt und wollte gerade nach ihm greifen. Aber er fing ihre Hand ab und nahm sie nur fest in den Arm. »Nein. Wir wissen, daß wir uns mit unseren Körpern gegenseitig zum Wahnsinn treiben können. Wir müssen über anderes reden.«

Das klang geheimnisvoll. War er nur gekommen, um reinen Tisch zu machen, bevor er um Lydia warb?
Bevor sie etwas erwidern konnte, sagte er: »Ehrlich. Als wir selber. Wer auch immer wir sein mögen.«
Jetzt verstand sie ihn. »Du willst, daß wir uns ohne Kostüme treffen?«
»Ja. So schön du als Vespa, so aufregend du als Lisette und so charmant du als Mann bist, wenn wir ernste Dinge besprechen, möchte ich, daß wir wir selbst sind.«
»Nackt in einem Keller?« Wenn er es gewollt hätte, wäre sie auch dazu bereit gewesen.
Er lachte und schüttelte den Kopf. »Ich weiß immer noch nicht, ob das die ultimative Wahrheit oder nur eine weitere Illusion war. Nein, wir werden wohl unser Leben als Lord und Lady, als Elf und Fort führen müssen.«
»So sind wir uns nie begegnet, oder? Wir waren nur Ware und Malloren.«
Er hatte recht. Das Leben bestand aus mehr als Spiel und Lust. Sie mußten reden. »Wann?«
»Wann, wenn nicht im Morgengrauen?«
»Mit zwanzig Schritt Distanz?«
Er schmunzelte. »Dann müßten wir schreien. Aber du darfst die Waffen wählen, solange es keine Messer sind.«
»Wahrheit.«
Er nickte. »Und wo?«
»Hier natürlich.«
»Sehr gut. So kannst du mich vor rächenden Mallorens schützen, und ich kann ohne Sekundant kommen.«
Er schlüpfte aus dem Zimmer. Sie ließ sich auf ihr Bett fallen. Er war wieder da und, wie ihr schien, geheilt. Er war fähig zu Gelächter und Spaß.
Aber würde er es mit ihr sein?

Der Maskenball war ein Riesenerfolg. Der König und die Königin waren wie das Schäferpaar unter dem mechanischen Baum gekleidet und hocherfreut, als er ihnen als offizielles Geschenk überreicht wurde.

Fort schien verschwunden, wofür Elf dankbar war. Sie hätte gern mit ihm getanzt, hatte aber auch so schon Schwierigkeiten genug, sich auf praktische Dinge zu konzentrieren. Sie wünschte sich nur, daß die Nacht schnell verginge und es bald dämmere.

Um Mitternacht wurden die Masken abgenommen, und bei einem üppigen Souper bewunderte man gegenseitig die Kostüme. Elfs Flügel fanden großen Beifall. Sie wünschte sich, damit durch die Zeit fliegen zu können.

Um zwei Uhr morgens begannen die Gäste aufzubrechen oder nach einem Bett zu suchen, wie Lord Ferron es formulierte. Wenigstens hatte er diesmal keine Toga getragen, sondern ein eher verhüllendes Harlekinskostüm. Elf wies ihn freundlich ab und fragte sich, ob sie das wohl noch bereuen würde.

Falls Fort ihren Hoffnungen ein Ende setzte, würde sie irgendwann vielleicht einen schwachen Ersatz suchen. Sie hatte entdeckt, wie sehr sie sich einen Mann und Kinder wünschte …

Aber nein. Es wäre nicht fair, so jemand zu heiraten, während ihr Herz einem anderen gehörte. Vielleicht würde sie mit der Zeit vergessen und irgendwann auch ihr Herz einem anderen schenken können.

Elf stürzte sich in die Organisation der Verabschiedung. Sie sorgte dafür, daß genügend Kutschen zur Verfügung standen und warme Ziegel für die Abreisenden. Sie trug verlegte Umhänge, Mäntel und Stöcke zusammen sowie eine zerrissene Perlenkette. Sie kümmerte sich um Schäden, die sofort behoben werden konnten, und gab dem Personal entsprechende Anweisungen.

Eigentlich hätte sie todmüde sein müssen, aber sie bezweifelte, daß sie heute nacht Schlaf finden würde.
Zufällig stieß sie auf Rothgar, der sich mit ähnlichen Aktivitäten beschäftigte, um das Fest zu einem harmonischen Abschluß zu bringen. Schließlich führte er sie in sein Arbeitszimmer – einer der wenigen Räume, die während des Balles verschlossen geblieben waren – und goß ihnen beiden Wein ein.
Er hob sein Glas. »So wunderbar wie immer, Elf.«
Sie erwiderte seinen Toast. »Ein echtes Malloren-Ereignis.«
Weil sie wußte, daß er es nicht von sich aus erwähnen würde, kam sie darauf zu sprechen. »Fort muß hier irgendwo in der Nähe sein.«
»Das hab' ich schon gehört.«
»Es scheint ihm viel besser zu gehen.«
»Freut mich, das zu hören.«
»Ich treffe ihn im Morgengrauen.«
Er hielt im Trinken inne. »Ich möchte, wenn möglich, nicht noch einen toten Earl of Walgrave auf einem unserer Maskenbälle.«
»Wir werden uns nicht duellieren!« sagte Elf lachend. »Zumindest nicht mit Waffen.«
»Fast alles kann eine Waffe sein, Liebes. Versuch, nicht in seinen alten Wunden zu stochern.«
Sie wandte sich ab und stellte ihr halbvolles Glas ab. »Ich weiß nicht, was er will. Er war so zweideutig.«
»Weißt du, was du willst?«
Sie drehte sich wieder um. »O ja. Ich will ihn immer noch. Aber nur, wenn ich ihn glücklich machen kann.« Sie fuhr mit ihren Händen nervös über den Stoff ihres Kleides. »Ich sollte besser aus diesem Kostüm herauskommen, damit Chantal schlafen gehen kann. Er möchte, daß wir uns in normaler Kleidung treffen.«

»Überraschend weise. *Bonne chance*, meine Liebe.«
Elf blieb in der Tür stehen. »Kannst du einmal offen mit mir sein? Was hältst du von der ganzen Sache?«
»Ich? Ich stelle fest, daß mein Einfluß bei den Angelegenheiten des Herzens endet. Aber wenn Walgrave dich heiraten will und ihr beide damit glücklich werdet, soll mich das freuen. Wir haben ihm Schmerz zugefügt, und es wäre schön, ihm Gutes zu tun.«
»Ich denke, er wird sehr gut zu den Mallorens passen.«
»O ja. Das ist es ja, was ihn so gefährlich gemacht hat.«
Als sie die Tür öffnete, fügte er noch hinzu: »Wenn er Familienmitglied werden will, schau, ob er sich um den Bereich Wein und Spirituosen kümmern kann.«
Elf lachte immer noch, während sie die Treppe zu ihrem Zimmer hinauflief.

Einundzwanzigstes Kapitel

Elf trieb Chantal fast zur Verzweiflung, als sie nach dem richtigen Kleid für diesen wichtigen Anlaß suchte.

»Mylady! Warum macht Ihr Euch nicht fertig für die Nacht?«

»Frag mich nicht, Chantal, ich habe meine Gründe.«

Was war typisch für die echte Lady Elfled Malloren?

Schließlich entschied sie sich für ein Kleid mit grünen und cremefarbenen Streifen. Es war eher schlicht geschnitten, mit einem hochgeschlossenen Mieder, aber einem offenen Rock über einem dunkelgrünen Unterrock. Es war ein Kleid, das sie an einem ganz normalen Tag tragen würde. Und außerdem war Grün doch schließlich die Farbe der Hoffnung.

Als sie fertig war, schickte sie Chantal zu Bett, setzte sich mit einem Sessel vors Fenster und betete um eine frühe Dämmerung.

Aber die Erde und die Sonne lassen sich nicht drängen. Ende Dezember geht die Sonne nun mal nicht vor acht Uhr auf, nicht einmal auf Befehl einer Malloren.

Schließlich schlief sie ein, bis ein Sonnenstrahl sie weckte.

Sie blinzelte mit schweren Lidern und sah Fort auf der gepolsterten Fensterbank vor sich sitzen. Er war ebenfalls alltäglich gekleidet, wie für einen normalen Tag auf einem seiner Landgüter.

»Es ist schon lange her, daß ich einen Sonnenaufgang beobachtet habe«, sagte er und drehte den Kopf ins goldene Morgenlicht. »Ein Erlebnis, das einen bescheiden macht.«

Sie setzte sich auf und rieb sich die Augen. »Und ich dachte, du gehörst zu der Sorte Männer, die erst im Morgengrauen zu Bett gehen.«
»Nur in meiner wilden Jugend.« Er sah sie so verwirrend an. »Möchtest du das ausziehen?«
»Nein, ich werde mir nur ein Glas Wasser holen. Möchtest du auch?«
»Nein, danke. Ich habe gemogelt. Ich habe schon gefrühstückt.«
Als sie zu ihrem Sessel zurückkehrte, fügte er noch hinzu: »Mit Rothgar.«
Elf setzte sich. »Ich dachte, er wollte sich nicht einmischen.«
»Vielleicht kann er es einfach nicht lassen. Vielleicht hat er sich auch gar nicht eingemischt.«
Elf glaubte ihm keine Sekunde lang. »Worüber habt ihr gesprochen?«
Er dachte nach. »Über die Situation in Portugal und auf den Westindischen Inseln. Über die königlichen Neuerwerbungen italienischer Kunst und ein paar meiner eigenen. Oh, und wir haben über die richtige Entsorgung der wertvollen römischen Senatoren in der Halle von Walgrave House gesprochen. Außer du hängst besonders an ihnen.«
Elf war von diesem Richtungswechsel überrascht, aber vorsichtig hoffnungsfroh. »Nein, nicht besonders.« Sie studierte ihn, als wäre er eine Rätselfrage. »Hat er dich wegen Wein und Spirituosen gefragt?«
Jetzt war er verwirrt. »Nein. Obwohl ich glaube, daß ihr Interesse an einem Weingut in Portugal habt.«
»Vielleicht. Ich würde das nicht wissen. Ich habe genug mit der Seide zu tun.«
»Er hat mir viel von den Geschäften eurer Familie erzählt. Alles sehr beeindruckend. Ich muß einmal mit Viktor darüber nachdenken.«

Elf konnte dieses unverbindliche Geplauder nicht länger ertragen. »Was ist mit Lady Lydia?«
»Ich glaube nicht, daß sie sich für Handel interessiert.«
»Du weißt genau, was ich meine!«
Er sah sie einen Moment lang an, und ihr Atem stockte. »Sie ist zu jung«, sagte er, »und ich bin nicht geneigt zu warten.«
Das genügte ihr noch nicht. »Sicher würdest du auf sie warten, wenn du sie für die Frau deines Lebens hieltest.«
»Ich glaube, das würde ich tun. Sag mir, was ist dir im Moment das Wichtigste?«
»*Was?*«
Du, dachte sie.
»Elf, wir kennen uns kaum.« Ein Lachen spielte um seine Augen. »Was, wenn du Glee-Lieder und geschmortes Herz magst?«
»Magst du Glee-Lieder und geschmortes Herz nicht?«
»Kann ich nicht ausstehen.«
»Dann werde ich sie für dich aufgeben.«
»Ah«, sagte er mit gespielter Traurigkeit. »Dann müßte ich die Belastung ertragen, daß du für mich etwas geopfert hast, was dir lieb und teuer war.«
»Sie sind mir nicht lieb und teuer.«
»Dann sag mir, was dir lieb und teuer ist.«
Du, dachte sie wieder, aber sie sah, daß sie seine offene Frage beantworten mußte.
»Meine Familie, natürlich. Meine Arbeit.« Sie wußte, daß das ein Problem sein konnte. Er war ein konservativer Mann. »Meine Beteiligung am Familiengeschäft ist mir sehr wichtig. Es ist eine aufregende Herausforderung.«
Er fiel nicht vor Schreck in Ohnmacht, also fuhr sie fort. »Ich trainiere immer noch mit Pistolen und Messern und bin fast immer bewaffnet, wenn ich ausgehe. Ich mag das Gefühl, was meine Sicherheit angeht, nicht ganz von anderen abhängig zu sein.«

Immer noch kein offenkundiger Protest.
»Ich unterstütze ein Pamphlet über die Methoden zur Vermeidung ungewollter Schwangerschaften. Es wird diskret verbreitet werden. Das Problem ist aber, daß so viele Frauen nicht lesen können, so daß wir uns vor allem auf Zeichnungen stützen, aber ...«
»Schulen werden das nächste sein, nehme ich an«, sagte er. »Findet das alles Rothgars Zustimmung?«
»Spielt das eine Rolle?«
»Keine besondere. Ich bin nur neugierig.«
»Ja, das tut es. Und wenn es nicht so wäre, würde ich diese Dinge trotzdem tun. Um genau zu sein, kümmert sich Sappho um das Pamphlet.«
»Dann muß Rothgar es ja wohl gutheißen, nehme ich an.«
»Du kannst nicht wirklich glauben, daß sie so zueinander stehen.«
»Nein.« Er lächelte reuevoll. »Nur um meinen Vater zu ärgern, habe ich angefangen, zu ihr zu gehen. Wie so viele Dinge, die ich nur getan habe, um ihn zu ärgern. Später ging ich weiter hin, um Rothgar zu verletzen. Ich glaube, sie wußte das. Sie hat nie versucht, meine Besuche zu unterbinden, aber ich habe ihn auch nie dort getroffen. Mit der Zeit, beinah aus Versehen, habe ich gelernt, gute Musik und Dichtung zu schätzen, und kluge Frauen. Ich glaube, daß ich dort nebenbei erzogen wurde.«
Elf wußte nicht, was sie darauf sagen sollte, denn wahrscheinlich hatte er recht.
»Altenheime«, sagte er. »Ich habe Mrs. Cutlow besucht.«
»Ach ja, wenn wir schon alte Geschichten ausgraben ...« Sie trank ihr vergessenes Wasser. »Als du ihr eine Krone wöchentlich ausgesetzt hast, tatest du das aus reiner Menschenfreundlichkeit oder um mich zu ärgern?«
Er sah nachdenklich in den heller werdenden Garten hinaus.

»Es ist schwer für mich, meine damaligen Gedanken zu verstehen. Wahrscheinlich ein bißchen von beidem.« Er sah sie an. »Du hattest sie vergessen.«
»Das gebe ich zu. Aber«, sagte sie und warf den Ball zu ihm zurück, »was interessiert dich heute?«
Er drehte sich zu ihr um und sah sie direkt an. Sein zusammengebundenes Haar wurde von der Sonne umkränzt. »Meine Familie. Chastity und Verity sind gut versorgt, also ist da nur noch Viktor, um den ich mich kümmern muß. Er scheint von unserer Kindheit weniger beeinträchtigt als wir anderen. Aber dann gibt es da noch eine Menge von Leuten, die an der Familie hängen.«
»Die hat jeder.«
»Stimmt, aber sie zu versorgen kostet Geld. Ebenso wie das Aufholen der Arbeiten, die mein Vater auf den Landgütern versäumt hat. Die Summen, die er allein für Geschenke an den König ausgegeben hat, lassen mich vor Gram erblassen.« Er sah sie an. »Eine Ehefrau mit kaufmännischem Verstand käme mir nicht ungelegen.«
Ihr Herz klopfte panisch. »Ich bin schließlich eine Malloren.« Sie biß sich auf die Lippen und fragte sich, ob sie sich zu weit vorgewagt hatte.
Er stieß sich aber nicht daran. »Ich nehme an, daß deine Mitgift groß genug sein wird, um deine Extravaganzen zu finanzieren. Aber willst du damit sagen, daß du mich nicht reich machen willst?«
»Willst du damit sagen, daß du möchtest, daß ich dich heirate?«
Schweigen. Würde er ihre Frage verneinen?
Dann lächelte er verschmitzt. »Kein Mann will für eine Katastrophe verantwortlich sein, ich am allerwenigsten. Ich gebe zu, daß ich immer noch ein bißchen Angst habe …« Aber er rutschte von der Fensterbank und fiel auf ein Knie. »Meine

liebste Elf, nach langer und reiflicher Überlegung bin ich zu dem Schluß gekommen, daß du die einzige Frau bist, die mein Leben erfüllen kann. Wirst du meine Hand als Ehemann annehmen?«

Sie legte ihre Hand in seine, ruhiger jetzt, da er zum Punkt gekommen war. Aber sie runzelte die Stirn. »Du klingst fast widerwillig.«

»Wirklich? Das tut mir leid.« Er küßte ihre Hand, aber nur ganz leicht und sah ihr in die Augen. »Ich bin nervös. Sogar ängstlich. Schließlich bist du eine Malloren, und ich rechne mit Stichen. Aber du bist all das, was ich mir als Ehefrau wünsche. Ich habe das erkannt, als ich mich dabei ertappte, wie ich mir überlegte, auf welche Weise ich Lydia in dich verwandeln könnte. Aber ich wußte, daß ich erst mit mir selbst ins reine kommen mußte, bevor ich eine klare Entscheidung treffen konnte. Wenn du mich nicht heiratest, werde ich wohl nie jemand anderen heiraten.«

»Das ist wohl kaum eine faire Waffe!«

»Ich hatte gehofft, wir wären schon jenseits aller Waffen.«

Vor Scham errötend glitt auch Elf zu Boden und in seine Arme. »Du hast recht. Ich glaube, ich bin auch nervös. Wir sind eben im Streiten geübter als im vernünftigen Gespräch. Ich warte immer auf den Gegenschlag. Wann hast du zum ersten Mal ...«

Und während sie da im anbrechenden Morgenlicht saßen, durchlebten sie noch einmal all ihre Begegnungen, die bitteren und die süßen.

»Weißt du«, sagte er schließlich und legte einen Arm um sie, während sie beide immer noch gegen den Sessel gelehnt auf dem Boden saßen, »daß du meine Frage immer noch nicht beantwortet hast?«

Elf suchte in ihrer Tasche herum. »Gib mir deine linke Hand.«

Er tat, wie ihm geheißen, und sie steckte ihm den Ring mit der

Wespe an seinen Mittelfinger. »Jetzt seid Ihr mein, Monsieur Le Comte.«
Mit einem Lachen nahm er ihre linke Hand und streifte ihr auch einen Ring über. »Wirst du aus allem einen Wettstreit machen?«
»Oh, wahrscheinlich.« Elf sah mit Tränen auf den wunderschönen Smaragd. »Ich wußte, daß es eine gute Entscheidung war, Grün zu tragen. Wegen der Hoffnung.«
Sie sah zu ihm auf. »Ich liebe dich so schrecklich, Fort, aber das hier macht mir angst. Ich bin eine Malloren und mag es, mein Leben unter Kontrolle zu haben.«
»Dieser Hinweis wird zur Kenntnis genommen. Ich werde dich nicht wegen Ungehorsam schlagen.«
»Nein, das wirst du nicht.«
Er lachte und küßte sie. »Elf, der Krieg ist vorbei. Ich liebe dich, und ich liebe dich stark, kühn und sogar plappernd. Wir werden den richtigen Weg schon finden.«
Dann küßten sie sich, wie sie sich nie zuvor geküßt hatten, mit fragendem Zögern und wissender Vertrautheit. Und wie das Glühen der Sonne erfüllte sie das Wissen um Zeit, ein ganzes Leben lang, und Sicherheit.
Als die Sonne hoch am Himmel stand, rissen sie sich voneinander los. Elf wollte mehr, und sie war sich sicher, daß er das auch wollte. Sie war sich aber ebenso sicher, daß sie warten würden.
»Kann es bald sein?« fragte sie.
»Heute wäre schön.«
Sie lehnte sich lachend an seine Brust. »Dafür bräuchten wir eine besondere Erlaubnis.«
»Ich habe eine.«
Sie sah zu ihm auf. »Warst du dir deiner Sache vielleicht zu gewiß?«
»Nur vorbereitet. Und ich sagte mir, daß ich nicht so stark für jemand empfinden könnte, der dieses Gefühl nicht erwidert.«

»Ich habe mich mehr als sechs Monate lang so gefühlt.«
Das klang wie eine Anklage, und er ging darauf ein. »Wenn ich nicht im Ausland gewesen wäre, wäre ich früher gekommen. Viel früher. Aber du warst wie eine Leere in meinem Herzen.«
Und wieder sanken sie sich küssend in die Arme. »Heute wäre schön«, murmelte sie.
Er hob sie hoch. »Warum dann nicht? Bei Wares und Mallorens ist nichts unmöglich. Es sind immer noch Gäste da. Sogar königliche. Wir können es so groß feiern, wie wir wollen, oder auch ganz heimlich in die Dorfkirche hinunterschleichen. Was ist Euer Begehr, Mylady?«
Warme blaue lachende Augen. Lächelnde Lippen.
Du.
»Heimlich klingt verlockend«, sagte sie. »Besonders weil es auf der Stelle sein könnte. Aber ich bin eine Malloren, also laß es uns groß feiern.«

Und das taten sie auch.
Der König und die Königin, die schon bei Cyns und Bryghts Hochzeit zugegen gewesen waren, amüsierten sich darüber, schon wieder bei einer Malloren-Eheschließung dabeizusein. Die anderen verbliebenen Gäste nahmen sich gerne noch ein paar Stunden Zeit, um an der Zeremonie und einem unkonventionellen Frühstück, das vor allem aus den Resten des Vorabends bestand, teilzunehmen.
Fort und Elf standen Hand in Hand und versuchten zu verbergen, daß sie vor Lust fast vergingen. Fühlten wohl alle frisch verheirateten Paare diese Ungeduld?
»Siehst du«, meinte Fort, »ich habe gesagt, daß es Hamlet war.«
»Amanda meinte, es wäre Romeo und Julia.«
»Eine verrückte Geschichte.«

Sie waren verheiratet, die Feier fast zu Ende. Die Gäste waren satt und im Aufbrechen begriffen.
»Ich glaube, alle wichtigen Leute sind weg«, sagte Elf nach einem regelrechten Verabschiedungsmarathon.
Sie sahen einander an. Plötzlich nüchtern, aber auf die glücklichste Weise. »Dann laß uns fliehen«, sagte er, »bevor irgend jemand uns in eine höfliche Plauderei oder eine Partie Karten verwickelt.«
Sie fühlten sich wie schuldbewußte Kinder, als sie sich davonschlichen und Hand in Hand auf ihr Zimmer liefen. Nach ihren Anweisungen war es gut geheizt von einem lodernden Kaminfeuer, und sogar zu dieser frühen Stunde war ihr Bett schon einladend aufgeschlagen.
Er lehnte sich an die Tür wie am Abend zuvor. »Aber ich muß Euch warnen, Mylady, ich bin hergekommen, um Euch zu verführen.«
»Ich weiß. Ihr tragt Satinhosen.«
Er lachte und wurde rot.
Trotz ihrer Ungeduld dauerte es eine Weile, sie von ihren vielen Lagen formaler Kleidung zu befreien. Bei ihm ging es schneller. Dann standen sie beide nackt im Licht der Wintersonne, und sie faßte nach seinem Haarband, um es zu lösen.
»So. So möchte ich dich sehen. Obwohl schwarze Seide dir auch gut steht.«
»Wenn es dir so gefällt, von mir aus gern.« Er nahm ihre Hand und drehte sie wie bei einem Tanz. »Weißt du, daß ich dich noch nie zuvor nackt gesehen habe? Dein Körper ist perfekt.«
»Ihr seid vor Liebe blind, Sir.«
»Ja, das bin ich wirklich. Aber er ist perfekt. Goldenes Haar an interessanten Stellen. Es leuchtet in der Sonne. Wirst du in der Sommersonne draußen im Wald für mich tanzen, wie es sich für eine Elfe gehört?«

Jetzt war sie es, die rot wurde. »Vielleicht, wenn du auch nackt mit mir tanzt.«

»›Ich weiß einen Platz, wo wilder Thymian wächst ...‹ Vielleicht war das alles nur ein Sommernachtstraum.«

Elf zog ihn auf das Bett hinunter. »Nein, es war immer etwas Verruchtes. Etwas wunderbar, herrlich Verruchtes ...«